소설 속 엑스트라

큐브 편

소설 속 엑스트라 · 큐브 편 4

1판 1쇄 발행 | 2021년 11월 1일

펴낸이 | 권태완 우천제
펴낸곳 | (주)케이더블유북스
편집자 | 한준만, 박병권, 이다혜
디자인 | 신현아

출판등록 | 2015-5-4 제25100-2015-43호
KFN | 제3-4호

주소 | 서울시 구로구 디지털로31길 38-9, 401호
전화 | 070-8892-7937 **팩스** | 02-866-4627 **E-mail** | fantasy@kwbooks.co.kr

ⓒ지갑송, 2021

ISBN 979-11-293-8595-6 04810
　　　 979-11-293-8591-8 (set)

소설 손 엑스트라

큐브 편

4

지갑송 장편소설

CONTENS

EXTRA
NOVEL

35장
진실

　

영국 브리스톨 해협 인근의 해저 동굴.

위색단은 이곳에 새로운 똬리를 틀었다. 수원의 폐공장 일대에 '길드 원정' 일정이 잡히기도 했고, 마침 은신처를 바꿀 시기가 되었다 하여 아예 새로운 아지트로 이주한 것이었다.

"오오……."

오늘 위색단은 3분기의 수익을 각자 정산하고, '공석 후보'의 무력을 평가하고자 이곳에 모였다. 아니, 모이려 했다. 그러나 각기 임무와 유흥으로 바빠, 오늘 회의의 참석자는 고작 5명뿐이었다.

대장은 그 다섯 명 앞에서 공석 후보 김하진의 임무 영상을 송출했다.

"20명을 21초 만에 처리했네. 저게 총이라고?"

다소 부드러운 인상의 미남, 위색단의 녹색, '진요한'의 감탄 섞인 말이었다.

"어떻게 총이 저렇게 세지? 참 신기한 재능일세."

"됐고. 어떻게 생각해?"

제인은 눈을 반짝이는 그에게 감탄보다 평가를 재촉했다.

"음. 글쎄. 영웅 급수로 따지면, 중상격 이상이 아닐까?"

"뭐? 그렇게 높다고?"

"잉? 뭐가 높은데?"

진요한의 천연덕스러운 말에 제인이 미간을 찌푸렸다. 한가락 한다는 사람들은 이래서 문제다. 자기보다 아래쪽의 경지를 너무 심하게 얕잡아 보잖아.

"중상격 영웅 10명이면 너도 때려잡을 수 있거든?"

"에이~ 그건 아니지. 100명이면 몰라도."

진요한이 너그러이 웃으며 고개를 저었다.

"그럼 제인, 네 생각은 어떤데?"

"나는…… 중격. 김수호와 비슷비슷하게 중격 7~9품 정도? 강자와의 일대일은 모르겠는데, 다수를 상대할 땐 꽤나 도움될 것 같아."

제인은 김하진의 전투 영상에서 핵심을 짚어냈지만, 그 평가는 장본인이 들으면 놀라 쓰러질 만한 과찬이었다.

"애걔. 고작 중격?"

"그것도 엄청 잘 쳐준 거야. 17살에 저 정도 포텐셜이면, 5년만 지나봐. 엄청 쓸 만한 무기가 될걸."

제인은 사실 반쯤 결론을 내렸다. 김하진의 재능은 마력을 매개로 무기를 강화·변화시키는 '무장개념'이요, 체질은 체내의 마력이 모두 항마의 성질을 띠는 '항마지체'일 것이라고.

"이런 평가에는 경이가 있어야 하는데. 경이 아직도 마계에 있대?"

"응. 그 멧돼지는 들어가서 나올 생각을 안 하네."

마계. 복마전, 또는 판데모니엄이라 불리는 곳의 은어다. 인간들은 쉬쉬하지만, 그 세계는 라스베가스보다 더 사치스럽고 쾌락주의적인 것들이 즐비하여 있고, 굳이 마인이 아니더라도(물론 그 주변에 득시글거리는 괴수들을 주파할 수만 있다면) 자유롭게 출입할 수 있다. 척준경은 그곳에서 유흥과 향락과 싸움을 즐기고 있었다.

"그것보다, 대장은 어떻게 생각해?"

제인은 통수권자에게 질문을 돌렸다. 그러나 대답은 들려오지 않았다.

제인이 그쪽으로 고개를 돌렸다. 대장은 두 손에 쥔 게임기를 뿡뿡거리면서 뭔가를 하고 있었다.

"……대장, 게임해?"

"음? 아…… 별건 아니다."

제인이 묻자, 눈은 게임기에 고정한 채 고개만을 제인 쪽으로 돌린다. 참 귀여운 모습이었다.

"김하진이랑 문자 몇 번 하더니, 요즘 전자기기에 맛 들리셨나 봐?"

삐리릭―

뭔가 망한 듯한 효과음 이후 대장은 게임기를 끄고, 새까만 눈동자를 제인에게로 두었다.

"제인, 건방지다."

그 말에 제인은 슬그머니 시선을 피했다.

김하진이랑 문자할 때는 세상 살갑더니만.

괜히 샘나서 드룬에게로 말을 돌렸다.

"그것보다, 드룬. 뒤처리 잘했겠지?"

"응. 인질은 구출했고, 그 이외는 남김없이 먹었어. 사람도, 총알도."

드룬이 방긋 웃으며 말했다. 제인은 나지막이 한숨을 내쉬었다.

"……'먹였어'라고 해야지. 소름 돋잖니, 애야. 그리고, 그 늑대의 정체는 알아냈어?"

"응. 김하진 펫이겠지."

"아니……."

모든 건 명확하게 알았지만, 아직 하나 불명확한 게 있다. 김하진의 가슴팍에서 갑자기 솟구친 정체불명의 '늑대'가 그것이다.

"그건 걱정하지 마라."

그때 대장이 나섰다.

"내가 직접 물어보겠다. 나를 아주 신뢰하고 있는 것 같으니."

"……그래?"

"팥으로 메주를 쑨다 해도 믿을 거다."

"아니, 뭐. 대장이 그렇게 말한다면……."

제인은 일단 고개를 끄덕였다.

이튿날 약속한 대로, 우리는 채나윤이 초대한 한식당 앞에 모였다.

미슐랭 3스타라는 명성이 자자한 '한정각'. 원래는 다섯 명이 모여야 할 자리였지만, 어떻게 하다 보니 나까지 끼게 되었다.

"왔냐 애들아. 들어와, 들어와."

어렸을 적부터 한정각에서 외식을 즐겼던 채나윤은 익숙하게 일행을 안내했다. 한옥의 모습을 그대로 본뜬 한정각의 내부는 정갈하고 전통적이었다.

우리는 채나윤을 따라 예약된 자리로 갔다.

긴 식탁에 늘어선 6석의 의자. 나는 제일 안쪽 자리를 차지했다. 내 옆에는 순서대로 김수호와 이영한이, 내 앞에는 채나윤이 앉았다.

"야. 여기 엄청 맛있어. 기대해도 좋아."

그리고 내 눈을 보며 말했다. 그 아이 콘택트가 부담스러워, 나는 끄덕이는 척 고개를 숙였다.

채나윤이 활기찬 목소리로 대화의 물꼬를 텄다.

"아, 근데. 이렇게 모이니까 옛날 생각난다."

"옛날 생각?"

"1972년. 우리 거의 7주 동안이나 거기서 있었잖아. 나 그때 진짜 실력 엄청 늘었다니까? 돌아오고 나서 무패 행진 중이야 지금."

"······레이첼한테 지지 않았나?"

"무승부였거덩?"

일행은 서로 즐겁게 수다를 떨었다. 과거에서 있었던 일을 추억처럼 나누었고, 곧 있을 기말시험과 성적에 대한 걱정도 토로했다.

음식을 기다리며 가만히 듣기만 하던 나는 문득, 이상한 사람을 한 명 발견했다. 신종학이었다.

"어이, 김수호. 기말시험 대비는 잘하고 있냐?"

"적당히 했지. 너는?"

"내가 시험 따위 준비하는 거 봤냐? 나는 너랑 다르다."

"아…… 그러세요?"

"그래. 태생, 핏줄부터가 다른 몸이라는 거지. 인생이 노력으로 점철된 너는 이해 못 하겠지만."

신종학은 김수호에게 라이벌 의식만을 느낄 뿐 별다른 적대감을 표출하지 않고 있다. 원작이었다면 상당히 살벌했어야 할 터인데, 오히려지금 신종학이 내비치는 언행은 우스운 걸 넘어 정겹기까지 하다. 물론좋은 현상이긴 하지만…… 의문스럽다. 신종학은 왜 저렇게 변한 건지.

"식사 나왔습니다."

마침 나타난 직원이 내 의문을 잘라냈다.

차륵차륵.

식기 소리가 울리며 식탁 위로 음식들이 올라온다. 갈비찜, 게장, 김치, 돌솥밥 등 전형적인 한식이었다. 나는 수많은 반찬 중에서도, 인당하나씩 배정된 떡갈비를 먼저 건드렸다. 떡갈비는 내가 예전부터 제일애정하던 음식이다.

"와, 뭐야. 이거 맛있네."

입에 넣자마자 녹아내리는 것이 과연 황홀경이라 하기에 부족함이없는 맛이어서, 무심코 중얼거렸다.

"그러게. 맛있다."

내 옆의 김수호도 감탄했다. 그는 맛있는 걸 아껴서 먹는 스타일인지 떡갈비의 귀퉁이만 살짝 떼어 먹었다.

그러나 나는 그런 타입이 아니다. 떡갈비 하나를 거의 통째로 삼켰다.

"야야. 맛있냐? 맛있지? 거봐. 내가 맛있을 거라고 했잖아."

오물오물 떡갈비를 씹는 내 앞에서 채나윤이 호들갑을 떤다.

"엄청 맛있지~?"

"알았으니까 조용히 좀."

"흐흐."

나는 떡갈비를 삼키고, 약간의 아쉬움을 느끼며 다시 신종학을 살폈다. 그는 매의 눈으로 김수호를 관찰하고 있었다. 혹시 식사 예절에 어긋나면 그거 가지고 공격하려는 듯싶었지만, 이내 포기하고 자기 음식에나 집중한다. 나도 다시 내 접시 쪽을 보았다.

"⋯⋯뭐야?"

그런데 내 접시 위에는 새로운 떡갈비가 생겨나 있었다.

뭐지. 나도 모르는 사이 내가 뱉어낸 건가.

나는 떡갈비를 살펴보다 천천히 얼굴을 들었다. 그 순간 채나윤과 눈이 마주쳤다. 그녀는 나를 보면서 왠지 뿌듯하게 웃었다.

이거 네 소행이냐.

내가 떡갈비를 젓가락으로 가리키자, 채나윤은 소리 없이 입만 움직였다.

너 많이 먹어.

이런 친절은 부담스러운데.

그러나 고소하고 맛있는 향기가 코끝을 간질인다.

꿀꺽.

울대가 넘어간다. 결국, 떡갈비에 승복한 내가 그것을 반쯤 씹어 먹던 찰나, 머릿속에 뭔가 전류가 파지직- 스쳤다.

나는 비빔밥을 비비고 있는 채나윤을 보고, 그다음 신종학에 시선을 두었다. 김수호. 신종학. 채나윤. 이 세 명의 관계에서, 신종학이 엇

나가게 되는 가장 결정적인 원인은…… 채나윤.

나는 내 앞, 문제의 근원을 지그시 바라보았다.

설마 아니겠지. 혹시 그때 타임캡슐을 준 게 너무 컸던 건가? 아니, 그럴 리가 없다. 분명 잘생긴 사람을 좋아하니까.

그때 채나윤의 작은 웃음소리가 들려왔다.

"뭘 그렇게 봐. 더 시켜줘?"

"어? 아니."

"저, 이모~!"

말릴 새도 없이, 채나윤이 이모를 불렀다.

"떡갈비 두 개만 더 주세용."

즐겁게 주문하는 채나윤의 그 모습을, 나는 선명한 씁쓸함과 이유 모를 불길함 속에서 지켜보았다.

• • ◈ • •

한정식 다음 코스는 노래방이었다. 한정각 근처에 있던 고급 노래방 에서, 일행은 차례대로 노래를 불렀다. 채나윤은 의외로 노래를 잘 불렀고, 김수호와 이영한도 썩 잘 불렀다. 유연하가 내심 기대했던 신종학도 평균 이상은 되는 것 같았다.

하지만 김하진은……

영웅들이 흔히 말하는 '격의 차이'가 이러할까. 가수를 해도 성공했을 법한, 제대로 된 어나더 클래스였다.

"와~ 귀 녹겠네, 귀 녹겠어."

"넌 그냥 가수 해라 가수."

이영한과 김수호가 난리를 피우는 사이, 유연하는 채나윤을 힐끔 봤다. 김하진의 노래는 방금 전에 끝났지만, 여전히 눈을 감고 있는 것이 약간 여운에 잠긴 듯하다.

그 순간 스마트워치에 문자가 도착했다.

[잠깐 밖으로 나와봐. 할 얘기 있음.]

김하진이었다. 유연하는 당사자를 힐끗 보고는, 잠시 노래방 밖으로 나갔다.

그렇게 기다리길 3분.

"헤이 버디."

누군가가 자신을 친근하게 불렀다. 유연하는 갑자기 웃음이 나왔다.

"……갑자기 웬 영어예요?"

"모르냐? 버디 뜻이 동료인데."

"아니, 제가 그걸 모르겠어요? 뭐…… 어쨌든. 제 스타일 아시죠?"

김하진이 피식거리며 고개를 끄덕였다. 웬만하면 서론 없이 본론부터. 유연하는 사담을 좋아하는 사람이 아니다.

"당연히 알지. 나, 총알 좀 만들어줘."

"에? 총알이요?"

유연하로서는 예상치 못한 부탁이었다.

"어. 기성품 말고, 주문 제작. 커스텀 메이드. 가능하지?"

"……가능은 하겠죠. 근데 커스텀이고 자시고 할 게 없이, 저희 공방의 공법이 제일 최첨단이에요."

총탄은 제일 큰 것도 웬만한 검지보다 작다. 그만큼 작은 것에 마나를 압축·주입하는 '마나 공법'은 2000년대에 이르러서야 개발된 첨단 기술이다.

"아. 그건 알지. 그런데."

별안간 김하진은 품속에서 자그마한 낙엽을 꺼냈다. 낙엽인지 나뭇잎인지. 어쨌든 뭔가 상황과 어울리지 않는 물건이었다.

"······이게 뭐예요. 나뭇잎인데요?"

"갈아서 총탄 속에 넣어줘."

"예?"

일단 나뭇잎을 건네받은 유연하는 그것을 유심히 살폈다. 하지만 아무리 돌려봐도 영 다른 특별한 점이 없다.

눈썹을 살짝 찌푸리고서 김하진을 보았다.

"뭔지는 물어봐도 안 알려주실 테죠?"

그는 말없이 고개를 끄덕였다.

"······그냥 갈아서 넣기만 하면 되는 거죠?"

"응."

"어쨌든 알았어요."

"고마워. 아, 그리고 애들한테는 나 먼저 간다고 말해주고?"

유연하가 고개를 갸웃했다.

"어차피 저희도 곧 갈 텐데, 같이 있으시지?"

"불편해. 먼저 갈게. 신종학이 자꾸 견제한단 말이야."

김하진은 그렇게 말하며 유연하의 어깨를 은근 강하게 두드렸다. 순간 흠칫 놀란 그녀가 두어 걸음 뒷걸음질 쳤다.

"치, 치지 마요······ 아파."

"아, 미안. 쨌든, 난 간다."

"……예, 가세요."

김하진이 서서히 멀어진다. 어깨를 쓰다듬으며 그 뒷모습을 지켜보던 중, 워치에 긴급 문자가 도착했다.

[마스터, 김하진과 관련된 것 같은 사건 하나를 찾아낸 것 같습니다.]

무심코 보던 유연하의 두 눈이 휘둥그레졌다.

[보고하라.]

[김하진의 출생연도에 '광오 사태'라는 사건이 발생했습니다. 한데 무슨 연유에선지 관련 자료가 모두 은폐되어 있고, 조사 도중 정보원 한 명이 피습을 당했습니다.]

"피습?!"

유연하는 급히 답장을 입력해 갔다. 어떻게 구한 정보원인데, 아니, 그동안 월급으로 들인 돈이 얼만데.

[상태는 괜찮나?]

[예. 다행히 별문제 없이 회복 중입니다.]

[일단 여태까지의 정보를 내게 제출하고, 조사는 잠시 중단하라. 정보보다는 정보원의 안위가 최우선이다.]

[알겠습니다, 마스터.]

일단 그렇게 대화를 마친 유연하는, '광오 사태'라는 활자를 지그시 들여다보았다.

"광오 사태, 광오 사태…… 왜 낯이 익지?"

분명 본가의 서재에서 비슷한 내용의 사건집을 본 적이 있었다. 아니, 사건집이라기보다는 아버지의 일기장이었다.

7살 때인가, 아주 어렸을 적이지만 기억은 확실하다. 당시에는 글자가 너무 어렵고 한자투성이라 자세히 보지는 못했지만, 뭣도 모르고 보다가 아빠한테 살면서 처음으로 혼났으니까.

"……나중에 가서 봐야겠다."

이번 주 금요일부터 아빠가 출장을 간다고 했으니, 그때를 노리면 되겠지.

"후훗."

유연하는 괜히 뿌듯했다. 이제야 '동료'에게 제대로 된 보답을 할 수 있을 것 같다.

가볍게 빙그르르 돌아서니 채나윤이 도끼눈으로 노려보고 있었다.

"히익!"

유연하가 몸을 움찔 떨었다.

"뭐, 뭐야. 나윤아. 왜 나왔어?"

"아니, 안 들어오길래."

채나윤이 턱 끝으로 노래방을 가리켰다.

"어, 응…… 아 맞다. 나윤아. 그 사람은 먼저 간대."

"뭐? 왜? 너랑 무슨 얘기 했는데?"

미간을 좁히고 묻는다. 유연하는 그 모습이 괜히 귀여워서, 손가락으로 그녀의 옆구리를 콕 찔렀다.

"악, 뭐야."

"뭘 그런 눈으로 보니, 뭘."

"아니, 야, 아항. 하, 하지 마!"

그러나 계속 찔렀다. 옆구리에서 시작해서, 조금 더 민감한 부위로.

"아 하지 마라니까. 아! 찌, 찌르지 마."

"뭐가. 뭐가."

"지, 진짜 아, 아으. 야!"

참다못한 채나윤은 결국 자기 가슴을 두 팔로 막았다.

"이상한 데를 찌르고 있어, 미쳤냐?!"

"부러워서 그런다. 부러워서."

유연하는 말하면서도 계속 기회를 엿봤다. 몽실몽실 뭉클뭉클. 온 갖 부드럽고 말랑한 단어는 죄다 통용될 만한, 자연산인 게 신기한 몸매. 거기에다 새하얗기까지 한 건 반칙이 아닌가 싶다.

꾸욱, 꾸욱.

"아, 아앗. 아, 하지 마. 하지 말라니깐. 아 간지러, 아 진짜-!"

유연하의 민감한 손가락질에, 채나윤은 얼굴이 벌게져서는 결국 못 참고 도망쳤다.

늦기 전에 숙소로 돌아왔다.

문을 열자마자, 에반젤과 하양이가 쪼르르 뛰어왔다. 에반젤의 하진 하진과 하양이의 야옹야옹은 이제 익숙하다.

나는 둘을 품에 안고서 소파에 앉았다. 돌아오면 틀어주기로 약속 했던 TV 애니메이션의 극장판을 결제했다.

에반젤과 하양이는 배급사의 로고가 떠오른 순간부터 초집중을 시 작했다. 근데 하양이 쟤는 아무리 생각해도 지능이 사람 이상인 것 같다. 사료는 거들떠보지도 않고 사람 먹는 음식만 먹는 것도 그렇고, 이 숙소의 최고 권력자(나)에게는 절대복종을 하는 것도 그렇고.

"……잠깐만."

문득 나는 내 손에 끼워진 반지와 눈앞에서 살랑이는 하양이의 꼬리를 보았다. 무심코 기상천외한 생각이 들었다. 반지를 사람 손가락에만 끼라는 법이 있는가.

[호메로스의 반지][유물][개화]

과거 호메로스가 착용했던 반지.

자연과 공명하여 착용자에게 맑은 기운을 깃들인다. 또한, 호메로스의 지성을 일부 본받을 수 있다.

「지능 상승」

착용자의 지능이 24시간마다 0.001씩(최대 0.365) 상승한다.

「상급 마력 증폭」

괜한 호기심이 일어서, 나는 설정을 한 번 수정해 보았다.

단 하나의 대상에 한하여, 대상이 인간이 아닐 경우 12시간마다 0.01씩 (최대 0.365) 상승한다.

[40SP가 소모됩니다.]

"어? 잠깐, 잠깐."

머릿속으로 계산을 한번 해봤다.

하루에 0.02. 18일이면 전부 채울 수 있는 수치다. 게다가 소모 SP도 의외로 적다.

이거, 인간한테도 적용할 수 있는 거 아니야?

첫 착용자에 한하여, 지능 상승 속도가 2배로 증폭된다.

[250SP가 소모됩니다.]

그러나 소모 SP는 250. 역시 인간과 짐승의 갭은 그만큼 크다는 거 겠지.

"……흠."

나는 잠시 동안 고민했다. 기회비용은 SP 40과 18일이라는 시간. 똑 똑해진 하양이가 내게 그만큼의 도움이 되어줄 수 있을까.

나는 에반젤의 품에 안겨 있는 하양이를 보았다. 나한테는 몰라도, 에반젤에게는 도움이 되겠지.

에라 모르겠다.

꼬리에 반지를 끼웠다. 그러자 하양이는 뭔가 나른한 얼굴로 나를 뒤돌아보더니, 자기 꼬리에 끼워진 반지를 발견했다.

1초, 2초, 3초…… 가만히 쳐다보다가, 왠지 그 반짝이는 게 만족스 러운지 살랑살랑 꼬리를 흔든다.

"2주 동안 얼마나 똑똑해지는지 보겠어."

나는 그렇게 말하며 하양이의 등을 쓰다듬었다.

하양이, 하니까 이번에는 늑대가 생각났다. 기가 막힌 의식의 흐름이다. 나는 노트북으로 에반젤이 심혈을 다해 조각한 유령 늑대의 능력치를 살폈다.

「유령 늑대」
[권속][중급]
-마녀가 만든 최초의 권속(眷屬)
▶기본 능력치
[근력 5.350][치악력 6.150][지구력 2.535][순발력 7.550]
[감각력 7.605][체력 2.750][마력 3.850]
▶특수 스킬
[직감 상(上)][섭취 하(下)][문신화 하(下)]
▶최초의 권속
성장 포텐셜과 본신의 위계가 타 권속에 비해 월등하다.
▶영혼의 결속
마녀의 기량이 성장할수록 권속의 위력 또한 강해진다.

"와 뭐야."
처음으로는 능력치에 감탄했다. 특히 순발력과 감각력이 장난 아니다. 체력과 지구력만 높아지면 바이크 대신 타도 될 지경.
그다음에는 '권속'이라는 글자에 눈이 갔다.
"아, 어쩐지."
그리고 납득했다. 권속은 마녀의 권능 중 하나로, 생명을 만들어내는 힘이다. 사실 생명이라기보다는 자신의 영혼을 떼어내어 일종의 '분신'을 만든다고 하는 것이 옳다. 그 때문에 권속은 마녀의 여러 피조물 중에서도 특히 강력한 힘을 발휘하고, 마녀는 평생 3~5개체의 권속밖에 만들 수 없다.

이 권속의 위력을 아주 쉽게 예를 들어 설명하자면, 원작 에반젤의 가장 유명한 권속은 삼두(三頭)의 번견(番犬), 케르베로스였다. 묘사에도 꽤나 공을 들였던 걸로 기억한다. 흑염이 타오르는 거체에…… 뭐시기.

"……언더 아머는 나 말고 얘한테 끼워야겠다."

이 늑대, 잘만 크면 진짜 마랑이 될 수 있을지도 모르겠다.

근데 에반젤은 왜 하필 늑대를 조물했을까. 대장 말처럼 내가 약간 늑대를 닮기라도 했나?

"햐햐. 저거 바 하양아."

에반젤의 귀여운 웃음소리가 들려왔다. 그녀는 극장판 애니메이션에 최선을 다해 집중하고 있었다. 재미있는 장면에는 웃고, 진지한 장면에는 세상 심각한 얼굴로 지켜보고, 슬픈 장면에는 눈물을 글썽이고, 레이싱 신이 나올 때는 그 움직임에 따라 자기 머리통을 이리저리 기울였다.

그때 마침 스마트워치로 문자가 왔다.

[여행 클럽. 이번 주 토요일, 이번에는 국내 부산의 축제로 놀러 갑니다. 참/불참은 문자로 미리 말해주세요.]

순간 미간이 살짝 좁혀졌다. 여행 클럽은, 솔직히 말하면 가는 날마다 무슨 일이 터질 거다.

"부우웅~"

TV 속 자동차를 따라 우회전하는 에반젤의 뒤통수를, 나는 조심스레 쥐었다.

"에반젤?"

"······응?"

"우리 이번 주 금요일에 놀러 가자."

여행 클럽의 목적지가 부산으로 정해졌다. 그러나 토요일~일요일 일정이니, 금요일 하루 동안 스위트룸을 잡으면 에반젤과 함께 놀아줄 수 있을 거다.

"놀러?!"

에반젤의 눈이 반짝 빛났다.

"응. 금요일 날 시간이 날 것 같거든. 저번 주에는 디제린 랜드를 갔으니까, 이번 주에는······."

일부러 시간을 끌었다. 에반젤의 초롱초롱한 눈이 기대를 뿜뿜한다.

"부산 축제."

· · ◆ · ·

금요일 오후 2시.

"실전 마법은 중요하면서도 간단합니다."

[실전 마법과 상급 마력 활용]이 한창 진행 중인 상황.

나는 내 옆자리를 힐끔거렸다. 토메르는 아무렇지도 않은 척 필기를 하고 있었다.

요즘 나는 토메르와 꽤 많은 연락을 주고받았다. 아구스 벤하민과는 무슨 사이였냐. 그 사람의 인성은 어땠냐. 아닌 척 자기 아버지에 관한 사실을 계속해서 캐물었고, 나는 적당히 대답하면서, 토메르를 확실히 우군으로 끌어들이기 위한 장치들을 준비해 놓았다.

지금, 외롭고 고독했던 토메르 아버지의 납골단지는 내가 선물한 꽃들에 둘러싸여 있을 거다.

"체내의 마력을 마법으로 전환시키는 가공 없이도 발현할 수 있는 것들. 그 가장 대표적인 예가 바로 배리어……."

속절없이 이어지는 수업. 나긋나긋한 목소리에 졸 듯 말 듯 하던 그때였다. 옆자리의 토메르가 내 어깨를 툭툭 두드렸다.

급히 침을 닦고 고개를 돌리자, 종이 한 장을 쑤욱 내밀었다.

[야. 너 그 사람이랑 어떻게 친해졌냐?]

그 문장을 보고, 토메르의 얼굴을 보았다. 왠지 본격적인 표정이다. 나는 목청을 훑고서 답장을 적었다.

[그냥. 어렵게 친해졌지.]

[그러니까 어떻게. 간호사들도 못 친해진 것 같던데.]

[아니, 뭐. 그 사람도 가족이 없었잖아. 나랑 처지가 비슷하기도 하고.]

일단 그렇게만 적은 다음 토메르를 힐끔거렸다. 토메르는 영 모르겠다는 얼굴로 문장을 써 내려갔다.

[무슨 처지가 비]

"……아 맞다."

그러나 도중에 멈췄다. 하긴. 얘도 내 뒷조사를 해봤을 테니, 내가 고아인 것쯤은 알아냈겠지.

토메르가 미안한 듯 나를 슬쩍 보고는 짧게 적었다.

[알겠다.]

이번에는 내가 적극적으로 나섰다.

[근데 너는 왜 자꾸 묻냐? 저번 주부터 계속.]

[그 사람, 내 생부야.]

"……어?"

그냥 살짝 찌른 것뿐인데, 토메르는 폭탄 발언으로 되돌려줬다. 그 순간 나는 진심으로 당황했다.

[당황스럽겠지. 나도 그래. 여기서 그 사람이랑 연이 있는 사람을 찾을 거라곤 지랄 꿈에도 상상 못 했거든.]

토메르의 글씨가 빠르게 휘갈겨진다.

[그 사람은 나를 버리고 도망쳤어. 그래서 그 행적을 뒤쫓는 거고.]

나는 가만히 입을 다물었다. 그러나 토메르의 아버지는 토메르를 버리고 도망친 것이 아니었다. 오히려 그 반대였다. 그는 딸을 버림으로써 딸을 지킨 것이었다. 자신이 사랑하던 아내가 마인에게 잠식되어 가장 소중한 딸까지 팔아버리려 하였으므로, 그는 아내를 죽이고 딸을 선택한 것이었다.

[그래서 말인데. 혹시 그 새, 그 사람 유언이나 유품 같은 건 없었냐?]

다만 당시 남미의 사회 분위기는 마인에 대한 연좌제와 마녀사냥이 횡행하였으므로, 토메르의 아버지는 자기 혼자 범죄자가 되어야만 했다. 그는 딸을 지키기 위해 혼자서 도망쳤지만, 언제나 딸을 그리워하며, 언젠가 만날 딸을 위해 편지를 준비해 두었다.

[유품은 있었지. 편지 한 장.]

순간 토메르의 눈에 한기가 스쳤다.

[어딨는데 그거.]

[추모원에 있어. 납골단지랑 같이.]

[그 추모원이 어딘데.]

[같이 가자. 데려다줄게.]

[시끄럽고, 주소만 적어.]

토메르 혼자 간다면 극적 효과는 조금 떨어지겠지만, 상관은 없다. 바로 주소를 적어주었다. 토메르는 스마트워치에 그 주소를 옮기고는, 다시 노트에 글자를 적었다.

[아. 그리고 나 큐브 생활은 오늘이 끝이야. 근데 돈 안 갚으려고 그러는 거 아니니까, 오해는 하지 마라.]

"거기 두 분?"

그때였다. 교탁에서 강의하던 서울 마탑의 수석 마법사, '김효준'이 우리를 가리켰다.

"혹, 연인 사이이신가요?"

지금 나는 토메르와 중간에 노트 한 권을 두고 딱 달라붙은 상태. 토메르가 황급히 옆으로 물러났으나, 이미 생도들의 시선은 우리를 다 훑고 지나간 후다.

"별로 어울리는 것 같지도 않은데…… 그렇게 대놓고 하는 연애는 교칙 위반이에요."

"아닙니다."

그렇게 대답한 순간, 뭔가 저 앞에서 나를 뚫어져라 보는 시선이 느껴졌다. 채나윤이었다.

그 옆에 앉은 유연하는 별 관심 없이 필기나 열심히 하고 있는데, 채나윤은 뾰로통해져서는 나를 노려보고 있다.

"김하진 생도? 나와보세요."

"아."

"아?"

"아, 네."

역시 이렇게 되는구나. 김효준이 저놈이 그냥 넘어갈 리 없지. 어떻게든 쪽을 줘야 직성이 풀리는 놈이니까.

나는 뒷목을 긁적이며 일어나 교탁 위로 올라갔다.

"김하진 생도. 1학기 시험은 전부 평균 수준으로 통과하셨어요."

김효준이 은막에 내 성적을 영사했다. 빛의 구체. 마력 방출. 마력 조응 등등. 전부 C와 B+ 사이를 넘나들고 있다.

"그럼, 오늘 수업 내용은 뭐였죠?"

"어……."

나는 모른다. 그냥 졸았으니까.

우물쭈물하고 있는 사이, 어디선가 작은 목소리가 들려왔다. 거의 안 들리게 '배리어'를 외치고 있는 김수호였다.

"아, 배리어입니다."

"……네. 맞아요. 한번 해보시겠어요?"

잠깐, 배리어? 순간 원작의 내용이 오버랩되었다.

이건 내가 쓴 곁가지 에피소드다. 이 수업의 담당 마법사는 김효준. 1학기 때에도 언급했다시피 시기와 질투로 점철된 쫌생으로, 원작에서도 김수호를 이런 식으로 골렸던 전력이 있다.

"배리어요?"

"네. 해보세요, 한번."

불안감에 입술이 바싹 마른다.

나는 일단 성흔의 마력을 작동시켜, 적당히 사람 상반신을 가릴 법한 배리어를 형상화해 냈다. 거기에 소모한 성흔의 마력은 무려 한 획반. 선명하고 형형한 푸른 마력이 반듯한 오각형이 되어 내 상반신을 감싼다. 내가 보기에도 퍽 괜찮은 모양새였다. 잎맥처럼 각인된 마력회로가 배리어 내부의 마력을 효율적으로 운반하고, 마력이 흐를 마다 회로가 푸르게 반짝인다. 나도 모르게 형성한, 사뭇 완벽한 배리어였다.

김효준은 살짝 불편한 얼굴이 되었으나 이내 칭찬했다.

"……생김새는 좋군요. 특히 마력의 선명함이 좋아요."

그러나 곧바로 비아냥이 돌아왔다.

"하지만 약해요. 너무 약합니다. 여러분들, 이런 생도의 문제점이 뭔지 아십니까?"

갑자기 생도들을 보며, 개탄스럽다는 듯 설파한다.

"모양새는 예뻐요. 아주 예뻐요. 마치 외관에만 신경 쓴 것처럼. 아니, 실제로 외관에만 신경을 쓰고 있지요."

나는 내 배리어를 힐끗 보았다. 그냥 성흔의 마력이 만들어준 건데.

"김하진 생도!"

갑자기 김효준이 나를 삿대질했다.

"당신은 연예인이 아닙니다. 배리어는 외관이 조금 무너질지언정, 높은 강직도와 강인한 방어력이 중요한 겁니다."

순간 김효준의 손 어름에 응축된 불덩어리가 피어올랐다.

"당신이 만들어낸 배리어는, 이렇게 얕은 마법 한 방으로도 뚫어낼 수 있을 겁니다."

"아······."

그 불덩이를 가늠해 보니, 솔직히 뚫릴 것 같지는 않다.

"하진 생도, 준비되셨나요?"

"예? 아, 예."

"그렇다면 시범을 보여 드리겠습니다. 왜 배리어가 예쁘기만 하면 안 되는지."

김효준은 불덩어리를 내던지지 않았다. 순간적인 마력 연소에 의해 불덩이가 스스로, 빠르게 날아와 예쁜 내 배리어에 직격했다.

펑!

작은 폭발과 가벼운 연기가 일었다. 그러나 내 배리어는 아주 멀쩡하고, 불덩어리는 산화했다.

찰나, 내부에는 적막이 가라앉았다.

나는 새삼 감탄했다. 역시 성흔의 마력은, 비록 그 용량은 적지만 질적인 면에서는 제법 대단하구나.

"······커, 커흠. 아주 폐급은 아니네요. 하지만!"

딩동댕─

그때, 수업시간이 끝났음을 알리는 종소리가 김효준의 말을 잘라냈다.

"후우."

한숨을 내쉰 김효준은 아주 언짢은 표정으로 나를 노려보며, 악물린 목소리로 말했다.

"들어가세요."

오후 4시. 금요일의 마지막 수업은 그렇게 끝났다.

[오후 5시 정각]

　서울 강남에 위치한 부지만 1,500㎡에 달하는 대저택. 지가(地價)만 수백억을 호가하는 그 금싸라기 땅을 모조리 차지하며 고고하게 솟아오른 서양식 고성은, 정수의 해협으로 유명한 유씨 가문이 머무는 본가(本家)다.

　오늘 유연하는 수업이 끝나자마자 이 본가를 찾아왔다.

　"아가씨. 오셨습니까."

　정문을 열자 대기하고 있던 집사가 격조 있게 맞이했다.

　"오랜만이에요 집사님. 근데…… 어머니와 아버지는요?"

　유연하는 은근한 목소리로 물었다.

　"주인님께서는 출장을 가셨고, 안주인님께서는 세미나에 참석하셨습니다."

　"아 그래요~? 아쉽네…… 오랜만에 얼굴 보려고 왔는데."

　"연락을 드릴까요? 안주인님께서는 출발한 지 얼마 되지 않았습니다."

　"네? 아뇨. 그럴 필요는 없어요."

　유연하는 흐뭇흐뭇 웃으며 집사에게 짐을 맡겼다. 엄마도 없다 이거지. 의외로 상황이 훨씬 좋다.

　"그럼 전, 이제 곧 시험 기간이라. 아버지 책 좀 빌려 읽으러 서재로 갈게요~"

　"예, 아가씨."

그리고 아버지의 서재로 슬그머니 이동했다. 광오 사태에 관한 정보를 찾기 위함이었다.

"여기 되게 오랜만이네."

오랜만에 들어온 서재에는 장서와 고서, 마법서를 비롯한 수만 권의 책이 여전히 그 자리를 지키고 있었다. 아마 이 서재를 가치로 따지면 수백억은 호가할 테지.

그러나 유연하의 관심은 다른 곳에 있었다. 그녀는 아버지의 서재 책상을 힘차게 밀어내고, 아래에 깔린 투명 카펫도 치웠다. 그러자 비밀 금고가 그 모습을 드러냈다.

"……어? 비밀번호가 생겼네."

10년 전에는 그냥 네모 칸 속에 묻혀 있었는데.

유연하는 잠시 고민하다가, 숫자 네 개를 눌러봤다.

0429. 유연하 자신의 생일이었으나, 아니다.

0816. 어머니의 생일인데, 이것도 아니다.

"흐음……."

유연하는 고민했다. 정보원 중에 해킹에 특화된 애가 한 명 있긴 하지만, 이 금고는 디지털로 연결된 게 아니라서 해킹이 불가능하다. 그렇다면 이렇게 허무하게 포기해야 하는가…….

그러다 문득, 04290816. 어머니와 자신의 생일을 모두 합친 숫자가 떠올랐다.

빙고!

스르륵, 금고가 열렸다.

"어디 보자."

그 속에는 낡고 두꺼운 일기장이 하나 있었다. 아빠가 20년 동안 써왔던 일기장. 유연하는 그 페이지를 넘겨가며 '광오'라는 글자를 찾기 시작했다.

광오, 광오, 광오…….

"아, 여깄다."

[오늘, 나는 광오에 관한 소식을 들었다.]

2008년 9월 9일 자 일기. 유연하는 기분 좋은 얼굴로 그것을 읽어 내려갔다. 첫 마디를 읽음과 동시에 정보원들이 정보를 보내왔다. 광오 사태 직후, 김하진이 광오 대피소와 근접한 고아원에 입적되었다는 설득력 있는 정보였다.

유연하는 감자칩이 없다는 것에 아쉬워하며 일기 페이지를 천천히 넘겼다. 아버지가 곧잘 쓰는 한자도 지금에 이르러서는 술술 익혔다.

[신문과 뉴스는 어젯밤의 사건을 '광오 대피소 마인 습격 사건'이라 命名(명명)하고 그 經過(경과)를 토막 내어 전달했다. 순간적인 怪獸(괴수)의 急進(급진), 이후 待避所(대피소)로 대피한 시민과 아홉 영웅이 한 명의 마인에게 沒殺(몰살)당하였다는 말이었다.

……그날 광오에서 일어난 일을, 나는 아마 평생토록 잊지 못할 것이다.]

처음에는 그저 담담하게 '광오 대피소 마인 습격' 사건을 서술하는 내용이었다. 하나 바로 다음 문단부터, 글의 분위기가 바뀌었다.

[……대통령 김석호는 자신을 귀찮게 하는 '진영환'을 마인의 세작이라 단정했다. 진영환은 정직한 사내였다. 너무 정직해서 문제였고, 어쩌면 김석호는 자신의 치부가 밖으로 드러나지 않길 바란 것뿐일지도 몰랐다.

그러나 채주철은 그가 마인이라는 사실에 동의했다. 채주철 또한 진영환의 죽음을 바랐다.

그러나 진영환은 인망이 두터워 따르는 부하가 많은 사내였다.

그 혼자 암살을 당한다면, 의심은 필연적일 것이었다. 하여 채주철은 몰살을 천명하고, 예리한 흉기를 고용한 뒤 내게 그 일의 진행을 맡겼다.]

"……?"

유연하는 다시 앞장을 보고, 뒷장을 보았다. 두 눈을 뜨고 보면서도 이해할 수 없는 내용이었다. 혹 한자 해석을 잘못하였나 싶어 스마트워치로 옥편까지 띄웠다. 그러나 내용은 똑같았고, 유연하는 일말의 혼란 속에서 아버지의 불길한 고해를 읽어 내려갔다.

[당일. 나는 진영환의 무전을 받았다. 진영환의 목소리는 다급했다. 그러나 그 괴수 급진은 내가 조작한 것이었다. 나는 진영환에게 일단 인명의 구조가 우선이라 여기라며, 그와 그의 부하들을 사지로 몰아넣었다.

광오 대피소. 진영환은 그곳에서 시민을 지키고자 했다.]

아버지가 썼음이 분명한, 정갈한 필체가 눈동자를 찌르는 듯했다. 유연하는 눈가에 통증을 느꼈다. 머리가 저리는 것만 같은 기이한 아픔 때문에 괴로웠다. 그러나 여기서 그만둘 수는 없었다.

[9월 8일. 오후 8시. 채주철이 고용한 암객이 대피소에 침입했다. 그는 진영환과 그 동료들을 철저히 몰살하였다. 그들은 그렇게 죽었다. 나는 그 일을 마음속에 묻고자 하였다. 그러나 바로 다음 날 나는 그 일에 관한 보고를 받았다. 진영환의 부하 중에, 만삭의 부인과 함께 한 사내가 있었다는 보고였다.]

'만삭의 부인'. 유연하는 그 단락에서 한참 동안을 멈춰 있었다. 만삭. 김하진은 광오 사건 바로 다음 날, 고아원에 입적되었다고 했다.

[보고서에는 흥미로운 사실이 하나 더 있었다. 태반과 탯줄이 발견되었다는 것이 그것이었다. 죽음을 눈앞에 둔 상황에서도 어미는 제 아이를 지켜내고, 기어코 출산했던 것이었다. 그리고 그 갓난아이의 사체는 어디에서도 발견되지 않았다.]

그 문장에 이르러서 내막은 확실해졌다. 물증 따위는 없지만, 마음이 강력하게 외치고 있었다. 그럼에도 유연하는 그 갓난아이가 김하진이 아니길 바라며, 괴로운 마음을 움켜쥐었다.

[아이는 그날 죽어야 할 운명이었다. 생을 조금이나마 연명한다 하더라도, 그 아이에게 미래는 없을 것이었다. 하여, 나는 그 갓난아이를 찾아 죽이고자 했다.]

하나 곧바로 이어지는 아버지의 모진 선언에, 유연하는 유리창이 깨지듯, 자신의 무언가가 부서지는 것을 느꼈다.

머릿속에서 언젠가 있었던 일들의 조각이 날카롭게 스쳤다.

"눈만 살짝 감았다 뜨면, 다 끝나 있을 거야."

나를 지키기 위해 괴마의 군세를 몰아냈던 그의 모습이 눈앞에 되살아났다. 그는 나를 살리고자 목숨을 걸었다. 그러나 나의 아버지는 그의 부모를 죽음으로 내몰았고, 그를 죽이고자 하였다.

[그때 불현듯 4월 29일이 떠올랐다. 새로이 삶을 얻은 내 딸아이의 생각이 났다. 자기 혼자서는 아무것도 못 하는, 그러나 존재 자체만으로도 나를 기쁘게 만드는 신비로운 피붙이.

나는 암객을 불러 물었다. 암객은 그 아이를 죽이지 않고 버렸다고 말했다.]

유연하는 고개를 숙이고, 자신의 것이 아닌 양 떨리는 두 손을 강하게 움켜쥐었다. 순간, 귓가에 주인 모를 음성이 맴돌았다.

"있잖아요. 우리, 꽤 좋은 동료 사이가 될 수 있을 것 같지 않아요?"

그건 나의 목소리였을 것이다.

동료. 평생 동료 따위는 가져본 적이 없던 내가, 그에게 보내는 목소리. 목숨을 구해준 은혜에 보답하는, 보잘것없는 목소리.

[결국 나는 그 아이에 관한 보고를 누락했다. 그러나 나는 아이의 부모를 사지로 몰아넣어 죽였고, 아이를 살리지도 않았다. 어쩌면 지금 아이는 차가운 땅바닥에서, 서서히 죽어가고 있을지도 몰랐다. 나는 그것을 부정할 생각은 없다.]

"모르냐? 버디 뜻이 동료인데."

멀지 않은 과거. 자신을 동료로 인정해 주던, 그의 음성이 고통스러운 날붙이가 되어 심장으로 스며들었다.

유연하는 손끝이 떨렸다. 더 이상 일기장의 페이지를 넘길 수가 없을 것 같았다.

심장의 박동이 거칠었다. 마음 깊은 곳에서 정체 모를 감정이 뜨거웠다. 죄책감과 원망과 비탄과 죄스러움…… 아무것도 생각할 수 없고, 그 무엇도 생각해 내기 싫었다.

뜨거운 이마에 식은땀이 고였다. 시야가 몽롱해지며 온 세상이 수축되는 듯한 탈력감이 전신을 덮쳤다.

[그러나 이미 한껏 비겁하게 살아온 인생이다. 여기서 더한 오물이 묻는다 하여도, 어차피 나만 알고, 알려지지 않을 것들이었다.

하여 나는 잊기로 했다.

내 딸아이를 위해.

내 가문을 위해.

그럼에도 내가 지금 이렇게 일기를 남기고 있는 것은, 한 줌 양심의 소행일까 아니면 스스로를 위로하고자 하는 비겁하고 알량한 마음일까. 그것도 아니면 채주철을 향한 일말의 앙심일까.

나는 그것을 구분할 수 없다.]

김하진의 얼굴과 아버지의 고백이 한데 모여 괴물의 형상을 이루었다. 그 괴물을 유연하는 견뎌낼 수 없었다.

김하진, 김하진, 김하진…… 그 이름 석 자가 환청처럼 아른거린다. 목이 메고, 가슴이 아팠다. 차마 받아내는 것조차 힘든 감정의 격랑이었다.

· · ◈ · ·

[서호 추모원]

어둠이 자욱하게 가라앉은 밤, 초승달이 싸늘한 빛을 흩뿌린다. 그 창백한 빛무리 아래에 토메르는 서 있었다.

그녀는 자신의 모든 신변을 정리하고 이곳을 찾아왔다. 이제 앞으로의 날은 그녀 자신도 가늠하지 못했다. 자신이 살아온 이유는 오직 복수였으므로, 그러나 그 복수는 이룰 길 없이 스러졌으므로, 마지막으로 유언을 찢어발기고 스스로 목숨을 거둘지도 몰랐다.

끼익—

토메르는 정숙하고 고요한 추모원의 문을 거칠게 열어젖히고, 아구스 벤하민이라는 이름을 찾아다녔다. 그의 유골이 안식된 캐비닛은 금세 발견할 수 있었다. 다른 모든 캐비닛 중에서도 특히 유별났기 때문이었다.

[아구스 벤하민]

작고 네모반듯한 캐비닛 속에 들어 있는 납골단지에는 '아구스 벤하민'이라는 스페인어가 새겨져 있었다. 다만 여러 꽃송이들이 그것을 감싸는 듯해서, 고독해 보이지는 않았다.

"뭐야 이거."

매년 봉양한 듯 가득한 꽃송이들. 토메르는 어이없음을 느끼며 그 캐비닛을 잡아 뜯듯이 열었다. 그리고 꽃송이들을 쥐었다.

꽃송이들에는 봉양자의 이름과 간단한 문구가 적힌 카드가 달려 있었다.

2024년 4월은 김하진, 2024년 8월도 김하진, 2025년 4월도 김하진, 2025년 8월도 김하진, 전부 다 김하진.

쓸모없이 마나 가공까지 되어 있어서 시들지도 않았다.

"……염병."

토메르는 욕설을 뇌까리며 꽃들을 죄다 내팽개쳤다. 그러자 그 속에 고이 놓인 노란 편지봉투 하나가 선명하게 드러났다.

토메르는 조심스레 그것을 쥐었다. 겉면에 '딸에게'라는 스페인어가 적혀 있었다. 순간 심장에서 뜨거운 불길이 솟아올랐다. 그녀는 찢어 내듯 봉투를 뜯고 그 편지를 읽어 내려갔다. 이 사람이 도대체 어떤 변명을 싸질러 놨을지, 그것이 궁금했을 뿐이었다.

[딸아.

나는 이 편지를 쓰면서 복잡한 심경에 빠져 있단다. 네가 읽지 않길 바라는 마음과, 네가 읽었으면 하는 마음. 또 네가 이것을 읽었을 때 무슨 심정일지…….]

토메르는 띄엄띄엄 읽었다. 오랜만에 보는 스페인어라 적응이 힘든 것도 그 이유였다.

[……내 아내는 유혹을 이기지 못하고 마인에게 영혼을 팔았단다. 네 엄마가 마인이 되었다는 사실이 알려져서는 안 되었단다.

마녀사냥과 연좌제가 횡행하는 그 광기의 사회 속에서, 나는 네가 무사하길 바랐단다.]

그러나 이해할 수 없는 문장들이 많았다. 이해를 하더라도, 받아들이기 싫은 내용들이 대부분이었다. 토메르는 납득보다는 분노를 느꼈다.

이 사람은 끝까지 자기만 옹호하고, 어머니를 욕되게 하는구나.

[나는 네가 한국으로 가길 바랐단다. 조금 더 안정적인 곳에서, 안정적인 삶을 살길 원했단다. 하지만 내가 한국으로 왔을 때, 너는 없었단다. 나는 분명히 친구에게 내 모든 것을 주면서 너를 부탁했는데 말이야.
그때는 세상 전부가 나를 배신한 것 같아서, 이 하찮은 삶을 끊으려…….]

토메르는 다 읽지 않고 편지를 꾸겼다. 말도 안 되는 소리라 여기며 찢어버리려 했다. 그러나 그 봉투 속에서 짤랑이며 떨어진 물건 두 개.
녹슨 브로치. 어렸을 적 생일 때, 아버지가 내게 주었던 선물.
자그마한 캐릭터 시계. 용돈을 모아, 내가 아버지에게 줬던 선물.
토메르는 멍하니 그것들을 바라보았다. 문득 몸속의 근간이 흔들리는 것이 느껴졌다.
그녀는 잠시 벽에 기댄 채, 다시 구겨진 편지를 보았다. 다시 한번 마음을 가다듬고, 다시금 종이를 펴서 편지를 읽어 내려갔다.

부산 최고급 호텔 '연화관'. 평범한 스탠다드 룸의 하루 숙박비가 50만 원을 호가하는 그곳의 프레지덴셜 룸. 지구에서의 나였다면 꿈도 못 꿨을 138평짜리 객실의 발코니에서, 나는 와인 한잔을 기울이고 있다.
보통 이런 곳은 돈이 있어도 자리가 없어 예약을 못 한다는데, 내가 딱 예약하려고 할 즈음 예약 캔슬이 나서 싸게 예약했다. 싸다고 해도 1박에 800만 원이라는 정신 나간 가격이었지만 이렇듯 행운은 가장 일상적인 부분에서부터 나를 편하게 만들어준다.

"……야경 좋네."

발코니에 앉아 저 머나먼 지평선을 내다본다. 해변의 전경이 훤히 들어오고, 축제 전야제의 풍경은 휘황찬란하다.

저녁 5시에 도착한 우리는 밤 9시까지 전야제를 즐겼다. 물총 축제, 폭죽 그리고 미슐랭 3스타 레스토랑까지.

나는 뛰어노는 에반젤과 하양이의 모습을 사진으로 남겼다. 그중 베스트 컷은, 3스타 음식을 처음 먹은 에반젤의 황홀한 표정이었다. 참 오랜만에 기분 좋게 휴식한, 휴가 같은 하루였다.

[고맙다.]

그리고 이건 방금 전 토메르가 보내온 문자. 이것 또한 나를 기쁘게 만든다. 채권자 채무자 관계와 더불어 '마력 서약서'도 남아 있으니, 아직 연이 끊긴 것도 아니다. 토메르는 이제 엇나가지 않고 내 우군이 되어줄 테지.

"와아~ 하양아 이것 봐. 에반젤이랑 하양이가 이 종이 속에 들어가 있어~!"

거실에서 귀여운 말소리가 들려왔다. 에반젤은 방금 인화한 사진이 신기한 듯했다. 그 순수함에 웃음이 저절로 새어 나왔다.

맑은 공기 바람을 느끼며 만족스레 와인을 홀짝인 그 순간. 스마트 워치로 문자 하나가 더 왔다.

[저 하진 씨. 혹시 마력을 다루는 방법에 대해서, 조금 가르침을 받

을 수 있을까요?]

발신인 레이첼. 그리고 문자는 하나가 아니었다.

[사실 하진 씨가 수업시간에 보여주셨던 배리어를 보고 감명을 받았어요. 요즘 제 기량이 너무 정체된 것 같기도 하고 해서······ (ㅠ__ㅠ)]

문자가 귀엽긴 한데 아쉽게도 내가 해줄 수 있는 건 없다. 나는 배리어에 관해서 아무것도 모르고, 성흔의 마력이 알아서 해준 거니까.

그것보다, 정체라니. 팔찌가 작동을 안 하고 있나? 원활하게 작동하는지 안 하는지 테스트라도 하고 줄 걸 그랬다.

[수업료도 섭섭지 않게 드릴 수 있어요(·v·)!]

재차 보내온 문자에 거절의 답신을 보내려던 때, 문득 그런 생각이 들었다.

기량의 정체(停滯). 사실 별다른 노력의 필요 없이 팔찌에 스며들어 있는 정령의 가루가 제대로 기능하기만 하면, 레이첼은 새로운 경지에 다다를 것이다. 그녀의 재능은 '정령'에 특화되어 있으니까.

"흐음······."

그리고 레이첼이 보기에는 안 그래도 자존심이 센 여자다. 내가 설정했으니까 잘 안다. 한데 그런 여자가 나 따위한테 도움을 부탁한 건, 그만큼 자신의 상황이 답답하다는 거겠지.

이해할 만하다. 본래 1학기 기말고사에서 각성했어야 할 것이, 무려 반년 가까이 늦춰지고 있으니까.

[일요일 저녁 날 봅시다.]

"흐음~"

답문을 보내고 나는 근엄하게 일어나 난간에 기댔다. 그리고 무심코 아래를 내려다보았다. 60층 높이의 프레지덴셜 룸. 거리를 거니는 사람들이 개미처럼 작게 보인다.

그렇게 그저 사람들을 구경하던 어느 순간이었다. 나는 별다를 것 없는 길가, 그 위를 걷는 한 사내를 발견했다. 아니, 이 남자가 내 시야 속으로 들어왔다. 누구보다 화려하고, 누구보다 반짝이는 모습으로.

검은 머리카락, 오뚝 솟은 콧날, 조각처럼 아름다운 이목구비. 그는 흡사 레골라스를 닮은 미남이었다.

찰나, 정체 모를 불길함이 내 관자놀이를 찔렀다. 나는 그를 지그시 내려다보았다. 이내 그도 내 시선을 느낀 듯 이쪽을 올려다보았다. 범인의 시력으로는 결코 서로를 마주 볼 수 없을 만한 높이의 차이였으나, 그 눈은 정확히 나를 향한 것이었다. 그는 나를 보며 웃었다. 뭔가를 확인하려는 미소 같기도 했다.

나는 마음속의 떨림을 느끼며, 짐짓 여유로운 미소를 되돌려주었다. 그러자 그의 미소가 더욱 깊어졌다.

왜인지 나는 그가 누구인지 알 것 같았다. 그저 원작자의 직감으로써 그렇게 느꼈다.

김수호와 똑같은 '이계 태생'이지만, 그와 정반대의 성향을 내포한 사내. 고향을 잃은 상실감과 절망감, 숱한 욕망에 배반당하여 닳고 닳은 자아, 그것들로 인한 허망하고 뒤틀린 믿음 속에서 잘못된 낙원을 찾고자 하는 악의 구도자(求道者). 그 이름을 언급하기도 두려운, 내가 공인한 '성장형 최종보스'.

물론 공인일 뿐 단언은 아니다. 공동저자가 어떻게 바꾸었을지도 모르고, 본격적으로 놈이 활동해야 할 시점에 내가 연중을 하였으니.

……잠깐만.

그러다 문득 이상한 생각이 들었다. 내가 설정한 최종보스가 저런 이미지였나?

놈이 최초로 등장하는 시기는 부산 축제 때가 맞다. 하나 놈의 미소가 이상하다. 놈은 아직까지도 나를 보면서 웃고 있었다. 분명 미소가 헤프다는 설정은 없었을 터인데. ……없었던 것 같은데.

그때 놈이 자신의 일행을 툭툭 치면서 나를 턱짓했다. 마치 쟤 좀 보라는 듯이. 그 말대로 놈에게는 일행이 있었다. 여자 하나, 남자 하나. 그들이 모두 나를 올려다보았다.

나는 그의 일행 중 한 여자와 눈이 마주쳤다. 남색 머리카락, 차가우면서도 베일 듯 날카로운 인상, 엘프를 연상시키는 미녀.

그러나 그녀의 눈빛은 금세 매서워졌다. 꿰뚫는 듯한 살의가 전신으로 와닿았다. 뭐가 그렇게 불만인지, 단지 눈이 마주친 것만으로도 살기를 뿜어내는 미친년.

"……아, 잠깐."

나는 돌연 겁이 나기 시작했다. 설마 모든 사상과 신념이 김수호의 정반대라고 해서, 정의와 선을 대변하는 김수호의 대척자(對蹠者)라고 해서, 설마 성별까지 반대로 됐을까.

에이. 설득력이 아예 없지는 않지만. 적어도 상식이 있다면 그럴 리가 있나.

36장
최초의 조우

나는 침착하고 유심하게 '최종보스 일행'을 관찰했다. 저들 중 누가 최종보스인지, 정녕 여자인지 남자인지, 그것을 알아내기 위해.

일행은 나를 가리키며 서로 대화를 나누기 시작했다. 내 귀에 그들의 대화가 들려왔다.

—사혁아. 저 사람은 어때 보이냐?

남자는, 아직도 나를 노려보고 있는 저 여자에게 '사혁'이라 불렀다. 성까지 합치면 아마도 '진사혁'.

저절로 한숨이 쉬어졌다. 나는 관자놀이를 짚었다.

이름 자체는 바뀌지 않았다. 내가 설정한 그의 이름이다. 아니, 이제 그녀의 이름이라 해야겠지.

나는 본능적으로 워치를 들었다. 허나 이 혼란스러운 상황을 명확히 해결해 줄 메시지는 요원했다.

그러는 사이에도 저들의 대화는 이어졌다.

-그것보다. 저 남자 우리 보고 있는 거 맞나?

나를 노려보며, 진사혁이 남자에게 물었다.

-그럼. 나랑 눈 마주쳤거든.

-그래? 근데 별로 한가락 하는 놈 같아 보이지는 않는데.

진사혁의 설정은 '성장하는 최종보스'다. 김수호와 동급, 또는 그 이상의 포텐셜을 지닌 채 김수호보다 빠르게 성장을 하며, 최종막에 이르러서는 최종보스가 될 존재. 어쩌면 김수호의 진정한 라이벌이라고도 할 수 있다.

성별이 변화되었다 하여도 그 운명에는 변함이 없을 터. 그녀는, 지금 내 손아귀에 미스틸테인의 나뭇잎으로 가공한 탄환만 있다면, 모든 SP를 소모해서라도 쏴 죽여야 하는 난적이다.

-사혁아, 눈썰미를 길러라. 너랑 눈싸움을 할 수 있는 담력이 있고, 저만한 높이에서 우리를 내다볼 수 있는 시력이 있어. 여간내기가 아님은 확실해.

하긴, 시력은 꽤나 특수한 요소이긴 하다. 솔직한 말로 나만 한 시력을 갖추려면, 아마 감각력이 최소 15 이상은 되어야 할 테니.

-게다가 저 수염을 좀 봐. 딱 봐도 세 보이잖아.

나는 턱수염을 쓰다듬었다. 큐브를 걷기만 해도 SP가 찔끔찔끔 오르기에 놔두고 있었는데, 이제 좀 면도를 해야겠네.

-언제는 외면으로 판단하지 말라고 그러지 않았나?

진사혁이 남자를 쏘아붙였다. 남자는 그러나 여유롭게 피식 웃을 뿐이었다. 그럴수록 나는 남자의 정체가 궁금해졌다.

원작의 진사혁은 원래 부하만 데리고 다니던…….

"에휴, 무슨."

애초에 성별이 바뀐 그 순간부터 원작과는 어긋났다. 지금 와서 원작 타령해 봐야 징징거리는 것밖에 안 된다. 이제 원작 타령 좀 그만하자 하진아.

―에헤이. 그거야 나는 눈썰미가 있고, 너는 없으니 그러지 인마. 근데 인마, 너 이제 그만 좀 째려봐. 이러다 싸움 나겠다.

―저놈이 먼저 노려봤는데? 지금도 노려보고 있는데?

―그냥 너한테 꽂힌 거겠지. 차라리 윙크를 해라. 네 미모나 보여줘.

―데스 윙크는 어때. 마력을 쏴버리는 거지.

순간 흠칫 놀랐다. 저 미친년이 돌았나.

그러나 다행히 남자는 상식적인 반응을 보이며 진사혁을 말렸고, 이내 그들은 내게 가벼운 인사를 하고서 떠나갔다.

나는 어딘가로 걸어가는 그들을 지켜보았다. 당황스럽긴 해도, 여자의 정체는 확실히 알아냈다.

그런데 저 남자는 누굴까. 누군데 진사혁과 동등한, 혹은 그 이상의 관계를 유지하고 있는 것일까.

"하진~ 나 하양이랑 가치 수영해두 돼~?"

그때 에반젤의 밝은 목소리가 들려왔다.

"음?"

나는 뒤를 돌아보았다. 프레지덴셜 룸 내부에 마련된 실내 수영장. 에반젤은 발만 첨벙거리고, 하양이는 여유롭게 유영을 하고 있었다.

"괜찮지. 근데 수영할 수 있어?"

"그럼 그럼~"

에반젤이 호언장담을 하며 수영장으로 풍덩 뛰어들었다. 그녀는 굳이 수영을 위해 옷을 갈아입을 필요가 없다. 옷 자체가 마력으로 이뤄진 물질이기 때문이다.

"하양하양~ 우리 시합하자, 시합~"

에반젤의 말에 하양이가 시작점으로 슬슬 헤엄쳐서 이동했다. 저 새하얀 고양이 영물도 똑똑해지고 있는 게 눈에 보인다, 보여.

"준비, 시작. 하면 출발하는 거야 하양아. 준비……."

에반젤이 말을 길게 늘이며 하양이의 자세를 살핀다. 그러다 순간 눈치를 보더니.

"쉿!"

급하게 외치며 자기가 먼저 출발한다. 그 비겁한 수법에 화들짝 놀란 하양이가 부랴부랴 에반젤을 뒤쫓는다. 그런 둘을 보며, 나는 아빠 미소를 지었다.

딸이 있으면 이런 기분일까. ……물론 내 유전자로는 에반젤 같은 아이를 만들어낼 수 없겠지만.

토요일 아침.

나는 큐브로 돌아가지 않고, 서울에 매입한 새 아파트로 향했다. 서초구에 위치한 48평대의 아파트. 나는 이 집을 매입하면서 내 재력이 별거아님을 깨달았다. 주식으로 상당한 시세차익을 얻어 100억대의 자산가가 되었지만, 서울의 아파트 하나 사는 데에 그 절반 이상을 까먹었거든.

물론 이해할 만한 땅값이긴 하다. 대한민국은 이 세계관의 양대 강국인데, 그 땅덩어리가 쥐꼬리만큼 좁으니까.

"하진하진, 여기는 또 어디야? 넓다~"

"새로운 집. 가끔 여기서도 머물 거야. 별장······ 두 번째 집이라고 생각하면 편해."

"아하~"

에반젤은 큐브 숙소에서 그랬던 것처럼 들어오자마자 소파 위를 차지했다. 하양이는 여유롭고 도도한 얼굴로, 어디 올라갈 곳 없나 물색 중.

"꾀꼬리들도 데려올 걸 그랬다~"

에반젤이 소파 위에서 몸을 데구루루 구르면서 중얼거렸다.

참고로 꾀꼬리는 에반젤이 조물한 모든 조류를 일컫는다. 다들 생김새는 다른데, 내가 꾀꼬리라고 불러서인지 에반젤에게 새는 죄다 꾀꼬리가 되었다.

"에반젤. 여기서 하양이랑 같이 놀고 있어. 저기 게임기랑 텔레비전이랑 레고랑 인형이랑 다 있고, 냉장고엔 간식도 있으니까. 삼촌은 다녀올게."

"으응!"

"냐옹~"

어제 밤새 놀아줘서 그런지, 에반젤과 하양이가 만족스러운 듯 힘차게 대답했다. 나는 혼자 밖으로 나가 아구스타를 탔다.

청량한 배기음과 함께 도로를 질주하여, 오전 8시. 약속 시간 1시간 전. 서울 포탈 통관소에 도착했다.

주차장에 바이크를 주차해 놓고, 포탈 통관 대합실 벤치에 앉아 가만히 기다렸다. 시간이 흐르면서 일행들이 하나둘씩 나타나기 시작했다.

제일 처음은 윤한현이었다. 그는 일찍 온 내가 의외인 듯 눈을 동그 랗게 떴다.

"하진 씨, 일찍 오셨네요?"

"넵."

그다음 도착한 김수호도 마찬가지였다. 김수호는 아직 잠에 덜 깬 이 영한을 끌고 오다시피 하고 있었다.

"뭐야. 하진아, 너 왜 이렇게 일찍 왔어?"

"그냥 뭐. 기대돼서."

"아 그래? 크크. 귀엽네."

김수호가 괜히 웃었다. 그러다 문득 생각난 듯, 윤한현에게 말했다.

"아 맞다, 선배님. 유연하는 오늘 후발대로 출발한대요. 몸이 안 좋 아서."

"뭐?"

그 말에는 내가 먼저 놀랐다. 유연하가 후발대일 리가 없는데, 아니, 애초에 몸이 아플 만한 사건이 없을 텐데.

"유연하가 왜?"

"입원했대."

"뭐? 입원?"

내 질문에는 이영한이 하품을 하면서 대답했다.

"스트레스성 위염이랬나? 걔가 원래 조금 예민하잖아. 채나윤은 어 제 병문안까지 갔다더라."

호랑이도 제 말 하면 온다더니. 그때 막 채나윤이 통관소로 들어왔다.

"어이 어이~"

밝게 손을 흔들며 우리 쪽으로 한달음에 달려온 채나윤에게, 나는 의아해하며 물었다. 그녀는 친구 아플 때 저렇게 웃을 애는 아니니까.

"유연하 아프다면서."

"아, 연하? 내가 밤새 간호해 준 덕분에 지금은 괜찮아. 혈색도 괜찮아졌고, 곧 따라갈 테니까. 나 먼저 가 있으래."

"그래?"

그렇다면 뭐, 뭔가를 잘못 먹었나 보다. 유연하는 남몰래 이것저것 잘 주워 먹으니까.

"자 그럼, 이제 갑시다~"

윤한현이 밝게 웃으며 우리를 포탈 너머로 이끌었다.

서울에서 부산까지는 단 열 발자국. 포탈을 통과하고, 통관소 밖으로 나오니 부산의 정경이 눈앞에 가득 펼쳐졌다.

부산은 과연 제2의 수도다웠다. 청명한 하늘, 줄지어 늘어선 다양한 상점. 그 상점 앞에는 다인종의 외국인들이 득시글거리지만, 그들이 사용하는 언어는 오직 하나 한국어뿐이다.

"오늘은 일단 길거리 투어부터 할 겁니다. 부산에는 상점들이 정말 많아요. 의류점, 잡화점, 무기점, 골동품점 등등…… 제 고향이니 저만 따라오세요."

윤한현이 자신 있게 가이드를 자처했고, 우리는 그 뒤를 따랐다.

"붓산붓산. 부싼 부싼~ 부산 갈매기~"

그렇게 일행들과 함께 걷던 와중, 채나윤이 노래를 흥얼거리면서 내 옆으로 왔다.

"야, 넌 부산 와봤냐?"

"어? 어. 와봤지 당연히."

"그래? 오, 야야. 저기가 상점 길목인가 보다."

채나윤이 내 팔을 톡톡 치면서 말했다. 그녀의 손가락이 가리킨 방면에는, 부산의 상점이 옹기종기 모인 길목이 있었다.

우리는 함께 그 길목으로 들어갔다. 의류. 잡화. 무기. 스크롤. 서점 등등…… 상점이 많은 길목에는 사람도 많았다. 채나윤은 눈을 빛내며 돌아보다가, 바람처럼 사라졌다.

그렇게 걷길 5분.

"야, 너 이거 함 써봐."

채나윤이 어디선가 모자를 들고 와서 내게 내밀었다.

"뭐야 이거."

"써보라니까."

내가 뭐라 하기도 전에 강제로 씌워놓고는, 위아래로 훑어보며 입을 동그랗게 벌린다.

"오~ 은근 잘 어울리는데. 사줄까?"

"됐거든?"

"이미 사버렸는데? 너 계속 쓰고 있어."

그렇게 말하고는 또 어딘가로 쑤욱 사라진다.

나는 모자를 벗고 가격표를 슬쩍 봤다.

뭔 모자 하나가 35만 원이야.

어쨌든 사준 거니 일단 쓰고, 상점을 구경하면서 걸었다. 어디 제대로 된 골동품샵 없나. 그때 카지노에서처럼 뭔가 의외의 소득을 얻고 싶은데.

그때 채나윤이 이번에는 핫도그를 들고 나타났다.

"야, 이거 무바라."

"웬 사투리······."

말을 하기도 전에 내 입에 핫도그를 쑤셔 넣는다.

"······니느 왜 안 먹는데."

"내는 무면 배탈난데이."

채나윤은 내 입에 꽂혀 있는 핫도그를 보면서 아이처럼 웃었다. 나는 그런 그녀를 가만히 지켜보았다. 발랄하고 활기차다. 밝고 긍정적인 에너지가 나까지 피곤하게 만드는 듯하다.

그녀의 이런 모습은 단지 채진윤의 상태가 호전되어서일까, 아니면······.

순간 속이 메스꺼워졌다. 가장 근원적인 의문이 일었다. 나는 채나윤과 이렇게 친하게 지내도 되는 것인가. 불편한 주변인. 최초의 나는 채나윤과 그 정도의 관계를 자처하지 않았던가.

그러나 마음은 다짐대로 움직이지 않았고, 지금은 뱀처럼 똬리를 틀었던 어두운 마음이 스멀스멀 고개를 치켜들기 시작했다.

어차피 안 들키면 되잖아.

"야, 이거 둘러봐. 이제 곧 추워지거덩?"

불쑥 사라졌던 채나윤이 불쑥 나타나서는 웬 머플러를 내 목에 둘렀다.

"아니, 뭘 자꾸 가져오는 거야. 아 싫어."

"곧 추워진다니, 야 김하진! 너 어디가!"

나는 부리나케 도망쳤다.

◆

피곤할 만큼 놀았다. 그렇게 놀다 보니 어느새 저녁이 되었다. 이제
슬슬 쌀쌀한 가을이라 그런지 해가 빨리 저물어, 어둠이 고즈넉하게
가라앉을 무렵.

"오늘의 마지막 코스는…… 부산 디제린 랜드~"

우리는 오늘의 마지막 코스, 디제린 랜드 앞에 섰다. 아마 지금 저
안에서는 밀수꾼들의 거래가 한창일 것이다. 그리고 머지않아, 거래 도
중 서로 수틀려서 난리를 피우겠지. 김수호는 그 난리 통을 진압하려
다 진사혁과 조우하게 될 테고.

그때 채나윤이 뭔가 연락을 받고는 손을 번쩍 들었다.

"아, 연하도 이제 왔대요."

그렇게 말하자마자 디제린 랜드 앞으로 차 하나가 멈췄다. 리무진의
문이 벌컥 열리고, 이내 유연하가 내렸다. 채나윤이 뽈뽈 거리며 다가
가서 물었다.

"연하 왔나? 몸은 괜찮고?"

"응."

짧게 대답한 유연하는 채나윤과 김수호를 차례로 지나쳐, 내 옆에
섰다. 그리고 매가리 없는 눈으로 나를 쳐다본다. 평소답지 않게, 다소
측은할 만큼 힘이 없다.

식중독이 조금 세게 걸렸나.

"많이 아프냐?"

내 말에 유연하는 고개를 저었다.

그때 마침 윤한현이 말했다.

"아, 맞다. 디제린 랜드에서는 2인 1조입니다. 다들 일단 이 팔찌를 착용해 주세요."

"당신, 저랑 같이 가요."

윤한현의 말이 나오기 무섭게 유연하가 말했다.

"어? 나랑?"

"뭐야. 연하 너 왜 그래."

채나윤이 옆에서 의아한 듯 쳐다보았으나, 유연하는 내 옷자락을 강하게 움켜쥐었다. 얘가 왜 이러나 싶기도 하지만, 뭔가 할 말이 있는 것 같아서 고개를 끄덕였다.

"오냐."

그렇게 나는 유연하와 짝이 되어 디제린 랜드 안으로 들어갔다.

디제린 랜드의 풍경은 화려하고, 동화 같았다. 그 꿈과 희망의 나라를 거닐면서도 유연하는 아무 말이 없었다. 그저 이따금씩 한숨을 내쉬고, 나를 몰래몰래 힐끔 쳐다볼 뿐.

얘가 왜 이렇게 힘이 없나 싶어서, 북돋아 줄 겸 롤러코스터를 탔다. 과연 유연하는 정상으로 올라갈 때부터 공황상태에 빠져 훌쩍거리더니, 운행이 마친 직후에서는 넋이 나간 듯 떨었다.

"이제 괜찮냐?"

"……."

"안 괜찮으면 한 번 더 타고."

"괘, 괘, 괜찮다고. 괜찮으니까 이거 말고, 저거, 저거나 타요."

유연하가 저 멀리 솟아오른 대관람차를 가리켰다. 내 눈썹이 살짝 찌푸려졌다.

"저건 데이트 코스인데? 너랑 내가 뭐 하러."

"할 얘기가…… 있어요."

그렇게 말하는 유연하의 목소리는 떨리고 있었다.

"그렇다면야. 근데, 뭔 얘긴데?"

유연하는 대답하지 않았고, 나는 그런 그녀와 함께 대관람차로 갔다. 단 한 번도 타본 적이 없었던 관람차 통에 둘이서 올라탔다. 부드러이 움직이는 관람차 속, 우리는 서로를 마주 본 채 침묵했다.

"뭔데……."

답답해서 결국 내가 먼저 물었다.

"아, 혹시 내가 부탁한 그거 어렵게 됐어? 총탄 가공?"

"아뇨…… 그건 내달까지 할 수 있을 것 같아요. 그 나뭇잎이 보통 나뭇잎은 아니더라구요."

"그렇지? 아, 혹 애매하게 남으면, 남은 거 연구 목적으로 써도 돼."

"연구 목적이요?"

"응. 제약 사업 성공해야지. 동료잖아 우리, 아니, 제약 사업에는 투자자라고 해야 하나?"

내 말에 유연하는 이를 깨물고, 침울하게 고개를 숙였다.

바로 그때였다.

쿠우웅!

웬 거대한 폭음이 지축을 울렸다.

나는 창문을 통해 대관람차 아래를 내려다보고, 다시 유연하를 보았다. 그러나 유연하는 별안간 결연한 얼굴로 나를 쳐다보고 있었다. 무언가를 다짐한 듯이. 아래에서 벌어지는 난리에는 아무 관심이 없다는 듯이.

"왜?"

"……할 말이 있다고 했잖아요, 제가. 당신한테."

"어. 말해."

"있잖아요, 당신……."

쿵!

순간 대관람차가 강하게 흔들리면서 작동을 멈췄다.

유연하는 아무 반응이 없었으나, 나는 급히 아래를 내려다보았다. 대관람차 아래의 지상. 굉연한 폭음이 스쳐 지나간 그곳에, 한 남녀가 서로를 마주 보며 대치하고 있었다. 나는 그쪽에 눈과 귀를 집중했다.

―역시 너였구나. 근데 너는, 여자랑 시시덕거리고나 있었어. 역시 어린애답다고 해야 하나?

이제 여자가 되어버린 '진사혁'이, 김수호와 그 옆의 채나윤을 흘겨보며 말했다.

―……너.

김수호가 바싹 굳은 얼굴로 진사혁을 노려본다.

―역시 알아봐 주긴 하네. 하긴. 우리 둘밖에 없는데, 못 알아보는 게 병신이지.

―야. 너는 뭔데 시비야?

채나윤이 미간을 좁힌 채 나섰다. 어디서 구했는지 모를 백곰 모자를 뒤집어쓰고 있었다.

─입 닥쳐 골 빈 년아.

─뭐? 와, 이 미친년 보게…….

채나윤도 나름 기가 센 여자이지만, 진사혁은 그 이상의 미친년이었다. 그녀는 가타부타 마력을 강하게 응집한 뒤 터뜨리며 밀쳤다. 순간 맹렬한 마력파가 치솟아 오르고, 그것은 눈 깜빡할 사이 몰아쳐 채나윤의 복부를 그대로 가격했다.

채나윤은 수백 미터 이상 튕겨 나가 아스팔트 바닥에 처박혔다. 그 김수호조차도 반응을 못 한, 그야말로 찰나의 순간에 벌어진 기습이었다.

"야야야. 아무래도 얘기는 나중에 해야 될 것 같다."

상황이 상당히 안 좋다. 아무리 그래도 채나윤이 한 방에 나가떨어지다니, 이건 아니지. 진사혁은 '성장형' 최종보스란 말이다.

급히 관람차 문을 열고 뛰어내리려 했다. 그러나 유연하가 손목을 붙잡았다. 나는 내 손목을 잡은 그녀의 손을 보고, 시선을 조금 더 올려 그녀의 얼굴을 보았다.

"나중에는 못할 것 같은데요. 나중에는…… 제가 못 말할 것 같은데."

유연하는 거의 울 것만 같은 표정으로, 그렇게 간절한 목소리를 뱉어냈다. 그 간절함에 나는 잠시 굳었다. 도대체 무슨 상황이기에…….

아하. 순간 전구가 번쩍이듯 감이 잡혔다. 이제야 퍼즐 조각이 맞춰졌다.

벌써 '유연하 스캔들'의 일부가 시작되었구나. 그렇다면 스트레스성 위염에 걸릴 만도 하지.

"……그럼 말 안 해도 돼."

굳이 말 안 해도, 나는 너를 도와줄 테니까.

사뭇 밝게 웃어 보이며 유연하의 머리를 톡 두드렸다. 그리고 나는 100m 높이의 대관람차에서 뛰어내렸다. 공기의 압박이 온몸을 죄이는가 싶더니, 어느새 두 다리가 지면에 닿았다. 나약한 몸이지만 특별한 통증은 없었다.

그러나 스마트워치는 냉정하게 말했다. 지금 이 추락으로 인해, 활력 치환으로 얻은 능력치의 15% 가까이 소실되었다고. 어떻게 보존하고 있었던 능력치인데.

아쉽긴 해도, 나는 일단 채나윤이 내팽개쳐진 쪽으로 달려갔다.

"아 씨……."

채나윤은 아스팔트에 주저앉은 채 배를 부여잡고 있었다. 분명 대단한 위력의 마력파를, 호신강기도 없이 정통으로 맞았음에도 그렇게 부상이 심해 보이지는 않는다.

"퀘엑!"

……그런 줄 알았는데, 기침 한 번에 피가 뭉텅이로 쏟아져 나왔다. 채나윤은 비틀거리면서 다시 바닥에 쓰러졌다.

"야야. 정신 차려."

"……뭐야. 김하진?"

채나윤이 가쁜 숨을 내쉬며 나를 멍하니 올려다본다. 나는 벨트 가방 속 포션을 꺼내 뚜껑을 딴 뒤, 그 붉은 액체를 채나윤의 입속으로 흘려보냈다.

"마셔."

"우읍."

채나윤은 포션을 전부 삼키긴 했으나, 포션의 내상 치유는 본디 상당한 고통을 수반한다.

"으! 악! 억! 엑!"

채나윤은 그 격통 속에 몸을 비비 꼬다가 혼절했다. 그러나 맥박은 정상이고, 곧이어 호흡도 제대로 돌아왔다. 앞으로 20분 정도면 알아서 회복하겠지.

나는 채나윤을 근처 수풀에 피신시키고 돌아와 김수호와 진사혁을 보았다.

─저 여자한테 가기만 해봐. 둘 다 죽여 버릴 테야.

─……너, 왜 이렇게 변해 버린 거냐?

─무얼? 아니, 그것보다. 아무리 세상이 변했더라도 반말은 아니지 않나. 우리 예전의 관계가 있는데.

김수호와 진사혁은 서로 대치한 채 말을 주고받기 시작했다. 두 사람은 서로의 과거에 대해 말했다. 귀족. 평민. 기사(knight). 대륙. 검술……. 둘만 알아들을 수 있는 둘의 대담(對談)은 공허한 동질감 속에서 지속되었다. 그 대화가 끝난 이후에는 전투가 이어질 것이었다.

─Siqoal, Rowle!

머지않아 나는 알아들을 수 없는 벽력같은 외침과 함께, 진사혁이 마력을 사방으로 퍼뜨렸다. 그녀의 마력은 수십 자루의 창검으로 응집되어 솟아올랐다. 하늘을 수놓듯이 늘어선 마력의 흉기들이 번뜩이며 김수호를 겨냥한다.

김수호는 그 마력의 날붙이 앞에서, 다만 지면에 나뒹구는 쇠 파이프를 하나 들었을 뿐이다.

─꼭 이래야겠어? 우린 서로 싸울 이유가 없잖아.

−뭐라는 거야. 그것보다, 그걸로 되겠냐?

짧은 조소 이후, 그녀는 창검을 총탄처럼 튕겼다. 창검은 육안으로는 결코 따라잡을 수 없는 속력으로 쏘아졌고, 흉포한 파괴력과 폭발적인 공기파를 동반했다.

마치 미사일이 급진하듯 쾌속으로, 육중하게 내리꽂히는 마검과 마창의 세례. 김수호는 피할 수 있는 건 피하고, 피할 수 없는 공격은 쇠파이프로 튕겨냈다.

목표를 맞추지 못하거나 파이프에 의해 경로가 꺾인 마력은 아스팔트에 박혀 거대한 크레이터를 만들어냈다. 그 결과로 노면이 흉악하게 패였고, 놀이기구들은 흉측하게 망가져 갔다.

그렇게 연쇄적인 투창과 투검이 이어지길 단 1분. 디제린 랜드는 꿈과 희망을 잃은 삭막한 황무지로 변화했다.

"……엄청 세잖아."

진사혁은 단 한 발자국의 움직임도 없이, 단지 마력의 조작만으로 사방을 우그러뜨렸다. 설상가상으로 지금 김수호에게는 미스틸테인이 없다. 상성이라도 유리하면 모르련만, 진사혁은 김수호의 안티테제로서 '무기' 따위는 사용하지 않는다. 저 위압적인 강색(鋼色)의 마력 자체가 그녀의 힘이며 근원.

김수호는 진사혁을 이길 수 없다. 아니, 지금의 김수호에게는 그녀를 이기려는 '마음' 자체도 없다.

"……흐읍!"

김수호가 파이프를 휘둘러 마창의 힘을 역이용했다. 그가 되받아친 창검을, 그녀는 마력의 방패로 손쉽게 막아냈다. 동시에 김수호의 어깨로 창 한 자루가 직격했다.

"윽!"

완벽한 호신강기 덕에 관통은 면했으나, 신형이 멀리 튕겨 나갔다. 진사혁은 그 틈을 놓치지 않았다. 공중에 떠오른 김수호에게로, 형상 없는 마력이 둔중한 충격을 가했다.

펑, 펑, 펑, 펑.

김수호가 허공에서 제기처럼 튕긴다. 그 수십 번의 가격 끝에 김수호가 의식을 잃었음에도 공격은 계속되었다. 저대로라면 사달이 나도 단단히 날 것 같은 상황이라, 나는 그 사이에 끼어들 수밖에 없었다.

근데 우선 그전에 영약 좀 먹고.

[10분간 능력치가 1.5만큼 상승합니다.]
[중복 섭취로 인하여, 5분간 능력치가 0.75만큼 더 상승합니다.]
[중복 섭취로 인하여, 2분 30초간 능력치가 0.375만큼 더 상승합니다.]

온몸에 대단한 활력이 맴도는 것을 느끼며, 나는 천천히 걸어 그의 앞을 막아섰다. 주연들 틈에서 이게 뭐 하는 짓인가 싶다만, 어차피 각본은 비틀어졌다. 그리고 뒤틀린 각본은 애초부터 정해진 역할이 없는 사람이 바로잡아야 한다.

"이제 그만하지?"

"음? 또 무슨…… 어? 넌 어제."

어젯밤의 아이 콘텍트 효과 덕분인지 진사혁이 잠시 공격을 멈췄다.

"어이, 당신. 얘네 선생이었어?"

"……선생?"

하긴, 지금 내가 고등학생 얼굴처럼은 안 보이겠지.

나는 피식 웃으며 납득하려고 했다. 한데 바로 그 순간에, 마력의 창 검들이 내게로 치달았다. 육안으로는 차마 감당하기도 어려운 속도.

아마 총 여섯 자루였을 것이다. 그것들은 내 어깨 위, 겨드랑이 사이, 목 옆 등…… 눈 깜빡할 찰나에 내 육체의 여러 부분을 스쳐 지나 갔다. 나는 두 눈을 똑바로 뜨고 그것들의 움직임을 직시했다. 아니, 눈을 감을 틈이 없었다.

콰아아앙!

등 뒤에서 굉연한 폭음이 울렸다. 가타부타 없이 쏟아지는 공격 세 례에 잠시 정신이 멍해졌으나, 곧바로 정신을 차렸다. 놈의 살기는 거 두어지지 않았다. 그 말인즉, 아직 공격이 끝나지 않았다는 말.

나는 급히 탄환의 시간을 발동시켰다. 그 즉시 내 눈앞으로 한 자루 의 창이 맹수처럼 쇄도해 왔다. 순간적으로 느려진 세상 속에서, 나는 그 공격의 움직임을 적어도 느낄 수는 있었다. 고개를 옆으로 비틀어 가까스로 피해냈다.

콰아앙!

나를 지나친 창 한 자루가 회전목마에 박혀 폭발했다.

"……흐음."

지금 상황에서 바로 다음 공격이 이어졌다면, 아마 피하지 못하고 뒈졌겠지. 하나 놈은 공격 대신 새삼 감탄한 눈으로 나를 쳐다보았다.

"꽤 여유롭게 피하네?"

뱀이 핥는 듯한 눈빛에 심장이 미친 듯이 들썩인다. 그녀의 동공은 흥미로 가득하다. 어젯밤의 일 때문인지, 진사혁은 나를 과대평가하고 있는 듯하다. 그렇다면, 조금 있는 척을 해도 되지 않을까.

"이쯤 하지? 쟤도 나도, 둘 다 무기 하나 안 가지고 왔는데."

나는 짐짓 근엄한 어투로 말했다. 내가 아는 진사혁은 제 성미를 못 참고 끝장을 보는 스타일이 아니다. 적어도 지금은 그럴 만한 상황이 아니다. 게다가 김수호를 곤죽이 되도록 패버렸으니, 이 정도면 충분히 만족해도 되잖아.

"아니, 그것보다, 선생이냐고."

그러나 진사혁은 내게 다시금 그렇게 물었다. 나는 고개를 저었다.

"아니, 네가 날려 보낸 애 친군데."

"그럼 가라. 똑같이 파묻히기 싫으면."

진사혁은 내 예상보다 난폭했다. 하는 수 없이 주머니 속으로 손을 집어넣었다. 아무리 봐도 놈은 여기서 그칠 것 같지 않다. 그렇다면 놈의 방만한 성격에 기대는 수밖에.

나는 에테르를 500원짜리 동전의 형상으로 응축·압축하고, '인식'했다. 수치는 40%. 그다음에서야 천천히 세상 밖으로 꺼내 보였다.

"그게 뭐지?"

에테르로 만든 500원짜리를 보면서, 진사혁이 미간을 가득 찌푸렸다.

"아, 말했잖아. 무기를 안 가져 왔다고."

"그래서, 그걸로 어쩔 셈인데."

"던져야지. 네 미간에."

그렇게 말하며 어깨를 으쓱거리자 진사혁이 낄낄거리기 시작했다. 참 다행스럽게도, 오만한 성격은 그대로인 듯하다.

나는 괜히 헛기침을 하고서 조심스레 물었다.

"해봐도 되냐?"

"……풋, 해봐. 맞출 수 있으면."

제 두 팔을 크게 벌리며 공격을 받아주겠다는 의지를 나타낸다.

나는 속으로 미소를 지으며 500원을 쥐었다.

그렇다면 사양하지 않겠다. 기회는 단 한 번뿐. 이 동전을 놈의 미간에 내다 꽂아야만 한다.

나는 성흔의 마력을 전부 소모하여 동전에 항마의 마력을 둘러치고, 여기에 한가지 아이템을 더 추가했다.

[산삼 영약]

–방출된 마력에 스며들어 그 마력의 힘을 강화시킨다.

이전, 에테르를 얻기 위해 마녀 에반젤을 죽였던 때 쓴 것과 비슷한 방법이다.

나는 500원에 둘러쳐진 항마의 마력 속에 영약을 녹여냈다. 그리고 다시 놈을 노려보았다. 놈은 흥미 깊게 나를 지켜보고 있다. 아직까지 방어의 기미가 없는 가운데, 영약이 녹아든 항마의 마력은 보다 새파란 빛을 발하기 시작했다.

"오호. 당신, 뭔가 신기한걸–"

"……흐읍!"

나는 지체하지 않고 온몸의 힘을 오른팔에 실었다. 터질 듯 부풀어 오른 근육과 남김없이 쥐어짜 낸 성흔의 마력. 문자 그대로 '전력'을 다해 동전을 내던졌다.

파아아앙–!

동전은 격렬하게 회전하며 쇄도했다. 성흔의 마력이 새파랗게 달라붙어 동전의 위력을 배가시켰다. 진사혁은 동전의 움직임을 여유롭게 직시하며 마력의 방패를 직조해 냈다.

과연, 격이 다른 마력의 선명함과 강인한 방어력. 그러나 그것이 아무리 강인해도 '마력'에 불과할 뿐이다.

쿠구구궁–!

항마의 동전은 원심력과 회전력을 무기 삼아 방패에 '구멍'을 만들어 냈고, 곧 그 구멍 속으로 달려들어 놈의 눈썹과 눈썹 사이 새하얀 미간을 가격했다.

"……뭔!"

방패를 뚫은 동전이 놈의 미간을 세차게 밀어내기 시작했다.

놈은 두 눈을 부릅뜬 채 그 동전을 견뎌냈다. 밀려나는 놈의 두 발을 따라 아스팔트가 죽 갈라졌다.

"……×발."

동전의 힘은 어느덧 다했으나, 진사혁은 그 흔한 기절조차 없이 온전하게 공격을 버텨냈다.

짤랑–

동전이 추락했다.

주르륵.

거의 동시에, 놈의 머리에서 두 줄기 피가 흘렀다.

"아프잖아……."

나를 죽일 듯이 노려보며, 진사혁이 마력을 응집시켰다. 그러나 내 동전의 대미지는 분명 뇌까지 전달되었다. 뇌는 마력을 다루는 데에 있어서 가장 중요한 기관이다. 덕분에 놈의 마력은 선명하게 뭉쳐지지 않고, 다만 이리저리 응집되고 흩어지길 반복했다.

……이대로라면 답이 없을 상황.

그때 구세주처럼, 한 남자가 등장했다.

"이만하면 됐다. 나와."

어젯밤에 봤던 진사혁의 일행 중 한 명, 정체불명의 남자였다. 어디선가 나타난 그는 진사혁의 팔을 붙잡고 뒤로 끌어당겼다.

"……아 놔봐. 괜찮아. 나 아직. 죽여."

진사혁의 입에서는 연신 험한 말이 튀어나오지만, 그 본인의 상황은 영 좋지 않다. 두 다리로 지면을 온전히 딛지 못하고 자꾸만 미끄러진다.

"에휴."

그런 진사혁의 뒷목을, 남자는 쓰게 웃으며 내려쳤다. 순간 동공이 사라지고 그 육체가 무너져 내렸다. 남자는 혼절한 진사혁을 어깨에 들쳐 업은 채 나를 바라보았다. 그 눈빛은 서늘했다.

"어이. 우리 구면이지?"

나는 고개만 살짝 까딱였다. 혀가 안 움직여서.

"음. 어쨌든 네 덕분에, 다음부터 방심은 안 할 것 같다."

그 짧은 문장만을 남기고, 남자는 바람처럼 사라졌다.

출동한 영웅과 경찰에 의해 디제린 랜드의 난리가 슬슬 진정되었을 무렵. 남자는 진사혁을 업은 채 이동하고 있었다. 혼절한 진사혁은 아무 미동도 없이 가벼우나, 등 뒤에서 웬 축축한 게 흘렀다.

"아 뭐야, 침……."

참 더럽게도 자네. 남자는 마력을 이용해 그녀의 입에 마스크를 채웠다. 이후로 한 3분 정도 더 걸어, 디제린 랜드의 구석을 넘어 밖으로 빠져나가려던 그때.

"어디 가?"

한 여성의 차가운 목소리가 그를 붙잡았다. 그것은 너무나도 익숙한 음성이었다. 잠시 멈췄던 그는, 이내 반가운 미소를 지으며 음성이 들려온 쪽을 바라보았다.

"……제인."

그를 부른 목소리는 여자의 것이었다. 그러나 생김새는 여자가 아니었다. 디제린 랜드 남자 수색원의 모습. 다만 그 음성만큼은 제인이 확실했기에, 남자는 손쉽게 알아볼 수 있었다.

제인이 피식 웃으며 고개를 끄덕였다.

"오랜만이야, 아저씨."

"……어, 오랜만이네."

이렇게 제인을 눈앞에서 보고 있자니…… 문득 이름이 아닌 색으로 불렸던 그때가 어렴풋이 생각났다. 그러나 쓸모없는 회상은 금세 치워

버리고, 남자가 제인에게 물었다.

"곧 공석이 채워질 것 같다는 얘기는 들었어. 한데, 우리 꼬맹이는 안 왔나 보다?"

'꼬맹이', 오직 그만이 부를 수 있는 대장의 호칭일 것이었다.

제인은 간단히 대답했다.

"죽을까 봐."

"아~ 내 걱정인가?"

"아니, 대장 걱정이지. 대장은 당신을 이길 수 없으니까."

"……흠."

남자는 제인을 직시하였다. 단지 그 시선만으로도 제인의 위장이 흐트러지고, 이윽고 그녀의 수려한 본모습이 드러났다.

"……그러면 왜 찾아온 거냐?"

"그냥. 얼마나 잘 살고 있는지 구경이라도 하고 싶었어."

제인은 그렇게 말하며 그의 등 뒤에 업힌 여자를 힐끔거렸다.

"근데, 이미 새로운 아이를 찾아냈나 보네."

그 말에 남자는 그저 웃었다.

"그래. 내 제자야. 일반적인 제자라기에는 지나치게 특별하고, 나를 죽이지 못해 안달이지만."

바로 다음 순간, 남자의 손에 마력이 고였다. 아니, 그 손아귀의 일부가 마력 그 자체로 일변했다.

"그건 그렇고. 제인, 자신감이 꽤 생겼나 봐. 아니면 겁이 없어졌다던가."

아지랑이처럼 일렁이는 마력의 손아귀. 그것에 닿으면 생을 온전하게 보전할 수는 없을 것이 분명했다. 그러나 그의 명백한 경고에도 제인은 담담했다.

"당신이 말했잖아. 지킬 것이 있는 사람은, 함부로 행동을 할 수 없다고."

제인이 손가락을 움직여 그의 등에 업힌 여자를 가리켰다.

"당신이 지금 나를 죽일 수 있는 것처럼, 나도 저 여자를 죽일 수 있을 것 같은데."

"……그렇긴 하겠네."

남자가 자그맣게 웃었다. 동시에, 방금까지 몰아치던 마력의 파동이 거짓말처럼 사그라들었다.

"그럼 갈게. 반가웠다."

달빛도 희미한 어둠 속, 남자가 제인을 지나친다. 자신을 스쳐 가는 그의 뒷모습을 흘겨보며, 제인은 아직 못다 한 말을 이었다.

"근데 당신. 그냥 가도 되겠어?"

등 뒤에서 제인의 음성이 흘러들었다.

"새로운 대장이 찾은, 새로운 검은색. 오직 당신을 죽이고자 고용한 늑대."

이어지는 말에도 대답 따위 없이, 남자는 계속해서 걸었다. 펜리르가 오딘을 산 채로 먹어치웠던 것처럼, 대장은 옛적의 신화가 재현되길 바라며 그 이름을 붙였다.

"마랑이 저기에 있는데."

그제야 비로소 남자의 걸음이 멈췄다. 그러나 제인을 등진 그의 얼굴에는, 오히려 진한 미소가 떠올라 있었다.

"그럼 열심히 하라고 해봐."

남자는 방금 전의 일을 떠올렸다. 비록 멍청한 방심이 있었다지만, 조금 특별한 동전 하나로 제자를 제압했던 그놈.

"가능성은⋯⋯."

남자가 파안의 미소를 지었다.

"꽤 있어 보이니까."

정말 자신을 죽여주길 바라는 듯 무던한 대답. 그에 제인의 안색이 일순 씁쓸해졌으나, 그녀는 지지 않고 더 진한 미소로 되받아쳤다.

· · ◆ · ·

늦지 않게 출동한 경찰과 영웅들이 디제린 랜드에서 난동을 부린 밀수꾼들 전원을 구속하였다. 아마 내일은 '밀수꾼들, 디제린 랜드에서 협상 실패로 인한 난동' 따위의 기사가 뜨겠지. 그러나 정작 제대로 된 난동을 부렸던 진사혁 일행은 그들의 눈에 띄기 전에 자취를 감추었고, 김수호와 채나윤은 내 포션 덕에 별다른 내상 없이 깔끔히 회복하였다.

그리고 모든 사건이 갈무리된 지금, 어두운 하늘 아래. 김수호는 거칠게 헤집어진 아스팔트 사이에 앉아 있다.

나는 그 뒤로 다가가, 그의 머리에 손을 얹었다. 머릿결이 퍽 부드럽다.

김수호가 뒤를 돌아보더니 픽 웃었다. 나는 그런 김수호 옆에 앉았다.

"괜찮냐?"

"아, 응. 덕분에. 포션값은 갚을게."

"포션값은 무슨. 그것보다 너, 방금 여자랑은 뭔 사이냐?"

은근한 물음. 김수호는 지평선 너머에 시선을 고정한 채 중얼거리듯
이 대답했다.

"그냥. 조금 아는 사이."

"그래?"

나는 굳이 깊게 캐묻지 않았다.

우리 둘은 한동안 말없이 밤하늘을 바라보았다.

"……하진아, 있잖아."

그러던 어느 순간, 그의 진지한 음성이 귓가에 스몄다.

"음?"

나는 최대한 부드럽게 대답했다. 김수호가 나를 쳐다보았다. 어둡게
반짝이는 그의 눈동자 속에는 말로 형용하기 힘든 복잡한 감정이 담
겨 있었다. 그와 같은 처지의 실향민 '진사혁'으로 인해, 마음 깊이 애
써 묻어놓았던 여러 감정이 되살아난 거겠지.

나는 그 감정의 흐름을 이해하면서도 이해할 수 없었다. 고향을 잃
은 상실감. 그것은 필시 나와 비슷한 외로움이겠지만, 김수호에게는 고
향으로 돌아갈 수 있으리라는 '희망' 자체가 없다.

"……아니다."

"뭐야. 시시하게."

나는 피식 웃으며 분위기를 풀었다. 김수호도 소리 없는 미소로 받
아주었다.

"근데 김하진. 그 사람, 네가 제압한 거 맞지?"

"아니. 내가 제압한 건 아니고, 스스로 자기를 제압했지."

"……무슨 소리야 그게?"

나는 그저 자리에서 일어나, 김수호의 어깨에 손을 얹었다.

"그냥 방심했다는 이야기지. 너랑은 다르게."

김수호가 똘망똘망한 눈망울로 나를 올려다본다. 새삼 그가 가진 다양한 매력을 느낄 수 있었다. 어떨 때는 믿음직스럽고, 어떤 때는 그냥 잘생기기만 했지만, 오늘 같은 날에는 오묘~한 처연함을 망토처럼 두르고 있다.

"간다. 뭐가 뭔지는 모르겠는데, 너무 풀 죽어 있지는 마."

"……내가 무슨 풀이 죽었다고."

씨알도 안 먹힐 거짓말을 하며 배시시 웃는다. 그 모습이 왠지 고까워서, 나는 김수호의 머리를 강하게 헝클어뜨렸다.

"어, 어으? 아, 야. 뭐 하는 거여!"

"진짜 간다."

"뭐? 야!"

웬 양털모자를 쓴 것처럼 머리털이 부푼 김수호가 반쯤 웃는 얼굴로 노려보지만, 그저 능글맞은 미소로 받아치고 터벅터벅 호텔로 걸어갔다.

부산 고급 호텔의 2인실. 유연하는 발코니 난간에 기댄 채 가만히 생각을 하고 있었다.

오늘은 머릿속이 유달리 복잡한 밤이었다. 사실, 어제 사건의 전말을 알아낸 이후 처음 맞는 밤이었다. 어젯밤은 기절한 탓에 통째로 날려 버렸으니까.

"……결국, 말 못 했네."

탄식처럼 중얼거렸다.

김하진에게 말하려고 결심을 했지만, 정작 그 앞에서 우물쭈물하다가 기회를 놓쳐 버렸다. 물론 '말하지 않아도 된다'고 말했다. 그러나 그는 자신이 어떤 고백을 할지 꿈에도 상상하지 못했을 테고, 그 말이 없었어도 어쩌면, 자신은 제대로 된 고백을 할 수 없었을 것이었다.

이유는 간단했다. 두려웠으니까.

훗날 그가 모든 진실을 알아내면, 그의 총 끝이 자신에게 향하지 않을까. 생애 처음 내가 '동료'라고 생각했던 남자가, 세상 가장 위협적인 적으로 돌변하지는 않을까. 그게 슬프고 무서웠으니까.

"아~ 개운해~"

샤워를 마치고 나온 채나윤의 외침이 무거운 생각을 잘라냈다.

유연하는 그녀를 보았다. 채나윤은 몸의 물기를 닦고 주섬주섬 속옷을 입었다.

조심스럽게 물었다.

"……다친 덴 괜찮아?"

"어? 아, 괜찮아. 응급처치가 좋았대."

워낙 몸 자체가 튼튼하기도 하고, 피격 즉시 포션 한 병을 비워내다시피 다 마셨으니. 내상은 그거 한 번으로 다 치료된 듯했다.

"아 시원해."

채나윤은 속옷 바람으로 걸어와 침대에 걸터앉았다. 유연하는 그런 그녀를 훑었다. 고양이가 그려진 속옷. 그런데 워낙 몸의 맵시가 좋아

썩 잘 어울린다.

채나윤은 옷을 입는 대신 스마트워치를 들었다. 화면을 영사시켜 가상 키보드를 두드리는 그 모습을 보면서, 유연하는 물었다.

"뭐 해?"

"어? 아, 김하진한테 문자 보내는 중. 고맙다고는 해야 할 것 같아서."

유연하는 그런 그녀를 가만히 지켜보았다. 복잡한 생각들이 다시금 치밀었다.

채나윤은 자신의 할아버지, 채주철을 존경한다. 그러나 채주철은 유진웅 못지않은, 아니, 오히려 그보다 더한 과거의 실질적인 원흉이다.

물론 채주철이 제 손녀에게 자신의 모진 모습을 보여주진 않았을 것이다. 하나 '언제나 좋은 할아버지'로 남는 시간이 길어질수록, 훗날 그녀가 느낄 배신감은 더욱 커질 테지.

그렇다면 나는 지금 채나윤에게 과거를 알려야 하는가. 김하진의 부모를 죽이고, 그의 인생에서 가족이란 존재를 없애 버렸던, 그래서 철저한 고독 속에서 자라도록 강제했던 원흉 중 한 명이 네가 존경하는 채주철이라고, 구구절절 쏘아붙여야 하는가. 아니면, 그저 함구해야 하는가.

……유연하는 나지막이 그녀의 이름을 불렀다.

"나윤아."

"엉?"

과거의 악연. 뒤얽히고 헝클어진 그 관계에 대해, 채나윤은 아무것도 모른다. 그리고 가능하다면…… 차라리 끝까지 모르는 게 나을 것이다. 가족의 상실에 대한 고통을 나보다 더 잘 알고 있는 채나윤은, 나보다 더 괴로워하고, 나보다 더 슬퍼하고, 나보다 더 미안해할 테니까.

"……그 사람은 누구였대?"

"뭐가."

"너 공격한 사람."

"아~ 몰라 나도."

"경찰들한테 말 안 했어?"

"어. 귀찮아서."

채나윤은 굳이 경찰들에게 자신이 공격당했다는 말을 하지 않았다. 아마 아버지가 안다면 어떤 난리를 피울지, 그리 어렵지 않게 상상이 되어서 일 것이었다.

톡톡톡톡.

채나윤의 시선과 손가락이 스마트워치 화면에 집중된다. 유연하는 그런 그녀를 지그시 들여다보다가, 딱 한 마디를 했다.

"……잘해."

"응? 뭘 잘해?"

"문자 말이야. 너 맨날 틱틱거리면서 보내잖아."

"……뭐가?"

"내 말 들어. 나중에 후회하지 말고."

"너 갑자기 왜 그래? 약 처먹으셨어요?"

채나윤이 어이없다는 눈으로 쳐다보았으나, 유연하는 말없이 침대 속으로 기어들어 갔다.

고개를 갸웃거리던 채나윤은, 이내 방금 김하진에게서 온 답장을 보곤 미간을 강하게 찌푸렸다.

[자라.]

이튿날, 일요일 오전 11시.

나는 에반젤과 하양이를 데리고 큐브 숙소로 돌아왔다. 사흘 만에 돌아온 숙소는 호텔 방과 서울 집에 비해 너무 협소하게 느껴졌다.

그래도 내년에는 이거보다 조금 넓어질 테니까. 아니면 아예 통학 신청을 해버려?

"치킨~ 치킨~ 치킨치킨치킨~"

방금 사 온 치킨 세 마리를 들고 식탁으로 걸어가는 에반젤과, 미리 그 식탁 앞에 앉아서 에반젤을 기다리는 김하양.

"하양이는 다리랑 날개밖에 안 먹으니깐⋯⋯."

에반젤은 하양이에게 다리 두 개와 날개 두 개를 나누어줬다. 오랜 다툼 끝에 에반젤은 '나눠 먹는다'는 개념을 배운 듯했다.

나는 그 모습을 흐뭇하게 지켜보다, 안방으로 들어가서 노트북을 켰다.

[433 SP를 습득합니다!]

[행운이 발동하여, 22%의 SP 보너스가 주어집니다!]

어젯밤의 그 사건으로 인해 상당한 수치의 SP를 얻었다. 행운 보너스로만 거의 100SP에 육박할 지경. 충분히 쌓일 만큼 쌓였으니, 이제 슬슬 내가 원하는 설정을 하나 더 작성해도 되지 않을까.

"으음……."

나는 내가 노트북에 기록해 뒀던 여러 구상 중 하나를 들춰보았다.

약성기억육체(藥性記憶肉體). 이건 비교적 최근에 생각해 둔 '체질'인데, 생각해 보면 앞으로 꽤 많은 도핑을 하게 될 것 같아서 그걸 조금이나마 내게 유리하게, 그리고 영속적으로 바꾸기 위한 방법 중 하나다.

─기억

성질과 효능이 동일한 약물을 섭취했을 시, 행운 수치에 따라 육체가 그 약성을 일부 기억합니다.

─재현

100% 기억을 완료한 약성을, 행운 수치에 따라 체내에서 자체적으로 분비하고 재현합니다. 한번 재현된 약성의 재현은 그 성능에 따라 각기 다른 '재조립 대기 시간'을 가집니다.

─적응·강화

행운 수치에 따라, 약성의 재현이 반복될수록, 해당 성분의 약을 많이 섭취할수록, 약효가 강해집니다.

[1,000SP가 소모됩니다. 저장하시겠습니까?]

"워매."

역시 장기적이고 영구적인 능력치 상승에 관련된 거라 그런지 가격이 상당히 비싸다. 그러나 비싼 만큼 비싼 값을 할 테고, 그 값을 지불할 수 있는 능력이 내게는 있다.

1970년대의 아수라를 상대하면서 얻은 SP와 진사혁의 미간에 동전한 닢을 냅다 박음으로써 얻은 SP가 있으니.

[설정이 저장되었습니다. 행운이 발동하여, 체질 '약성기억육체'의 전체적인 기능이 일부 상승됩니다!]

"흠."

이후, 나는 평범한 능력치 상승 용도의 산삼 영약을 섭취해 봤다.

[영약 섭취로 인해 근력과 체력, 지구력과 마력 수치가 서서히 상승합니다. 육체가 '산삼 영약'의 '능력치 상승' 약성을 4%만큼 기억합니다.]

4%만큼 기억. 대강 25개 정도 먹으면, 공짜 영약을 내 몸이 자체적으로 만들어낼 수 있다는 뜻이다.

"나쁘지는 않……."

그때였다. 순간, 팔뚝의 통증이 격하게 전해졌다. 기다리고 있었던, 그러나 내심 피하고 싶었던 격통.

나는 급히 웃통을 벗고 이두를 보았다. 이두에 새겨진 십자가 형상의 성흔, 그 주위로 새로운 선 한 줄이 원형으로 그어지고 있었다.

나는 신음이 입 밖으로 새어 나오지 않게 이를 악물었다. 지금 밖에는 에반젤이 있다. 괜한 걱정을 심어줘서는 안 된다……. 인두가 심장을 지지는 것만 같은, 결코 익숙해지지 않을 고통…… 의식이 점차 흐려지기 시작했다.

[오후 11시 정각]

"헉!"

눈을 뜨니까 밤이었다. 그리고 오늘은 일요일. 레이첼과 약속한 날이다.

"×됐다, 이거."

급히 거실로 나가보니, 에반젤과 하양이마저 잠들어 있다.

나는 스마트워치부터 확인했다.

[부재중 전화—6시 34분]

딱 하나 있었다. 그렇다면…….

"아오."

아직 팔뚝이 욱신거리지만, 그래도 급하게 달렸다. 숙소에서 약속장소인 공터까지 고작 5분.

나는 근처 수풀 속에 숨어서 그쪽을 지켜보았다. 레이첼은 역시 아직도 기다리고 있었다. 외로움을 달래기 위해서인지, 옆자리에 웬 길고양이와 함께.

레이첼이 고양이의 등을 쓰다듬으면서 하늘을 올려다본다. 그녀의 입술이 작게 움직인다. 원, 투, 쓰리…… 아무래도 별의 숫자를 헤아리고 있는 듯하다.

그 처량한 모습이 마음속 깊이 미안하지만, 나는 우선 그녀의 팔에 팔찌가 있는지 없는지부터 확인했다. 팔찌를 차지 않았다면 나는 도와줄 수 없으니.

다행히 그녀는 팔찌를 착용하고 있었다. 나는 뒷목을 긁적이며 그녀에게 다가갔다.

"저…… 레이첼 씨?"

레이첼이 나를 발견했다. 그녀는 아무 말 없이 고개를 꾸벅 숙였다. 무려 5시간이나 기다린 사람치고는, 그 표정에 아무런 변화가 없는 것 같아 보인다. 하지만 입술이 미묘하게 튀어나와 있고, 눈매는 고양이처럼 삐죽 솟아 있는 걸 보면, 삐진 게 분명하다.

당연하겠지. 무려 다섯 시간이나 기다렸는데.

"미안해요. 제가 너무 많이 늦었죠? 갑자기 일이 생겨서."

나는 슬그머니 그녀에게로 다가갔다. 레이첼은 미묘한 미소로 나를 맞이했다.

"자다 오신 것 같은데."

레이첼이 내 머리카락을 흘겨보았다.

나는 내 머리를 쓸었다. 확실히 지금 머리가 까치집 상태이긴 하네.

"근데 괜찮아요. 저도 방금 왔음."

"……네? 아…… 큼큼. 죄송해요. 일단 잠시만요."

삐진 게 확실한 말투다. 나는 괜히 스트레칭을 하면서 물었다.

"많이 늦었으니까 급하게 갈게요. 그, 레이첼 씨가 배리어를 물어보셨잖아요?"

레이첼은 말없이 고개를 끄덕거렸다.

"근데 제가 일단 배리어를 가르치기 전에…… 제 훈련법부터 따라 해 보시는 게 어떨지?"

"네?"

"아 그게, 왜 사람마다 훈련 방법이 다르잖아요. 슬럼프를 극복하는 방법 중 하나가 방식을 바꾸는 거거든요. 저한테 맞는 게, 레이첼 씨한테도 맞을 수 있으니까."

내 허겁지겁하고 횡설수설한 말에, 레이첼이 사뭇 새초롬한 얼굴이 되었다.

"그냥 내일 여유롭게 하면……."

"아뇨, 아뇨. 일단 가부좌를 틀고 바닥에 앉아보세요."

가부좌가 뭔지 몰라 고개를 갸웃하는 레이첼에게 나는 시범을 보였다.

"저처럼 앉으세요."

"아, 네."

레이첼이 땅바닥에 양반다리로 앉았다.

"그리고 체내의 마력을 온몸으로 퍼뜨려 보세요. 이게 '혈을 뚫는다'라는 건데……."

무협지에서나 봤던, 나도 모를 개소리를 지껄이며 레이첼에게 시켰다. 레이첼은 아무 불만 없이 체내 마력의 조종에 열중하기 시작했다. 그녀의 피부 밖으로 청색광이 희미하게 비쳐 나왔다.

"좋아요. 그렇게 계속, 계속."

나는 눈치를 살피며 그녀를 독려했다.

"그리고 이제, 끌어 올린 온몸의 마력을 왼쪽 손목으로 이동시켜 보세요. 왼쪽 손목 다음에는 전신의 말초를 싸악 훑을 건데, 일단 왼쪽 손목부터."

지금이 제일 중요하다.

왼쪽 손목. 레이첼에겐 아주 생소할 이 훈련은, 지금 그녀의 마력이 왼쪽 손목에 매워진 팔찌를 뜯어내는 순간. 최고의 훈련이 될 것이다.

"거기 왼쪽 손목에 힘주세요, 힘. 왜 마력 방출하는 것처럼."

부스스스.

마력의 진동에 팔찌가 흔들리기 시작했다. 그러나 팔찌 속 정령의 가루는 흘러나올 기미조차 보이지 않고, 레이첼의 얼굴은 토마토처럼 시뻘게졌다.

"조금 더. 조금 더 세게. 왼쪽에 있는 팔찌를 부서뜨리겠다는 생각으로……."

내 말이 이어질수록 레이첼의 떨림이 강해진다. 마력의 움직임은 그에 따라 더욱 격렬해지고, 이내…….

툭―

팔찌가 끊어졌다. 그러자 그 속에 있던 정령의 가루들이 천천히 쏟아져 내리기 시작했다.

끊긴 팔찌에서 정령의 가루가 흘러내렸다. 그리고 부드럽게 나풀거리며 레이첼의 마력 속으로 스며들었다. 그러나 레이첼은 그 작고 조용한 변화를 눈치채지 못한 채, 다만 몸속 마력의 움직임에 온 신경을 집중하고 있었다.

"이제 오른쪽 손목으로……."

나는 혹시 의심하지 않도록 마력을 온몸으로 순환하게 시켰다. 그녀는 내 말에 따라 운기조식을 시작했다. 왼쪽 손목에서 오른쪽 손목으로, 오른쪽 손목에서 발목으로…… 그리고 마지막으로 정수리까지.

어느새 레이첼의 전신은 땀으로 범벅이 되어 있었다.

"……하아, 하아."

"처음 할 때는 원래 다 힘들어요."

말해놓고서 내가 우습다. 나 따위가 레이첼 같은 천재에게 훈수를 두고 있는 꼴이라니.

근데 이게 아예 효과가 없는 수련은 아닐 거다. 김수호가 매일 하는 몸풀기 명상호흡이니까.

"자, 그럼 다음으로……."

어쨌든 가루는 레이첼의 몸에 온전히 스며들었다. 그러나 그 기운이 정착하고, 그 향응을 누리려면 마땅한 운동이 필요하다.

"이제 일어나 보세요."

레이첼은 '이제 드디어 본격적이구나' 하는 표정을 지으며 의욕적으로 일어섰다.

"배리어는 일단 차치해 두고."

그러나 곧바로 이어진 내 말에 의욕이 사라진 듯 레이첼은 고개를 갸웃했다. 그 모습에 그럴듯한 설명을 덧붙였다.

"레이첼 씨. 우리가 알고 지낸 지 한 8개월 정도 됐잖아요? 그중 한 학기는 팀플 때문에 같이 붙어 다녔고."

"네? 아, 네. 그랬죠, 아마?"

"별건 아니고. 제가 그동안 레이첼 씨의 실전 모습을 지켜봤기도 해서 묻는 건데…… 레이첼 씨. 혹시 정령 친화력 검사 받아보셨어요?"

"정령 친화력이요?"

"예. 제가 안목이 조금 있거든요. 감각이 예민하기도 하고. 채나윤도 제 작품인 거 아시죠?"

채나윤은 현재 큐브 커뮤니티는 물론 여러 길드 사이에서도 아주 뜨거운 생도다. 활에서 검으로 바꾼 것도 그렇지만, 검사로 전향하자마자 압도적인 성적을 보여주고 있으니까.

"네. 제가 어렸을 적에는 좋은 결과가 나오긴 했어요. 근데……."

그걸 어떻게 아셨느냐고, 눈으로 묻는다.

"레이첼 씨 마력은 뭔가 다르거든요. 느낀 적이 있으신지 모르겠는데, 레이첼 씨는 환경에 따라 마력의 성질이 조금씩 달라져요."

이건 내가 설정한 특징이다. 그러자 레이첼도 뭔가 짐작이 가는 바가 있는지 눈을 동그랗게 떴다

"아 맞아요! 저도 그런 걸 느끼긴 했어요. 근데 정령 친화력은, 열 살 이후로는 발전이 막힌 것 같아서 아예 접어버렸어요."

물론 막혔을 것이다. 애초에 정령의 힘을 가꾸는 방법 자체가 현대에서는 거의 발달하지 않았으니까. 김수호가 살았던 이계에서도 드물었던 게 정령사이니 이곳은 더 말할 것도 없다.

그러나 지금은 다르다. 레이첼의 몸속에 스며든 나비 정령 가루. 그 것이 정령과의 통로 역할을 해줄 터. 또한, 나는 훗날 레이첼과 김수호가 함께 머리를 짜내어 생각해 낼 효율적인 훈련법을 이미 알고 있다.

"그럼 처음부터 다시 해봐요. 훈련 방법의 문제였을 수도 있으니까."

레이첼이 의문스러운 눈으로 나를 쳐다본다. 왠지 그 속내를 알 것 같은 눈빛이다. 배리어를 배우러 왔는데, 별 이상한 말을 지껄이고 있으니 슬슬 답답한 거겠지.

"지금 문제는 배리어가 아닌 거 아시죠? 슬럼프 오신 것 같다면서요. 슬럼프 자체를 극복할 생각을 해야지, 배리어 생각만 하는 건 주객전도예요."

"아, 역시. 그렇죠."

그러나 레이첼은 아주 빠르게 납득했다. 이 여자, 의외로 우유부단하단 말이지.

"이번에는 발아래 잔디 있죠? 잔디와 대화를 나눈다는, 아니, 잔디와 마력을 나눈다는 생각으로 마력을 공명시켜 봐요."

"아, 네. 한번 해볼게요."

정령을 다루는 데 있어서 가장 중요한 것, '자연과의 공명'.

레이첼은 눈을 감고 내 말에 따랐다. 그렇게 3분, 5분, 10분……. 시간이 흐를수록 레이첼의 몸은 거의 녹아내릴 것처럼 흐물흐물해졌다. 어찌나 집중했는지 발밑에 아지랑이가 일었다. 한데 정작 잔디에는 아무런 변화가 없어서 이제 그만해야 되나, 생각하던 바로 그 찰나.

"오."

잔디에서 자그마한 변화가 일어났다. 레이첼의 마력과 닿은 잔디가 웬 물방울처럼 생긴 밝은 초록빛을 내뿜어낸 것이다. 그 숫자는 적었고, 빛의 세기는 희미했으나, 더없이 확실했다.

저것이 재능뿐만 아니라 '심성'도 타고나야만 하는 아주 까다로운 능력. 정령의 힘이다.

"레이첼 씨. 레이첼 씨? 천천히 눈 떠봐요."

내 나지막한 목소리에, 그녀가 서서히 눈을 떴다.

"……응?"

의문이 가득한 작은 목소리.

레이첼은 자신의 눈앞에서 귀엽게 아른거리는 초록색 물방울을 보며, 조금 멍한 얼굴이 되었다.

나는 웃으면서 중얼거렸다.

"이게 뭐야. 나 수업료 엄청 비싸게 받아야 되겠네."

레이첼의 넋 나간 시선이 이번에는 내게 고정되었다.

37장
해야만 하는 일

부산에서 진사혁과의 조우 이후, 큐브의 나날들은 특별한 일 없이 흘러갔다. 소설이었다면 '아무 일 없이 며칠이 지나고 몇 주가 지났다'라는 문장으로 대신했을 그럴 날들. 그동안 나는 내가 할 수 있는 일과, 해야만 하는 일을 했다.

우선 제로니모의 수습 용병으로서 두어 개의 임무를 더 마쳤다. 하나는 마인 암살. 다른 하나는 화물 호위. 임무 완수 과정이 대장의 마음에 썩 들었는지, 나는 다시 한번 제안을 받았다. 이번에는 정식 계약서였다.

큐브 생도로서는 매일 밤 레이첼과의 1시간 훈련이 내 일과가 되었다. 이는 쌍방적인 호혜 관계였다. 그날 이후로 레이첼은 내 말을 거의 하나님 말씀처럼 여기며 정령 친화력을 길렀고, 나는 레이첼의 세검을 받아내면서 '탄환의 시간'을 보다 예민하고 효율적으로 사용하는 숙련도를 길렀다. 그녀 덕에 대련을 통한 능력치 상승효과도 오랜만에 봤다.

어쨌든 그렇게 시간은 빠르게 흘러, 어느새 11월 22일이 되었다. 내가 이 세계에 떨어지게 된 지 1년. 그리고 2주 뒤면 기말고사가 시작되는 무렵.

"이 내용은 반드시 시험에 낼 거니까 체크해 두고."

지금은 현상계 분석학Ⅱ의 수업이 한창 진행 중이다. 창밖은 이상기후 때문인지 오후 2시임에도 밤처럼 어두웠고, 날씨는 그만큼 차가웠다.

그러나 생도들은 평소와 같았다. 그들은 시험에 대비하여 자는 시간을 줄여가며 열심히 공부했고, 육체의 단련도 게을리하지 않았다. 수업이 끝나자마자 이중 절반은 독서실로, 나머지 절반은 육체단련실로 갈 테지.

하지만 나는 수업 따윈 개무시하고 노트북으로 내 몸 상태나 살피고 있다.

[영약 섭취 24시간이 경과했습니다. 모든 능력치가 0.005만큼 상승합니다.]

[진통 효과가 기억됩니다.]

[기억 완료 약성 목록]

1. 진통(鎭痛)

30분간 고통 내성 증가.

재조립 대기 시간 6시간.

2. 해독

중급 이하 독성 치유.

재조립 대기 시간 6시간.

3. 순간 증폭

10분간 근력, 지구력, 순발력, 감각력, 체력이 2만큼 상승.

재조립 대기 시간 12시간.

[근력 3,405(+1,070)][지구력 3,435(+1,980)]

[순발력 5,140(+2,685)][감각력 5,655(+2,620)]

[체력 3,405(+1,070)]

내 몸은 여태 내가 섭취한 여러 약의 성능과 효능을 기억했다.

특히 위 세 가지는 이미 100% 기억이 완료되어, 이제 내가 원할 때마다 영약 섭취 없이도 '부작용 없는' 약효를 얻을 수 있다.

"진도는 오늘이 끝이고, 다음 주부터는 자율 학습이다. 예습은 할 필요 없으니까 이제 복습만 열심히 하거라."

그러던 와중, 어느덧 수업이 끝난 건지 교수의 마무리 멘트가 들려왔다. 나는 주섬주섬 짐을 챙기고 일어섰다. 오늘은 내가 따로 짜놓은 스케줄을 하러 큐브 밖으로 나가야 한다.

"야 김하징."

돌아서려는데 웬 정체불명의 코맹맹이 소리가 들려왔다. 미간을 좁히고 돌아서니, 왜인지 코가 시뻘건 채나윤이 있었다.

"……왜 코를 먹어?"

"감기 걸린 건뎅?"

헹헹거리며 대답하는 모습을 보니 문득 TV 프로 속 한 어린아이가 영웅에게 건넨 질문이 생각났다.

영웅도 감기에 걸리나요?

정답은 YES다. 물론 길어봤자 하루에 불과하겠지만, 그만큼 훈련을 열심히 했다는 증거다. 온몸의 마력이 한순간에 빠져나가면 체내의 온도 차가 급격해지는데, 그사이에 감기 따위의 가벼운 병에 취약해지기 때문이다.

"너 요즘 너무 무리하는 거 아니냐? 단련실에 새벽 3시까지 있던데. 적당히 해야지. 그러다 몸 상해."

"……뭐야. 걱정해 주는 거냐?"

채나윤의 눈썹이 능글맞게 들썩인다. 나는 고개를 절레절레 저었다.

"됐고. 오늘은 또 왜."

"아, 나 이거 좀 알려주라."

채나윤은 방금 현상계 분석학 교수가 내준 숙제를 내밀었다. 배움보다는 그냥 숙제를 얻어먹겠다는 의도가 뻔히 보이지만, 그냥 전부 다 풀어줬다.

"오예~ 고맙당."

노트에 휘갈겨진 내 풀이를 보더니 천진하게 웃으며 가방에 넣는다.

"아, 맞다. 야 김하징. 나 이벙 겨울 방학 때 사부님 캠프 다시 가기로 했어."

"사부님?"

"응. 유시혁."

"아……."

유시혁의 지옥 훈련. 원래 김수호만 가는 거였는데, 채나윤이 빠르게 검으로 전향한 덕에 채나윤까지 껴구나.

잘된 일이다.

"잘됐네."

나는 그저 웃으면서 그렇게 말했다. 아마 12월 말에서 2월 초까지 3개월 동안의 일정. 3개월 동안, 채나윤은 서울에서 멀어진다. 참 다행인 일이었다.

"열심히 하고 와."

나는 딱 거기까지만 생각하기로 하고, 채나윤을 지나치려 했다.

"야야, 긍데."

그런데 채나윤이 먼저 내 소맷자락을 잡았다. 그녀는 내 소매를 이리저리 잡아당기며 말을 이었다.

"가기 전에 애들이랑 같이 여행이나 가자. 나 그 캠프 가면 겨울 방학 쌩으로 날리는 거거덩."

"나는…… 시간 없을 것 같은데."

"에이~ 같이 가자. 경비는 내가 다 내줄게."

헤실헤실 웃으며, 내 소매는 왜 자꾸 잡아당기는 거야.

그러나 나는 단호하게 고개를 저었다.

"못 가."

"……리얼?"

"어. 시간 없어."

재차 물음에도 대답은 똑같다. 채나윤은 내 소매를 놓고 입술을 비죽였다.

"그래라. 싫으면 말아라."

왠지 섭섭한 듯 정색한 얼굴로 한마디를 쏘아붙이고, 채나윤은 나보다 먼저 교실 밖으로 나갔다.

그러다 불현듯 느껴지는 시선에 나는 주변을 둘러보았다. 김수호와 이영한과 유연하가 왠지 묘~한 눈빛으로 나를 쳐다보고 있었다.

―야 이영한. 저거 밀당이지?

―당연히 밀당이지.

김수호와 이영한이 속삭이는 소리가 거슬릴 만큼 크게 들렸다.

3시간 뒤, 강원도의 한 필드.

"……물어!"

흡사 개를 훈련을 시키는 듯한 짧은 외침이었으나, 그 결과는 대단했다. 내 가슴팍에서 튀어나온 거대한 늑대가 쏜살같이 내달려 전방의 트롤을 물어뜯었다.

―키에에엑!

트롤이 제 목에 달라붙은 늑대를 떼어내려 사방팔방으로 휘적거린다. 그러나 에반젤의 권속은 중하급 1품 트롤 따위보다 곱절은 강력하지.

머지않아 트롤은 늑대의 치악력을 견뎌내지 못하고 절명했다.

―아우~

트롤을 해치운 늑대가 별안간 눈이 희멀게져서는 크게 포효했다. 근래의 내가 늑대를 육성하면서 얻은 경험으로 미루어보면, 저 반응은 상당히 긍정적이다.

나는 스마트워치를 확인했다.

[유령늑대가 트롤의 피를 섭취함으로써 '최하급 회복력'을 습득합니다.]

상대가 트롤이니만큼 회복력과 관련된 특성을 습득했다. 5일 전에는 오크에게서 [표피 경직]이라는 특성을 얻었으니, '섭취'를 통한 수확이 꽤나 짭짤하다고 할 수 있겠다.

"괜찮네."

이렇듯 나는 요즘 유령늑대 키우기에 열중하고 있다. 아닌 게 아니라 그만한 가치가 있는 놈이니까.

솔직히 이 늑대는 나보다 훨씬 세다. 마랑이 누구냐고 하면 '사실 내가 아니라 이 유령늑대가 본체였습니다'라고 해도 될 정도.

─헥헥헥.

트롤을 해치운 늑대가 헥헥거리며 내 옆으로 돌아왔다. 이빨과 갈기에 피 칠갑이 된 모습이 귀엽지는 않지만, 참으로 듬직해서 열심히 쓰다듬어 주었다.

"잘했어. 잘했어."

─그릉그릉.

늑대는 눈을 감고 낮게 울면서 만족감을 표했다.

이후 나는 SH 에이전트에 내 좌표를 전송했다. 아마 5분이면 직원이 HUV를 타고 달려와서 사체를 회수하겠지.

그러다 갑자기 궁금해져서, 늑대의 등에 앉아 SH 에이전트의 홈페이지를 구경했다.

"……와. 뭐야. 곧 상장하겠네?"

홈페이지가 눈에 띄게 변해 있다. 소속 사냥꾼만 자그마치 23명에다가, 심지어 중소길드에서 근무했었던 '진장호'라는 영웅까지 소속된 상태. 사업이 불어나는 속도가 내 예상보다 훨씬 대단하다.

근데 이 유망한 에이전트의 대표와 호형호제를 하고, 주식 총발행량의 4%를 소유한 거대 개미가 나라니.

괜히 뿌듯해하는 사이, 문자가 하나 왔다.

[어디세요?]

발신인은 유연하.

[너 어딘데. 내가 갈게.]

[제가 갈게요.]

[나 지금 강원도 필드인데.]

[그럼 30분 정도만 기다려 주세요.]

"흠."

오늘은 유연하가 먼저 만나자고 연락을 보내 왔다. 아마도 미스틸테인을 성공적으로 가공하여 총알을 만들지 않았을까, 추측 중.

나는 30분간 더 늑대에게 사냥을 시키고서, 유연하에게서 도착했다는 문자가 왔을 즈음 필드 입구로 나왔다. 필드 입구에는 유연하가 웬 동그란 선글라스를 쓴 채 서 있었다. 나를 발견한 그녀가 작게 손을 흔들었다.

나는 다가가서 물었다.

"물건, 다 됐어?"

"네. 연구해 본 결과, 참 대단한 나뭇잎이더군요. 뭔지는 모르겠지만 그 함유 마력량이 유물에 비할 만했어요."

"갈아서 넣느라 고생했겠네?"

"기회비용까지 따지면 10억 가까이?"

유연하는 고개를 끄덕이며 슈트케이스 하나를 내밀었다.

나는 사양 없이 받았다.

"총 5발. 정직하게 말해서, 0.3발을 만들 수 있는 정도가 남았는데, 말씀해 주신 대로 사양 않고 연구에 썼어요."

"잘했어."

별생각 없이 한 칭찬에, 별안간 유연하는 입술을 지그시 깨물었다.

"……잘하긴 무슨."

"뭐, 왜 그래. 그럼 소송이라도 걸어?"

"……아녜요. 그냥 미안해서. 그것보다, 구경(口徑)은 정말 상관없어요?"

"어. 말했잖아, 관상용이라고."

이 5발은 모두 내 권총에 맞게끔 오더했다. 어차피 구경이야 설정 수정으로 나중에 변경하면 되니까.

"관상용은 무슨. 그것보다, 그 안에 영약까지 들어 있어요."

"그래? 근데 영약은 나중에 만들어줘도 되는데. 일 잘 풀리고 나서도……."

"잘 풀리고 있어요."

유연하가 내 말을 잘라냈다.

"우선 재배 인삼으로 보급용 포션 설비를 마련했고, 초보긴 하지만 심마니도 세 명이나 계약했어요."

그렇게 말하며 유연하는 웃었다. 그러나 왜인지 진심이 없어 보이는, 오히려 슬픔을 숨기려는 듯한 미소였다.

"뭐, 잘됐네. 혹시 다른 문제는 없고?"

나는 품속에 손을 넣어 서류 봉투를 집었다. 노트북 해킹으로 얻어낸(무려 150SP나 소모되었다) '유연하 스캔들'을 선동한 놈들의 목록과 그 놈들이 저지른 비리가 낱낱이 열거된 서류다.

나는 그걸 건네주려 했으나, 유연하가 아주 시원하게 잘라냈다.

"아뇨. 없어요."

".......어?"

뭐지. 아직 이 문제는 안 터진 건가? 나는 슬그머니 서류를 쥔 손을 놓았다.

"그럼 전 바빠서 이만 가볼게요. 나중에 혹시 또 뭐 필요하신 거 있으면 언제든 물어봐요. 뭐든지 구해 드릴 테니까."

뭐든지 구해주겠다, 그것참 듬직한 말이다. 훗날 서울의 주인이 될 사람이 내 동료니까 이렇게 편하네.

"야야. 나도 이제 갈 건데, 같이 밥이나 먹고 갈래?"

"아뇨. 말했잖아요. 바쁘다고."

냉정하게 돌아서는 유연하에게, 나는 딱 두 마디를 했다.

"순댓국. 아니면 햄버거."

그러자 유연하는 흠칫 멈춰 서더니, 묘한 눈으로 나를 흘겨보았다.

"아 참. 나 그런 거 안 좋아한다니까 자꾸 그러시네."

그렇게 투덜대고는 근처에 대기하고 있던 차량 속으로 사라졌다. 유연하를 태운 차량은 빠르게 멀어졌다. 행선지는 맥도날드 아니면 할머니 순댓국집이겠지.

나는 그 모습을 지켜보다가 슈트케이스를 열었다.

턱–

고급스러운 벨벳, 그 위에 일렬로 늘어선 5발의 탄환. 잡티 하나 없이 깔끔하고, 시퍼렇게 벼려진 탄환.

거울보다 깨끗한 그것들의 표면에 내 얼굴이 비쳤다. 그 속의 나는 아무런 표정도 드러내지 않고 있었다.

[미스틸테인 가공 탄환][부분 신화(神話) 등급][무(無) 속성]

–순도 높은 마력과 미스틸테인이 압축되어 있는 .44 Macon 백금 가공탄. 신살(神殺)의 힘이 일부 스며들어 있는 듯하다.

「파괴력–9/10」

자그마치 9에 달하는 파괴력. 이 정도면 충분하다.

나는 다시 슈트케이스를 덮었다. 케이스의 칠흑 같은 표면은 그 무엇도 반사하지 않고, 담아내지 않는다.

물질적인 준비는 다 되었다.

그렇다면 이제…… '부탁'을 준비해야 할 때다.

나는 분명 저번 주 금요일 저녁에 문자를 보냈다. 수신인은 대장, '협상'을 하고 싶다는 내용이었다. 그러나 대장은 한 주 동안이나 답장이 없다가 오늘에 이르러서야 메시지를 하나 남겼다. 어딘가의 좌표였다.

가리키는 곳은 경기도 외곽, 근처에 괴수들이 서식하는 탓에 인적이

드문 중급 위험지역. 그곳으로 오라는 뜻 같았으나…….

"……뭐야."

정작 와보니 웬 허름한 폐가가 울창한 숲속에 홀로 서 있었다.

공포영화에서나 볼법한 석조자택. 색이 희미해진 붉은 벽돌 사이사이 덩굴과 이끼가 자리를 잡았고, 부서진 창문 사이로 비치는 것은 새까만 어둠뿐.

나는 일단 그 안으로 들어갔다. 휑하고 어두운 공간. 발소리가 메아리처럼 스산하게 울린다. 차고 건조한 바람이 스칠 때마다 온몸에 닭살이 돋는다.

"저기요?"

내가 목소리를 낸 순간이었다. 뭔가 거대한 신형이 하늘에서 쏟아져 내리는가 싶더니, 그것에 대응해 내 가슴팍에서 늑대가 튀어나왔다. 우당탕탕- 갑작스러운 난리판에 나는 일단 눈부터 제대로 떴다.

"……박쥐?"

플라잉 나이트메어. 두 발로 선 거대박쥐가 마랑 아래에 깔렸다. 아니, 마랑은 나지. 유령늑대에 깔렸다.

-크릉! 크르릉!

-그아아아!

나를 기습한 박쥐는 사활을 다해 유령늑대에 대항하고 있다. 그러나 힘에서 밀리는 듯, 금세 목이 물려 인형처럼 비틀어졌다.

저 박쥐는 중급 6품인가 그럴 텐데. 완전 쪽도 못 쓰네.

"근접전은 얘한테 맡기면 되겠다."

나는 원거리에서 뿅뿅 쏘기만 하고, 화난 적이 기습을 보내오면 늑대가 마무리. 과연. 아주 좋은 방법이다.

끼익―

이윽고 뒷문이 열리며 작은 발소리가 울렸다. 나는 뒤를 돌아보았다. 예상대로 나를 부른 사람이 서 있었다. 대장은 쓰러진 박쥐와 그 늑대를 번갈아 보며 물었다.

"애완동물이냐."

"예? 아, 예. 비슷해요."

"귀엽구나. 일단 앉도록."

텅 빈 공간의 유일한 가구. 대장이 탁자 앞을 가리켰다.

나는 그곳에 앉았고, 늑대는 내 옆에 자리를 잡고 누웠다.

내가 물었다.

"이 박쥐는 일부러 놔두신 겁니까?"

"아니. 워낙 괴수가 많은 곳이지 않으냐. 알아서 기어들어 온 거겠지. 그것보다, 협상을 하고 싶다고?"

"예."

"그래. 어느 조건이 마음에 안 들었지?"

대장은 다시 계약서를 꺼내 들었다.

정식 계약서. 용병치고는 흔치 않게 연봉 조건까지 있는 좋은 계약서다. 그러나 내가 원하는 조건은 계약서에 쓰일 수 없고, 쓰여서도 안된다.

"조건은 마음에 듭니다."

"그래? 근데 왜."

"다만 한 가지 부탁하고 싶은 게 있습니다."

대장이 어리둥절한 얼굴이 되어 고개를 갸웃했다. 나는 옅게 웃으며, 내가 해야만 하는 일을 말했다.

"사람 한 명을 죽이는 걸, 도와주셨으면 합니다."

적막이 가라앉았다. 대장은 그 흔한 숨소리도 내지 않았다.

기실 나는 여태 내 나름대로 '나 혼자 채진윤을 죽일 수 있는가'에 대해서 조사를 했다. 그러나 불가능한 일이었다.

VIP 병동은 그렇게 만만한 장소가 아니다. 병실 하나하나가 중상격 영웅이 작정하고 마력을 쏘아내도 버텨낼 수 있는 요새급인 데다가, 특히 채진윤의 병실은 한가락 하는 용병 3명이 24시간 3교대로 지키고 있다.

용병에 더해 중상격 이상 영웅까지 배치되었다는 입원 초에 비해서는 아주 완화된 경비이지만, 나는 뚫을 수가 없다.

그리고 만에 하나 뚫어낸다 하더라도. 필연적으로 내 정체를 들키게 된다. 나는, 나도 모르는 사이 심적으로 많이 의지하게 된 몇몇 동료들과 아직까지는 함께 있고 싶다.

"사람을…… 죽이고 싶다고?"

"예."

나는 굳은 얼굴로 서류 봉투를 내밀었다. 대장은 그 봉투를 조금 오랫동안 지켜보기만 하다가 집어 들었다. 그녀의 작고 고사리 같은 손이 내 눈에 들어왔다.

그녀가 서류의 내용물을 꺼냈다. 채진윤의 신상이 적힌 문서와 그의 사진이 우수수 흘러내렸다. 찰나, 무표정이 익숙한 대장에게 유의미한 변화가 일어났다. 그녀는 커진 눈으로 나를 보며, 딱 한 가지를 물었다.

"……이유가 따로 있나."

나는 고개를 끄덕였다.

"이유가 무엇이지."

"음…… 세계의 안정을 위해서요."

사실을 말한 것인데, 대장의 얼굴은 뾰로통해졌다.

어쩔 수 없다. 개인적인 원한이 있다고 말할 수는 없는 노릇이니.

대장은 한참 동안이나 말이 없었다. 당연히, 채진윤은 그녀로서도 부담스러운 상대일 것이기 때문이다. 정확히는 채진윤의 가문이.

"죽이는 건 제가 합니다. 그 기회만 만들어주시면 됩니다……"

나도 죽이는 것까지 부탁할 생각은 없다. 애초에 들어주지도 않을 테고. 그럼에도 아무런 대답이 없는 그녀에게, 나는 회심의 단어를 덧붙였다.

"……대장."

오늘을 위해서, 나는 여태까지 대장을 단 한 번도 대장이라 부르지 않았다.

순간 대장의 눈썹이 꿈틀거렸다. 최대한 근엄을 지키려는 듯했으나, 그 입술의 미세한 떨림을 나는 포착할 수 있었다.

한편, 김하진을 제외한 '과거팸'은 큐브 내 커피숍에 모였다. 기말고사가 일주일밖에 남지 않은 만큼 함께 필기 공부를 하자는 취지였으나, 정작 공부를 하는 사람은 유연하뿐. 그 김수호마저도 오늘은 문자에 열중하고 있었다.

채나윤은 그런 김수호를 의심스럽게 쳐다보았다.

"야 김수호. 너 승아 언니랑 문자 하지?"

"어?"

"딱 보니 맞네. 어쩐지 언니가 자꾸 이것저것 캐묻더라."

김수호의 몸이 흠칫 떨렸다.

"어…… 아 근데 그냥 일상적인 대화야."

후룩.

유연하가 커피를 홀짝이며 끼어들었다.

"그게 더 이상한 거 아니니? 일개 생도가 타 길드 부단장이랑 사적인 대화라니. 그것도 요즘 매스컴에서 가장 핫한 영웅이랑."

"어? 아, 근데 이게 그런 게 아니고……."

당황한 김수호가 횡설수설을 시작했으나, 다행히 화제는 금세 다른 곳으로 튀었다. 괜히 뚱하고 뾰로통해 있는 채나윤에게 이영한이 짓궂은 말을 건넨 것이다.

"근데 채나윤 너는 왜 뚱해 있냐. 김하진 생각하지?"

"채나윤이 그 또라이 생각을 왜해?"

한데 오히려 신종학이 즉시 반응했고, 그 언사에는 유연하가 미간을 살짝 찌푸렸다.

"……종학아. 그래도 또라이는 아니지 않니? 아무렴 필기 1등인데."

"맞아. 신종학 너 어제 김하진한테 문제 물어봤잖아."

"뭐? 내가 언제 그랬냐 김수호. 드디어 정신이 돌으셨나?"

"김호락 시켜서 물어본 거 다 봤거든?"

김수호는 똑똑히 봤다. 신종학이 헛기침을 하며 김호락에게 노트를 건네고, 김호락이 쭈뼛쭈뼛 그 노트를 김하진에게 전달하던 광경을.

"······그건 걔가 모르는 문제를, 걔가 물어본 거지."

"뭐 말도 안 되는······."

"닥쳐어-!"

"아 시끄러워 좀. 가뜩이나 지옥 훈련 때문에 기분 엿 같은데."

신종학의 난동은 채나윤이 금세 진압했다. 그리고 유연하는 쓰게 웃으며 교과서를 덮었다. 아무래도 아무도 공부에 관심이 없는 것 같아서.

"그건 그렇고, 너희 세 명 완전히 달라지겠네. 유시혁 캠프는 3월까지 하는 거야?"

"어. 3월 초."

"음······ 그럼 여행 일정은 언제로 잡아야 하지?"

학창시절의 꽃은 그래도 동창끼리의 여행이다. 유연하의 말에 채나윤은 살짝 기분 좋아진 얼굴로 대답했다.

"기말고사 끝나고 바로 다음 주. 12월 17일 어때."

"아, 나 그날 안 돼. 하진이랑 약속 있어."

"뭐?"

김수호의 말에 채나윤이 눈을 부릅떴다.

"뭐, 뭐, 뭐, 뭔 약속?"

"어. 그, 같이······."

김수호는 잠시 말을 멈췄다.

일주일 전, 김하진은 자신이 던전을 발견했으니 함께 공략하러 가자 말했다. 당연히 제삼자에게 발설해서는 안 되는 사실일 것이었다.

"······드, 드라이브하러 가기로 했는데."

"드라이브?"

"어, 응. 나도 바이크 타보고 싶었거든."

"풋. 잘 어울리는 조합이군."

신종학의 조소. 그러나 채나윤은 갑자기 격노해서는 소파 등받이에 뒤통수를 들이받기 시작했다.

"와. 와 나. 어이없네. 와 진짜."

한참 동안 딱따구리처럼 그 짓을 반복하던 채나윤이 자리를 박차고 일어났다.

"야. 나 먼저 간다."

그런 그녀에게 김수호가 물었다.

"어디가?"

"훈련하러. 훈련하러 간다 왜. 신종학 너 따라오지 마."

"……크음."

슬그머니 일어서려던 신종학이 다시 엉덩이를 붙였다.

쿵쾅쿵쾅.

그렇게 채나윤은 이유 모를 화를 부리면서 큐브 밖으로 빠져나갔다.

[오후 9시 정각]

대장과의 대담을 마치고, 나는 큐브로 돌아오자마자 레이첼을 만났다. 밤 9시는 요즈음 거의 약속처럼 정해진 우리 둘의 훈련 시간이기 때문이었다.

"근데, 뭘 믿고 나한테 부탁을 한 거예요? 334위한테."

훈련 시작 직전. 나는 문득 궁금해져서 물었다.

레이첼은 대답 없이 나를 쳐다보다가, 배시시 웃으면서 말했다.

"나 그렇게 바보 아닌데. 이미 알고 있어요. 하진 씨, 일부러 순위 안 올리고 있는 거."

"……예? 아, 뭐……"

갑작스러운 고평가에 목덜미가 으쓱거리기는 하지만 성흔의 마력을 제대로 활용하면 적어도 30위권까지는 올라갈 수 있을 것 같기는 하다. 그 이상은 내 능력치가 너무 허접해서 의구심이 들지만.

에테르 0.7, 언더아머 0.3, 유령늑대 0.1 총합 1.1. 아이템으로만 무려 1.1의 능력치를 보조받고 있음에도 스텟이 이 지경이니까.

"일단 훈련이나 합시다~ 배리어부터 한번 켜보세요."

레이첼은 이제 본격적이구나~ 하는 표정이 되어 의욕적으로 고개를 끄덕였다. 그리고 벌떡 일어나서 배리어를 투사했다. 모양새는 삐뚤빼뚤했지만 그래도 상반신만큼은 제대로 가리고 있었고, 방어력은 척 보기에도 상당해 보였다.

"이제 내가 공격을 해볼게요."

나는 생도용 권총을 들어 그녀의 배리어를 겨냥했다. 생도용 권총은 열심히 쏴대면 중하급 괴수쯤은 어렵지 않게 살상할 수 있지만, 저 배리어는 뚫지 못할 거다.

"그전에, 온몸에 호신강기도 두르세요. 혹시라도 다치지 않게."

"옙!"

레이첼은 열정적인 대답과 함께 호신강기를 둘렀다. 과연 배움에 있어서는 태도가 상당히 진지하다.

"이제 그 배리어로 내 권총을 막아봐요."

그러나 이번에는 자못 의문스러워한다. 총과 배리어. 아무리 봐도 그냥 배리어를 두르고 있기만 하면 알아서 막힌다고 생각하는 거겠지.

"배리어로요?"

"응. 해보면 알아. 아마 엄청 어려울걸."

레이첼은 말없이 배리어 속으로 몸을 웅크렸다. 나는 피식 웃고서, 총구를 그녀에게로 향했다.

"쏜다."

그 즉시 권총을 비틀면서 격발했다. 발포된 탄환은 아주 기이한 궤적으로 휘었다. 레이첼의 배리어 바로 아랫부분을 스쳐 들어가더니, 별안간 위로 치솟아 그녀의 팔뚝을 때린 것이다.

"......으!"

레이첼은 갑작스러운 충격에 몸을 움찔 떨었다. 그리고 자기 팔뚝을 손바닥으로 비빈다. 호신강기를 둘렀으니, 아마 따끔하기만 할 거다.

나는 그녀에게 살짝 자극을 주었다.

"그런 배리어로 총알 막으려면 한 3년은 걸릴걸요."

레이첼은 자존심이 상한 듯 눈을 부리부리하게 떴다.

"다시, 다시 해볼게요."

"네."

곡사를 막아내기 위한 선택은, 그저 배리어의 크기를 크게 하는 것이었다. 그 모습에 나는 작게 웃으며 배리어로는 커버할 수 없는 부분, 그러니까 레이첼의 발 앞부분에 총을 쐈다.

탕.

"아웃! 앗 따가!"

말초에는 호신강기가 연했는지 발을 붙잡고 주저앉는다. 그러고는 눈물을 한 움큼 매단 억울한 얼굴로 나를 쏘아본다.

"이건, 이건 진짜 너무했다!"

"뭐가요. 레이첼 씨 문제지. 왜 굳이 배리어 하나로 막으려고 해요?"

"……네?"

"잔디에 부탁해 봐요. 아니면 바람에 부탁하던가."

나는 기억이 있다. 훗날, 자신을 따르는 숱한 정령들에게 수십 수백의 배리어를 구사하게 하는 환상적인 광경. 그 동화 속에서나 볼 법한 힘으로 레이첼은 수천의 인명을 구해내고, 동시에 자신의 트라우마를 극복하게 된다.

물론 아직 먼 미래의 일이고, 아직 젖살도 채 빠지지 않은 17살의 레이첼은 영 갈피를 못 잡은 듯 잔디만 노려보고 있지만.

부르르–

갑자기 손목의 스마트워치가 울렸다. 이건 내가 무슨 변화가 생긴 즉시 그 내용을 확인하기 위해 추가한 '알람 기능'이다.

[산삼 영약을 섭취하고 24시간이 지나, 모든 능력치가 총 0.0012만큼 상승했습니다.]

[약성–'육체조직강화'의 기억이 100% 완료되었습니다.]

4. 육체조직강화

모든 능력치가 0.001~0.002만큼 상승합니다.

(단 복용자의 능력치와 관계없이, 효율은 오직 행운에 의하여 결정되고, 상한선이 존재합니다.)

재조립 대기 시간−24시간.

하루도 거르지 않고 꼬박 산삼 영약을 먹었더니 드디어 생겨났다.

이 정도면 나쁘지 않다. 산삼 영약의 효능은 영구적으로 0.001~0.02 상승이었지만, 최대 능력치는 병약한 노인이나 어린이 수준의 능력치에서나 가능한 일이라 0.0015 이상을 얻지 못하고 있었으니까. 이 '육체 조직강화'를 토대로 대충 하루마다 0.0018씩 오른다손 치면 1년이면 0.657. 10년이면 6.57······.

"으음."

만족스럽게 고개를 끄덕이고 다시 총을 들었다.

"자, 다시 갑······."

부스럭부스럭−

그때 웬 수풀이 움직이는 소리가 선명하게 들렸다. 나는 급히 그쪽을 뒤돌아봤으나, 누군가는 이미 도망간 듯 보이지 않았다.

그러나 내 천리안은 이미 멀어진 사람의 뒷모습도 잡아냈다.

"······어?"

익숙한 실루엣과 갈색 단발. 채나윤이었다.

시간은 어느덧 강물처럼 흘러, 큐브 생도들에게 지옥 같은 일정······ 기말고사가 드디어 시작되었다. 그러나 언제나 그랬듯 필기시험은 가볍게 패스. 모든 생도에게 본격적인 시험은 언제나 실기부터다.

"자. 기말시험은 모두가 공평한 위치에서 시작한다."

오늘은 겨울답게 을씨년스러운 12월 8일. 기말시험을 위해 1학년 생도들은 전원 경기도에 모였다.

"기말시험은 모의 탑 등반이다!"

오늘 기말시험은 '탑' 등반이라는데, 나도 그 내용은 잘 모른다. 큐브 시험은 1학년 1학기 것만 자세히 쓰고 나중부터는 대부분 스킵하는 식으로 했으니.

괜히 후회되네.

"이는 실제 길드에서 탑을 공략하기 전 애용하는 훈련 프로그램으로, 내부에 총 1,500명까지 수용할 수 있다."

탑이라기에는 너무 네모나게 생긴 빌딩. 나는 멍하니 서서 그것을 올려다보았다. 끽해봤자 10층 높이처럼 보이지만, 내부는 그보다 훨씬 광활하겠지.

"저 탑의 입구는 포탈과 비슷한 마법 공학 기계다. 저 안으로 진입하면 각자 알맞은 장소에 배치될 테니, 놀라지 말고 들어가도록!"

교관의 외침, 이후 앞줄의 생도부터 차례로 들어가기 시작했다. 내 차례가 되자 나도 눈을 감고 그 입구로 들어갔다.

포탈과 비슷한 감각이 온몸을 쓰윽 훑고, 이내 어딘가 다른 공간으로 전이되었음이 선명하게 느껴졌다.

눈을 떠도 주변은 온통 새카만 암흑뿐.

나는 천리안으로 주변을 둘러보았다. 아직 시험 시작 전이라 그런지 어둠이 자욱하다만, 비정상적인 내 눈은 내부를 환하게 보았다.

"으음."

3평 남짓한 새하얀 공간. 3면은 꽉 막혀 있고, 우측 벽면에만 길이 자그맣게 하나 있다. 일단 이 방을 빠져나가는 게 내 첫 번째 목표인 것 같다.

나는 눈을 부릅뜨고 벽 너머를 투시하려 했다. 한데 역시 '탑'이라는 걸까. 뭔가 방해 작용이 있는 듯, 너무 멀리까지는 보이지 않았다.

"아 눈 아파."

성흔의 마력을 동원하면 뚫어낼 수 있을 것 같긴 한데, 나중에 무슨 일이 벌어질지 모르니 일단은 아껴두자.

그때 막 시험이 시작되었는지 별안간 방 내부의 전등이 모조리 켜지고, 하얀 벽에 시퍼런 글자가 새겨졌다.

[3계명]
[하얀색과 협동하여 등반하라.]
[함정에 유의하라.]
[신뢰는 무거워야 한다.]

"……딱 봐도 마인 아니면 랭커스터 겁나 튀어나오게 생겼는데."

굴러가는 꼴이 너무 익숙하다. 물론 요즘에는 큐브를 감시하는 눈이 많아진 만큼 대놓고 나댈 수는 없겠으나, 대강 큐브의 30% 정도는 이미 마인에게 잠식당한 상황일 테니.

나는 우선 내부를 샅샅이 살폈다. 그러나 이 원룸(?) 안에는 별 유의
미한 게 없었다.

"다리를 건너야 하나……."

우측 벽면 쪽으로 통로가 하나 있다. 너무 함정 같아 보이는, 좌우
는 텅 비었고 널빤지처럼 비좁은 다리. 함정 같지만 어쩔 수 없다.

나는 유일한 다리 위로 발을 내디뎠다. 한발 한발 조심스럽게 나아
가던 어느 순간.

쒜엑—

격한 파공음과 함께 화살이 날아왔다. 하나가 아니다. 전방에서 한
발. 그리고 좌우에서 각각 한 발. 그러나 모든 화살은 정확히, 내 미간
세 발자국 앞에서 그 속력을 잃었다. 이따위 화살은 레이첼의 세검에
비하면 굼벵이거든.

너무 익숙해진 탄환의 시간 속, 나는 옆에서 기습해 오는 화살 두 발
을 손으로 움켜쥐고, 앞에서 쇄도하는 화살은 고개를 비틀어 가볍게
피해냈다. 그리고 손에 쥔 화살을 전방으로 투척했다. 내게 화살을 쏘
아냈던 석궁이 화살에 맞아 그대로 박살 났다.

"아하하하."

그렇게 첫 번째 함정을 여유롭게 클리어하고 나서, 나는 근엄하게 웃
었다.

그런데.

덜컥—

웬 문이 열리는 소리가 들리더니,

"……어, 뭐야!"

내가 방금까지 딛고 있던 다리가 쑤욱 꺼져 내렸다.

쿵!

거친 파열음, 이후 내 몸이 지면에 닿았다. 그러나 늦지 않게 등판을 감싼 에테르 덕에 별로 아프지는 않았다.

나는 빠르게 일어나서 주변을 살폈다. 동굴처럼 넓고 텅 빈 공간. 있는 거라곤 땅바닥에 굴러다니는 자갈뿐이다.

"……내가 아는 탑은 안 이런데."

사실 내가 공을 들여 설정한 탑은 하나뿐이다. 일명 비원의 탑. 여태 존재하던 탑과는 격 자체가 다른 인류 역사상 최대 규모의 탑이자, 또 다른 세계라 불릴 공간. 언젠가는 나도 그곳으로 가게 될 거다. 아니, 가야만 한다.

근데 훗날의 얘기는 나중에 하도록 하고.

"여기서 뭐 어떻게 진행해야 돼?"

"으어어!"

주변을 둘러보던 찰나. 위쪽에서 또 다른 비명이 울리고, 내 옆으로 다른 한 명이 떨어졌다. 익숙한 얼굴과 익숙한 몸. 채나윤이었다.

우연의 장난인가, 아니면 멍청한 사람만 함정에 걸려든 건가. 나도 한 멍청함 하니까 뭐.

"아이 씨……."

채나윤은 나자빠진 채 자기 등을 어루만지다가, 날 발견하곤 눈을 크게 떴다.

"뭐야. 이게 누구신가. 김 씨 아니야."

그러나 이내 눈을 게슴츠레 좁히고는 웬 이상한 말을 지껄인다.

"⋯⋯머리 다쳤냐?"

나는 그렇게 말하면서 손을 내밀었다. 채나윤은 잠시 고민하는 듯했지만, 곧 내 손을 잡고 일어섰다.

그녀는 엉덩이와 등판에 묻은 흙을 탁탁 털고서 물었다.

"여긴 어디냐?"

"낸들 아냐. 그것보다 넌 어쩌다 떨어졌냐?"

"그냥. 석궁 날아오길래, 그거 부수니까 바닥이 쑥 꺼지던데."

석궁⋯⋯ 아, 맞다. 이제 와서 생각해 보니 그 석궁 색깔이 하얀색이었다.

3계명 중 하나.

하얀색과 협동하여 등반하라.

근데 쏴 죽일 작정으로 쏘아낸 석궁이랑 뭘 어떻게 협동하라는 거야.

"기다려 봐."

일단 나는 눈을 크게 뜨고 앞부터 보았다. 내 천 리의 시야가 앞으로 빠르게 나아간다. 텅 빈 동굴 바닥을 지나쳐, 한 1㎞ 정도 지났을까. 한 무리의 난쟁이들이 시야에 들어왔다. 그들은 웬 석문 앞에서 석문과 연결된 줄을 으쌰으쌰거리며 잡아당기고 있었다.

"길 찾았다. 따라와."

나는 손을 까딱이고서 앞으로 걸어갔다. 채나윤은 뭔가 탐탁잖은 눈으로 나를 쳐다보다 쩝쩝거리며 따라왔다.

"뭐 어디로 갈 건데."

"저 앞에 NPC가 있어."

"NPC?"

탑의 NPC. 탑의 마력에 의해 조직되고, 탑에서만 살아갈 수 있는 사람. 보통 '탑의 거주민'이라고 불리는 마력적 존재들이다. 세간은 그들을 게임에서의 용어(NPC)로 부른다.

"NPC도 구현됐다고?"

"못할 건 없지."

워낙 기상천외한 세상인지라.

어찌 되었든 우리 둘은 함께 걸었다. 거의 달리기 수준의 발걸음이었다. 그렇게 5분 정도 걷자 난쟁이 NPC들이 슬슬 육안으로도 보이기 시작했다.

"와. 너 진짜 눈은 겁…… 정말 특출 나구나?"

"……그냥 겁나라고 하지?"

채나윤답지 않게 왜 이래.

"뭐, 뭐가. 나 원래 이렇거든?"

채나윤은 괜히 머리를 획 넘기며 내 시선을 피했다.

나는 저 멀리 보이는 NPC들의 특징을 살폈다. 그러나 모두 초록색 복장에, 별다른 특색은 없어 보였다.

"어! 누구지!"

조금 더 걸으니 NPC 한 명이 우리를 발견하고, 다른 난쟁이들도 우르르 우리를 가리켰다.

"우리를 도와주러 왔나 보다!"

"거인님들! 이 문을 열어주세요!"

난쟁이들이 우리에게 달려와서 말했다.

"열어달라는데?"

"잠깐만."

3계명 중 하나, 신뢰는 무거워야 한다. 뭔지는 모르겠지만, 섣부른 행동은 금물이다.

"……너희 이름이 뭐냐."

"나는 하나!"

"나는 일곱!"

"나는 열둘."

"그럼 됐고."

나는 NPC들의 숫자를 세봤다. 총 7명. 그런데 얘네를 믿어야 할지 확신이 서지 않는다.

"여기 모인 게 너희 전부야?"

"아니요! 나머지 형제들은 다른 곳에 있어요!"

"형제가 몇 명 있는데?"

"100명이요!"

백, 흰 백(白). 너무 노골적이지만 오히려 그래서 더 믿음이 간다.

"오냐. 도와줄게."

나는 눈짓을 보냈다. 힘쓰는 건 네가 해야지.

채나윤은 군말 없이 석문에 매달린 줄을 잡았다.

"이거 잡고 당기면 되는 거냐?"

"네! 근데 혼자서는 힘드실 거예요!"

"그렇다는데."

하는 수 없이 나도 잡았다

그리고 하나, 둘, 셋.

동시에 잡아당기자 석문은 어렵지 않게 열렸다. 그러나 그 속이 문제였다. 석문 안에서 웬 거대 사마귀가 튀어나왔다. 전신이 검은색인 것을 보아하니 꽤나 높은 등급의 곤충형 괴수다. 놈은 흉악한 앞발을 부라리며 우리에게 달려들려 했다.

하나 그보다 먼저 채나윤이 검을 뽑아 들었다. 빛보다 빠른 움직임. 그리고 군더더기 없이 깔끔한 발검술. 검에 실린 마력이 놈의 어깨를 깔끔하게 잘라냈다.

채나윤은 괴성을 내지르는 사마귀의 복부를 냅다 걷어차고, 멀리 튕겨 나간 놈에게 마력의 참격을 휘둘러 쳤다.

쿠구구궁—

대지를 짓이기며 치닫는 반월형의 마력파. 사마귀는 그것에 휩쓸려 깔끔하게 말소되었다.

채나윤은 눈을 감은 채 검을 검집에 넣었다. 검격의 여운으로 낮게 가라앉는 바람, 갈색 단발이 부드럽게 흔들린다.

나는 눈을 껌뻑이면서 그 뒷모습을 지켜보았다.

애 장난 아니게 세졌네.

"감사합니다, 감사합니다!"

난쟁이 NPC들은 연신 허리를 꾸벅 숙이고서 먼지가 된 곤충 너머로 들어갔다. 아마 우리도 저 안으로 들어가야 할 터였다.

"……가자."

"엉. 김 씨가 앞장서."

"……흠."

우리도 일단 그 석문 안으로 몸을 움직였다. 한데 석문 밖과 석문 속의 풍경은 너무나도 이질적이었다.

풀과 나무가 가득한 공간. 나는 뒤뚱뒤뚱 걸어가는 난쟁이들을 보았다. 난쟁이들의 경로 끝에는 웬 마을이 하나 있었다.

"와 이거 뭐야. 탑은 원래 이러냐?"

"……탑은 지성체니까. 구조야 제멋대로 만들 수 있지."

내 설정 속 탑은 인간을 상회하는 지성과 사고력이 있는 존재다. 다만 그 지성의 목적이 자신의 생존이 아니라 다른 것에 있어서 문제지.

"일단 저 NPC나 따라가자. 마을에 생도들도 있는 것 같으니까."

"그래, 김 씨."

"……어휴."

우리는 NPC를 따라 마을로 이동했다. 한 5분 정도 걸어 도착한 마을에는 숙박업소, 음식점, 무기 상점 등 여러 시설이 있었고, 우리 말고도 다른 생도들로 복작거렸다.

"어. 나윤이다!"

생도 중 한 명이 채나윤을 발견하곤 소리쳤다.

"나윤아아~"

꽤나 상위권의 익숙한 서포터, 이지윤이었다.

"야 이지윤, 여기 뭐냐? 뭐 어떻게 해야 올라갈 수 있는 거야?"

궁금한 걸 마구잡이로 묻는 채나윤에게, 이지윤은 마을 회관 앞에 붙은 벽보를 가리켰다.

"일단 이것부터 봐봐."

나는 그 벽보에 적힌 글자들을 읽어 내려갔다. 채나윤도 옆에 딱 달라붙어서 그것을 보았다.

[스테이지-난쟁이들의 마을]
[난쟁이들은 외부의 적에게 시달리고 있고, 외부의 조력을 원합니다.]
[참전을 요청하고 싶으시면 이곳에 지장을 찍어주십시오.]
[난쟁이들의 마을을 침입한 적을 격퇴할 때마다 25포인트를 얻을 수 있습니다.]
[최소 100포인트를 얻어야 다음 스테이지로의 이행이 가능합니다.]
[기여도에 따라 보너스 포인트가 주어집니다.]

다 읽었을 즈음 이지윤이 우리에게 말했다.
"너네도 얼른 참전 신청해. 이거 안 하면 포인트 안 줘."
그 말에 우리 둘 다 지장을 찍었다. 그리고 바로 그 순간이었다.
"적이다아—!"
망루에 올라가 있던 난쟁이 한 명이 목청껏 외쳤다.
나는 난쟁이가 가리킨 방면을 힐끔 봤다. 족히 300마리는 넘어 보이는 고블린이 떼를 이루어 있었다. 전방에는 전사가, 그 뒤에는 궁사가, 마지막에는 주술사가 있는 정예 대열이다.
"야! 헤쳐 모여!"
금세 상황에 적응한 채나윤이 벽력처럼 외쳤다.
얼떨결에 모든 생도가 그녀 주변으로 모였다. 총합 27명. 전사 17, 서포터 8, 사수 나 포함 2명. 그러나 정작 불러모은 채나윤은 입술만 달싹일 뿐, 아무 말도 하지 못했다.

내가 그런 채나윤의 어깨를 툭 쳤다.

"모였는데요. 채 씨, 이제 어떻게 할깝쇼."

"그…… 에이 씨. 어차피 고블린인데, 그냥 싸워."

잠시 적막이 가라앉는다.

"그럼 내가 저기 주술사들부터 저격할게."

"어? 어. 그래라."

나는 주변을 살폈다. 사수는 언제나 고지대를 원한다. 망루가 하나 있긴 하지만, 그보다 더 높은 곳이 필요하다. 다행히 근처에 족히 40m는 솟은 것만 같은 높다란 나무가 하나 있었다.

나는 그쪽으로 달렸다. 묘기 같은 파쿠르로 나무를 올라, 커다란 가지에 안착. 전방에 있는 고블린 주술사들을 굽어보며 생도용 권총을 꺼냈다.

"인식."

강화 결과는 40%. 나쁘지 않다. 생도용 권총의 파괴력은 사막의 독수리에 비할 바가 아니지만, 그래도 상대는 고블린. 거기에 더해 방어력이 낮은 주술사다. 미간을 쏘면 웬만하면 한 방에 죽일 수 있겠지.

—키에렉! 에에에엑!

웬 고블린 한 놈이 제 손에 든 지팡이를 번쩍 들었다.

저놈이 리더 같네.

나는 그대로 격발했다. 총탄은 아주 깔끔한 궤적을 그리며 날아가 놈의 미간을 꿰뚫었다. 리더 고블린이 쓰러진 즉시 나는 다른 주술사들에게도 총을 갈겼다.

내 총탄 한 발 한 발에 약골 주술사들이 픽픽 쓰러져 가고, 이윽고 모든 주술사가 사라진 전장.

"김 씨, 나이스! 얘들아 달려!"

채나윤의 말과 함께 전사 생도들이 마음 편히 뛰어들었다.

쉬운 일전이 끝나고, 실감 나게 해까지 저물었다. 슬슬 여기가 모의 탑인지 의심이 될 즈음, 나와 채나윤은 근처 식당으로 왔다.

식당까지 있는 게 참 신기하다.

"어이, 채 씨. 넌 뭐 먹으려고 나왔냐?"

"과일주스 먹으려고. 근데 너 왜 자꾸 채 씨라고 그러냐? 은근 짜증 나네."

"네가 먼저 그랬잖아."

"너는 그러면 안 되지."

뭔 소린지 모르겠으니 가볍게 무시.

나는 고개를 돌려 일몰을 지켜보다가 다시 앞으로 시선을 두었다. 해 질 녘을 감상하는 채나윤의 옆모습이 보였다. 세상 뭐가 그렇게 좋은지 헤실헤실 웃고 있다.

그 미소를 보고 있자니 불현듯 가슴 한쪽이 무겁고 먹먹해졌다. 그러나 속을 쓰리게 하는 답답함은 한숨으로 털어내고, 나는 괜히 채나윤의 이름을 불렀다.

"야 채나윤."

그녀가 고개를 돌려 나를 보았다.

"엉? 왜, 김 씨."

"……너희 오빠 상태는 좀 어떻냐?"

그러자 채나윤의 얼굴이 순간 모호해졌다.

"뭐야. 왜. 그렇게 들먹이더니, 이제 와서 좀 걱정이 되시나?"

"아니. 그냥 궁금해서. 생도라면 누구나 궁금해할걸."

"거짓말하네. 너 저번에 병원까지 제일 빨리 왔었다며. 연하한테 들었어."

나는 그저 가만히 채나윤을 쳐다보았다. 솔직한 마음으로는…… 묻고 싶었다. 만약 네 오빠가 누군가에게 살해당한다면, 어떨 것 같은지. 그러나 차마 인간이라면 해선 안 될 질문이었다.

"야 김 씨, 근데 있잖아."

내가 그저 바라보고 있기만 하자, 채나윤이 먼저 내게 물었다. 관심 없는 척 손가락을 꼼지락거리면서.

"그, 접때. 저번 주인가?"

시선을 아래로 처박고서 떠듬떠듬 말을 잇는다.

"밤에 레이첼이랑 뭐 하드라? 뭐 했냐?"

설마 그거 때문에 삐져서 김 씨 김 씨 거리는 건가. 하긴, 채나윤과 레이첼은 제법 살벌한 라이벌 관계니까.

나는 짧게 대답했다.

"훈련."

"아…… 뭐 훈련을 그렇게 밤늦게까지 하냐."

투덜거리면서 입술을 삐죽인다. 한데 나는 그따위 것보다 채진윤의 상태가 궁금했다. 그리고 대장의 결정이 궁금했다. 대장은 과연 나를 도와줄까.

"……맞다. 그리고 너. 김수호랑은 드라이브하러 가기로 했다며."

채나윤은 참 할 말이 많은 듯했다.

"오토바이는 내가 더 좋아하는데."

"아니 그건……."

"여행 가자니까? 같이. 비용도 내가 다 내줄게."

"아니."

"아 왜. 뭐 때문에 시간이 없는지, 그것만 말해. 너한테 스케줄 다 맞춰 버리려니까."

주먹으로 탁자를 팡팡 치며 땡강 부리는 그 모습에, 나는 그저 소리 죽여 웃었다.

기말시험이 시작되고 나서 아마 밤낮이 두 번쯤은 바뀌었을 거다. 하루의 길이가 24시간은 아니었던 것 같지만, 어쨌든 첫날에는 고블린. 둘째 날에는 트롤과 설인. 난쟁이 마을에는 이틀 동안 3번의 침입이 있었다. 우리는 그것들을 모두 성공적으로 막아내었고, 75포인트를 벌었다. 참고로 보너스 포인트는 4번의 침입을 모두 막은 다음에야 정산된다고 한다.

"……와. 마지막이라 그런가, 장난 없네."

그런데 오늘, 마지막 날답게 웬 중간보스 격이 되는 놈이 나타났다.

"으아아악! 블랙 오우거다!"

망루 위의 난쟁이가 비명을 내지르며 도망쳤다.

블랙 오우거. 산맥만 한 덩치를 자랑하는 놈의 등장에 몇몇 생도들은 사색이 되었다.

"……실화냐?"

"돌카지?"

나는 블랙 오우거를 지켜보았다. 아무리 못해도 중급 3품 이상의 괴수다. 맷집은 거의 1품에 준한다고 보면 되고.

그렇다면, 위력 테스트를 하기에는 아주 적당한 놈이라는 거다. 아닌 게 아니라 이제 3회의 성흔이 쌓여서, 꽤 파괴력이 있음 직한 공격을 가할 수 있게 되었으니.

목이 꺾여라 위를 올려다보는 채나윤의 어깨를 툭툭 두드렸다.

"야 평소처럼 가자. 내가 엄호할 테니까, 니들이 잡어."

"어? 야, 근데 아무리 그래도 쟤는 총알로…… 뭐야. 활이네?"

채나윤은 내 손에 들려진 활을 보곤 고개를 갸웃했다.

혹시 쓸 일이 있을까 싶어 무기 상점에서 구해왔다. 생도용 권총이 워낙 답답해야 말이지. 슬슬 순위도 조금 올려보고 싶기도 하고. 적어도 100위권까지만.

……그리고 혹시 알아? 저 오우거가 마인의 소행일지.

"마력 화살 쓰게?"

"어. 언제까지 총만 쓸 순 없잖아. 나 먼저 간다."

"야, 야 야. 잠깐!"

나는 그렇게 둘러대고서 내가 애용하는(?) 나무 위로 올라갔다. 그 위에 서니 블랙 오우거가 내려다보였다. 확실히 성체는 아니구만.

나는 놈을 침착하게 노려보며 텅 빈 시위를 당겼다. 그리고 그 시위에 얹힐 마력 화살의 이미지를 머릿속으로 생각했다. 평범한 화살이어서는 안 된다. 화살촉은 조금 더 파괴력을 실을 수 있는 톱날 형태에, 전체적으로는 어느 한 군데에 위력이 쏠리지 않는 흡사 투창의 생김새. 화살대마저도 흉기로 기능할 수 있어야 한다.

고오오-

사방의 공기를 빨아들이며, 시위에 성흔의 마력이 집결되어 간다. 성흔에서 흐르는 마력은 응축과 압축을 반복하며 이내 온전한 화살의 형태를 구현해 냈다.

내 이미지와 딱 맞는, 85㎝ 남짓한 길이의 화살. 성흔에 담긴 속성은 '광(光)'. 그 덕에 화살은 찬란하게 빛났다.

하나.

나는 옅은 한숨을 내쉬었다. 거의 3획을 다 쏟아부었는데 고작 이거 하나다. 뭐, 그만큼 파괴력 하나는 기똥차겠지.

나는 내 근력을 다해 시위를 강하게 당겼다. 화살에서 발하는 빛이 소용돌이처럼 휘몰아치고, 백광은 뜨거우리만큼 찬란하다.

작은 호흡 한 번.

이후 나는 시위를 놓았다. 화살은 섬광처럼 쏘아졌다. 그것은 과연 눈에 띄는 빛살이었는지, 오우거조차 그것을 막기 위해 손을 들었다.

한데 그 화살이 놈의 손에 막힌 순간, 고요한 폭발이 발생했다. 화염도 없고 폭음도 없이, 그저 눈이 멀 것 같은 빛이 타올라 블랙 오우거의 살갗을 불태우는 빛의 폭발.

―그어어어어!

오우거의 한쪽 팔이 하얗게 타들어 간다. 고통이 담긴 괴성이 울려 퍼진다. 비록 팔 하나를 잃었을 뿐 그 이상의 피해는 없지만, 한쪽 팔을 잃은 상태로는 나머지 전사들, 특히 채나윤을 이겨낼 순 없을 터였다. 심지어 이지윤의 버프까지 받고 있으니…….

"……오 대박."

한데 정작 채나윤은 오우거를 멍하니 보기만 할 뿐, 달려들 생각을 하지 않고 있었다. 성흔 3획을 모조리 쏟아부어 만든 화살로, 중급 상위 괴수의 팔 한쪽을 앗아갔다. 썩 괜찮은 폭발이긴 했다. 그러나 그 결과물을 지켜볼 만한 여력이 없었다. 순간 정신이 몽롱해지고, 시야 속 하늘과 땅이 서로 자리를 뒤바꿨다. 갑작스러운 현기증에 내 몸이 나무 아래로 떨어진 것이다.

"……아."

그 상태에서 나는 전장을 보았다. 웬 마력의 검이 솟구쳐 오르는 광경이 보였다. 채나윤의 소행이었다.

거의 오우거 팔뚝의 절반만 한 대검(大劍)이 횡으로 휘둘러 쳐졌다. 하늘까지 베어내려는 듯한 패악적인 검격. 오우거는 그 칼에 어깨를 맞아 비틀거렸고, 그런 놈에게로 수많은 생도의 참격이 쏟아 부어졌다.

근데 이거 아무래도, 성흔의 획수가 많아질수록 그 반작용도 세지는 것 같다. 아마 내 육체가 마력 방출의 힘을 견뎌내지 못하는 거겠지.

"어우."

몽롱하고 어지러운 기분을 느끼며 눈을 감았다.

쾅. 쾅. 쾅.

전투는 격렬해지고 있지만 내 귓속에 스며드는 소리는 점차 작아져만 간다. 불현듯 찾아온 수마에게, 나는 기꺼이 몸을 맡겼다.

다시 눈을 떴을 때, 내 눈앞에는 채나윤이 클로즈업되어 있었다.

몽실몽실한 볼. 강아지처럼 호기심이 가득한 얼굴. 새삼 비현실적인 외모다.

"앗."

채나윤은 몸을 흠칫 떨더니 크게 물러섰다.

"……뭐야."

"깨깨깨, 깼냐?"

뭘 하고 있었길래 이렇게 놀라. 나는 내 얼굴을 만지작거리면서 물었다.

"……뭐 했냐?"

"하, 하긴 뭘 해. 것보다, 나는 한창 싸우다가 왔는데 넌 퍼질러 자고 있어?! 어억?!"

채나윤은 괜히 그렇게 소리치면서 내 옆 나무 밑동에 기대어 앉았다.

"아 미안. 피곤해서."

"……흐흠. 그래도 처음 건 엄청 폼 났다. 뭐, 필살기냐? 필살 화살?"

그 물음에 나는 그저 말없이 고개를 끄덕여 주었다. 필살기긴 하지. 쏘자마자 1~2시간 정도 잠든 것 같은데, 당연히 필살기여야만 한다.

"것보다 오우거는?"

"잡았지. 네 덕에 별 무리 안 해도 됐어."

"다행이네."

그때, 우리 둘의 눈앞에 홀로그램 창이 떠올랐다.

[스테이지를 클리어하였습니다.]

[기여도 포인트 정산 완료─상위 3인을 공지해 드립니다.]

[채나윤 68포인트, 김하진 39포인트, 이지윤 33포인트.]

[기여도 포인트 하위 30%는 즉시 하위 스테이지로 이동됩니다. 기여도 포인트 상위 30%는 2시간의 휴식 후 상위 스테이지로 이동합니다. 나머지 40%는 재도전의 기회를 얻습니다.]

그 문장들을 보면서 나는 이해했다. 이렇게 계속 스테이지를 반복하다 보면 누군가는 탑을 올라가고, 누군가는 어느 지점에서 정체될 것이므로, 시험이 끝날 즈음에는 적당하게 성적이 나뉘게 되겠지.

"아~ 이런 식이구나."

채나윤도 납득했다는 듯 박수를 짝─ 쳤다. 그러고는 내 어깨를 콕 찔렀다.

"맞다. 야, 나랑 파티 맺자."

"파티?"

"어. 여기 파티 기능 있잖아. 방금 발견함."

채나윤이 스마트워치의 액정을 내보였다. 시간 표시 기능밖에 없는 줄 알았던 그 시계의 액정에, '파티'라는 기능이 떡하니 떠올라 있었다.

"……뭐여."

"하자."

나는 채나윤을 보았다. 그 반짝거리는 눈동자가 부담스러워 슬그머니 시선을 피하자, 이번에는 내 옷자락을 잡았다.

"너랑 하고 싶어."

"아 뭔 소리야. 야, 일단 놔."

"하자. 하자. 하자니까~"

옷자락을 이리저리 잡아당기면서 나름 애교를 부리는 듯…… 아니, 애교가 아니다. 나는 채나윤의 손길에 내 골 자체가 뒤흔들림을 느꼈다. 이거 멱살잡이 같은데.

"아, 야 잠깐. 일단 놔봐. 나 토 나와."

"하면 놔줄게. 빨리빨리."

옷을 벗길 기세로 흔들어댄다. 하는 수 없이 나는 고개를 끄덕였다.

"오케이. 야, 손목 내놔봐."

채나윤의 드잡이질은, 내 스마트워치로 자기가 직접 '파티 결성'까지 해내고 나서야 끝났다.

이후, 나는 채나윤과 함께 총 2개의 스테이지를 더 거쳤다. 웬 숲길에서는 괴수들로부터 NPC를 호위했고, 콜로세움에서는 다른 생도 또는 거대한 괴수들과 싸웠다.

솔직한 표현으로 하자면 나는 채나윤 버스를 탔다. 채나윤은 그만큼 압도적인 기량을 선보이며 스테이지를 터뜨렸다.

애초에 채나윤의 특기는 전투 지속력이다. 마력 용적이 워낙 거대해 회복력만큼은 김수호 이상인 그녀에게, 체력이 중요한 탑 등반은 물 만난 물고기와 다름이 없다는 거다.

물론 아무리 채나윤 버스였어도 시험은 개인전이다. 나도 나 나름대로 포인트를 얻어 꾸준히 상위 30% 안에 들었고.

[마지막 스테이지입니다.]

드디어 마지막 스테이지가 나타났다. 아마 이제는 알짜배기 생도들만 남았을 마지막 스테이지는, 웬 일직선의 동굴이었다.

채나윤이 내 어깨를 툭 치면서 말했다.

"야, 이거 그건가 보다. 보스 공략. 저 앞에 뭐 있나 좀 봐봐."

"오냐."

나는 눈을 부릅떴다. 확대되는 시야 속, 별 볼 일 없는 암석 바닥이 지나가고…… 웬 인물 한 명이 나타났다.

"하암—"

꽉 막힌 석벽 앞에 쪼그려 앉아서 하품을 하고 있는 여자, 레이첼이었다. 왠지 반가워 미소를 지었다.

"저기 한 명 더 있다."

"진짜?"

"어. 아무래도 혼자서는 못 들어가는 것 같아. 가자."

"오키."

나와 채나윤은 그쪽으로 달려갔다.

쿵쿵쿵쿵.

그 요란한 발소리에 레이첼이 움찔 몸을 떨더니 벌떡 일어났다. 그러고는 잔뜩 경계한 얼굴로 세검을 꺼내 이쪽을 겨냥했다.

나는 미리 말했다.

"레이첼 씨!"

"뭐? 레이첼?"

같이 달리던 채나윤이 우뚝 멈췄다. 그러나 레이첼은 세검을 집어넣고 우리 쪽으로 달려오기 시작했다. 조우는 금세 이뤄졌다.

"하진 씨……?"

나를 부르는 레이첼은 밝은 얼굴이었지만, 내 옆의 채나윤을 발견하곤 표정을 살짝 굳혔다.

"……채나윤?"

"뭐야. 공주님이 왜 여깄어."

채나윤과 레이첼은 서로 탐탁지 않은 눈초리를 교환했다.

나는 우선 손을 내밀었다. 레이첼은 일단 악수를 하고, 다시 채나윤과 눈싸움을 재개했다.

역시 라이벌 관계라는 거구나. 하긴, 레이첼과 채나윤은 향후 5년간 언론들이 싸움 붙이는 관계니까. 같은 성별, 같은 기수, 거기에 지금은 같은 검사라는 타이틀까지 있으니, 연예 기자보다 더 극성이라는 영웅 기자들이 딱 좋아할 먹잇감이다.

"저 레이첼 씨. 근데 왜 혼자 계셨어요?"

"네? 아, 저게 혼자서는 못 들어간다길래 사람 기다리고 있었어요."

레이첼에게 이 기말시험은 위험하다. 아직 랭커스터의 세력이 그렇게 크지 않아서 웬 중상격에 준하는 괴물이 갑자기 튀어나오지는 않을 테지만, 다른 생도보다는 큰 위협에 노출되어 있음은 분명하다.

"다행이네요. 그럼 같이 갑시다."

"네, 따라오세요."

그녀가 앞으로 안내했다. 나는 레이첼 옆에 서서 걸었다. 채나윤은 그런 우리를 뒤에서 살짝 노려보다가, 이내 내 옆으로 따라붙었다.

그렇게 한 3분 동안 걸었을까.

"어이, 공주님."

레이첼을 뾰로통하게 쳐다보던 채나윤이 마침내 입을 열었다.

"파티는 안 했나 봐?"

"……네, 다 혼자 했어요."

레이첼은 간단히 대답했다.

"아 그래~? 이거 시험 평가 항목에 협동심도 있을 텐데. 넌 그거 빵점 맞겠다야."

채나윤이 킥킥거리며 신경을 돋우지만, 레이첼은 대꾸하지 않았다. 그러자 채나윤은 내 어깨에 손을 얹고서 말했다.

"근데 너랑 나는 만점일 듯."

"뭐가."

"너 나랑 스테이지 처음부터 끝까지 같이하고 있잖아. 게다가 검사와 사수. 완벽한 콤보네이션."

"아…… 그래. 뭐, 그렇다 치자."

레이첼은 그런 채나윤을 흘겨보았다.

"콤보네이션이 아니라 콤비네이션이요."

"……그거나, 그거나~"

그 이후로 다시 말없이 3분. 이번에는 레이첼이 갑자기 생각났다는 듯 손뼉을 짝 쳤다.

"아, 맞다. 하진 씨. 이번 겨울 방학 때 영국으로 놀러 오실래요? 예전 팀플 멤버들이랑 다 같이. 클랜시 아일렛에서 대규모 축제가 열리거든요."

"클랜시 아일렛이요? 아 좋지. 엄청 좋죠."

내 눈이 반짝였다. 안 그래도 다시 가고 싶었는데, 초대장이 없어서 못 가고 있었다. 레이첼에게는 미안하지만 적어도 블랙리스트가 될 때까지는 털어먹어야 하지 않겠는가.

"네. 그럼 호승 씨, 복규 씨, 자메르 씨랑 같이 오세요."

레이첼은 그렇게 말하며 미소를 지었다.

자메르. 오랜만에 들은 토메르의 가명에 살짝 감성에 젖으려던 찰나, 채나윤이 심드렁하게 끼어들었다.

"그렇게 매번 놀기만 하면 뭐 도태되는 거지~"

일순 레이첼의 눈빛이 찌릿 좁혀졌다. 한데 채나윤 같은 애들은 반응을 보이면 보일수록 더 좋아하는 유형이라, 역시 채나윤은 회심의 미소를 지었다.

"공주님, 유시혁이라고 들어는 보셨나? 유시혁 캠프? 그 왜 영웅 가문 자제들이 가고 싶어서 몇십억 몇백억씩 뇌물 박아넣는 그거. 내가 거길 가게 됐어요~ 이제 검술로도 곧 따라잡히시는 거 아닌가 몰라."

그 비아냥에 레이첼은 옅은 숨을 내쉬고, 내게 말 거는 척 채나윤에게 말했다.

"하진 씨. 훈련에도 효율이라는 게 있어요. 대개 머리가 나쁘면 가르친 걸 잘 이해하지 못해, 그 효율이 상당히 떨어지죠."

"……뭐? 야, 너!"

"그런 면에서 저는 조금 진도가 빠른 것 같아요."

나를 향하는 레이첼의 말은 나를 향한 것이 아니었다.

"저 요즘 정령, 정령이랑 꽤 많이 친해진 것 같거든요."

방금 채나윤의 말에 꽤나 자극받았는지, 레이첼은 일부러 정령이라는 단어까지 언급했다. 그것도 두 번이나 강조해서. 에반젤의 '하진하진'처럼.

"……정령이요?"

"네. 정령, 정령."

"뭐? 정령? 그게 뭔 소리야?"

그러자 채나윤의 미간이 좁혀졌다. 라이벌 의식 가득한 눈빛이 뾰족뾰족하다.

"앗, 실수. 이거 비밀인데."

레이첼은 뭔가 으쓱한 얼굴로 제 입을 살짝 막았다. 웃음이 터질 듯 그 볼이 복실거린다.

……원래는 안 이런 사람인데. 채나윤이 주변 인물까지 유치하게 만드는 경향이 있긴 하다. 뭔가 옮는다고 해야 하나.

"입에 햄스터를 넣었나."

채나윤이 그렇게 이죽거리던 그때, 우리는 석벽 앞에 도달했다.

이 석벽은 굳이 열려고 노력할 필요도 없었다. 그냥 세 명이 다가가서 서니 알아서 스르륵 문이 열렸다.

"평범하네?"

석벽 내부는 외부와 별다를 것이 없었다. 그러나 지형이 일직선이 아니라 원형이었고, 통로가 아니라 공간이라 할 만큼 넓었다. 직선의 동굴을 지나 원형의 공동으로 들어왔다고나 할까.

"……잠깐."

나는 팔을 뻗어 두 여자를 멈추게 했다. 저 먼 곳에 한 신형이 보였기 때문이었다. 검은 로브를 뒤집어쓴, 척 봐도 수상스러운 남자.

"저기 누가—"

"안녕하십니까, 생도분들."

그러나 남자가 먼저 우리 쪽으로 다가왔다.

"저는 마지막 스테이지의 감독관 '흑전'이라고 합니다."

나는 그와 눈을 마주했다. 꿈틀거리는 검은 동공. 아무리 생각해도 감독관 같지 않은 기분 나쁜 기운이 풍긴다. 구체적으로, 서늘한 귀기와 더불어 피 냄새.

나뿐만 아니라 레이첼과 채나윤도 뭔가 수상함을 느낀 듯하다.

"진짜 감독관 맞아요?"

"그럼요. 그러나 스테이지에 참여하기에 앞서, 한 명을 골라내겠습니다. 이 스테이지는 두 명만 참여가 가능하거든요."

자칭 감독관은 그렇게 말하면서 주사위를 꺼냈다.

"남성분은 1, 4. 단발 여성분은 2, 5. 그리고⋯⋯ 금발분은 3, 6."

툭.

노면 위로 주사위가 굴러간다.

"걸리시는 분은, 이 스테이지에 참여할 수 없습니다."

주사위 결과는 역시 5.

채나윤의 미간이 찌푸려졌다. 그런 그녀에게 감독관이 방긋 웃으며 말했다

"단발분?"

"⋯⋯왜요."

감독관이 손가락을 튕겼다. 그러자 위에서 스르르륵– 웬 케이지가 내려왔다. 케이지의 마력은 채나윤을 강하게 끌어당겼다.

"억! 아! 이거 뭐야!"

"일단 위로 올라가 계세요. 곧 끝날 터이니."

"야! 잠깐! 아, 으어어어……"

다시 튕기는 손가락. 채나윤을 가둔 케이지가 위로 급격히 치솟았다. 그 광경을 지켜보던 레이첼이 낭패 어린 목소리로 내게 말했다.

"하진 씨. 저 사람……"

"예. 아무래도 마인 같아요."

레이첼은 고개를 젓고, 내 말을 정정했다.

"……'귀천의 그믐달'이에요."

"그믐달이요?"

"네. 저 로브에 새겨진 문양을 보세요."

로브에 새겨진 문양. 검은 잔과 그 위에 떠 있는 듯한 희미한 달. 귀천의 그믐달.

레이첼이 이를 악물었다.

"……죄송해요. 괜히 저 때문에."

"에? 아뇨 뭐."

귀천의 그믐달이 그렇게 대단한 집단이었나?

나는 미간을 찌푸렸다. 뭐였지. 분명 설정에 있었던 것 같은데, 영 기억이 안 나네.

"자, 이제 본격적인 시험을 시작할까요?"

그러나 그 생각은 오래 이어지지 못했다.

흑전이 우리를 바라보면서 마력을 끌어 올렸다.

쿠구구구궁―!

별안간 대지가 급격히 흔들리기 시작했다. 갑작스러운 지진으로 노면에 균열이 생기고, 그 균열이 점차 크게 벌어져 간다.

"시험은 간단합니다."

흑전의 등 뒤로 수십의 단검이 부채처럼 펼쳐졌다. 지금 그가 내뿜는 살의는 가짜가 아닌 진짜다.

"이 아래에는 결투를 위한 장소가 마련되어 있습니다."

흑전은 그렇게 말하면서 균열 아래로 뛰어내렸다. 계속된 지진에 공간이 파편처럼 갈라지는 가운데, 지하에서 흑전의 음성이 올라왔다.

―앞으로 10분간. 당신들이 그 위에서 버틸 수 있다면 스테이지를 클리어한 것으로 간주, 시험은 끝납니다.

순간 육중한 무게가 내 어깨를 짓누르는 듯한 감각이 일었다. 동시에 딛고 있던 땅이 강하게 무너져 내려, 균형을 잃고 발을 헛디뎠다.

"억!"

찰나, 레이첼이 급히 몸을 날려 내 손목을 잡아주었다.

"하진 씨, 괜찮아요?"

"이거……."

"중력장이에요. 올라오세, 웃!"

레이첼은 나를 끌어 올리려 했고, 나도 그 위로 올라가려 했다. 그러나 그 순간 다시 어깨가 한층 더 무거워졌다. 레이첼이 고통스러워할 만큼 대단한 압박감.

나는 숨이 막힐 지경이었다.

─그러나. 만약 둘 중 한 명이라도 이곳에 떨어지게 된다면.

아래에서 흑전의 음성이 메아리쳤다.

─저는 그 사람을 죽일 겁니다.

죽인다. 그 말의 온도와 그 속에 담긴 감정은 섬뜩하리만치 진심이었다. 레이첼의 얼굴에 공포와 두려움이 번져갔다.

─아, 둘 다 죽을 걱정은 하지 마세요. 한 명만 떨어지면 중력장은 사라질 테니까. 아 참. 참고로 당신 둘 모두가 거기서 10분을 버틸 가능성은, 아마 0%일 겁니다. 저조차도 버틸 수 없을 만큼 강력한 중력이 도래할 테니, 괜히 터져서 죽지 말고 한 명이 포기하세요.

그 말대로 중력장은 계속 강해지기만 하고, 대지는 부서지고 또 부서지길 반복하고 있다.

레이첼과 내 시선이 서로 얽혔다.

나는 그제야 저놈의 생각을 알 것 같았다. 서로 떨어지라고 싸우길 바라거나, 아니면 서로 너를 위해 죽겠다는 신파를 기대하거나.

갑자기 레이첼의 표정이 아주 진지해졌다.

"하진 씨, 이상한 생각 하지 마요."

"……무슨, 생각, 요."

중력에 짓이겨져 아래로 추락하려는 내 손을, 레이첼이 두 손을 다해 붙잡았다.

"놓으려고 하지 말라고요. 힘줘서 잡아요. 얼른!"

"……아니."

아니 그게 아니라. 나는 너랑은 다르게, 놓기 싫다고 해서 안 놓을 수 있는 몸이 아니거든요.

그러나 중력은 어느새 말을 할 수도 없을 만큼 심해졌다. 수십 배의 중력이 성대를 죄이고, 안구의 실핏줄이 터진 듯 눈을 뜨고 있기 아프다.

"아, 아, 하진 씨. 이상한 생각 말고 올라와요—!"

레이첼은 나름 절박하게 외치고 있다. 그러나 나는 이러다 중력장 자체에 죽을 것 같아서, 레이첼의 손을 강하게 뿌리쳤다.

"아, 앗, 안 돼!"

내 몸이 아래로 추락한다. 그러나 나는 오히려 해방된 듯한 느낌이 들었다.

"김하진—!"

그렇게 외치며 레이첼도 아래로 뛰어들었다. 그러나 어느새 생겨난 투명한 격벽이 그녀를 가로막았다. 레이첼은 두 주먹으로 그 격벽을 내려치며, 추락하는 나를 뚫어져라 바라보았다.

"어으."

쿵.

등판이 바닥에 닿았다. 데자뷔처럼, 에테르 덕에 별 피해는 없다. 그러나 이다음의 상황이 다르다.

나는 급히 일어났다. 저 앞에 자칭 감독관의 모습이 보였다. 그는 나와 적당한 거리를 두고 있었다.

그가 말했다.

"역시 당신이 오셨군요."

레이첼의 말대로라면, 놈은 '귀천의 그믐달' 소속이다. 그 집단에 대해 자세한 기억은 없지만, 적어도 중격 이상은 할 놈일 테지.

심장이 떨린다. 이거, 제대로 걸려 버렸다. 어쩐지 시험 시작 때부터 뭔가 싸하더라.

"……이제 너랑 싸우면 되냐?"

그러나 이기지는 못하더라도 지지는 않으리라는 확신은 있다.

가슴팍의 유령늑대. 놈은 그 존재를 모른다. 괜히 기습이 효율적인 공격인 게 아니다. 멋모르고 접근하는 순간, 늑대는 놈의 모가지를 물어뜯을 것이다.

"자신이 있으신가 봐요?"

흑전이 물었다. 나는 대답 없이, 생도용 권총을 갈겼다.

1초도 안 되어 탄창이 모두 비워졌다. 그러나 유효타는 단 하나도 없었다. 놈의 등 뒤에서 아른거리는 수십의 단검들이, 부드러이 움직여 모든 총탄을 베어냈으므로.

"근데 아쉽게도, 전 정말 당신을 죽일 거예요."

말이 많다. 하지만 말이 많을수록 나는 오히려 좋다.

나는 생도용 권총을 그대로 내던졌다. 놈의 단검이 사선으로 번뜩이더니, 내 권총이 이등분으로 갈라졌다.

"무기를 버리셨네. 포기인가?"

남자가 서늘하게 읊조린다.

"아니."

하나 나는 개의치 않고 팔을 옆으로 쭉 뻗었다. 이두에서 뻗어 나온 마력이, 권총의 형상을 이루며 손아귀에 모였다.

"내가 템빨을 좀 타는 놈이거든."

사막의 독수리. 우선은 돌격소총 모드를 취한다. 놈에게 접근할 만한 기량이 아직 내게는 없으니, 놈이 직접 접근하도록 만들어야 한다.

흑전은 그때까지도 웃고 있었다. 나도 따라 웃으며 도발을 던졌다.

"괜히 쪼개다가 뒤지는 수가 있어."

역시 표정이 싸악 굳는다. 이를 살짝 깨문 놈은 로브를 벗어 던지고 마력을 끌어 올렸다. 한데 나는 그것보다, 놈의 팔뚝에 새겨진 이상한 문신에 눈이 갔다. 검은 잔과 그 위에 떠 있는 듯한 희미한 달. 레이첼이 알고 있는 것처럼, 나 또한 저 문신을 새기는 집단의 정체를 알고 있다.

"귀천의 그믐달……."

"……호오. 그래도 식견은 있으신가 봐요. 꼬맹이 주제에."

남자가 왠지 뿌듯한 얼굴로 미소를 지었다. 내 집단이 그만큼 유명하다는 소속감인 것 같은데.

나는 그 여섯 글자를 되뇌며 생각했다. 저놈들이 원작에서 어떤 포지션이었지…… 내가 아는 걸 보면 분명 등장은 했었을 텐데…….

"아!"

머릿속이 전구가 밝혀지듯 훤해졌다.

사실 얘네는, 그러니까 굳이 한마디로 표현하면, 더도 말고 덜도 말고 위색단의 수많은 따까리 중 하나다.

위색단은 지금껏 여러 조직 또는 집단과 관계를 맺어왔다. 아무리 강하더라도, 이 넓은 땅덩어리에서 모든 걸 단신으로 헤쳐 나갈 수는 없으므로. 물론 관계라기보다 일방적인 이용 또는 한시적인 거래일 뿐이고, 정작 그 상대는 자신이 위색단과 거래를 하고 있다는 사실도 몰랐던 게 태반이긴 했지만.

그리고 '귀천의 그믐달'은 판데모니엄에서 횡행하고 있는 여러 사조직 중 하나다. 수장이 영국 출신인가 그럴 건데, 마피아와 비슷한 체계적인 범죄 조직이라고 생각하면 편하다.

"당신 같은 애송이까지 알고 있는 걸 보면, 저희가 많이 유명해지긴 했나 봅니다?"

UN과 세계 여러 국가에서 악의적으로 선전하고 있는 판데모니엄은, 아무리 그래도 업화가 활활 타오르는 지옥이 아니며, 사실 꽤 많은 인구가 상주하고 있는 도시다.

그럼에도 위색단은 판데모니엄에 별 관심이 없는데, 귀천의 그믐달은 자기들의 영달을 위해 그런 위색단에게 아주 간절히 매달리는 입장이다. 뭐든 해드릴 테니 저희 형님이 되어주세요, 뭐 그런 거다. 위색단이 뒷배가 되어주면 다른 조직 간의 경쟁에서 확고한 우위를 점할 수 있을 테니.

그런데 그 귀천의 그믐달이 지금은 왜 여기까지 와서 나를 죽이고자 하는가…… 하면, 당연히 랭커스터와 모종의 관계를 맺었겠지. 참고로 랭커스터와 그믐달의 수장 둘 다 영국 출신이다.

그러나 귀천의 그믐달이 위색단의 따까리든 아니든, 지금 당장에는 쓸모없는 이야기다. 당장 나서서 내가 위색단 대장이랑 친한 사이라고 지껄일 수는 없는 노릇이니까. 만약 그러면 내가 살해당한다.

"이제, 시작해 볼까요."

그렇게 말하는 흑전의 등 뒤로 단검들이 키리릭- 서늘한 소리를 내며 모여들었다.

일단 단검의 숫자를 가늠해 보았다. 하나, 둘, 셋, 넷…… 총 열일곱
자루. 보아하니 마력으로 단검을 원격 조종을 하는 것 같은데, 만약 저
열일곱 자루를 모두 원만하게 다룰 수 있다면 최소 중격의 실력자라
할 수 있다.

"오시지요. 선공은 양보해 드릴게."

선공을 양보하겠다는 말과 달리 놈에게 방심의 기색은 전혀 없다.
마력이 서린 단검으로 자신의 몸을 철저하게 감싸는, 흡사 칼의 장막.
그것에 빈틈 따위는 포착되지 않는다.

"……그래."

나는 일단 내 혈관 속으로 약성을 흘려 보냈다.

내 몸에 기억된 세 번째 약의 성분. 신체 증폭. 순간 혈류가 뜨겁게
끓어오르고, 근육이 부풀어 오른다. 촉진되는 아드레날린에 온몸이
격렬하게 반응한다. 육체의 강건함과 더불어 사고의 속도마저 증진된
듯한 고양감.

나는 눈을 감고 숨을 크게 한 번 내쉬었다.

"좌절도 죽음의 일부니까, 철저히 느끼게 해드릴게요."

철컥.

개소리를 지껄이는 놈에게 소총의 총구를 들이밀었다. 눈을 부릅뜨
고 방아쇠를 당겼다.

쿠구구구궁—

솟구치는 격발음과 쇄도하는 총탄. 45발 탄창이 모두 비워지기까지
는 길어봤자 1초. 가공할 연사력이었으나, 놈은 손 하나 까닥하지 않
았다. 눈 하나 깜빡이지 않았다. 놈의 주변에서 위성처럼 공전하는 열

일곱 자루의 단검들이, 주인을 지켜내듯 내 총탄을 모조리 갈라냈다.

짤랑짤랑-

이분된 총탄들이 바닥에 후두둑 떨어진다. 터질 듯한 총음이 지나간 자리에는 서늘한 적막만이 남았다.

"원 참. 뭐 있나 싶었더니. 그게 다예요?"

이내 흑전이 여유롭게 웃었다. 나는 쯧- 혀를 차며 머리를 쓸어 넘겼다.

아쉽게도 상성이 안 맞는다. 이대로라면 몇백 발을 쏴도 결과는 똑같을 것이다. 변칙적으로 저 단검을 부술 만한 강력 탄환을 쏘아내는 방법이 있긴 하지만, 그렇게 하더라도 무려 열일곱 자루나 되는 단검의 개수가 문제다.

"……후."

물론, 나는 놈에게 죽지 않을 것이다. 이기고자 한다면 반드시 이기는 방법이 하나 있으니까.

신살의 탄환, 미스틸테인.

닭 잡는 데 소 잡는 칼 쓰는 격이긴 하다만, 그래도 일단 살아 있어야 뭐든 할 수 있는 것이 아니겠는가.

"많이 실망스럽네요. 이제 제가 갑니다."

놈은 친절하게도 자신의 공격을 알렸다. 나는 온 신경을 단검에 집중했다. 놈의 입가에 비릿한 미소가 그려지고, 그게 마치 신호라도 되는 양 단검들이 연속적으로 쇄도했다.

개방된 탄환의 시간, 느려진 체감 시간 속. 나는 내게 달려오는 단검의 무리를 보면서…… 뭔가 이상함을 느꼈다.

단검 한 자루가 내 미간을 향해 내달린다. 나는 그 '결과'를 단검이 달려들기 전에 알았다. 일직선의 궤적이라 예상이 쉬웠던 건지도 모른다. 그러나 다음 단검은, 내 심장으로 향하다가 순간적으로 궤도를 틀어 턱밑을 강타할 것이다.

무슨 연유에선지 나는 단검이 내 심장에 닿기도 전에 그것을 알았다. 궤적 자체를 예측했으므로 회피는 쉬웠다. 달려드는 나이프에 총탄을 격발해 그 궤도를 수정시키면 그뿐. 총탄은 나이프를 이겨내진 못했지만, 그 진행 방향은 성공적으로 비틀어냈다.

챙. 챙. 챙.

연신 울려 퍼지는 폭음은 탄환과 날붙이가 맞부딪히는 소리. 나이프는 계속 방향을 바꿔가며 나를 노리고, 나는 나이프의 예상 경로에 총탄을 쏘아냈다.

투둑투둑.

나이프를 막아내고 산화한 탄환의 파편이 부스러기처럼 내려앉았다. 그 치열한 공수를 반복하면서 나는 깨달았다. 내가 어떻게 놈의 공격을 예상하고, 막아낼 수 있는지.

놈이 행하는 공격, 마력으로 단검을 투척하고, 투척한 단검을 다시 마력으로 붙잡아 다른 방향으로 수정하는 행위. 그것은 엄연히 '원거리'의 범주에 속한다. 그리고 내 재능은, 원거리 범주의 최상위에 당당히 속하는 '명사수'. 그것이 원거리 공격이라면, 내가 쏘아낸 것이 아니더라도 그 궤적은 내 손 안에 있다는 것이다.

"……쯧."

그러나 예측할 수 있다 해서 모두 방어할 수 있는 건 아니다. 눈으로 봐도 몸이 따라갈 수 없다.

내게 주어진 탄환의 시간은 고작 3분. 그 이상은 분명히 위험한데, 단검의 공세는 지치지도 않고 계속된다. 놈은 느긋하게 나를 관찰할 뿐 내게 근접할 생각 자체가 없어 보인다.

나는 소총으로 나이프를 격추시키면서, 내 성흔 속에 보관된 또 다른 무기를 떠올렸다.

[쇠약의 송곳][고급-인첸트][독(毒) 속성]
베어낸 대상을 쇠약하게 만드는 송곳이다.
고급 마법 효과 '쇠약'이 인첸트되어 있다.

이건 꽤 오래전 토메르가 아직 내 적이었을 때, 레이첼을 무력화시키고자 패악의 간부에게 보조받은 물건이다. 이것에 달린 고급 마법 효과 '쇠약'은 저놈에게도 통용될 만하다.

"읏."

탄환의 시간이 서서히 다해간다는 증거로, 나이프 한 자루가 내 어깨를 스쳤다. 날 선 고통에 나는 이를 악물었다.

한 번, 딱 한 번만, 저놈의 뒤통수에 송곳을 박아넣으면 되는데, 지금 내게는 그 방법이……

불현듯 뇌리에 생각이 스쳤다. 성흔의 마력. 내 의지대로 이뤄지는 원망(願望)의 힘.

불가능은 아니다. 여태까지는 성흔의 획수가 부족해 구현하지 못한 게 많았지만, 3획이라면 충분히 시도해 볼 만하다.

나는 성흔에 내 모든 사고를 집중했다. 전투 상황, 극도로 예민해진 오감이 전부 성흔에 쏠린다.

"······끅."

그러는 와중에도 나이프는 내 살갗을 잘라내고, 뜨거운 고통이 말초에 범람한다.

그럼에도 나는 의지를 놓지 않았다. 내가 원하는 것은 다만, 저놈의 뒤로 서게 되는 것뿐······!

찰나.

이두에 새겨진 성흔이 푸르게 떠올랐다. 옷깃을 뚫고 비쳐 나오는 푸른빛.

순간 세상이 뒤바뀌는 듯한 기이한 착각이 일었다. 동시에 내 눈앞의 풍경이 파격적으로 틀어지고, 마치 세상이 해체되었다가 다시 재조립되는 것처럼, 여태 보이지 않았던 놈의 뒤통수가 내 눈앞에 있었다.

부지불식간에 찾아온, 아니, 내가 직접 만들어낸 이 절호의 기회를, 나는 놓치지 않을 것이었다.

성흔 속에 담아뒀던 '쇠약의 송곳'을 꺼내, 놈의 어깨에 박아넣었다.

"······뭣!"

놈은 대단한 반응속도를 보이며 물러섰으나 때는 이미 늦었다.

나는 가슴팍의 늑대를 개방시켰다.

"물어!"

튀어나간 늑대가 놈에게로 달려들었다.

"억! 뭐야 씨!"

늑대 아래에서 발버둥 치는 놈. 나는 성흔 소모의 부작용으로 현기증이 아찔한 골을 붙잡고, 돌격 소총을 샷건 모드로 전환했다.

끼리릭–

전환에 소요되는 시간은 대략 2초. 굳이 내가 놈의 등을 선점했으면서도, 샷건으로 바꾸지 않고 송곳부터 박아넣은 이유가 이거다. 2초면 꽤나 긴 시간이니까.

"……돌아와."

나는 늑대를 불러들였다. 어느새 늑대의 몸에 깊은 상처가 꽤 많이 패였다. 유령 늑대의 유일한 단점은 체력과 지구력. 늑대는 피곤해하며 내 몸속으로 들어왔다.

"이, 이런, 이런 ×발."

아까만 해도 참 여유롭던 놈이 피 칠갑이 된 채 나를 노려본다.

놈은 마력을 끌어 올리려 노력하고 있지만, 쇠약의 송곳이 박힌 상황에서 될 리가 있나.

"이거, 딱 한 대만 맞아봐."

이제는 전세역전이다.

나는 놈을 딱딱하게 노려보며 샷건의 총구를 들이밀었다.

"살살 맞으면 안 아플지도 모르니까."

그런데, 방아쇠를 꾸욱 당겼던 그때.

[한 생도가 탑 등반을 완료한 지 12시간이 지나 시험이 종료되었습니다.]

타이밍 좋게 시험이 끝났다. 동시에 눈 부신 빛이 사방을 적시고, 나는 온 세상이 내게서 멀어짐을 느꼈다 나는 그저 넋 놓고 웃었다. 나보다 운이 좋은 놈이 여기 있었네.

그런데 어차피, 흑전이라고 했나? 계속 활동한다면 나중에 볼일이 있을 테니, 그때 제대로 타일러 주면 된다.

……대장한테 확 일러바쳐야지.

38장
채진윤

시험 이후.

대기실로 돌아온 나는 혼자 서서 스마트워치를 들여다보고 있다.

"……오호라."

[성흔의 마력에 대한 이해도가 상승합니다.]

[새로운 기능 '개념 각인'이 추가됩니다.]

[개념 각인]

─성흔의 마력을 특정 개념으로 정립하여 각인합니다. 총 2개의 개념을 각인할 수 있고, 각인된 개념은 마력의 절반만을 소모하며 구현됩니다.

"신기하네."

이런 기능이 생겼다. 방금 흑전이랑 싸울 때 성흔을 깔쌈하게(?) 활용한 덕분인 것 같은데, 뭘 넣어야 할지 일단 하나는 명확하다.

흑전이랑 일기토를 할 때 했던 짧은 순간이동. 고작 50m 이동하는 데 성흔이 무려 2획 반이나 소모되었지만, 이 세계에서는 '재능'이 아니고서야 얻을 수 없는 능력이거든.

"야, 김하진!"

"하진아!"

톡톡 스마트워치 키보드를 두드리던 그때, 내 이름을 부르는 외침이 귓가에 팍 내다 꽂혔다. 그쪽으로 고개를 돌리니 역시 채나윤과 김수호가 부랴부랴 내 쪽으로 달려오고 있었다.

"야, 야. 너 얼굴이 이거 뭐야. 왜 이렇게 못생겨졌어! 괜찮아?!"

채나윤은 다소 걱정스러운 얼굴로 내 몸에 난 상처를 이리저리 매만졌다.

근데 걱정이야 욕이야? 은근 열 받는데.

"괜찮으니까 서 있지."

"그래? 야, 근데 것보다 그 새끼 진짜 감독관 맞았어? 클리어한 거야?"

나는 채나윤의 말에는 대답하지 않고 김수호를 보았다. 채나윤에게 설명을 들은 건지 김수호 또한 썩 좋은 얼굴은 아니었다.

내 옆구리의 특히 깊은 자상을, 채나윤이 발견했다.

"헉. 이거 뭐야. 왜케 깊어. 야, 살 속이 다 보이잖아!"

아픈 건 난데 왜 얘가 안절부절못하는 거지.

내 어깨와 팔, 옆구리와 허벅지를 이리저리 만지작거리는 채나윤을, 나는 그저 침착한 눈으로 바라보았다.

"아 맞다. 야. 빨리 포션 줘봐."

"어, 아 맞다. 하진아, 이거. 보급 포션이야."

김수호가 내게 포션을 내밀었다.

"어? 어…… 아냐. 괜찮아."

나는 슬그머니 뒤로 물러섰다. 굳이 빨간약을 바르고 싶지는 않다. 이거 엄청 아프거든. 특히 보급용이면 더더욱.

"아 어딜 도망가."

그러자 채나윤이 내 손을 꽉 낚아채더니, 당차게 포션 뚜껑을 따고 거즈에 적셨다.

"야 잠깐."

포션이 묻은 거즈가 내 상처에 닿았다. 찌르르 떨게 하는 격통이 온몸을 휩쓴다.

"어흑. 아, 야. 좀 살살 좀 해라."

"……엄살은."

나는 진심인데, 채나윤은 피식 웃는다. 어쨌든 그렇게 포션으로 상처를 치유하고 나니 스마트워치가 지이잉 울렸다.

[육체가 '응급 회복 포션'의 '상처 회복' 약성을 1.5%만큼 기억합니다.]

아 맞다. 이 회복 포션도 약이었지. 여태 그런 생각을 못 하고 있었다. 내 지능에 대한 진지한 의심이 필요한 시점이다.

"됐다. 야, 근데 그 공주님은?"

"아. 맞다, 레이첼은…… 아. 저기 있네."

저 멀리, 레이첼은 교관을 붙잡고 뭐라 뭐라 말을 하고 있었다. 뭔가 절박한 듯한 얼굴에다가, 눈가에 눈물까지 그렁그렁 고인 상태다. 대충 들으니 '김하진을 찾아주세요!' 뭐 그런 내용이다.

위이잉-

스마트워치가 또다시 울렸다. 워치 님이 오늘 상당히 열일하시…….

내 얼굴이 신문지처럼 뻣뻣해졌다. 이번에는 알림이 아니라 문자였다. 조금 심각한 내용의 문자.

[네가 부탁한 건에 대해 간부 단원들과 회의를 했다.]

발신인 대장. 문자가 내 망막에 비치는 순간 심장이 내려앉았다.

"야, 나 화장실 좀."

"어? 여기 화장실 없는, 야 어디가!"

나는 채나윤과 김수호를 피해 최대한 구석진 곳으로 갔다. 구석에 찌그러져 앉아 다시 주변의 시선을 슬그머니 체크하고, 대장의 문자를 확인했다.

[결과는 찬성 5 반대 5.]

찬성과 반대의 동률. 이를 깨물었다. 역시 채진윤 살해 조력은, 확실히 날고 기는 위색단도 꺼릴 만한 일이었다

하나 위색단의 총원은, 공석 제외 11명.

[그러나 나는 아직 의견을 결정하지 않았다.]

역시 대장의 의견은 아직 반영되지 않은 상황이다.

[예, 대장.]

나는 그렇게 문자를 보내고 대장의 답장을 기다렸지만, 타자가 느린 건지 아니면 일부러 애간장을 태우는 건지 답장은 돌아오지 않았다.

그 탓에 내 피가 가뭄처럼 말라갈 즈음. 마침내 기다리던 문자가 도착했다.

[수습아.]

[너는 이미 여러 사람을 죽였다. 물론 임무를 위해서였고, 대부분은 죽어 마땅한 악인이었어.]

[그러나 이번 일은 임무와는 달라. 너는 네가 직접 사람을 죽이고 싶다고 했다. 어떤 이유가 있든 간에, 네가 의지를 지닌 채 살인을 실행한다면, 네 가슴에는 심리적인 낙인이 찍히게 되.]

문자의 내용이 썩 진지하다. 물론 착한 척을 하고 있다는 느낌이 강하게 들긴 하지만…… 그런데 그런 것보다.

솔직히 이건…… 아무리 그래도 내가 글을 쓰던 사람이라 그런지, 조금 병이 있어서 못 참겠다. 몰입이 탁 끊긴다고나 할까.

[네가 그걸 견뎌낼 수 있을까.]

[저 대장, 죄송한데 '되'가 아니라 '돼'예요.]

[견뎌낼 수 있다면.]

대장의 문자가 도중에 끊겼다. 보내고서 왠지 아차 싶었지만, 그래도 나중에 공적인 자리에서 실수하는 것보다는 나으니까.

[?]

대장이 물음표 하나를 딸랑 보냈다.

[아, 죄송합니다.]

빠르게 사죄의 말을 전했지만 이미 잔뜩 삐져 버린 듯 대장은 답장을 하지 않았다. 마음이 급해진 나는 전화를 걸었다.

다행히도, 대장은 금세 받았다.

"여보세요."

─……뭐냐.

심드렁한 목소리. 나는 안도의 한숨을 크게 내쉬고, 일단 죄송하다는 말부터 했다.

"저 지금 시험 중이라서. 자세한 건 나중에 부탁드립니다."

─알겠다. 그리고 혹시 몰라 덧붙이자면, 맞춤법을 틀린 게 아니라 오타다. 나는 그거에 약간 기분이 상했던 거다. 어차피 내가 알아서 정정할 오타였을 뿐인데…….

대장과의 통화로 그 화를 달래고, 따로 진지한 만남 약속을 잡았을 즈음.

"김하진, 김하진 생도 없나?"

대기실을 배회하던 교관 한 명이 내 이름을 불렀다.

"아, 네."

"……뭐야, 있네?"

급히 통화를 끊고 손을 번쩍 들자 교관의 얼굴이 심드렁해졌다.

"쯧. 레이첼 생도가 찾는다. 보아하니 시험 도중에 갈라졌나 본데, 요란 떨지 말라고 전해. 여기가 무슨 영국도 아닌데 자꾸 뭘 해달라 말라……."

나는 일단 고개부터 숙였다.

"죄송합니다."

교관은 혀를 쯧쯧 차며 상부에 보고했다.

"생도 전원 이상 무. 인원 파악 모두 마쳤습니다."

그러고는 홀렁 사라져 버렸다. 이후 나는 레이첼이 어딨는지 찾아내려고 했지만, 굳이 그럴 필요가 없었다.

레이첼은 사라진 교관의 뒤에 서 있었다.

"……"

아무 말 없이 나를 바라보는 레이첼. 그녀의 눈동자에 물기가 일렁인다. 꽤 걱정한 것 같아 살짝 미안해졌다. 내가 먼저 찾아갔어야 했는데.

이윽고 레이첼이 입을 열었다.

"찾고 있었는데, 무사하다고 말이라도 해주시지……."

"아 미안해요. 급히 할 일이 있어서."

레이첼은 한숨을 푹 내쉬었다. 그리고 들릴 듯 말 듯 작은 목소리로 중얼거렸다.

—다행이다.

진심이 가득한 그 목소리에 나는 아주 약간의 대미지를 입었다.

간접공격이라서 망정이지. 심장이 철렁일 뻔했어, 아주.

레이첼이 급하게 물었다.

"그것보다 어떻게, 어떻게 됐어요? 그 마지막 스테이지는."

"뭐, 제가 이겼죠."

"네? 와, 정말요? 귀천의……."

갑자기 말을 멈추더니, 주변의 시선을 살핀 뒤 볼륨을 낮춰 속삭인다.

"귀천의 그믐달을?"

"뚜드려 팼어요."

"헛?"

솔직히 맞기만 하다가 겨우겨우 역전했지만, 레이첼은 못 봤으니까.

"와……."

내 말에 그녀는 뭔가 감탄한 얼굴이 되었다. 반쯤 벌린 입과 보석처럼 빛나는 두 눈동자.

내가 어깨를 으쓱거리자 레이첼은 저 혼자 납득한 듯 고개를 끄덕였다.

"앞으로는, 사부님이라고 불러야 할 것 같아요."

"……예? 아니. 그럴 필요는 없고요."

제대로 된 일대일을 한 번만 하면 파탄 날 사제 관계는 이쪽에서 사양이다.

아니지. 한 번쯤은 이길 수 있을 것 같기도 하다. 나처럼 변칙적인 놈은 상대해 본 적이 없었을 테니까.

"사부님."

"아 하지 말라니까요."

괜한 쑥스러움에 뒷목을 긁적였다.

"……레이첼 생도, 김하진 생도."

그때 김수혁이 다가왔다.

"아, 교관님."

"무슨 일이지?"

진리반 담당 교관으로, 방금 싸가지 없었던 교관과는 다르게 믿을 만한 사람이다. 레이첼과 나는 김수혁에게 방금 있었던 일을 모두 설명했다. 김수혁은 심각한 얼굴이 되어 보고하겠다고 했지만, 아마도 상부에서의 반응은 시원찮을 것이었다.

목격자가 나와 레이첼밖에 없으니 큐브가 택할 수 있는 변명은 많다. 원래 그런 스테이지였다, 아니면 너희들 착각이었다, 뭐 그런 식으로 둘러대겠지.

"어쨌든 고생했다."

김수혁은 나와 레이첼의 어깨를 한 번씩 두드려 주고 돌아섰다.

나는 내 옆에 선 레이첼을 힐끔 보고는 물었다.

"……레이첼 씨. 이제 뭐 하실 거예요?"

"네? 아, 저는 오늘 저녁 영국으로 갈 계획이 있어요, 사부님."

레이첼이 배시시 웃으며 장난스러운 뒷말을 덧붙였다. 나는 그런 그녀의 미소를 일부러 쳐다보지 않았다. 마음을 열수록 변해가는 사람. 레이첼은 그런 인물의 전형인데, 그 변화가 지금의 나로서는 조금 치명적일 것 같거든.

나는 그저 설핏 웃어주고서, 방금 알람이 울린 내 스마트워치를 보았다.

[하진하진.]

[나 문자잘하고있어 하양이가 도와줬어]

[하진 궁데 언제 와? 보고 싶어.]

요즘 에반젤은 스마트워치에 푹 빠졌다. 유튜브도 자기가 알아서 보고, 이제 곧 있으면 음식 배달도 자기가 알아서 시킬 것만 같다. 빨리 집으로 가서 에반젤이랑 밥이나 먹어야지.

시험이 끝나고, 겨울 방학 1주 차.

백두대간 상검산(上劍山)의 주변에 위치한 이름 모를 던전 내부.

"……아~ 하진아 수고했다."

나는 바닥에 대자로 누워 김수호의 말을 흘려들었다.

"와~ 아직도 손 떨리네. 되게 재밌었지 않냐?"

김수호는 환히 웃으면서 방금 전투를 복기하고 있지만, 나는 심장이 떨려서 아무것도 못 하겠다.

이 던전의 보스는 '독사 요르(Jor)'. 무려 중급 1품에 해당하는 괴수로, 시키면 독을 뿜어내는 쌍놈이다.

내가 획책한 놈의 상대법은 간단했다. 사수는 엄호, 전사는 돌격. 그 계획대로 김수호는 놈의 독 자체를 베어내며 전진했고, 나는 배후에서 강화 총탄을 갈겨 놈의 눈을 맞췄다. 한데 요르는 오히려 시력을 잃은 직후부터 광분, 이리저리 독을 쏘아대며 난리를 피우기 시작했다.

아마 내 몸속에 '해독'이 기억되어 있지 않았더라면 아주 허무하게 독사(毒死)했겠지.

"이게 보상인가?"

"어, 그 단지 맞을 거야. 요르가 감싸고 있던 거 맞지?"

나는 끄응 몸을 일으켰다.

"응. 근데 뭐야 이거?"

"일단 감정을 해봐야 알겠지."

내가 손을 내밀자 김수호는 아무런 의심도 없이 항아리를 돌려줬다.

[욕망의 단지][마법 유물]

욕망이 가득한 단지. 이 속에 물건을 넣으면, 단지에 담긴 욕망이 무작위로 달라붙을 것만 같다.

이건 내가 설정한 '랜덤 기능 아이템' 중 하나다. 사용법은 이 속에 무기를 넣고 10일 정도 묵히면 된다. 어떤 기상천외한 옵션이 달라붙을지는 랜덤이지만, 나는 운이 좋으니까.

"이번 건 너 가져."

갑자기 김수호가 말했다.

"……음? 뭔 소리야 갑자기."

"당연한 거잖아. 미스틸테인은 내가 가졌으니까."

"에이, 그래도."

이거 어차피 두 번 정도 쓸 수 있는 건데.

"어허. 나는 오늘의 실전 경험만으로도 족하고…… 아 맞다. 그러면 같이 여행이나 가자."

김수호의 말에 나는 대답하지 않았다. 그저 죽은 척 누워서 눈을 감았다. 기가 막힌다는 듯한 웃음, 이후 침묵 속에서 시간이 흘러갔다.

위잉—

5분쯤 지나자 스마트워치 진동이 울렸다.

나는 아니다. 그렇다면 김수호겠지.

고개만 살짝 돌려 김수호를 보자, 문자가 왔는지 주섬주섬 답장을 하고 있었다. 나는 그게 누군지 알 것 같았다.

"또 윤승아냐?"

김수호는 말없이 어깨를 움찔 떨었다.

피식 웃음이 새어 나왔다. 의도한 건 아닌데, 이게 약간 윤승아와 김수호가 일직선으로 이어져 버렸다. 원래 채나윤의 눈치를 보느라 문자 따위는 보내지도 못했어야 했는데.

"그러다 사귀겠다?"

"에이, 설마. 승아 선배가 뭘 보고 나를."

볼 건 많지. 얼굴만 뜯어 먹고 살아도 30년은 화목하게 지낼 수 있겠구만.

"그것보다 하진아."

"김수호 말 돌리기 오져 버리네."

"아니, 뭔 소리, 같이 여행이나 가자니까?"

"……너 여행 되게 좋아한다?"

"그게 아니라, 나 20일 날 떠나잖아. 그러면 우리 거의 3개월 동안 못 봐."

김수호가 진지한 얼굴로 말을 이었다.

"그리고 너도 나윤이랑 잘해볼 겸."

"너도?"

"응. 채나윤 많이 달라졌어. 이제……."

"아니, 그게 아니라. 너도?"

나는 말을 돌렸다.

"어?"

"'너도'라는 뜻은 즉, 김수호 또한 누군가와 잘 되어가고 있다…… 그 대상은 윤승아?"

"아, 아니라니까. 아오!"

김수호가 화를 내며 일어섰다.

"흐흐. 근데 나도 아니야. 채나윤 안 좋아해, 아니, 누가 좋아한다고 말하고 다녔냐?"

"어? 진짜? 그러면 안 되는데."

"뭐가 안 돼."

"어…… 아무것도 아냐."

김수호는 우물쭈물 입을 다물었다. 보아하니 뭔가 채나윤이랑 나에 관한 이야기를 한 것 같은데. 나중에 스마트워치나 해킹해 볼까.

"어쨌든. 이 단지는 네가 가져. 대신 여행 오는 조건이야."

그의 대인배다운 너그러운 양보에, 나는 웃으며 고개를 끄덕였다. 어차피 김수호 없이는 절대 못 클리어했을 던전이니, 그 정도는 해줘야지.

12월 17일.

겨울의 한기가 슬슬 뼛속까지 스며들 무렵, 나는 여행을 떠났다. 김수호. 신종학. 유연하. 이영한. 그리고 채나윤과 함께.

목적지는 경포대 근처의 초호화 리조트. 대현그룹의 계열사에서 운영하는 5성급 호텔이다. 채나윤은 최대한 여행의 기분을 만끽하기 위해, 굳이 서울에서 경포대까지 직접 차를 몰고 가자고 했다.

근데 죄다 생도인 주제에 면허 있는 사람이 있을 리가 있나. 하는 수 없이 우리는 대현에서 지원해 준 리무진을 탔다.

"얌얌."

그렇게 리조트로 향하는 리무진 안. 처음 한 시간은 다들 쌩쌩했으나, 30분이 더 지나자 나와 유연하를 제외한 모두가 잠들었다.

"냠냠."

나는 초코볼을 까먹는 유연하를 유심히 지켜보았다. 채나윤이 여행 기분 내겠다고 사 온 많은 과자 중 하나인데, 정작 사 올 때는 관심 없더니 애들이 잠들자마자 기다렸다는 듯이 하나를 집어 들었다. 초코볼 하나하나 소중하게 집어 먹는 그 모습이 괜히 웃긴다.

"……."

그러다 눈이 마주쳤다. 유연하는 다소 꺼려 하는 눈빛으로 나를 쳐다보다가, 초코볼 통을 스윽 내밀었다.

"드실래요?"

"난 됐어."

"……좋은 선택이에요. 별로 맛없거든요."

마음에도 없는 말을 하면서 하나 더 입으로 쏙 넣는다.

덜컹.

그때 차가 흔들렸고, 그 반동으로 내 옆자리에 앉은 채나윤의 머리가 스르륵 흘러 내 어깨에 닿았다. 향기로운 샴푸 냄새가 코끝을 간질였다.

"……흐음."

급작스러운 상황 전개에 유연하가 묘한 침음을 흘렸다. 나는 채나윤의 머리를 옆으로 살짝 밀어냈다. 그러나 2분 뒤. 채나윤의 머리가 또다시 스르륵 흘러내렸다.

애 깨 있는 거 아니야?

그냥 신경 쓰지 않기로 하고 시선을 올리자, 이번에는 유연하와 눈이 마주쳤다. 유연하는 왠지 착잡한 눈으로 나와 채나윤을 바라보고 있었다.

"뭐."

"……네? 어…… 그냥. 불쌍해서요. 나윤이 머리 무거울 텐데."

"음. 그렇긴 하지. 너무 커."

혹 얘가 깨 있나 싶어서 괜히 디스도 해봤지만, 반응은 없었다.

자고 있는 게 맞나 보네.

어쨌든 그렇게 딱 30분 정도 더 달리니 목적지가 나타났다. 보기만 해도 입이 떡 벌어지는 리조트. 리조트뿐만이 아니라 근처에 부대낀 시설들의 면면도 화려하다. 과연, 지역내총생산(GRDP)이 웬만한 나라 국내총생산(GDP) 뺨친다는 설정의 강원도답다.

"따라와, 따라와!"

도착하자마자 깨어난 채나윤이 활기차게 외치며 우리를 인도했다.

우리가 1박 2일 동안 머물 방은, 층 하나를 통째로 쓰는 일종의 다인실이었다. 침실만 6개가 있는 거대한 파티 룸.

우리는 각자 방에 짐부터 풀고 나서 거실에 모였다.

"스케줄 빡빡하게 짜놨으니까 다들 잘 따라와라!"

채나윤이 활기차게 웃으며 외쳤다. 그 호언장담에, 다른 일행은 얼마나 재밌을지 기대하겠다는 표정이 되었다.

그러나.

우리는 자정부터 오후 9시까지, 당구·볼링·제트스키·수영·온천 등등. 거의 9개의 스케줄을 강제로 이행해야만 했다. 이게 훈련인지 여행인지 모를 강행군이었다.

[오후 11시 정각]

하루의 마지막은 바베큐 파티였다. 아득히 펼쳐진 경포대를 배경으로 고기를 구워 먹는 낭만.

지글지글─

그릴 위에서 익어가는 고기를 가만히 내려다보면서, 나는 마음이 편해지는 것을 느꼈다.

"야, 김하진. 이거 달라붙었어. 떼줘."

내 옆에 선 채나윤이 어깨를 툭툭 두드렸다. 보니까 고기가 그릴에 달라붙어 있었다.

"……내가 다 할 테니까 그냥 가면 안 되냐."

"응, 싫어."

다른 애들은 다 테이블에 앉아 있는데, 얘만 나 고기 굽는 거 도와주겠다고 이 난리다.

"아 맞다. 야, 나도 오토바이 하나 샀다?"

"……뭐? 진짜?"

"어. 주차장에 주차돼 있어. 이거 먹고 드라이브나 같이 갈래?"

"원동기 면허는 있고?"

"있긴 한데, 운전은 네가 해야지. 난 아직 미숙하거덩."

"어머, 뭐야, 뭐야~"

그때 이영한의 짓궂은 목소리가 울려 퍼졌다.

"야 너희 둘, 거기서 뭐 하냐~?"

채나윤이 얼굴을 일그러뜨리고 이영한을 노려보았다.

"닥쳐 이영한."

"아이 무셔라."

"고기는 한 사람한테만 맡기지? 굳이 채나윤 너까지 구울 필요가 있나?"

신종학이 탐탁잖은 목소리로 말했다. 신종학의 앞접시에는 내가 가져다준 고기가 한 아름 쌓여 있었다.

신경 쓰여서 고기도 안 먹고 있네, 저거.

"왜, 보기 좋은데."

김수호의 옹호였다. 신종학은 그런 김수호를 강하게 노려보았다.

"보, 보기 좋긴 개뿔이. 김수호 너도 닥쳐."

채나윤은 그렇게 말하면서 나를 힐끔 올려다보았다. 아주 짧은 순간 우리 둘의 눈이 마주쳤으나, 나와 채나윤은 동시에 시선을 피했다.

"흐, 흐흠."

채나윤이 왠지 붉어진 얼굴로 헛기침을 했다.

"야, 너 이상한 생각하지 마라. 김칫국―"

"안 마셔."

"……왜. 벌써 레이첼이랑 잘됐냐?"

그러자 입술을 삐죽이며 투덜거린다.

"뭔 소리야."

"아니면 말고~"

"어이, 김수호. 끝나면 당구나 다시 한판 뜨지? 지는 사람 바다 입수. 어때."

"어. 나야 좋지."

밥 먹다 말고 김수호와 신종학이 다시 한번 붙었다. 그 외에 이영한은 채나윤과 나를 음흉한 눈으로 쳐다보고 있고, 유연하는 라면 끓일

기회만 호시탐탐 노리는 중.

그런 그들을 지켜보며, 나는 소리 없이 웃었다.

왜인지 소주 한 잔이 생각나는 자리다. 밤하늘에 가득한 별빛, 철렁이는 파도의 정겨운 소리, 그리고 이제는 없으면 허전한 사람들까지. 그것들의 한가운데 서 있자니 썩 은은한 감회도 일었다. 이 세계에서는 결코 느낄 수 없으리라 생각했던 충만한 마음, 정(情).

왠지 딱 술 한 병만 있으면, 오늘만큼은 나도 조금 풀어질 수 있을 것 같다.

툭툭.

채나윤이 내 어깨를 쳤다.

"봐봐. 오니까 재밌지?"

그렇게 말하는 채나윤의 얼굴은 꽃처럼 화사했다.

나는 부정할 수 없었다.

"지루하지는 않네."

"뭐래. 좋으면서."

채나윤이 씨익 웃은 순간, 그녀의 스마트워치에서 벨 소리가 뽀로롱 울렸다.

"아 나 잠깐, 전화 좀. 여보세요?"

대수롭지 않게 전화를 받고, 이어폰을 통해 대화가 이어진다.

"네? 아, 네. 저 맞아요, 채나윤."

나는 그녀의 이어폰에서 흐르는 목소리를 엿들을 수 있었다.

"……네?"

순간 그녀가 집게를 떨어뜨렸다. 목소리가 이어질수록 그 손이 떨리고, 호흡이 가빠지며, 두 눈에 경악이 번져간다.

"의식이……."

그녀의 말은 거기서 멈췄다.

─네! 채진윤 환자의 의식이 돌아왔어요! 아직 완전히 깨어나시지는 않았지만…….

듣는 순간 숨이 멎는 것만 같은, 그런 외침.

우려했던 일이 벌어져 버렸다. 씨앗이 부화하기 전에, 채진윤의 의식이 먼저 돌아온 것이다.

나는 가만히 눈을 감았다. 지금은 생각할 시간이 필요했다.

그러나 얼마 지나지 않아, 채나윤이 내 옷자락을 붙잡았다.

"야, 야."

벌써부터 울 것 같은 얼굴로 나를 올려다보며, 채나윤은 말했다.

"나, 운전 좀 해주라."

지금은 밤 11시 30분. 포탈은 이미 30분 전에 마감되었다.

병원에서 걸려온 전화는 쉬이 믿기 힘들었다. 그러나 희망으로 가득 찬 의사 선생의 목소리는 결코 거짓이나 꿈같지 않았다.

정신이 멍했다. 그저 멍할 뿐이었다. 그 생동하고 생생한 기쁨의 전언에도 당장 기뻐할 수 없었던 건, 다만 너무 오랫동안의 절망 속에 반쯤 포기했던 기적이었기에.

"……."

귓전에 흘러드는 의사 선생의 목소리가 서서히 작아진다. 머리가 아프고 눈앞이 희뿌예졌다.

나는 시선만 옆으로 돌렸다. 내 옆에 선 김하진이 보였다. 모난 곳도 잘난 곳도 없는 그의 얼굴은, 오늘따라 유독 선명했다.

"야, 야."

지금 나도 내가 무슨 생각을 하고 있는지 모르겠다. 그런데 당장 병원으로 가야 한다는 것만큼은 명확했고, 그걸 도와줄 사람은 이 남자밖에는 없을 것 같았다.

"나, 운전 좀 해주라."

나와 마주하는 김하진의 눈동자는 무겁게 가라앉아 있었다. 혹 내 통화를 들은 걸까.

이내 그가 깊은 한숨을 내쉬었다. 그러나 그의 대답이 들려오기 전에, 유연하가 먼저 물었다.

"웬 운전? 무슨 일이 생겼니?"

"어? 어……."

간단한 물음에도 대답하기 힘들어 우물쭈물하고 있을 때, 김하진이 말했다.

"가자. 바이크 기종이 뭐든 20분이면 충분해."

역시 들은 거구나. 그런 모습이 왜인지 믿음직스러워서, 이런 상황에도 나는 작은 미소를 지을 수 있었다.

"……너. 눈만 좋은 줄 알았더니, 귀도 좋네."

"됐고. 어디에다 주차했어."

"따라와."

"뭔데. 무슨 일인데?"

신종학이 벌떡 일어나서 묻는다. 이영한과 유연하, 김수호도 저마다 심각한 얼굴이다. 나는 그들에게는 어떤 말도 하지 못하고 주차장으로 달렸다. 김하진이 내 뒤를 따라왔다.

우리는 머지않아 주차장에 주차된 바이크 앞에 도착했다.

김하진이 물었다.

"키는."

"키? 아 맞다……."

김하진이 고개를 절레절레 젓는다. 바보같이, 키를 어디에 뒀는지 생각이 나지 않는다. 이 지경까지 와서도 나는 멍청이구나.

"아 나 진짜 바본가……."

그러나 김하진은 바이크를 자세히 살펴보고선 안도의 한숨을 내쉬었다.

"휴. 야, 괜찮아. 이거 스마트키네."

"스마트키?"

"있어, 그런 게."

김하진이 스마트워치를 뚝딱뚝딱 두드리니 갑자기 시동이 걸렸다. 그리고 놀랄 틈도 없이 나를 뒷좌석에 끌어 올렸다. 폭렬한 배기음이 주차장을 강하게 울린다.

"꽉 잡아."

"으, 응."

그런데 어디를 잡으라는 걸까. 알 수가 없어서, 그냥 그 옷자락을 슬며시 잡았다.

"인식."

김하진이 아주 희미한 소리로 그렇게 중얼거리자마자.

빠아아앙-

바이크가 솟구쳤다. 이후 가공할 만한 속력으로 주차장을 빠져나가, 도로를 타고 미끄러지듯 질주를 시작했다. 한데 공기의 저항이 너무 거세서, 그 뒷자리의 나는 어쩔 도리가 없었다. 시속 400㎞는 될 것 같은데 이거.

"야, 나 떨어질……."

말을 해도 속력이 워낙 빨라 앞까지 전달되지 않는다. 그러니까, 어쩔 수 없다. 이대로라면 떨어질 것 같은걸. 이건 불가항력, 불가항력이라는 거다…….

나는 천천히 몸을 움직였다. 머리는 등에 기대고, 팔은 허리를 감쌌다. 이런 상황에서도 얼굴이 벌게지는 건, 그저 내 일평생 이랬던 적이 없으니까. 그렇게 합리화했지만…….

김하진의 등은 의외로 단단하고 넓었다. 그리고 이상하리만치 안락했다.

"으앗."

그때 갑자기 바이크가 옆으로 휘었다.

위압적인 코너링. 하는 수 없이. 나는 정말 하는 수 없이, 그 허리를 감은 팔에 조금 더 힘을 주었다.

• • ◆ • •

미루고 있었던 일이었다. 해야만 하는 일이지만, 차마 마음속에 담아두기도 싫은 일이었다. 왜 하필 내가 이런 궂은일을 맡아야 하는가, 따위의 약한 마음이었는지도 모르겠다.

채진윤을 죽이지 않아도 되는 방법이 정녕 없는 것인가, 그것에 골몰한답시고 현실도피를 하고 있었던 것인지도 모르겠다.

그러나 나는 채진윤을 살릴 방법을 알아낼 수 없었다. 그리고 이 세계의 원작자로서, 나에게는 이 일을 해야 할 의무가 있었다.

쏴아아아─

호흡이 멎을 듯 바람이 밀려든다. 내 손에 닿아 '인식'된 바이크는 제 본신의 출력을 훨씬 상회하며 질주한다.

시속 400㎞, 혹은 그 이상. 그럼에도 내 등을 바싹 껴안은 채나윤의 감촉과 숨결은 선명했다. 너무 직접적으로 닿아서 일부러 운전에만 온 신경을 기울였다.

그렇게 경포대에서 서울까지, 정확히 20분. 문자 그대로 미친 듯이 달려서 대현병원의 VIP 병동 앞에 도착했다.

"도착했다."

나는 내 등에 기댄 채나윤에게 말했다. 등 뒤에서는 어떤 반응도 없었다. 나는 등으로 채나윤을 탁─ 쳤다.

"으응……."

채나윤이 훌쩍이면서 눈을 떴다. 풍압 때문인지 그 눈가에는 눈물이 가득했다. 나는 한 번 더 말했다.

"도착했다고."

"……아."

그녀는 아직까지도 지금 상황이 꿈인지 현실인지 분간이 가지 않는 듯, 멍하니 병동만을 바라본다. 나는 그런 채나윤의 손목을 잡고 바이크에서 끌어내렸다.

"아앗."

"꿈 아니다. 다른 애들도 오고 있을 거야."

경포대에서 서울까지는 아무리 영웅이라도 달려서는 올 수 없는 거리다. 급히 기사를 깨워서 리무진을 타고 온다 하더라도 최소 한 시간 반. 그들을 기다릴 시간은 없다.

"빨리 가자."

"어, 으응."

"근데 아버지는?"

"……할아버지랑 같이 해외 출장."

대현의 회장이라고 해서 닫힌 포탈을 강제로 열 수는 없다.

나는 채나윤과 함께 VIP 병동 정문으로 걸어갔다. 정문의 가드는 채나윤의 얼굴을 알아보고는 황급히 문을 열어주었다.

VIP 병동 부지로 발을 내디뎠다. 병동으로 향하는 앞뜰에는 고급스러운 정원이 펼쳐져 있었다. 그 속에 숨겨진 카메라와 방범 마법의 숫자는 족히 세 자릿수를 넘을 듯했다.

저 멀리 소란이 일었다. 병동 입구에서 뛰쳐나오는 의사와 간호사들이 보였다.

"나윤 씨……?"

급히 달려온 그들은 채나윤에게 외쳤지만, 그녀 옆의 나를 발견하곤 멈칫했다. 채나윤이 뒷목을 긁적이면서 나를 소개했다.

"아 그, 친…… 아는 남자예요. 같이 가도 되죠?"

한데 그 소개가 왠지 이상하다. 아는 남자가 뭐야.

"아, 예. 일단 들어오시지요."

머리가 희끗희끗하고 안경이 점잖은 중년의 의사. 척 봐도 이 병동의 원장 같아 보이는 사람이 우리를 안내했다.

"네."

난생처음으로 들어선 VIP 병동의 풍경은 흡사 신전을 연상시키는 듯 고상하고 우아했다. 그 병동의 대리석 복도를 걸으면서, 채나윤이 물었다.

"상태가 정확히 어때요?"

그에 의사는 미소를 지었다.

"아직 원만한 의식을 되찾으시지는 않았지만, 보시면 알 겁니다. 아주 괜찮아요. 참 기적입니다, 기적."

우리는 엘리베이터를 타지 않고 지하로 향하는 에스컬레이터 앞에 멈춰섰다. 채진윤은 지하에 있었다.

"저……."

의사가 알 듯 말 듯한 얼굴로 채나윤과, 그 옆의 나를 바라보았다.

"아, 괜찮아요, 얘는. 얘가 저 여기까지 데려다줬거든요."

"……그런가요?"

"당연하죠. 야 맞지? 너 입도 엄청 무겁잖아."

채나윤의 그 신뢰가 나는 가슴 아팠다.

"그럼 갑시다."

우리는 에스컬레이터를 타고 내려갔다. 채진윤의 병실은 한 층의 절반을 통째로 차지하고 있었다. 마력 방벽이 문뿐만 아니라 병실 전체를 둘러싸고, 그 문 앞을 지키는 세 명의 용병은 충격 영웅에 비해서도 손색이 없는 실력자였다.

"축하드립니다, 아가씨."

험상궂게 생긴 용병이 다가와 화사한 미소를 지었다.

채나윤은 아직도 얼떨떨한 얼굴로 고개를 끄덕였다.

"에. 고, 고마워요, 아저씨."

"……근데 이 사람도 들어갑니까?"

용병이 나를 가리키자 채나윤은 고개를 끄덕였다.

"예."

"흠. 회장님께 허락은……."

"뭔 허락이요. 자기들 일하느라 바빠서 오늘은 오지도 못할 텐데."

"커흠."

그러자 용병은 문을 열어줬고, 우리는 의사와 함께 안으로 들어갔다. 가장 먼저 꽃냄새 섞인 맑은 공기가 콧속으로 스몄다.

마력 농도가 상시 '명당'의 수준으로 맞춰지는 병실. 적적하지 말라고 걸어둔 한 폭의 명화가 내부를 화사하게 밝히고, 침실 근처로 채나윤과 채진윤이 함께 찍은 사진이 늘어서 있다.

"아……."

채나윤이 멍한 소리를 내뱉었다. 아늑한 가정집 같은 병실 속, 채진윤은 60도로 기울여진 병상에서 숨을 고르고 있었다. 몸은 야위었고 동공은 혼탁했지만…… 그는 명백히 깨어 있었다.

"환자 본인에게 4년 만에 깨어나셨다는 사실은 설명해 드렸지만, 아직 의식을 되찾은 지 두 시간도 채 지나지 않아서 정신과 기억이 불

완전합니다. 하지만 한 달이면 모두 회복될 만큼 회복세가 뚜렷해요."

의사가 말했다. 그러나 채나윤은 들을 수 없었다. 그저 눈에서 눈물이 흘러내렸다.

의사는 그 모습을 잠시 지켜보다가.

"그럼, 조금 뒤에 다시 돌아오겠습니다."

문을 닫고 밖으로 나갔다.

병실을 가득 메우는 침묵. 이후 채나윤은 병상 위의 채진윤을 멍하니 바라보면서 그간 꼭 하고 싶었을, 아니, 어쩌면 수백 번을 해왔지만 단 한 번의 대답도 듣지 못했을, 한마디 말을 건넸다.

"⋯⋯오빠?"

그러자 채진윤의 고개가 옅게 틀어졌다.

채진윤. 호인, 자상하고 너그러운 오빠. 그가 채나윤을 보았다.

아무 말 없이 서로를 마주하는 두 사람. 이내 채진윤의 입가에 옅은 미소가 그려지고⋯⋯ 채나윤이 그토록 바라왔을 목소리가 흘렀다.

"나윤아."

병상에 누운 채 4년이란 세월이 흘러, 정신의 일부가 손상되어도 동생의 얼굴만큼은 기억한다. 채진윤은 그런 남자다.

"⋯⋯많이, 컸구나. 들었어, 4년 만이지?"

그 자상한 말에도 채나윤은 덜덜 떨 뿐 움직이지 못했다. 하는 수 없이 내가 그 손목을 끌고 그에게로 다가갔다. 채진윤은 그런 나를 호기심 깊은 눈으로 바라보았다.

"남자친구, 야?"

"어, 어? 뭐, 뭔 소리야. 아니야, 절대."

채나윤은 강하게 거부하다가도, 별안간 나를 힐끔거리고는 덧붙였다.

"……아, 아직은."

"아직은?"

이번에는 내가 어이없었다.

"뭐, 뭐가. 뭐. 뭐!"

괜히 버럭거리며 나를 밀쳐대는 채나윤을, 채진윤은 흐뭇한 눈으로 바라보았다.

이튿날, 임시 접선 장소로 채택한 강원도의 어느 무연한 동굴. 텅 빈 그곳, 대장은 어디선가 주워온 의자에 앉아 책을 읽고 있었다.

또각또각.

그때 들려오는 선명한 하이힐 소리. 이윽고 저편의 어둠 속에서 제인이 모습을 드러냈으나, 대장의 시선은 여전히 책에 집중되어 있을 뿐이다.

제인의 발걸음이 대장 앞에서 멈췄다.

"대장, 채진윤이 의식을 찾았다네."

대장은 말없이 책을 덮었다.

"진짜 할 생각이야?"

제인을 지그시 응시하며, 대장은 고개를 끄덕였다.

"근데 네 명이 될까 싶어. 결행은 김하진 걔가 한다지만."

제인은 흥미로워하며 중얼거렸다.

대장은 위색단의 아주 일부에만 이 거사를 알렸다. 아마 이 일은 성공하든 실패하든, 제인과 자신. 그리고 필요 여하에 따라 또 한 명의 조력자만이 알게 될 테지.

"그래, 한다."

"흐음…… 뭐 확실히 김하진을 포섭하는 데는 이만한 방법이 없긴 한데……."

그의 일을 도움으로써, 위색단은 이론상으로 김하진의 '약점'과 '은혜' 두 가지를 동시에 쥐게 된다. 그것만큼은 제인도 흡족했다. 김하진은 확실히 대단한 강자가 될 자질을 지니고 있으니까.

"근데 잃는 게 너무 많은 게 아닌가 싶어. 도대체 뭐 때문에 채진윤을 죽이고 싶어 하는지도 모르겠고, 무엇보다 그 영감탱이를 적으로 돌리게 되는 거잖아."

"아니."

대장은 단호하게 고개를 저었다.

채진윤의 상태는 김하진에게 부탁받은 그 날 점검했다. 그는 마력을 품는 단전이 파괴되었다. 단전이 파괴된 영웅. 다년간 식물인간으로 산 자도 죽은 자도 아니었던 채진윤에게, 채주철은 결코 동정심 따위를 느끼지 않을 것이었다. 아무리 제 손자라 할지라도……. 채주철은 원래 그런 인간이다.

"어쩌면 좋아할지도 모른다. 손주 하나를 대가로 전 세계적인 동정표를 살 테니까 말이야."

대장은 그렇게 말하며 이를 악물었다. 그녀에게는 흔치 않은 감정의 역류였다. 그만큼 그녀와 채주철은 썩 질긴 악연이었다. 이전 대장이 죽은 이후, 채주철 쪽에서 쓸모가 없다고 판단했는지 일방적으로 끊어버렸지만.

"뭐, 거기까지는 나도 모르겠어. 그런데 대장. 나 아무리 생각해도 김하진이 이상하다?"

제인은 별안간 의미심장한 얼굴이 되어, 마력으로 의자를 만들어 그것에 앉았다.

"그 말은?"

"그 돈 귀신이 추가금 30억을 줘도 착수를 안 하겠다네."

"돈 귀신…… 유진혁?"

"응."

유진혁. 벌어들이는 돈을 모조리 강원랜드나 라스베가스, 클랜시 아일렛 따위의 도박에 쏟아붓는 한량이지만, 한반도 한정으로는 최고의 기량을 지닌 정보꾼이다.

"이상하잖아. 돈만 주면 재벌이건 영웅이건 알아서 척척 뒷조사해줬던 놈이, 왜 김하진만 그렇게 거부할까."

한데 그런 유진혁이 고작 사람 하나 뒷조사로 5억을 벌 기회를 거절했다. 제인은 그에 이상함을 느끼고 계속해서 액수를 올렸으나, 무려 30억을 제시해도 유진혁의 답장은 일관적이었다.

"이쯤이면, 김하진의 과거를 이미 알아냈다고 보는 게 맞을 것 같아."

"한데 왜?"

"발설하면 자기 자신의 안위에도 뭔가 문제가 생길 것 같으니까, 한사코 발설을 거부하고 있는 거지. 뭔가 특별한 과거가 있는 것 같아."

일리 있는 추론이다. 대장은 작게 고개를 끄덕였다.

"어떻게 해. 더 찔러봐?"

"……아니. 다른 정보 길드를 알아보아라."

대장의 그 말에 제인은 씩 웃었다. 오늘로 유진혁은 큰손 하나를 놓친 것이다. 대장은 의외로 뒤끝이 있어, 한번 삐지면 오래 가는 타입이거든.

"뭐, 요즘 정보 길드들이 워낙 하향평준화 돼서 죄다 거기서 거기긴 한데…… 눈여겨봐 둔 게 두어 곳 있긴 있어."

"어디지?"

제인은 직접 스마트워치를 홀로그램으로 투영했다.

[낙화(落花)]
꽃이 떨어지듯 자연스럽고 우아하게.

"하나는 '낙화'라고, 요즘 한창 뜨고 있는 루키야. 창설한 지 고작 반 년 됐는데, 입소문도 실적도 모두 확실해."

"으으음."

대장이 만족스러운 침음을 흘렸다. 낙화(落花). 그 이름부터가 아주 세련되고 고상하지 않은가.

"다른 하나는?"

"이거야."

[진실 사무소]
무엇이든 알려 드립니다.

이번에는 대장의 미간이 찌푸려졌다. 대장이 딱 싫어하는 스타일의, 싼티 나는 이름과 문구였으므로.

"왠지 싼마이 같긴 한데, 그래도 민간에서는 꽤 소문이 좋아. 사람 하나는 기가 막히게 찾아준다는 걸?"

"'낙화'로 하지."

나름대로 사치와 허영을 좋아하는 대장의 결정은 명확했다.

"응. 의뢰 넣어볼게."

"그리고, 그다음은?"

"채진윤 건은 기막히게 준비해 놨어. 구상만으로는 완벽해. 김하진한테 결행일만 물어봐 줘. 그 아이도 마음의 준비가 필요할 테니까."

그때였다.

저벅저벅.

동굴의 입구에 또 다른 발소리가 울렸다. 흠칫 몸을 떤 제인은 오감의 날을 바싹 세우며 경계했다.

"……누구야."

"경계할 필요 없어. 이미 불렀다."

"누구…… 김하진을? 벌써?"

"그래. 첫 대면, 준비해라."

제인은 기가 막힌 표정으로 그곳을 들여다보았다. 무릎까지 내려오는 흑색 코트와 깔끔한 포마드 스타일의 머리. 스타일은 좋다. 하지만 평범한 얼굴 탓에 썩 멋은 안 나는 남자가, 어둠을 헤치며 걸어오고 있었다. 여유롭고 올곧은 걸음걸이였다.

"……걷는 건 아주 모델이셔."

제인은 피식 웃으며 중얼거렸다.

· · ◆ · ·

동굴 같은 통로를 지나자, 의자에 앉은 두 명의 여자가 보였다.

대장과 제인. 나를 바라보는 두 사람의 시선에서 강자 특유의 마력이 느껴졌다. 무릇 경지를 넘어선 자들이 지니는 마력의 격(格)이었다.

나는 심호흡을 크게 한 번 하고 그들 앞에 섰다.

대장이 내게 말했다.

"수습이 왔냐."

"예."

고개를 꾸벅 숙였다. 그러나 대장은 뭔가를 더 원하는 눈으로 나를 쳐다보았기에, 나는 그 바람대로 단어 하나를 덧붙여 주었다.

"대장."

"······으으음."

만족스러운 침음과 동시에, 대장의 몸에서 흑색 마력이 흘러나와 의자의 형상을 이뤘다.

나는 그것에 앉아 제인을 바라보았다. 그녀의 눈빛은 내 이곳저곳을 훑고 있었다.

"······이쪽은 제인이다. 같은 용병단원이라고 생각하면 돼."

대장이 제인을 소개했다. 제인은 씨익 웃으며 손을 흔들었다.

"안녕?"

"예, 처음 뵙겠습니다."

변장한 모습 말고는 아마도 첫 대면이다. 나는 최대한의 예의를 갖추며 고개를 숙였다.

"있잖아, 하진 씨. 나는 당신한테 궁금한 게 참 많은데."

"……예. 뭐죠?"

아마 채진윤을 살해하고자 하는 동기. 그것을 물어보겠지.

"그 옷차림, 패션잡지 보고 그대로 따라 한 건가?"

"그건…… 예?"

갑자기 무슨 개소리야. 순간 내 미간이 확 찌푸려졌다.

"아니, 1학년 생도답지 않게 패션 센스가 꽤 깔끔하고 좋아서."

솔직한 말로 예전부터 노력하긴 했다. 그래도 20대 중반이고, 얼굴 키 죄다 평범 그 자체인 내가 그나마 점수를 딸 수 있는 건 패션뿐이니까. 게다가 지금은 비용 걱정을 안 해도 되니, 온종일 생도복만 입는 생도들보다는 확실히 나을 수밖에 없겠지.

"그냥 관심이 조금 있습니다."

"그렇구나."

"제인."

대장이 제인을 흘겨보았다. 제인은 알았어, 알았어. 중얼거리고는 눈을 가늘게 좁혔다.

"나는, 당신이 왜 채진윤을 죽이고 싶어 하는 건지. 그걸 알고 싶네."

순간 내 얼굴이 바싹 굳었다.

나는 생각했다. '악마의 씨앗'이라는 미지의 존재를, 발아하기 전까지는 그 존재를 확인할 방법조차 없는 재앙의 근원을, 이들에게 알려도 되는 것인가. 만일 알린다면, 이들은 나를 믿어줄 것인가…….

"굳이 알리기 싫다면 혼자 지니고 있어도 된다."

그러나 그 고민은 대장이 대신 잘라내 주었다. 그리고 아쉬운 듯 입을 쩝쩝거리는 제인을 뒤로하고, 진지해진 얼굴로 말을 이었다.

"하지만. 우리가 이 일을 도와주는 대가는 명확하다."

나를 응시하는 대장의 눈동자에는 묘한 열의가 일렁거리고 있었다.

"너도 우리에게 힘이 되어줄 것. 이 은혜를 잊지 않을 것. 그리고 마지막으로, 계약서에 사인할 것."

마지막이 조금 이질적이라서 피식 웃음이 새어 나왔다.

"당연합니다."

"좋아. 그럼, 이제부터 내가 설명해 줄게."

곧바로 제인이 나섰다.

제인은 마력으로 삼각형의 탁자를 만들어 그것에 팔을 올렸다. 본격적인 삼자대면, 제인의 설명이 시작되었다.

채진윤이 의식을 되찾은 이후, 채나윤은 하루가 멀다 하고 채진윤을 찾아갔다. 채진윤 또한 하루가 지날수록 상태가 호전되었다. 물론 아직까지는 깨어 있는 시간보다 잠들어 있는 시간이 더 많았지만, 한 달이면 스스로 걸을 수도 있을 법한 회복세였다.

"으음……."

그리고 오늘, 채진윤이 의식을 되찾은 지 나흘째 되는 날.

채나윤은 친구들을 데리고 채진윤을 찾아왔다. 그 친구 속에는 나도 포함되어 있었다.

"흐음……."

채진윤은 주르륵 늘어선 채나윤의 친구들의 면면을 살피다가, 딱 한 명을 가리켰다.

"네가 김수호지?"

"와? 예, 제가 김수호 맞아요. 어떻게 아셨어요?"

김수호가 눈을 동그랗게 떴다.

"요원사관학교 때인가? 그때 나윤이가 네 얘기를 엄청 많이 했거든."

그 말에 채나윤이 몸을 흠칫 떨었다. 그러고는 괜히 옆에 앉은 내 눈치를 살피면서 부연했다.

"그, 그때는. 곱상하게 생긴 게 다 잘하는 척한다고, 엄청 재수 없다고 많이 그랬지."

"뭐? 야. 너무 한 거 아니냐?"

"하하. 동감이다, 채나윤."

신종학이 호탕하게 웃으면서 거들었다.

"곱상하게 생긴 건 종학이도 마찬가지 아닌가?"

"나는 아니지. 나는 남자답게 생긴 거다."

유연하의 지적에 신종학은 민감하게 반응했다. 그러나 나는 그들의 대화에 집중할 수가 없었다. 그저 한 귀로 흘리면서 생각했다.

진실의 서를 통해 알아낸 발아 진행률은 대략 97%. 100%를 4년 혹은 5년으로 환산하면, 남은 시간은 넉넉하게 잡아 두 달, 빡빡하게 잡아 한 달. 결코 여유롭다고는 할 수 없다.

"무슨 생각을 그렇게 해요?"

그때 유연하가 내 어깨를 툭 두드렸다.

나는 그저 쓰게 웃었다.

"아무것도. 그냥 좀 피곤해서."

"근데, 하진이라고 그랬나?"

갑자기 채진윤이 나를 가리켰다. 내 눈이 목소리를 따라 움직였고, 그의 훈훈한 미소가 망막에 맺혔다.

"나윤이는 그렇다 치고, 어떻게 하루도 안 빠지고 와. 사람 미안하게."

"네? 하루도 안 빠지고 왔어요?"

유연하가 놀라서 되물었다. 그에 신종학은 뭔가 불편한 표정이 되었고, 김수호는 자기가 어깨를 으쓱이며 뿌듯해했다

"그럼~ 나흘 동안 하루도 안 거르고 나윤이랑 같이 왔는걸."

"아 그, 그런 걸 말하냐 오빠는."

채나윤에게 허락된 면회는 하루 한 번. 채진윤이 깨어난 직후부터 잠들기까지, 대략 세 시간 정도. 그 나흘 동안 채나윤은 매번 내게 함께 가자고 부탁했고, 나는 혹시 채진윤과 독대할 수 있지 않을까, 따위의 기대 때문에 승낙했다.

"……아, 뭐. 얘가 오빠 팬이라서."

"내 팬?"

"어. 예전부터 오빠 얘기 엄청 하고 그랬어. 맞지 이넘아? 울 오빠 엄청 들먹였잖아 너."

채나윤은 짐짓 장난스레 으르렁거리며 헤드록을 걸었다. 그러나 나는 그녀의 장난을 받아줄 여력이 없어서, 말없이 헤드록을 풀었다.

"……장난인데."

그러자 괜히 무안해진 채나윤이 내 팔을 콕 찔렀다.

"장난이라구."

"채나윤."

신종학이 불편한 티를 팍팍 내며 끼어들었다.

"뭐."

"잠깐 밖으로 나와봐라."

"싫은데."

"워치. 워치."

그 말에 채나윤이 워치를 봤다.

"아. 나 잠깐 나갔다 올게, 오빠."

문자가 온 듯 나를 제외한 일행이 모두 밖으로 나가고, 병실에는 나와 채진윤만 남게 되었다.

적막한 공간에서 나는 그를 바라보았다. 그 또한 나를 보았다. 바라마지않던 독대였지만, 복잡한 생각이 머릿속에서 어지럽게 얽혀 혼란스러웠다.

나는 간신히 생각을 정리하고 나서 말했다.

"채진윤 씨."

내 딱딱한 말에 채진윤은 나른하게 웃었다.

"왜 김하진 씨?"

"……몸은 어떠십니까."

"음, 괜찮아지고 있는 것 같네."

채진윤의 부드러운 대답이 돌아왔다. 그러나 나는 한 가지를 더 물었다.

"머리는요."

"머리?"

채진윤이 고개를 갸웃하면서 되묻는다.

"예. 혹시 나쁜 충동이 들지는 않나요."

"나쁜 충동?"

"가슴에서 악심이 들끓는다거나, 몸속에서 마력이 아닌 마기가 느껴진다거나."

채진윤의 동공이 나를 비춘다. 그 속의 나는 두려워하고 있었다.

나는 다만 묻고 싶었다. 당신이 곧 악마가 될 몸이라면 믿으시겠습니까. 당신은 동생을 위해, 자신의 생을 포기할 수 있으시겠습니까.

"……음. 모르겠네. 아, 혹시 그 진압 작전 때 일을 묻는 건가?"

그러나 채진윤은 아직도 4년 전에 머물러 있었다. 나는 차마 그 말을 하지 못하고 고개를 숙였다. 병상의 난간을 잡고 이를 악물었다. 가슴 속에서 치미는 격정이 내 온몸을 뒤흔들었다.

한데 그런 내 머리 위로…… 채진윤의 손이 닿았다.

"무슨 일인지 모르겠지만."

벌컥–

그때 병실의 문이 힘차게 열렸다.

"아, 오빠 미안…… 뭐야?"

채나윤은 내 머리 위에 얹힌 채진윤의 손을 보곤 미간을 찌푸렸다.

"하진이, 진짜 내 팬이었나 봐."

"……풋. 그래?"

그러나 이내 대수롭지 않게 피식거리며 내 옆으로 다가와 앉았다. 그런 채나윤에게 채진윤이 물었다.

"친구들은?"

"내가 돌려보냈어. 어차피 곧 오빠 쉬어야 하잖아."

"아…… 아쉽네. 근데 무슨 일이었어?"

"그, 유시혁 사부님이 캠프를 조금 늦춰주시겠대. 4일 정도. 그래서 12월 25일 날 떠나기로 했어."

채진윤이 의식을 되찾은 건 그 유시혁도 정상참작을 해줄 만큼 큰일이었지만, 채나윤의 표정은 썩 좋지 않았다.

"……그런데 있잖아, 오빠. 나, 아예 가지 말까?"

채진윤은 대답하지 않고 고개를 스윽 돌려 나를 쳐다보았다

"하진 씨, 당신한테 묻는 것 같은데."

"뭐? 아 뭔 소리야. 당연히 오빠한테 물어본 거지."

"……하진이 너는 어떻게 생각해?"

채진윤이 내게 물었다.

백두산 천지에 위치한 유시혁의 무도관. 백두산은 세계에서 손꼽을 만큼의 영기와 마나가 뒤섞인 곳으로, 웬만한 기량이 아니고서는 정상까지 올라갈 수도 없다. 즉 그 정상의 무도관에 도달하게 된다면, 거의 반강제적으로 폐관 수련을 해야만 한다.

채나윤과 김수호와 신종학은 이번 겨울 방학 동안, 그곳에서 단 한 발자국도 나오지 못한다는 뜻이다.

"……나, 가지 말까?"

채나윤도 나를 보면서 물었다.

나는 단호하게 대답했다.

"아니, 가."

그러나 채나윤은 그곳으로 떠나야만 한다.

"어? 아…… 근데 이게, 뺄 수도 있는 거야. 안 간다고 뭐 불이익이 있는 게……."

"가."

"뭔, 쯧."

순간 나를 노려보는 채나윤이 얼굴이 불독처럼 변했다. 한데 다행히 채진윤도 나와 같은 생각인 듯했다.

"나윤아. 나도 하진이랑 같아. 오빠 때문에 안 가는 거면, 나는 언제고 볼 수 있지만 유시혁 씨에게 사사하는 기회는 이번 한 번뿐일지도 모르잖아."

"……어차피 갈 거였어. 그것보다, 나 카메라 가져왔거든?"

채나윤이 가방 속에서 웬 고성능 카메라를 꺼냈다. 그러고는 내게 척 내밀었다.

"야. 찍어줘. 오빠, 포즈. 포즈!"

그렇게 말하며 채진윤 옆에 딱 달라붙었다. 채진윤도 처음엔 당황했지만 금세 행복한 미소를 지었다. 나는 그런 두 사람을 가만히 바라보다, 작게 중얼거렸다.

"인식."

숫자는 44, 잭팟이다. 이 카메라로는 얼만큼 대단한 사진이 나올까. 나는 슬픈 기대를 품은 채 카메라를 들었다.

"찍는다."

찰칵, 또 찰칵.

채나윤과 채진윤은 다양한 포즈로 많은 사진을 찍었다. 목을 감싸 안은 포즈, 쭈뼛쭈뼛 볼 뽀뽀하는 포즈, 머리를 어깨에 기댄 포즈…….
한 서른세 장쯤 찍었을까.

"이제 하진 씨랑도 찍어야지."

채진윤이 갑자기 그렇게 말했다.

"네? 아뇨 저는……."

"됐고, 줘봐. 나윤아? 포즈 잡아."

"아 무슨 사진이야. 싫어."

"채나윤."

채진윤의 엄한 목소리에 채나윤이 쭈뼛쭈뼛 내 옆에 섰다.

"자, 찍습니다. 치즈~"

"치, 치즈."

채나윤이 수줍게 브이 자를 들었다.

찰칵.

어쩌면 이 세상에서 단 한 장밖에 없을, 나와 채나윤의 사진이 오늘 찍혔다.

면회 시간이 끝나고, 채진윤이 잠든 밤.

병동을 나온 채나윤과 나는 정원을 거닐고 있다.

"김하진."

은은하게 비추는 달빛 아래. 세상 행복한 얼굴의 채나윤은, 정원을

나풀나풀 걸어가면서 연신 내 이름을 불러댔다

"김하진. 김하진."

"……."

"김하진. 김하진. 김하진."

"아 왜 자꾸 불러대."

"그냥, 고마워서."

채나윤의 담담한 목소리에 순간 말문이 막혔다.

"……큼. 고마울 게 뭐가 있다고."

"맨날 같이 와줬잖아."

채나윤은 천천히 거닐면서 나긋하게 말을 이었다.

"솔직히 나, 혼자 오기 무서웠거든. 엄청 사랑하는 오빠인데, 엄청 바랐던 일인데, 4년…… 이 뭐야 거의 5년이지. 어쨌든 너무 오래 지나 버려서 어떤 말을 해야 할지, 오빠는 눈 깜빡할 사이에 징그럽게 커버린 나를 어떻게 생각할지. 조금 겁났었거든."

말하다 말고 내 어깨를 콕 찌른다.

"근데 옆에 네가 있으니까 뭔가 어색하지도 않고 좋았어."

그녀의 말이 끝났을 즈음, 우리는 정문 앞에 도착했다. 바이크는 따로 주차장 없이 벽에 기대어 있었다.

"그러냐."

아쉬워하는 채나윤을 뒤로하고, 나는 무던하게 대답했다. 그리고 바이크에 올랐다. 시동을 건 뒤 헬멧을 뒤집어썼다.

"……크리스마스 날. 약속 있어?"

엑셀을 쥐려던 때 들려온 채나윤의 말. 나는 그녀를 향해 고개를 돌렸다.

"너, 그날 떠나잖아."

"떠나기 전에. 한 번만 보자는 거지."

나는 대답하지 않았다. 그러나 채나윤은 꿋꿋이 말을 이었다.

"저녁 6시에 떠나니까, 정오까지 병동 앞에서 만나."

"갈게."

"……어. 잘 가고."

마지막 인사만큼은 평소의 채나윤이다.

나는 쓰게 웃으며 엑셀을 움켜쥐었다. 질주하는 바이크, 길바닥 위에 가만히 서서 나를 지켜보는 채나윤의 모습이 사이드 미러에 맺혔다.

현관문을 열자마자 에반젤과 하양이가 나를 맞이했다.

"하진~"

"야옹~"

"오냐."

한 팔로는 에반젤을, 다른 팔로는 하양이를 안아 들었다. 언제나처럼 화사한 얼굴의 그 둘에게, 나는 애써 웃으며 물었다.

"배달 음식은 잘 시켜 먹었어?"

"웅! 수테이크 먹었엉 수테이크."

"내가 하라는 대로 했지?"

"그러엄! 문 앞에 놓고 가라구 하구, 아무도 없을 때 가지구 와써."

"아주 잘했어."

나는 그 둘을 소파에 내려주었다.

확실히 집이 넓으니까 좋긴 하다. 탁 트인 이 느낌이 마음에 그나마 평안을 준다.

"아 맞다, 하양이랑 산책은 하고 왔어?"

"응!"

요즘 에반젤에게는 슬슬 외출 연습을 시키고 있다. 혹시 몰라 스마트워치를 채워서 보내긴 했지만, 길눈이 밝은 하양이가 길잡이라서 별 걱정은 없다.

"그래. 착하네, 착해."

"하핫. 아하핫."

나는 에반젤과 하양이의 머리를 동시에 쓰다듬어 주었다. 에반젤은 환하게 웃으면서 내 손길을 즐겼다.

그때 문자 메시지가 도착했다.

[수습아, 이쪽은 모든 준비가 완료되었다. 결행일은 1월 3일. 준비하도록.]

내 얼굴이 뻣뻣해졌다.

"잠깐. TV 보고 있어."

나는 안방으로 들어갔다. 적당히 좋은 침대가 있는 방 안. 에반젤의 손이 닿지 않는 곳에 놓아뒀던 욕망의 단지를 꺼냈다.

욕망의 단지를 얻자마자, 나는 그 속에 에테르를 넣었다. 에테르는 그만한 가치가 있는 무구이니까. 그때가 12월 10일인가 그랬으니 열흘은 이미 오래전에 지났다. 나는 슬며시 단지의 뚜껑에 손을 올렸다.

한데, 바로 그 순간이었다.

"어?"

뚜껑을 잡은 내 손에 화사한 황금빛이 올라왔다. 이런 경험은 예전에도 있었다. 이건, '운의 축적'이 발생했다는 뜻이다.

그렇다면…….

황급히 뚜껑을 열어젖혔다. 속에서 피어오르는 황금빛을 보고 나는 직감했다.

"대박이다."

단지 속, 물방울 형태로 응집된 에테르는 이유 모를 핑크빛을 머금고…… 핑크빛?

"뭐여. 이 뭐고."

나는 일말의 불안감을 느끼며 스마트워치를 켰다.

[심미(審美)의 욕망(欲望)]

무구 에테르[Aether]에 아름다움을 찾고자 하는 욕망이 달라붙었습니다.

착용자의 불가변성 능력치 '매력'이 24시간마다 0.002씩, 최대 1만큼 상승합니다.

(단, 능력치 9 이상으로는 상승하지 않습니다.)

이 에테르는 이제부터 아름다운 것에 반응합니다.

에테르의 세부 구현 기능이 더욱 정교해집니다.

잠깐 말을 잃었다. 살짝 머릿속이 더디게 움직였다. 아니, 객관적으로 보자면, 능력치적인 측면에서만 생각하자면, 좋은 게 분명하다. 그것도 엄청 좋은 거다.

왜냐고? 당연히 불가변성 능력치를 영구적으로 상승시켜 주니까. 게다가 매력은 육체의 아름다움과 직결된 능력치이기에, 미모뿐만 아니라 근골의 밸런스는 물론 신장에도 영향을 미칠 것이다. 무려 매력 1 정도면 한 2~3㎝는 커지겠지.

충분히 운의 축적이 터질 만하다.

그런데…….

"왜, 하필."

매력 말고 지능이었으면…… 하다못해 아예 가변성 능력치 올 스텟을 2 정도 올려주는 거였다면.

"아…… 후우."

아쉽지만 어쩔 수 없다. 설정 수정으로 바꿔볼까 따위의 생각도 들지만, 기존의 옵션을 삭제하고 다른 걸로 수정하면 굳이 없어도 될 손해가 발생하게 된다. 그러니 이 정도로 만족하자.

나는 에테르로 손을 뻗었다. 오랫동안 주인을 못 만나 외로웠던 듯, 에테르는 쏜살같이 달려와 내 몸을 뱀처럼 휘감았다.

12월 25일. 축복처럼 눈이 내리는 화이트 크리스마스. 연인은 설레고, 가족은 행복할 그 아름다운 성탄절 날에 한 가지 큰 이슈가 국내를 휩쓸었다.

세계 1위 길드 '창조주의 성은'이 기적의 탑을 공략하겠노라 선언한 것이었다. 원래 예정보다 몇 주 더 늦어진 발표였지만, 이미 창조주의 성은에 40억 정도를 투자해 놔서 걱정은 없다.

"걱정되냐?"

지금 나는 주식 차트를 보면서 김수호와 통화를 하고 있다.

창조주의 성은 +10.1%. 폭등하기 힘든 거대주식이 지금 막 10%의 상승치를 보였는데, 잘 모르는 레버리지까지 동원해서 실질적인 수익은 거의 100%를 달성했다.

-걱정은 무슨.

김수호의 목소리에는 못내 아쉬움이 묻어 나왔다.

기적의 탑 공략 일정은 추산 반년. 여타 탑들은 대부분 3개월 내로 공략이 완료되지만, 기적의 탑은 현재 규모가 가장 크다고 평가받는 탑이다. 때문에 창조주의 성은은 그 반년으로도 부족해 GG를 칠 테지.

뻔한 실패이니만큼 가능하면 막고 싶었지만, 애초에 윤승아조차 반대했던 걸 길드의 단장이 기어코 밀어붙인 것이다. 나 따위의 의견이 반영될 틈은 어디에도 없었다.

-멋지게 정상 등반하시고 오실 거야.

"……그러길 바라야지."

2주 정도 늦춰졌으니 성공의 가능성이 조금은 생겼을지도 모른다. 그러나 마찬가지로 2주 정도 늦춰진 탓에 더 참혹하게 실패할 수도 있는 거다.

이제부터 나는 미래에 대해 어떠한 확신도 할 수 없다. 내가 아는 것은 그저 '숲'이라는 것의 실체뿐, 그 속의 나무는 나와 무관하고 독자적으로 존재한다.

-아 맞다. 하진아 근데 너 지금 채나윤 만나러 가고 있는 거 맞지?

나는 시계를 힐끔 봤다. 오전 11시 59분. 약속하지 않은 약속 시간 1분 전이다.

"……내가 왜."

-뭐? 야. 그러면 안 되지. 걔 이것저것 많이 예약해 놨던데.

"뭘."

-아니, 나한테 물어봤다고. 너 뭐 좋아하는지, 그리고 뭐 하면 재밌을지. 엄청 기대하던데. 근데 네가 안 가면 어떻게 해.

아무래도 김수호는 윤승아보다 채나윤과 나를 더 걱정하는 것 같다.

"……됐고, 끊는다."

-아 인성질 하지 말고 웬만하면 가줘~ 가주라~

"웬 애교?"

김수호다운 오지랖이긴 하네.

나는 피식 웃으며 전화를 끊었다. 노트북까지 덮고, 소파에 누워 TV를 틀었다. 그렇게 시간을 흘려보내길 한 시간.

띠띠띠띠-

문이 열리더니 산책을 갔던 에반젤과 하양이가 돌아왔다.

"돌아왔습니다아~!"

"야옹~"

들어오자마자 허겁지겁 소파 위에 앉더니 나를 지이잉 바라본다. 뭔가를 바라는 눈동자. 보아하니 곧 만화영화 시작할 시간이구만.

나는 그 둘에게 리모콘을 양보하고 안방으로 들어갔다.

"으휴."

침대에 눕자마자 무의식적으로 한숨이 나왔다. 마음이 쓰라리고 담배 생각이 간절하다. 가만히 있으면 계속 답답한 생각만 날 것 같아서, 어쩔 수 없이 스마트워치를 봤다.

채나윤에게 온 연락은 없었다. 그러면 이미 집으로 돌아갔겠지. 벌써 한 시간이나 지났는데. 채나윤이 어떤 성격인데…….

그런 마음으로 게임기를 들었다.

……그렇게, 오후 3시가 되었다.

결국, 나는 쿵쾅거리는 심장을 참지 못하고 밖으로 나왔다. 에반젤은 하양이를 베개 삼아 자고 있었다.

혹시 깰까 슬슬 걸어 문고리를 쥐자마자, 스윽. 돌연 깨어난 에반젤과 하양이가 잠이 가득한, 게슴츠레 좁혀진 눈으로 나를 쳐다보았다.

"어, 에반젤. 나 잠깐 갔다 오려고. 올 때 맛있는 거 사 올게."

"으응…….'

그렇게 대답하고는 다시 잠이 든다.

나는 급히 밖으로 나갔다. 주차장에 주차해 놓은 바이크를 타고, 약속했던 VIP 병동 쪽으로 천천히 몰았다.

"……아직도 있네."

설마 있겠어 했는데, 설마가 설마였다.

채나윤은 병동의 담벼락에 몸을 기댄 채 서 있었다. 꽤 신경 쓴 듯한 옷차림과 미용실에 다녀왔는지 부드럽게 웨이브 진 단발. 매번 생얼이었던 애가 옅게 화장까지 했다.

보고 있자니 마음 한구석이 아리다. 나는 치미는 한숨을 삼켜내며, 그쪽으로 느리게 다가갔다.

그때였다. 뾰로통한 얼굴로 스마트워치를 들여다보던 채나윤이 갑자기 고개를 획 치켜들더니, 나를 발견하곤 환하게 웃었다.

"아! 야! 야 김하진!"

내 쪽을 삿대질하며 후다다닥 달려온다.

"아 ×나…… 가 아니라, 엄청 늦었잖아. 뭐 하다 온 거야?"

"약속도 안 했는데 늦긴 무슨."

나는 그렇게밖에 대답할 수 없었다. 채나윤은 나를 한번 흘겨보기만 할 뿐, 의외로 별 불만 없이 스마트워치를 들었다.

"어쨌든 오늘 할 거 많았단 말이야. 정오에 아점 먹고, 1시에 볼링 치고, 2시에 카페 가고, 3시에 타로점 보고, 4시 오락실에서 게임하고, 오후 4시 40분에 레스토랑 입장……."

스케줄을 주르륵 읊어대는 채나윤의 뒤통수를, 나는 한 대 살짝 후려쳤다.

"억."

맞은 자세 그대로 굳었다가, 끼리릭 얼굴을 들어 올린다. 뭔가 격렬한 반응이 있을 줄 알았는데, 채나윤은 그저 멀뚱멀뚱한 눈으로 나를 바라보면서 말했다.

"왜 때리지?"

"……누가 그렇게 시간별로 정하냐. 이게 훈련이야?"

"그럼 뭐 해."

"드라이브나 해. 2시간 정도 남은 것 같으니까."

내 뒷자리를 팡팡 두드리면서 말했다.

"드라이브? 좋지~"

채나윤이 반색하며 올라탔고, 나는 엑셀을 쥐었다.

"이대로 오락실까지 고고. 4시 오락실, 40분 겜하고 레스토랑."

"시끄러워 인마. 원래 데이트는 즉흥적인 거야."

"……데, 데이트 같은 소리 하고 있네. 야, 내, 내가 너 김칫국 처먹지 말랬— 으캭."

쓸데없는 말 못 하게 급발진.

굳이 오락실에 갈 필요 없이 나는 서울을 크게 돌았다. 눈 내리는 화이트 크리스마스, 아름다운 서울의 경치. 약속보다 3시간 정도 늦게 만나긴 했지만 그래도 우리는 많은 걸 감상하고 알차게 즐겼다. 명품 의류점에도 들렀고, 채나윤에게 강제로 호떡을 먹였으며, 레스토랑에서는 둘 다 처음 왔을 때와 완전히 달라진 옷차림으로 식사를 했다.

그렇게 함께 보낸 2시간 30분. 이제는 채나윤이 떠나야 할 시간이 다 되어, 나는 바이크를 몰아 포탈 통관소에 도착했다.

[국내 포탈 통관]

"아…… 음……."

채나윤이 타야 하는 건 함경북도와 연결된 포탈. 그러나 그녀는 내 옆에서 머뭇거리기만 하고, 떠나려 하지 않았다.

"빨리 가. 늦겠다."

나는 차마 채나윤의 얼굴을 똑바로 바라볼 수 없어서, 저 멀리 포탈에 시선을 둔 채로 말했다. 그러자 채나윤이 내 어깨를 탁— 쳤다.

"야."

"응?"

"……오늘 재밌었다?"

채나윤의 그 짧고 담담한 말은, 나를 너무 쓰리고 아프게 만들었다.

"……그럼 다행이고."

"아 맞다. 근데 너, 혹시라도 나 올 때까지……."

그러나 말은 끝까지 이어지지 않았다. 한참을 입만 오물거리며 고민하던 채나윤은, 이내 고개를 저으면서 피식 웃었다.

"아니다. 어차피 곧 볼 텐데 뭘."

그렇게 말하며 내게 손을 내민다. 작고 하얗지만, 굳은살이 배긴, 투박한 손이었다. 나는 쓰게 웃으며 그 손을 잡았다. 감촉이 좋았는지 채나윤의 볼에 희미한 홍조가 올랐다.

"너 손 의외로 크네. 부드럽고"

"나는 훈련할 때 방아쇠만 당기면 되거든."

"……부럽네. 큼. 쨌든."

채나윤이 헛기침을 험험 하면서 손을 놓았다.

"끝나고 보자."

나는 대답 없이 웃어주었다.

"그럼, 나 간다."

"응."

"잘 지내고."

그 말을 마지막으로, 채나윤은 포탈을 향해 걸어갔다.

못내 아쉬운 듯 몇 번이나 뒤를 힐끔거리면서.

1월 3일. 한겨울의 진눈깨비가 흩날리는 새해의 세 번째 날.

나는 인적 드문 공터에 정차된 세단으로 올라탔다. 제인과 더불어 이름 모를 한 남자가 앞 좌석에, 대장은 뒷좌석에 앉아 있었다.

"왔어? 아, 내 옆에는 그때 말했던 조력자니까 너무 놀라지 마."

"헬로."

머리를 레게 스타일로 땋아 올린 흑인 남자가 뒤돌아보면서 말했다. 그는 아마도 위색단의 청색 '칼리파'일 것이었다.

"자 그럼 장본인도 왔겠다. 다들 눈 감으시고, 제 마력에 몸을 맡기세요~"

제인이 본격적으로 마력을 방사했다.

나는 제인의 말을 따랐다. 곧 제인의 마력이 내 몸에 닿고, 피부에 뭔가 덧칠되는 듯한 기묘한 느낌이 일었다.

"됐어. 여기, 다들 신분증이랑 ID카드도 받으시고."

3분. 고작 3분이면 다른 사람이 될 수 있는 위장의 재능.

나는 눈을 뜨고 백미러를 보았다. 그 속에는 김하진이 아닌, VIP 병동에서 근무하는 이름 모를 간호사가 있었다.

"맹독 투약이면 쉽게 끝날 일을, 왜 이렇게 귀찮게 하시려는지 모르겠지만."

제인이 설계한 첫 번째 계획은 독살이었다. 그러나 악마의 씨앗은 그렇게 쉽게 죽지 않는다. 내가 신살의 탄환까지 준비해 온 것은 그 이유다.

"일단 계획은 간단해. 우리 넷이 병동 직원으로 위장해서 채진윤의 병실로 들어간다. 그리고……."

제인의 계획은 심플했다. 병원에서 채진윤을 데리고 나와, 인적이 드문 곳에서 살해하는 것.

사실 말만 간단하지 병동의 경호를 생각하면 너무도 어려운 일이었다. 하지만 제인의 위장, 그리고 칼리파의 '포탈' 능력. 이 두 가지면 가능해질 일이었다.

"다음은 '포탈'이야. 이 조력자는 포탈을 열 수 있거든. 한데 마력의 파동이 크면 바깥의 용병은 물론 방범 시스템에도 걸려 버려. 그래서 이동 거리 20㎞짜리의 아주 작은 포탈이 최선일 텐데, 그 포탈을 타면 내 위장이 풀려 버릴 거야. 그래도 누가 볼 걱정은 하지 마. 너랑 채진윤이 독대할 곳에 미리 결계를 쳐뒀으니까."

그곳에서 나는 민얼굴로 채진윤과 대면해야 한다.

"너희 둘이 떠나면, 나와 대장은 네 위장 신분과 채진윤을 새로 만들어서 침상에 눕혀둘 거야. 혹여나 용병이 병실 안으로 들어올 수도 있으니 말이야. 너는 일을 처리하고, 조력자가 다시 포탈을 열어주면 그걸 타고 돌아오면 돼."

제인은 가짜 채진윤을 유지시키기 위해(특정 거리 이상 멀어지면 타인 위장은 풀려 버린다), 병실에 달라붙어 있어야 한다.

"이제 내려서, 차례로 출근해. 세단은 나만 타고 갈 거야. 속도는 맞춰줄 테니까 걱정하지 말고. 4㎞ 밖으로만 안 나가면 돼."

제인의 '거리 제약'은 한 명을 위장시켰을 경우에는 10㎞. 두 명일 경우에는 8㎞…… 이런 식으로 인원수가 많아질수록 제약이 커지는 형식이다.

칼리파, 대장, 마지막으로 내가 내렸다.

느리게 출발하는 세단.

세 사람은 서로 적당한 거리를 두고 세단을 따라갔다.

조금 뒤 우리는 모두 무사히 걸어서 병동에 잠입하는 데 성공했다. 나는 공부했던 대로 카운터에 서서, 제인의 부름을 기다렸다.

"혜연 씨?"

정확히 오전 11시. 제인이 나를 불렀다.

"네?"

"채진윤 환자 상태 체크할 시간이니까, 지하로 내려와."

"아, 네."

나는 제인의 옆에 달라붙었고, 이어서 보조 의사 한 명과 다른 간호사 한 명이 뒤따랐다. 각각 칼리파와 대장의 위장이었다.

우리는 에스컬레이터를 타고 지하에 도착했다. 채진윤의 병실 앞, 제인이 차트를 넘기며 용병에게 말했다.

"11시 10분. 점검 시간입니다."

"예."

용병은 별 의심 없이 자리를 비웠다. 우리 넷은 그 안으로 들어가자마자 문을 걸어 잠갔다.

병실 내부, 채진윤은 병상에 곤히 잠들어 있었다.

제인이 작게 말했다.

"CCTV."

내부의 CCTV는 내 담당이다. 나는 스마트워치로 CCTV의 작동을 일시 중지시켰다. 고작 CCTV 하나를 다루기 위해 필요한 SP는 무려 200.

"됐습니다."

"좋아."

그러자 제인이 대장을 가리켰다.

"대장. 조심히. 밖에 애들 모르게."

"그래."

대장은 아주 신중하게 마력을 방사해 마력 인형 두 기를 만들어냈다. 제인은 그 인형에게 각각 나와 채진윤의 형상을 뒤집어씌웠다.

"됐어. 다음, 칼리파?"

"오케이."

그 직후 칼리파가 현관문만 한 포탈을 만들었다.

고오오-

허나 이번에는 마력의 파동이 조금 세게 울렸다. 마력을 감지한 문밖의 용병이 들어오기 전에 움직여야 한다.

-뭐야. 방금 뭐였어. 저기, 저기요. 안에 무슨 일 생겼습니까?

나는 준비해 온 휠체어에 채진윤을 태우고 포탈 속으로 들어갔다.

포탈 밖은 삭막한 숲이었다. 진눈깨비가 쌓은 눈 바닥이 바스락거리며 밟히고, 헐벗은 나무의 가지가 스치는 바람에 버석대는 곳.

내 바로 앞에 반듯한 벤치가 하나 보였다. 나는 채진윤을 태운 휠체어를 그 벤치 옆에 두었다. 그리고 가만히 서서 채진윤이 잠에서 깨기를 기다렸다.

불현듯 채진윤의 얼굴 위로 채나윤이 아른거렸다. 환한 미소로 나를 바라보는 채나윤. 그러나 머릿속에 떠오르려는 생각들은 일부러 꾹꾹 눌렀다. 지금은 무념과 무상이 필요한 때다.

"……아, ×발."

하지만 결국 견딜 수 없는 일이었다.

나는 혹시 싶어 준비해 왔던 새하얀 종이 곽을 꺼냈다.

담배. 나도 모르는 사이에 끊었던 그것을 꺼내 물고, 마력으로 태웠다. 매캐한 연기가 목구멍을 지나 폐에까지 침범한다. 타르와 니코틴의 불유쾌한 조화는 내 마음을 조금이나마 진정시켜 주었다.

……싸늘한 바람과 차가운 눈발, 흐드러지는 담배 연기 속에서 얼마만큼의 시간이 지났을까.

마침내 채진윤이 눈을 떴다.

"……."

채진윤은 자신 앞에 펼쳐진 이질적인 풍경에도 별다른 동요 없이 나를 바라보았다. 나는 그의 눈을 마주 보며 고개를 숙였다.

채진윤이 말했다.

"……김하진?"

그러나 대답하지 않았다.

"여긴 어디야?"

대답하지 않았다.

"혹시 병실에 무슨 일이라도 생겼니?"

대답하지 않았다. 나는 그저 품속에서 권총을 꺼내, 시퍼렇게 빛나는 신살의 탄환을 원통의 약실 속으로 흘려 넣었다.

"하진아?"

채진윤의 순수한 물음이 가슴을 찌르는 듯 아팠다. 나는 눈을 감고, 깊은숨을 내쉬었다.

담배꽁초를 바닥에 떨어뜨렸다. 아직 남아 있는 불씨를 비벼서 껐다. 그러고 나서, 나는 말했다.

"채진윤 씨. 혹시 '악마의 씨앗'이라는 걸 알고 계십니까."

"뭐?"

"……아마 아직은 확립되지 않은 개념일 겁니다."

나는 채진윤을 내려다보면서 말을 이었다. 당신이 죽어야 하는 이유, 그것만큼은 직접 설명해 주어야 할 것 같아서.

일말의 예의. 어쩌면, 비겁한 자기합리화.

"악마의 씨앗은 인간의 몸속에 똬리를 튼 악마입니다. 일종의 '악신(惡神)'이지요. 그러나 그 악마의 씨앗이 발아하면 화신체는 의식과 의지와 육체를 모두 악마에게 찬탈당하여, 악마 그 자체가 되어버립니다."

거센 바람에 내 옷깃이 나부꼈다. 오랜만에 핀 줄담배 탓인지 입안이 썼다. 나는 서서히 권총을 들어, 채진윤의 미간에 두었다.

"채진윤 씨. 당신의 몸속에는 그 씨앗이 있습니다."

채진윤은 말없이 나와 눈을 마주했다.

"당신은, 악마가 될 몸입니다."

눈앞이 흐려졌다. 총을 쥔 내 손이 떨렸다.

"그래서, 미안합니다."

두 손으로 권총을 쥐어, 흔들리는 총구를 바로잡았다.

마지막 심호흡. 그리고, 방아쇠에 손을 걸었다.

"미안합니다, 정말. 정말로……."

그러나 나는 차마 망설이지 않을 수 없었다. 눈앞에 채나윤의 얼굴이 되살아났다. 환하게 웃던 그녀와 내 앞에 선 채진윤이 겹쳐졌다. 채나윤이 내게 품었던 그 애틋하고 풋풋한 마음이 다시 가슴에 와닿았다. 괴로움이 심장을 떨게 하고, 슬픔이 목구멍을 조이며 치밀었다.

앞으로 그녀는 얼마나 커다란 상처를 입게 될까, 도대체 얼마나 깊은 흉터를 가지게 될까. 나는 그것이 두려웠다.

바로 그 순간이었다. 나를 지켜보는 채진윤의 얼굴이 무섭도록 일그러졌다. 동시에 그의 온몸에서 마기가 들끓었다. 지반을 태우고 내 숨을 막게 하는 마기의 휘몰아침. 그의 전신이 재처럼 거메졌다.

채진윤, 아니, 그의 몸을 빼앗은 악마가 내게로 손을 뻗었다. 흉악하고 형형한 새까만 손날. 그리고 핏빛으로 타오르는 눈빛. 악마의 살의는 망설임 없이 결행되었다.

내 목으로 치닫는 그것을 보면서도 나는 망설였다. 심적인 탈력감에 방아쇠를 당길 힘이 없었다. 나의 그 망설임은 죽음과 직결되었어야 했을 것이었다.

백 분의 일 초가 느껴지는 그 찰나, 그러나 내 몸에는 어떤 위해도 가해오지 않았다. 오히려 세상 전체가 멈춘 듯했다. 고요하고 아늑했다. 잔잔하기까지 한 그 숲의 한복판에서, 나는 악마의 눈을 보았다.

새빨간 눈동자는 굳은 채 움직이지 않았다. 그 속에서 자그마한 눈물이 맴돌았다. 그걸 보는 순간 내 심장은 무겁게 내려앉았다.

채 발아하지 못한 씨앗 속 악마는, 채진윤의 의지에 가로막혀 자신의 악을 모두 점화하지 못한 것이었다.

"……."

채진윤은 몸 안의 존재를 억누르며 나를 바라보고 있었다. 그는 이 상황에서 아무 말도 할 수 없었다. 이 이상 어떠한 변화도 일으킬 수 없었다. 그러나 그의 의지만큼은 명확했고, 나는 그것을 저버려선 안 되었다. 그 노력을 헛되게 만들어선 안 되었다.

이를 악물고, 총구의 위치를 재조준했다.

당신의 미간. 이번에는 망설이지 않겠다. 나를 위해, 그리고 당신을 위해.

……내 손가락이 방아쇠를 처음에서 끝까지 밀어내는 그 찰나.

작은 생각이 떠올랐다.

나를 향해 웃어주던 채나윤. 그리고 내가 그린 채진윤이라는 남자. 그는 누구보다 자상했고, 따뜻했고, 헌신적이었고, 정의로웠던…… 영웅이었다.

쾅.

권총이 격발되었다. 순간 온 세상이 내게서 아득히 멀어졌고, 곧이어 터져 나온 밝은 섬광이 사방을 적셨다.

신살의 탄환은 채진윤의 미간을 꿰뚫었다. 그리고 그 속에 자리 잡은 씨앗을 부수어냈다.

피와 뇌수가 온몸으로 튀었다. 뼛조각이 나를 때렸다. 기이한 이명이 귓전 가득 울렸다.

차마 서 있을 수가 없어서, 몸이 직각으로 꺾였다. 온갖 참을 수 없는 감정이 몰려들었다. 눈물인지 침인지 피인지 내장인지 모를 것들이 내 얼굴에 범벅되었다.

"아······."

짐승의 울음인지, 아니면 사람의 신음인지. 내 입에서 나조차도 분간할 수 없는 소리가 흘러나왔다.

오늘.

나는 채진윤을 살해했다.

39장
장례

바닥에 닿아 비틀거리는 몸이 무거웠다. 시야가 뒤집히고 어지러웠다.

정상을 유지할 수 없는 상황에서 이상한 의문이 들었다. 내가 지금 서 있는 세상은 소설인가 아니면 현실인가.

돌연 내가 썼던 소설 속의 문장들이 떠올랐다. 소설의 내용이 실체를 가지고 되살아났다. 채진윤이라는 남자가 앞으로 걸었어야 할 영웅다운 삶의 궤적이, 여러 장면이 되어 내 눈앞을 스쳐갔다.

비원의 탑. 유물 쟁탈전. 그리고 기적의 탑…… 하지만 그 모든 것들은 이제 일어나지 않을 일이 되었다.

사람을 죽였다는 실감이, 처음으로 강한 충동이 되어 다가왔다. 내 마음 깊은 곳의 무엇인가가 부서지는 소리가 온몸에 울려 퍼졌다.

이곳은 다만 소설일 뿐이다.

무의식적으로 품고 있었던 막연한 보호 기제가 깨어지는 소리였다.

바스락.

진눈깨비 위로 검은 구두가 내려앉았다. 나는 멍하니 시선을 올렸다. 대장의 어두운 눈동자가 내 안으로 들어왔다. 그녀의 몸은 눈발에 흩날리고 있었다.

"시체를 처리해라."

대장은 그렇게 말했다.

나는 채진윤을 보았다. 머리의 반쪽이 날아간 채, 비참한 시체가 되어버린 채진윤을.

그러나 이미 한번 악마가 되었다가 스러진 몸이다. 저 육신은 쉽게 움직일 수 없다. 그의 몸에는 아직 마기가 남아 있고, 이제 곧 마기가 연소하며 강력한 폭발을 일으킬 것이다.

대장이 나를 일으켜 세웠다. 순간 나는 내 몸이 그을렸음을 알아차렸다. 위장을 위해 얇게 입었던 옷은 격발의 순간 재로 사위었다.

두 다리로 땅을 디뎠지만, 나는 차마 서 있을 수가 없었다. 비틀거리던 머리가 나를 일으켜 세운 이의 어깨에 닿았다. 대장은 그대로 멈춰서 나를 받아주었다.

머지않아 또 다른 포탈이 발현되었다. 그 속에서 제인과 칼리파가 나타났다. 그들은 지금 펼쳐진 상황을 목도하고는 심각한 얼굴이 되었다.

순간, 채진윤의 시체에서 마기가 폭풍처럼 몰아쳤다.

그다음부터는 기억이 없었다.

1월 3일의 늦은 밤. 유독 차갑고 어두운 그 날.

쾅!

채신혁은 거칠게 문을 열어젖혔다. 서늘한 공기가 흐르는 시신의 안식처. 그곳에서 그는 익숙한 얼굴을 만날 수 있었다.

"……안녕하십니까, 채신혁 씨."

법의학자 김중호. 아내의 죽음 이후 약 11년 만의 재회였다.

채신혁은 흔한 안부 인사 따위도 없이, 그의 옆에 놓인 시신으로 다가갔다.

이내 그 시신을 본 순간 이가 악물렸다. 얼굴의 반절이 날아간 싸늘한 주검. 자신의 아들, 채진윤이었다.

"용의자는, 특정했나."

채신혁은 가능한 냉정함을 유지했다.

"그건 아직 모릅니다. 그 장소에 결계가 쳐져 있었는지, 어떠한 흔적도 남아 있지 않았습니다."

요즈음의 형사들은 기상천외한 재능을 보유하고 있다. 사이코메트리, 콜드 리딩 등등…… 그러나 대한민국의 형사들조차 그곳에서는 어떠한 증거도 찾아내지 못했다.

"마인의 소행인가?"

"……확실하지 않습니다."

"여기, 마기가 있는데."

채신혁은 채진윤의 오른팔에 응집된 검은 기운을 가리켰다.

"내가 병신으로 보이나."

어느새 붉게 충혈된 채신혁의 눈에서 진한 눈물 한 줄기가 흘러내렸다.

"……채신혁 씨."

김중호가 나지막이 한숨을 내쉬었다. 그리고 그는, 하고 싶지 않았던 말을 해야만 했다.

"이건…… 진윤 군의 몸속에서 촉발된 마기입니다."

"……뭐?"

채신혁의 얼굴이 강하게 일그러졌다. 김중호는 그런 그를 슬픈 눈으로 바라보았다.

"이 마기는 육신 안에서부터 촉발되어, 혈관을 타고 전신을 퍼져가다가 멈췄습니다. 그것이 멈춘 이유는 죽음이겠죠."

채신혁은 그의 말을 이해할 수가 없었다. 아니, 이해하기가 싫었다. 내부에서부터 촉발된 마기. 그것은…… 마인이 아니고서야 불가능한 일이 아니었던가.

"누가 진윤 군을 죽였는지. 그 천인공노할 살인자가 누구인지. 당신이라면 쉽게 찾아내실 수 있을 겁니다."

그러는 사이에도 김중호의 말은 이어졌다. 채신혁은 거친 숨을 내쉬며, 크게 열린 동공으로 그를 보았다.

"대현, 채주철의 힘이라면 온 세상, 판데모니엄까지 뒤져서라도 찾아낼 수 있겠죠. 하지만 지금은 80년대가 아닙니다."

김중호의 시선이 비스듬히 흘러 채진윤의 오른팔에 닿았다.

"……진윤 군은 마인이 되었습니다. 아니, 저는 이런 팔은 난생처음 봅니다. 이건 마인이 으레 사용하는 '악마화'보다 더욱 견고합니다. 죽음 이후에도 술식이 해제되지 않았으니까요."

채신혁의 호흡이 더욱 흐트러졌다. 김중호를 노려보는 시선에 살기가 깃들었다.

"아마 4년 전 진압 작전에서 무언가 일이 발생한 것으로 추정이 되지만…… 보다 정확한 원인을 알아내고, 정밀한 범인 수색을 위해선 부검이 필요할 겁니다. 하지만 부검은, 진윤 군의 치부를 드러내게 할 것입니다."

채신혁은 제 아들을 내려다보았다. 아버지의 시선이 아들의 몸 구석구석을 훑어나간다. 반쪽만 남은 얼굴, 영원히 감긴 눈, 뼈가 드러날 만큼 야윈 몸, 그리고…… 정체 모를 무엇인가에 잠식당한 오른팔.

채신혁은 서서히 눈을 감았다. 몸속 가장 깊은 곳에서부터 흐르는 감정의 원류가, 그의 심장을 썩게 만드는 듯했다.

"이 오른팔은."

마침내 채신혁이 말했다.

"아직, 자네밖에는 모르는 건가?"

김중호는 침묵한 채 고개만을 끄덕였다.

"그래?"

"예. 하지만 언젠가는 꼭 알려야 할 것입니다. 인류를 위해서요."

채신혁이 아들의 볼에 손을 올렸다. 차갑게 식은 피부. 살갗이라고는 생각할 수 없는 건조함. 생선과 별다를 것 없는 볼을 쓰다듬으며, 채신혁은 나직하게 말을 이어갔다.

"……나는 내가 사는 동안에, 내 아들이 깨어날 거라고 생각하지 못했었네."

이미 4년 전에 죽었다고 생각했다. 인생에 큰 빚을 졌노라 괴로워했다. 그러나 고작 2주 전. 아들이 기적처럼 깨어났을 때는 다시금 세상을 얻은 듯했다.

"하지만 오늘, 나는 한 번 더 아들을 잃었어."

아들은 허무하게 돌아갔다. 다만 우리에게 마지막 인사를 위해, 잠시만 깨어난 것처럼.

그것만으로도 충분한 고통일 것이었다. 일평생 동안 잊기 버거운 괴로움일 것이었다.

그러나.

"……세 번이나 잃기는 싫네. 나윤이를 생각해서라도 편하게 묻어주고 싶어."

채신혁이 김중호를 바라보며 말했다. 그 목소리에 밴 깊은 슬픔에, 김중호는 아무 말 하지 않았다.

채신혁의 눈가에 눈물이 흘러내렸다. 김중호는 한숨과 함께 고개를 숙였다.

"……노력해 보겠습니다. 그럼 저는 이만."

그 말을 마지막으로, 김중호는 채신혁에게 혼자만의 시간을 주었다.

텅 빈 공간. 철의 한기와 시신의 싸늘함만이 가득한 곳에서, 채신혁은 떨리는 손으로 아들의 얼굴을 만졌다. 차마 어찌할 수 없는 목멤에 그는 어떠한 말도 하지 못했다.

그저 마음 깊은 곳에서 우러나온 바람이 하나 있었다. 그렇게 바라는 것밖에 할 수 없었다.

아들아, 내 아들아!

부디 다음 생에는, 나처럼 못난 아비에게서 태어나지 않길.

옛날의 기억. 채색은 덜 되었고, 부분부분 많은 것들이 바래졌지만, 언젠가 자주 꾸었던 꿈의 조각.

―나윤아.

그 사람, 내 오빠는 궁술 연습을 하는 나를 한참이나 쳐다보다가 내 이름을 불렀다

―응?

―……힘들면 쉬엄쉬엄해도 돼.

그가 다가와 조심스레 내 손을 쥐었다. 살이 패여서 붉게 도드라진 손바닥과 손가락이 그는 안쓰러운 듯했지만, 나는 고개를 저었다.

―더 열심히 할 거야. 난 오빠보다 대단한 영웅이 되고 싶거덩.

내 건방지고 당돌한 말에도, 그는 배시시 웃으며 내 머리를 쓰다듬어 주었다. 그의 커다란 손바닥은 든든하고 따뜻했다.

―꼭 그랬으면 좋겠네. 그건 그렇고, 다음 주에 놀이동산 가는 거. 안 잊었지?

놀이동산. 아마도 한국에서 제일 유명한 포레버 랜드로의 여행. 그러나 기억 속의 나는 곤란한 얼굴로 고개를 저었다.

―아, 나 그거 못 가. 친구들이랑 다른 데로 놀러 가기로 했어.

―……그래?

그는 못내 서운한 얼굴이 되었지만, 이내 피식 웃었다.

-그럼 어쩔 수 없지. 오빠는 출근하러 갈 테니까. 아침 운동은 적당히만 해. 너무 심하게 하면 키 안 큰다.

-응~ 잘 갔다 와~

그날 아침의 기억이 유독 선명한 이유는, 그날 밤. 오빠가 식물인간이 되어서 돌아왔기 때문에.

"……아."

눈을 뜨자마자 눈물이 흘렀다. 햇살이 찌를 듯이 비쳐 들어왔다. 백두산 천지에도 해가 떴다. 오늘 유시혁 무도관의 아침은 맑고 상쾌했다. 으레 있던 안개나 결계 비슷한 마나 현상도 오늘은 없었다.

나는 벌떡 일어나서 내 침대 옆을 보았다.

액자에 담긴, 오빠와 함께 찍은 사진들. 소중하게 가져온 그것들은 평소처럼 늘어서 있었다.

"……흐흐."

입가에 잔잔한 미소가 지어진다.

나는 아무도 없는 내부를 슬쩍 둘러보고는, 그 아래 숨겨놨던 사진 한 장을 꺼냈다. 나와 김하진이 찍힌 사진이었다.

"내가 봐도 예쁘단 말이야."

내가 이 사진을 보는 건 별 의미가 없다. 진짜, 정말, 그냥. 엄청 예쁘게 나와서. 절대 김하진이랑 같이 찍은 사진이라서가 아니다.

"아으으~"

사진을 집어넣고, 나른하면서도 기분 좋은 숨결을 내쉬었다. 온유하고 따스한 창밖의 햇살, 그것들에 미소를 지어주고서 목욕탕으로 향했다.

"언니 오셨어용?"

목욕탕에 들어서자마자 10살 남짓한 어린 여자애가 말을 걸어왔다.

"어, 너도 일찍 일어났네."

"지혜예요, 지혜."

"그래, 지혜."

유시혁 무도관의 정식 제자는 16명. 각 남자 8명 여자 8명으로, 그들은 유시혁과 5명의 사부 아래에서 가르침을 받는다.

하나 나와 김수호를 비롯한 총 10명의 '캠프 멤버'들은 그 정식 제자에 포함되지 않는다. 방학 때만 빡빡하게 가르침을 받고 사라질 사람이니까.

"아으 좋아."

가볍게 샤워를 하고 온천탕에 몸을 담갔다. 천지 물을 데운 온천은 언제나 옳다. 그렇게 한 20분 정도 몸을 담그고 있다 밖으로 나왔다.

도복으로 옷을 갈아입고, 아침 훈련이 이뤄지는 앞뜰로 나왔다.

"어이, 채나윤."

마찬가지로 목욕을 하고 나온 듯한 신종학과 김수호가 다가왔다.

내가 크크 웃으면서 말했다.

"야야. 오늘 아침 엄청 상쾌하지 않냐?"

"그러게 말이다~"

"오늘은 너도 바를 것 같은데. 조심해라."

하늘이 맑아서 그런가, 왠지 모르게 기분이 썩 좋다.

그런 나를 쳐다보던 김수호가 기가 막힌다는 듯 웃었다.

"너 오늘 엄청 활기차다? 편지 쓰는 날이라서 그렇지?"

"어?"

1월 3일. 입소한 지 정확히 10일째 되는 날. 오늘은 특별한 스케줄이 하나 있었다.

"뭐, 뭐래. 그런 거 아니거든?"

백두산 천지에서는 전자기기가 작동하지 않는다. 하여 지상과의 통신이 불가능하다. 유시혁 사부는 그것을 타파할 방책을 일부러 만들어놓지 않았다.

그러나 지상과의 연락은 오늘에 한정하여 가능하다. 10일마다 돌아오는 '편지의 시간'이 바로 그것이다.

"그래 김수호. 편지 쓸 대상은 이 옆에 있는데, 무슨 개소리를 하는 건지."

"넌 닥쳐 좀…… 아 진짜."

나는 괜히 신종학의 어깨를 세게 두드렸다. 얘는 자꾸 입에서 욕이 나오게 만든다. 말투 교정하고 있는데, 짜증 나게.

"오신다."

그때 막, 저 멀리 유시혁이 뒷짐을 진 채 걸어 나왔다.

"준비. 준비."

우리는 일렬로 바싹 섰다.

오늘 훈련은 몇 시간 정도 할까. 열 시간? 열두 시간?

……14시간 뒤.

해는 이미 오래전에 저물었고, 지옥 훈련도 모두 끝난 새까만 밤.

채나윤은 방바닥에 엎드려 앉아 종이를 노려보고 있었다.

안녕. 나는 지금 백두산에 있다.

"······이건 좀 아닌데."

채진윤에게 전달할 편지는 이미 썼다. 마음 흐르는 대로, 30분이면
충분했다. 하지만 이 편지는 조금 고민이 필요할 것 같다.

나는 백두산임ㅋㅋ 훈련 개 쉬움ㅋㅋ;; 넌 뭐하고 있냐?ㅋㅋㅋ

"아니, 이게 아니라······."

결국, 채나윤은 머리를 헝클어뜨리며 펜을 내팽개쳤다. 이럴 줄 알
았으면 책이라도 좀 읽어둘걸. 어떻게 써야 할지 감도 안 잡히네.

"어휴."

그러나 10일에 한 번씩 오는 기회를 이렇게 놓쳐 버릴 수는 없으니,
결국 다시 펜을 들었다.

그렇게 채나윤이 고민에 고민을 거듭하던 때였다.

똑똑―

노크가 울리더니, 별안간 문이 벌컥 열어젖혀졌다.

"뭐야!"

화들짝 놀란 채나윤은 자기 온몸으로 편지를 가렸다. 그 상태로 고
개를 비스듬히 올리니, 유시혁이 그녀를 내려다보고 있었다.

"······채나윤."

낮고 서늘한 음색.

채나윤은 편지지를 주머니에 넣고 슬그머니 자리에서 일어났다.

"예, 사부. 아 근데 노크 좀 하시지."

"……잠깐 밖으로 나와라."

유시혁은 오늘따라 유난히 진지했다.

"네?"

"……그냥, 나오라면 나와."

평소의 사부와는 달리 묘하게 상냥한 어조였다. 그녀는 속으로 자신이 무언가 잘못한 것이 있는지 점검해 보면서, 일단은 그를 따라나섰다.

1월 5일.

비보는 맑은 날에 전해졌다. 아버지와 어머니의 말에, 유연하는 하던 회의를 급히 끝내고 차에 올라탔다.

채진윤이 죽었다. 부모님 두 분은 그 이상 어떤 말도 하지 않았다.

의자 등받이에 기댄 유연하는 정신이 멍했다. 그리고 문득 채나윤의 생각이 났다.

오빠가 깨어났다면서 그렇게 좋아했었는데…….

그걸 떠올리니 이상하게 가슴이 꽉 막히는 듯했다. 내 일이 아닌데, 내가 경험한 일이 아닌데도, 심장이 꽉 조이는 것처럼 괴로웠다.

"……내리자."

어느새 빈소에 도착한 듯, 유진웅이 낮게 말했다.

유연하는 부모님을 따라 일단 내렸다. 대현의 장례식장. 감히 대현의 빈소에 진을 칠 깜냥이 있는 기자들은 없었고, 장례식장은 한적하고 쓸쓸했다.

"……어라?"

터덜터덜 입구를 향해 걷던 유연하가 돌연 발걸음을 멈췄다. 저 나무 그늘에 익숙한 사람이 한 명 보였다.

김하진. 누가 봐도 김하진이 분명한 그 남자는…… 담배를 태우면서 착잡한 눈으로 빈소를 바라보고 있었다.

"왜 들어가지 않고 저기서…… 근데 웬 담배?"

"연하야. 뭐 하니?"

그때 어머니가 그녀를 붙잡았다.

"아, 네. 갈게요."

유연하는 일단 어머니를 따라서 들어갔다. 대현답지 않게 협소한 장례식장 안으로 들어가자마자, 가장 먼저 그녀는 채나윤을 살폈다.

그녀는 멍하니 앉아 있었다. 그 텅 빈 동공은 쳐다보기에도 부담스러울 만큼 가득한 절망에 휩싸여 있었다. 언제나 밝고 활기찼던 채나윤의 난생처음 보는 모습이었다.

치미는 한숨을 삼켜내고, 유연하는 유족들 앞에 섰다.

"나윤아."

"어…… 아, 연하…… 와, 왔냐."

채나윤이 유연하를 맞이했다. 그녀는 애써 밝게 웃으려 했지만, 오히려 그것이 더 슬퍼 보였다. 생기 없는 동공에서는 금방이라도 눈물이 흘러내릴 것만 같았다. 그러나 그녀는 필사적으로 울음을 참고 있었다.

유연하는 이해했다. 채나윤은 원래 그런 애니까.

"응. 잠깐만 기다려."

일단 옷깃을 여미고, 유연하는 채진윤의 영정 사진 앞에서 부모님과 함께 절을 했다.

"채신혁 씨."

"……어, 왔구나."

그러고 나서 서로의 아버지들 간에 대면이 이뤄지는 가운데, 유연하는 채나윤에게로 다가갔다. 눈을 마주 보면서 채나윤의 손을 부드러이 잡았다.

"저, 나윤아…… 다른 애들은?"

"……말 안 했어. 말 안 했으니까, 너도 부르지 마."

그렇게 말하는 채나윤은 왜인지 필사적이었다. 하나 유연하는 밖에서 담배를 태우며 기다리던 김하진의 생각이 났다.

"부르지 말래도…… 그 사람은 이미 저기 밖에 와 있는걸."

"……그 사람?"

채나윤이 힘없이 되물었다.

"김하진, 말이야."

유연하가 나지막이 속삭인 그 이름 석 자, 채나윤은 멍해진 채로 서 있었다. 그렇게 그녀는 무슨 충격이라도 받은 것처럼 한참을 가만히 있다가.

"나, 잠깐만. 나갔다 올게."

빈소 밖으로 걸어 나갔다.

유연하의 눈으로 볼 때 채나윤은 제대로 걷지도 못했다. 무릎은 흔들렸고 발목에는 힘이 없었다. 그런 비척거리고 비틀거리는 뒷모습은, 언제나 힘이 넘치고 자신만만했던 평소의 모습과는 너무 달라서, 유연하는 그저 안쓰러울 뿐이었다.

눈을 뜨니 낯선 천장이 보였다. 낯설다기보다는 호화로웠다. 기독교적인 프레스코 벽화가 반짝이고, 얼마간 그것에 시선을 집중하니 마나가 감응하여 벽화의 색이 더 선명해졌다. 퍽 신기한 장치였다.

"깼느냐."

멍하니 벽화를 지켜보던 와중 목소리가 들려왔다. 고개를 들고 보니, 대장이 침대 옆 의자에 앉아서 나를 바라보고 있었다.

대장이 차를 홀짝이며 말했다.

"이틀을 내리 잤다."

그 말에 나는 급히 상반신을 일으켰다. 이틀이면 너무나 많은 일이 일어날 수 있는 시간이니까.

그러나 대장은 태연했다.

"걱정 마라. 꼬리는 잡히지 않았으니."

그것 이외에도 나는 대장에게 묻고 싶은 것이 있었지만, 감히 물을 수가 없었다.

그런 나를 가만히 쳐다보던 대장이 작게 웃었다.

"장례식은 당장 오늘부터라고 한다."

"아……."

멍한 소리가 입에서 흘러나왔다. 동시에 방아쇠를 당겼던 그 날의 기억이 어둡게 되살아났다.

채진윤의 장례식. 내게 그곳에 갈 자격이 있는가.

나는 이를 악물었다.

순간 강한 충동이 일었다. 품속을 뒤적였지만, 담배는 없었다.

"네 무구는 여기 있다."

내 행동을 오해한 듯 대장이 선반을 가리켰다. 선반에 놓인 사막의 독수리. 나는 그것을 조심스레 쥐었다. 에테르를 둘러서 그런가, 용케도 어디 부서진 구석은 없었다.

"……근데 여긴 어딥니까?"

그렇게 말하며 권총을 성흔의 마력 속으로 집어넣었다. 권총이 기류(氣流)로 변해 내 팔뚝 속으로 스며드는 광경에, 대장의 두 눈이 휘둥그레졌다.

"신기한 보관 방법이구나."

"이 정도야 뭐."

나는 어깨를 으쓱였다. 그러자 대장은 픽 웃더니 자랑스럽게 설명을 이었다.

"여긴 내 저택이다. 동해의 섬 위에다 지었지. 아. 혹시 오해할까 봐 덧붙이자면, 이 섬 통째가 내 집이라는 뜻이다."

"……와오. 대단하시네요."

대장은 칭찬을 좋아하기에, 나는 짐짓 과장스럽게 칭찬해 주었다.

"흐흠. 창문을 좀 열까."

대장이 의기양양하게 창문을 열었다. 나는 그 창밖을 보았다. 동해의 보석 같은 바다와 맑은 햇살, 소금기 짙은 바람이 한데 모여 다가왔다. 과연 자랑할 만한 절경이었다.

"……잠깐. 그럼 집은 어떻게 갑니까?"

"뭐, 개인 포탈쯤은 다들 가지고 있지 않나?"

대장이 다소 거만하게 거들먹거린다.

개인 포탈 통관소. 갑부를 위한 시스템인데, 아마 부산에 하나 있는 걸로 기억한다.

"그럼 전 이제 집으로."

"……조금 더 머물러도 되는데."

"집에 기다리는 사람이 있습니다."

"그러냐."

대장은 못내 아쉬워하며 나를 밖으로 안내했다. 나는 대장과 함께 저택의 안팎을 걸었다. 저택이 지어진 이 이름 모를 섬에는 수행원이 가득했다. 그러나 그들은 모두 인간이 아니었다. 그들은 대장이 마력으로 직조해 낸, 특정 행동만 반복할 수 있는 인형이었다.

대장은 자신이 만들어낸 인형 속에 파묻혀 살고 있었다.

"외로운 곳이네요."

"때로는 외로움에 익숙해져야 할 필요가 있다."

"……"

나는 말없이 개인 포탈을 목표로 정원을 거닐었다. 섬의 아름다운 풍경과 정취를 온몸으로 느끼며 10분쯤 걸었을까. 개인 포탈이라는 물건이 드디어 나타났다. 포탈 통관소의 그것보다는 훨씬 작지만, 그래도 포탈의 역할은 수행할 수 있을 만한 첨단 마법 물품이었다.

"그냥 들어가면 됩니까?"

"그래. 아마 부산과 연결되어 있을 거다. 나랑 같이 가지. 나도 영국에서 해결해야 할 일이 있어."

대장이 어딘가로 전화를 걸었다. 이후 포탈이 활성화되고, 우리 두 사람은 그 너머로 발을 내디뎠다. 그렇게 한달음에 도착한 부산의 포탈 통관소. 우리는 VIP 전용 통로를 걸어, 갈림길 앞에 섰다.

대장은 국외 영국행. 나는 국내 서울행.

"그럼, 나중에 다시 보자."

"예."

가볍게 인사하고서 한국행 포탈을 향해 걸었다.

눈을 감고, 포탈 너머의 마력을 온몸으로 느낀다. 마력의 낯선 감각 이후 눈을 뜨자, 이제는 익숙해진 서울 포탈 통관소의 풍경이 나타났다. 나는 아무 생각 없이 밖으로 나왔다. 그리고 근처 편의점에서 담배 세 갑을 샀다.

채진윤의 장례식은 아마 대현의 장례식장에서 치러질 것이었다. 나는 진실의 서로 그 좌표를 확인하고, 장례식장의 근처까지 천천히 걸었다.

저 멀리 고요하고 엄숙하며 쓸쓸한 장례식장이 보인다. 그러나 차마 저 안으로 들어갈 엄두가 나지 않았다. 입구를 지키는 경호원을 뚫어낼 수 있을 것 같지도 않았다. 그래서 다만 멀리서 지켜보기로 했다. 지켜보다가, 마음이 진정되면 돌아가려고 했다.

근처 나무 아래에 서서 담배 하나를 꺼냈다. 라이터 없이 불을 붙이고 꼬나물었다. 한가득 연기가 폐 속으로 스며든다.

그렇게 한 개비, 두 개비…… 나도 모르는 사이 시작된 줄담배는 오랫동안 이어졌다.

그러던 어느 순간이었다.

"음?"

네 번째로 도착한 조문객. 장례식장으로 들어가는 유연하의 뒷모습이 시야에 들어왔다. 눈이 마주치지는 않았지만, 오래 지나지 않아 왠지 모를 불안함이 엄습했다. 지금이라도 이곳에서 도망쳐야 할 것 같았다.

그러나 이미 늦은 후였다.

"……아."

내 입에서 멍한 소리가 흘러나왔다. 장례식장의 입구에서 채나윤이 나타났다. 그녀는 주변을 두리번거리다가, 나와 눈이 마주쳤다.

물기가 가득한 채나윤의 눈동자. 그걸 본 순간, 내 발은 노면에 달라붙은 듯 떨어지지 않았다.

터벅터벅.

채나윤이 내게 걸어온다. 상복을 입은 그녀가 내게 다가오고 있다. 움직임은 느리게 느껴졌고, 발소리는 이상하리만치 선명했다.

"……야, 김하진."

어느새 내 목전까지 다가온 채나윤이 한마디를 했다. 그러나 나는 어떤 말을 해야 할지 모르겠어서, 침묵할 수밖에 없었다.

"어떻게 알고 왔냐? 유연하가 말했지?"

채나윤은 그렇게 말하며 짐짓 웃었다. 애써 평소를 가장하려는 모습이었다.

"근데 너 뭐 양아치야? 담배를 왜 펴."

그러나 그녀의 억지 미소는, 다만 얼굴이 일그러지는 것처럼 보였다.

"왜 대답을…… 야, 그거 줘봐."

갑자기 채나윤이 손을 내밀었다. 담배를 빼앗으려는 움직임이었다.

"뭔, 미쳤어?"

그제야 내 입에서 목소리가 튀어나왔다.

나는 담배를 바닥에 내팽개치고, 비벼서 껐다. 그러나 채나윤은 담배꽁초를 쳐다보지 않았다. 그녀의 시선은 줄곧 내 얼굴에 고정되어 있었다.

"그거 피면, 좀 나아지냐?"

돌연 채나윤이 물었다. 목멘 듯 흔들리는 음성. 한 줄기 눈물이 그녀의 눈가에서 떨어져 내렸다.

순간 내 눈앞이 흐려졌다.

"……왜 네가 울고 그래."

그녀가 그렇게 말했을 때야 비로소, 나는 내가 눈물을 흘리고 있음을 알았다.

한 손으로 눈물을 닦았다.

그런 나에게로 채나윤이 다가왔다. 한 발자국씩 천천히, 그러나 몸이 닿을 듯 가까이.

어느덧 그녀는 내 눈앞에 있었다. 나는 그녀를 밀어내야만 했다. 하나 그럴 수가 없었다. 머리는 그렇게 생각하고 있는데, 마음이 내 생각을 따라주지 않았다.

채나윤은 울고 있었다. 그 눈물 앞에서 내 몸은 얼어붙은 채 움직이지 않았다.

"나…… 이제 어떻게 하지."

그녀는 작게 흐느끼면서, 흐르는 눈물을 감추려 고개를 숙였다.

이내 그녀의 이마가 내 가슴에 닿았다.

찰나, 내 숨이 멎었다.

문득 옛날의 생각이 났다. 언젠가의 나는 그런 생각을 한 적이 있었다. 들키지만 않는다면, 지금 이 관계를 온전히 유지할 수 있을 것이라고.

"나, 나……."

그러나 지금 어린애처럼 우는 채나윤을 보면서, 나는 그것이 애초부터 불가능한 일이었음을 깨달았다.

"흐아아앙……."

채나윤이 두 팔로 내 허리를 감쌌다. 서로의 몸이 닿았다. 그녀는 내 품에 안겨서 울었다.

나는 괴로웠다. 심장이 터질 듯이 고통스러웠다. 그래서 그녀를 밀어내려 했지만, 그녀는 떨어지지 않았다. 오히려 그럴수록 필사적으로 엉겨 붙었다. 내가 아플 만큼 달라붙어 왔다.

"울, 울 오빠 어떻게 해."

여태 참고 있던 울음이 터졌다. 한번 터진 눈물은 멈추지 않았고, 그녀의 흔들림은 걷잡을 수 없이 심해졌다.

"내 오빠, 오빠, 오빠……."

숨이 멎을 것처럼 헐떡이며, 말인지 비명인지 분간할 수 없는 오열. 그녀의 슬픔은 독이 되어 몸속으로 스며들었다.

"불쌍해서, 너무 불쌍, 불쌍해서, 어떻게 해, 으아앙……."

내 품 안, 당장에라도 쓰러질 듯한 애잔한 떨림을 나는 참을 수가 없었다. 나는 위로할 자격이 없는데. 이곳에 있으면 안 되는 사람인데…… 어느새 나는 그녀를 끌어안고 있었다.

채나윤은 기다렸다는 듯 내 몸을 파고들었다. 자신의 빈 곳을 나로 채우려는, 애틋한 몸짓이었다.

"내가, 내가 더…… 흐아아앙–"

채나윤의 눈물이 내 가슴팍을 적셨다.

내 눈물은 그녀의 어깨를 타고 흘렀다.

겨울의 찬 바람이 스치고, 쓰고 독한 담배의 잔향이 우리를 에워싸듯 피어올랐다.

"아, 아윽……."

채나윤은 자신의 슬픔을 견뎌내지 못했다. 다리의 힘이 먼저 풀리고, 이윽고 그녀는 마음 깊은 곳에서부터 무너져 내렸다.

그때 비로소, 나는 내가 할 수 있는 말을 찾아냈다.

"……미안."

그것밖에는, 해줄 수 있는 말이 없었다.

"미안, 하다……."

유연하는 멀리서 두 사람의 모습을 지켜보았다.

감동적인 재회, 라고 하기에는 상황이 너무 쓸쓸하고 서글펐다. 많고도 복잡한 생각이 유연하의 머릿속에 얽혔다.

언젠가 채나윤이 그 진실을 알게 된다면, 그리고 언젠가 김하진이 그 진실을 알게 된다면. 두 사람의 끝은 파멸뿐일 새드 엔딩일까. 아니면 그 모든 것들을 극복하고 행복을 이뤄낼 수 있을까.

그러나 유연하는 굳이 답을 내리려고 하지 않았다. 먼 훗날의 일은 다만 묻어두기로 했다.

"……어?"

두 사람을 그렇게 남겨둔 채 장례식장으로 돌아가려던 그때였다. 갑자기 채나윤이 몸에 힘을 잃고 쓰러졌다. 실신이 분명했다.

유연하는 급히 그쪽으로 달려갔다.

"괜찮아요?!"

그렇게 외친 순간, 김하진과 눈이 닿았다.

유연하는 흠칫 몸을 떨었다. 그의 눈동자는, 무서우리만큼 텅 비어 있었다.

채나윤을 유연하에게 맡기고, 나는 집으로 돌아왔다.

서울 서초의 아파트. 에반젤과 나와 하양이가 머무는 거처.

현관문 앞에 서서 비밀번호를 눌렀다.

삐삐삐삐—

문이 채 열리기도 전에, 그 안에 부산스러운 인기척이 일었다.

나는 일부러 안으로 들어가지 않았다.

—뭐지, 뭐지?

분명 비밀번호 눌러지는 소리를 들었는데, 그런데도 아무 반응이 없자 에반젤이 의아해하며 중얼거린다.

나는 피식 웃으며 문을 열었다.

"나 왔어."

내 기준으로는 반나절도 지나지 않았지만, 에반젤에게는 이틀만의 만남.

에반젤이 환하게 웃으며 내게 달려들었다.

"하진~!"

나는 무릎을 꿇고 에반젤을 안아주었다. 가볍고 따뜻했다.

갑자기 그런 의문이 들었다. 지금 내가 에반젤을 안은 걸까, 아니면 에반젤이 나를 안아준 걸까.

마음 깊은 곳에서 무엇인가가 울컥 차올랐다. 죄이는 듯한 괴로움에 나는 몸을 떨었다.

"하진, 왤케 늦게 왔어? 기다렸잖아."

"……미안. 조금 일이 있었어."

내 품에서 벗어나려는 에반젤을 더욱 꽉 안았다.

"악."

"밥은 잘 먹었고?"

"응. 시켜서 먹었어. 근데 나 답답해."

"……다행이다. 산책은?"

나는 계속해서 물었다. 에반젤이 아프지 않게 포옹은 살짝 풀었다.

"하양이랑 같이 갔어. 아 맞다, 나 새 친구랑 같이 모래성 게임도 했어!"

"그래?"

그러나 나는 그 이상 말을 할 수 없었다. 목이 메어서, 목소리가 나오지 않았다.

눈을 뜨자 새하얀 천장이 보였다. 정신이 몽롱하고 눈앞이 희뿌옇다.

지금 나는 꿈을 꾸고 있는 것일까. 아니면 꿈에서 깨어난 것일까. 현실과 꿈의 경계가 모호했다.

그러나 단 하나. 내 몸에 아릿하게 밴 담배 냄새가, 지금이 현실임을 일깨워 주었다. 자신의 곁에 있어 주었던 김하진의 존재를 증명해 주었다. 시리고 아픈 현실을 선명하게 만들어주었다.

부디 꿈이길 바랐던 일들은 모두 이미 벌어진 현실임을, 인정하지 않을 수 없었다.

"흐응."

채나윤은 코를 훌쩍였다. 한숨을 쉬면서 창문 밖을 보았다. 그래도 한번 크게 울어버린 덕일까, 자신을 죽일 것만 같던 감정의 역류가 작게나마 녹아내린 듯 마음이 한결 편했다.

"깼냐."

그때 낮은 목소리가 들려왔다. 채나윤은 그 음성이 들려온 쪽으로 고개를 돌렸다.

"……사부?"

침착한 눈동자가 그녀를 내려다보고 있었다. 그녀는 동그랗게 떠진 눈으로 그를 마주했다.

유시혁이 한숨을 내쉬었다.

"하아…… 무도관의 자리는 네가 원할 때 언제든 다시 마련해 주마. 지금은 천천히 몸을 추슬러라."

유시혁은 한번 인정한 제자를 쉽게 내치는 법이 없다. 그리고 쉽게 놓아주는 법도 없다. 채나윤과 채진윤은 아마도, 그가 인정한 많지 않은 제자 중 두 명일 것이었다.

"어……."

그러나 채나윤은 그런 유시혁의 배려가 익숙하지 않아서, 잠시 동안 멍하니 그를 바라보기만 했다.

"불만이냐?"

"……아뇨."

유시혁의 데퉁스러운 말에 금방 고개를 저었다.

"그래. 그러면―"

"아니, 그게 아니라."

유시혁의 말을 잘라내며 상반신을 일으켰다. 바스락거리는 검은 상복은 심장을 찌르는 것처럼 아팠으나, 지금은 슬픔에 뒤덮여져 있을 시간이 없다.

"삼일장이 끝나면, 바로 올라갈 거예요."

두 주먹을 쥐었다. 강한 각오와 결심이 마음속에서 스멀스멀 피어올랐다.

유시혁은 놀란 얼굴로 고개를 저었다.

"아니다. 무리하지 않는 것이……."

"살인이라고 했어요."

채나윤은 턱이 도드라질 만큼 세게 입을 악다물었다. 그녀의 아버지는 많은 것을 설명하지는 않았다. 특정할 수 없는 용의자가 오빠를 피습했다고, 그렇게 둘러대었을 뿐.

"살인…… 이라고 떠들기는 하더구나."

채진윤은 유시혁이 특히 아꼈던 제자 중 한 명이었다. 때문에 지금 그가 품고 있는 차가운 분노는, 채나윤조차 알아차릴 수 있을 만큼 선명했다.

하지만.

"……혹시라도 사부님이 나설 생각은 하지 마요."

채나윤은 자신의 손을 내려다보았다. 작고 못생긴 손. 그러나 이제, 반드시 이 손으로 해야만 하는 일이 생겼다. 그리고, 그 일은 오롯이 자신만이 행할 수 있는 권리였다.

"반드시 찾아내서, 기필코 내가 직접 죽여 버릴 거니까."

가득한 분노를 읊조리는 그녀를 유시혁은 차분하게 바라보았다.

"아. 맞다. 근데."

한데 채나윤이 갑자기 생각났다는 듯 눈을 동그랗게 떴다.

"그전에 딱 사흘만, 여유를 주세요."

"……좋다."

"아니, 사흘이 아니라, 일주일? 아, 사흘로…… 아 일주일?"

유시혁의 눈이 게슴츠레 좁혀졌다. 그러나 그는 차마 쓴소리를 할 수는 없었다. 슬픔을 애써 숨기는 채나윤에게, 슬픔 대신 분노를 드러내는 채나윤에게.

"아무 때나, 준비되면 연락해라."

"……감사합니다, 사부."

"감사는 개뿔."

자리에서 일어난 유시혁이 병실의 문을 열었다. 마침 그 문 너머에는 유연하가 걸어오고 있었다.

"앗, 안녕하세요. 유시혁 공……."

"나이도 어린 게 웬 극존칭이냐."

"악."

유시혁은 정수리를 꽉 움켜쥐고는 그대로 지나쳐갔다. 유연하는 그 뒷모습을 뾰로통하게 흘겨보다가 채나윤의 병상으로 다가왔다.

"……연하."

"어, 나윤아. 몸은 조금 괜찮아?"

"응. 많이 나아졌어. 근데……."

채나윤은 끝까지 말을 잇지는 않았다. 그러나 유연하는 그 뒷말을 알 수 있을 것 같았다.

"그 사람은 자기 집으로 돌아갔어."

"아…… 그렇구나. 내 스마트워치는?"

유연하는 대답 대신 선반 위를 가리켰다. 채나윤은 그 스마트워치를 집어 들더니, 짐짓 웃으면서 말했다.

"야. 요즘 정보 길드는 어디가 실하냐?"

의도가 뻔한 말이었다.

유연하는 사뭇 진지한 얼굴이 되어, 채나윤에게 말했다.

"그런 건 어중이떠중이들 말고, 나한테 맡겨."

당차고 힘찬, 유연하의 선언이었다.

"내가, 책임지고 찾아줄 테니까."

"오올~"

채나윤의 감탄에 유연하는 빙그레 웃었다.

"친구 DC로, 30% 정도는 깎아줄게."

"……뭐?"

· · ◆ · ·

대현의 회장 채주철이 지닌 남다른 취미에 관한 소식은 이미 파다하
다. 그의 취미는 성(城)을 수집하는 것으로, 신선 채주철은 이미 나라
와 풍치별로 백여 채의 고성을 소유하고 있다.

"허어……."

그리고 이곳은 유럽, 프랑스의 상트르 주. 채주철은 지독한 협상 끝
에 그곳의 고성 한 채를 인수했다.

이름하여 '슈농소 성'. 숲과 연못과 정원의 중앙에서 뭉툭하게 솟아
올라 고색창연한 자태를 뽐내는 프랑스 르네상스의 증거이자, 도시의
풍치를 이루는 데 중요한 역할을 하는 건축물이다.

여러 컬렉션 중에서도 특히 마음에 드는 슈농소 성의 내부.

채주철은 옥좌에 앉아 가만히 중얼거렸다.

"나이 여든에 손주를 잃었다……."

그 말마따나 여든의 나이는 이미 옛적에 넘겼으나, 감히 누가 그를 노
인이라 부르겠는가. 성성한 흰머리는 한 올도 남김없이 위로 올렸고, 여
든이라고 생각할 수 없는 강건한 육체는 고급 브랜드의 양복이 감싼다.

다만 그를 노인이라 추정할 수 있는 증거는 오직 그의 손에 쥐어진

신사의 지팡이뿐이었다.

"……김 실장. 자네는 내 기분이 어떨 것 같나?"

채주철은 자신의 발밑에 조아린 김 실장에게로 그 질문을 두었다.

"상상조차 가지 않습니다."

실장이 대답했다. 그러자 채주철은 지팡이로 바닥을 짚고 옥좌에서 일어났다.

"맞다. 나 또한 그러해."

채주철의 무미건조한 눈이 실장에게로 향했다. 실장은 감히 그 눈을 마주하지 못하고 고개를 숙였다.

"지금쯤은 신혁이가 장례를 치르고 있겠지."

"예. 그렇습니다. 한데 채신혁 사장님이, 시체 수습과 용의자 물색은 자신에게 맡겨달라고 하셨습니다. 조용히 처리하고 싶으시다는군요."

"……그래?"

쿵.

채주철의 지팡이가 다시금 지면을 두드렸다.

"그 불같은 아이가 여태 조용히 있는 걸 보면. 내 손주에게도 뭔가 문제가 있었나 보구나."

손자의 죽음에도 채주철은 놀랍도록 아무 감흥 없이, 냉정하기보다는 무감하게 반응했다. 그런 그에게 비서가 물었다.

"……어떻게 할까요."

"으음…… 그래도 채가의 핏줄을 건드린 놈이야. 조용히 넘어가면 내 체면이 깎이지 않겠느냐."

그렇게 말하는 채주철의 음성에는 고저(高低)도, 감정도 존재하지 않았다. 그저 마땅한 일이 벌어진 것처럼, 해야 할 일을 하는 것처럼, 담담하고 고요하게 말했다.

"유진혁이를 불러보아라."

"예. 알겠습니다."

채주철은 작게 웃었다.

유진혁. 유가의 자제로 큰 실수를 저질러 오래전에 내쳤지만, 쓸모가 있을 것 같아 여태 죽이지 않고 살려두었던 한량이다. 그간 나름대로 재능을 잘 살려 꽤 큰 인물이 된 것 같으니, 슬슬 이 은인에게 도움을 줄 때도 되었다.

"하면, 대가는 어떻게 책정할까요."

"……대가?"

그의 얼굴에 처음으로 생긴 변화. 채주철이 눈썹 한쪽을 찌푸렸다. 그러나 그는 이내 짐짓 가장한 평온 속에서, 고민하는 듯 제 턱을 쓰다듬었다.

"대가라……."

그러고는 음산하게 웃으며, 차가운 말을 뱉어냈다.

"만약 놈이 대가를 원하거든. 왜 여태 죽지 않고 살아 있는지, 그것을 곰곰이 생각해 보라 일러라."

한겨울, 채진윤의 삼일장이 모두 끝나고 사흘이 더 지난 날. 나는 서울 대공원 앞으로 나왔다. 채나윤의 부름 때문이었다.

채나윤은 이곳에서 나와 만나고 싶다고 말했다. 오늘 추모 공원에 채진윤을 안식했다는 말까지 덧붙였기에, 나로서는 거절할 방도가 없었다.

"춥다."

입김을 뱉어내며 대공원의 벤치에 앉았다.

오후 3시 10분. 약속 시간이 이미 10분이나 지난 시점, 채나윤의 모습은 영 보이질 않는다.

"……오지 말았어야 했는데."

이미 저질러 버린 일에 대한 후회로, 딱 그렇게 중얼거린 그 순간이었다. 내 어깨에 따뜻한 온기가 닿았다. 그리고 정수리에는 뭔가 뾰족한 것이 내려앉았다.

"……?"

힐끗 보니 채나윤이 두 손으로 내 어깨를 누르고, 정수리에는 자기 턱을 이고 있었다.

"뭐 하냐?"

"미안. 기다렸지."

"……아니, 별로."

채나윤이 픽 웃고는 자연스럽게 내 옆에 앉아, 어깨에 머리를 기대었다. 그러고는 킁킁- 혼자 냄새를 맡더니 살며시 미간을 찌푸렸다.

"담배 냄새나."

"……크흠."

나는 괜히 뒷목을 긁적였다. 아닌 게 아니라 요즘 담배가 몸에 달라붙었다. 상황이 상황이다 보니 예전 글을 쓸 때보다 더 심해졌다. 근데 참 신기한 것이, 담배에는 일시적으로 끈기를 높여주는 효과가 있었다. 한 개비 피면 한 시간에 0.3 정도. 요즘은 골고루 피면서 그 효과가 제일 높은 걸 찾고 있다.

"너는 피지 마."

말하면서 괜히 헛웃음이 나왔다.

너는 이런 거 피지 마라…… 인터넷에 떠돌던 허세 짙은 말을 내가 하게 될 줄은 몰랐는데.

"나 이미 간접흡연 중인데?"

"……"

나는 대답하지 않고, 채나윤이 기댄 오른쪽 어깨를 치켜들었다.

"앗. 아 씨."

채나윤이 살짝 튕겨 나갔다. 그녀는 뾰로통하게 나를 흘겨보더니, 별안간 내 어깨를 깨물었다.

"악. 아 왜 이래."

"맛있다."

"이상한 소리 하지 마라."

그러자 채나윤은 고개를 뒤로 쭉 뺐다. 뭐 하려고 저러나 보니까, 흡사 매의 눈으로 내 옷차림을 좌르륵 스캔하고 있다.

"푸흡. 뭐야. 너 엄청 신경 써서 입었네?"

"평소대로 입은 건데."

"멍멍이 소리 오져 버리네. 매일 생도복만 입었으면서. 근데 잘 어울린다야."

이렇듯 우리는 가능한 평소처럼 서로를 대했다. 채나윤도, 나도. 굳이 그날의 일은 꺼내지도, 꺼낼 생각도 하지 않았다.

"아 맞다. 야. 나…… 다시 가려고."

불현듯 채나윤이 목적어 없이 말했다.

"어딜."

"백두산."

"……가능하겠어?"

각별한 가족을 떠나보낸 지 채 일주일밖에 지나지 않았다. 나조차도 생각할 때마다 괴로운데, 지금처럼 숨이 턱 막히고 손이 떨리는데, 채나윤에게는 보다 많은 시간이 필요할 것이었다.

"그럼. 당연하지."

그럼에도 이토록 당찬 대답이다. 나는 희미하게나마 안심할 수 있었다. 한데 채나윤은 그것 말고도 하고 싶은 말이 더 있는지, 연신 내 어깨를 꾹꾹 눌러댔다.

"왜, 또."

"그러니까…… 있잖아."

"응. 뭐."

"……나, 한 달 반만 기다려 주라."

한 달 반. 채나윤의 훈련이 끝나는 시점이었다. 그녀는 무엇을 위해 기다려 달라는 것일까. 속이 타들어 가는 듯 괴로웠지만, 나는 짐짓 웃으며 말했다.

"기다리면, 뭐 하려고."

"……그건 말 못 하지."

"하아."

나는 새삼 깊게 한숨을 내쉬었다.

지금부터는 내가 모르는 이야기다. 내가 상상도 할 수 없고, 알아서 적어 내려갈 수도 없는 이야기. 그 이야기의 결말에서, 나와 채나윤은 서로를 어떤 눈으로 바라보고 있을까.

"그때까지, 도망은 안 갈게."

나는 그저 그렇게 말했다.

"그래?"

그때였다. 채나윤이 두 팔로 내 목을 휘감고 강하게 끌어당겼다.

채나윤의 얼굴이 내 눈앞에 가득해졌다. 서로의 숨결이 뒤섞이고 코와 코가 닿을 만큼 가까이서, 그녀가 배시시 웃었다.

"그러면, 안심하고 다녀올게."

그렇게 말하고는 내 어깨에 이마를 대었다.

비비적비비적.

별것 없는 어깨에 몇 번이고 비비더니,

"으. 담배 냄새나⋯⋯."

미간을 찌푸린 채 중얼거리면서 벌떡 일어났다.

그러나 나는 보았다. 뒷모습뿐이지만, 그녀의 귀는 화상이라도 입은 것처럼 벌게져 있었다.

"얼굴 터지겠다. 그러게 왜 안 하던 짓을 하고 그러냐."

"뭐, 뭐가. 내 얼굴이 뭐."

채나윤이 에베베거리며 나를 삿대질한다.

나는 쓴웃음을 지은 채 따라서 일어났다.

우리는 나란히 서서 공원의 풍경을 바라보았다. 삭막하고도 차가운

겨울 하늘 아래, 공원은 수많은 사람으로 북적거리고 있었다.

· · ◆ · ·

채진윤의 사망 소식은 전 세계를 휩쓸었다. 그러나 대현 일가는 자세한 사실을 발표하지 않고 함구했다. 때문에 횡행하는 것은 오직 여러 추측성 소문과 루머뿐. 물론 그중 제대로 된 것은 단 하나도 없었다.

"아, 여깄습니다. 김하진 씨."

"고맙습니다."

그리고 오늘은 1월 27일. 나는 직접 우체국까지 찾아와서 편지 봉투를 받았다. 내 집 주소를 모르는 채나윤이 서울 우체국에 편지를 붙였기 때문이었다.

근처 책상 앞에 앉아서 편지 봉투를 뜯었다. 성격은 상남자면서, 글씨체만큼은 누구보다 여자다운 편지였다.

[잘 지내? 나도 잘 지내고 있음.

……근데 사실 솔직히 너한테만 말하는 건데, 잠잘 때마다 생각나서 괴로워 죽을 것 같아. 언제까지 참을 수 있을까 두렵기도 해.

근데 웃긴 게, 훈련도 비슷하게 힘들어서 오히려 괜찮다?

글고 여기 급식이 거의 미슐랭 3스타급이야. 마나 농도 엄청 높은 데서 자급자족하는 거라 식료품들이 죄다 최고급임. 엄청 맛있어ㅋㅋ

아 맞다. 그리고 나 담배 피워봤거든? 교관이 가지고 있던 거 몰래 뺏어서.]

"어?"

눈을 부릅뜨고 읽어 내려갔다.

[와. 넌 이딴 걸 왜 피냐? 엄청 써서 한번 빨자마자 버렸다.]

……다행이라고 해야 하나.

어쨌든 그렇게 읽다 보니 어느새 끝자락에 다다랐다.

[추신. 그리고 답장 좀 빠딱빠닥 해라. 나는 다른 애들이랑 다르게 이거 편지 사흘에 한 번 가능한 거 알지? 사흘 뒤에 또 보낼게.]

채나윤의 편지를 내려놓으니, 그 뒤에 또 다른 편지지 한 장이 나타났다.

텅 빈 공백의 편지지. 이 편지지는 일종의 마법 물품으로, 내가 답장을 쓰면 저 백두산에 위치한 편지함의 어느 편지에 똑같이 적히게 될 것이었다.

말없이 편지지를 보았다.

이곳에 오면서 나는 수십 수백 번을 생각했다. 내가 그녀의 편지를 받아도 되는가. 답장을 써 내려갈 자격이 있는가. 또 나는 그냥 도망쳐야 하는 게 아닐까. 채나윤 앞에서 사라져 버려야 하는 게 아닐까.

하지만 그 모든 생각은 그저 도돌이표처럼 같은 곳을…….

ㅡ으어어어!

찰나, 바깥에서 웬 비명이 들려왔다. 나는 우체국 창밖을 힐끗 보았다.

"뭐야."

도로의 맨홀 아래에서 웬 지하 괴수들이 올라오고 있었다.

서울 한복판에 괴수라니. 조금 어이없는 일이긴 하지만, 그렇게 이상할 것도 없다. 이제 슬슬 괴수의 출현 빈도가 기하급수적으로 늘어날 시점이니까.

나는 미간을 좁히고 그 광경을 지켜보았다. 곧 영웅이 출동할 테니, 굳이 내가 나설 필요는 없다. 그러나 흉측하게 생긴 두더지 한 놈이 어린아이를 쫓는 모습이 시야에 들어왔다. 그걸 본 순간, 몸이 먼저 움직였다.

나는 편지를 놓고 밖으로 뛰쳐나갔다. 동시에 성흔의 마력에서 발생한 사막의 독수리가 내 손에 쥐어졌다.

즉시 방아쇠를 당겼다. 격발된 탄환은 아이를 쫓던 두더지의 미간을 꿰뚫었다.

"성혁아!"

급히 달려온 아이 엄마가 아이를 데리고 대피했다. 갑작스러운 괴수 사태에 시민들은 비명을 내지르며 도망친다. 그러나 나는 시민들의 반대로 걸으며, 사막의 독수리를 소총화 했다.

"꽤 많네."

이미 지상으로 올라와서 도로를 점거한 괴수는 대충 잡아서 70마리. 종류도 생김새도 각양각색이지만, 저 중 제일 강한 놈도 중급 7~9품에 지나지 않아 보인다.

그렇다면야.

나는 70의 머리통을 타겟으로 설정하고 총구를 겨냥했다. 굳이 총구를 움직일 필요는 없다. 곡사(曲射). 직선의 총구에서 배출된 탄환은 수십 갈래로 나뉘어, 각기 다른 궤적으로 쇄도했다.

탄환은 마치 살아 있는 생체처럼 괴수를 찾아가 죽였다. 70개체를 모두 사살하는 데 걸린 시간은 아무리 길어도 1초 남짓.

하늘을 가득 메웠던 총성 이후, 숨소리 없이 고요해진 거리 한복판. 나는 권총을 성흔의 마력 속으로 집어넣었다.

"……아, 저기요. 사진 찍지 마세요."

슬그머니 스마트워치를 들어 올리는 시민들에게 말했다. 그들은 살짝 아쉬운 얼굴로, 카메라 대신 타자를 눌렀다.

오늘 서울에서 뭐 봤음, 총 쏘는 놈 봤음…….

뭐 이런 식으로 SNS에 업로드하려는 거겠지.

그것까지는 어떻게 막을 수 없고, 어차피 총 쏘는 큐브 생도에 대한 소문은 언론에도 파다하기에, 나는 다시 우체국으로 돌아왔다.

연필을 들고 편지를 고민하던 그때. 별안간 우체국 TV의 뉴스에 흥미로운 소식이 울려 퍼졌다.

[정수의 해협 단장 유진웅. 자신의 어린 딸에게 길드의 중대사를 맡기다.]
[세계 2위 거대 길드 정수의 해협, 심각한 월권행위 포착. 그 비선 실세는 생일도 지나지 않은 18살?]

[긴급 속보입니다. 현재 서울 각지의 지하에서 괴수들이 침범하였습니다. 그 위험도는 높지 않으나, 시민들은 가급적 외출을 피하시고…….]

"아."

조금 늦춰지긴 했다만, 터질 게 터졌다. 그러나 이미 완벽한 카운터 펀치를 위한 재료를 준비해 뒀으니, 걱정할 필요는 없다.

오히려 유연하는 이 일을 계기로 자신의 반대파를 모조리 숙청 또는 회유하고, 훗날 있을 완벽한 일인 독재의 토대를 마련하게 될 것이다.

"하아……."

한데 일단 지금은, 그것보다 더 고민이 되는 물건이 내 앞에 있다.

40장
새 학기

[유진웅의 딸 유연하의 월권 스캔들…… 길드 운영의 실세는 사실 단장의 딸이었다?]

유연하는 뉴스를 보면서 손톱을 물어뜯었다. 처음 보도가 됐을 때는 타이밍 좋게 서울 괴수 사태가 발생해서 이대로 묻힐 줄만 알았는데, 그건 개인적인 바람이었을 뿐. 오히려 그 이튿날부터 봇물 터지듯 쏟아져 나와, 3일이 더 지난 지금에는 빌어먹을 루머까지 덧붙여지면서 뉴스와 신문을 가득 메우고 있다.

쇄도하는 연락들에 스마트워치는 불이 나는 것처럼 뜨겁고, 개인 SNS에는 난리도 이런 난리가 없다. 나이도 어린 게 주제 넘는다느니, 18살짜리 비선 실세니 뭐니, 얼굴로 뭐 다 꼬셨냐느니…… 난생처음 보는 사람들이 시비·희롱조의 댓글로 신경을 바삭바삭 긁어댄다.

"아으……."

강한 스트레스에 두통이 일었다. 유연하는 눈을 감고 관자놀이를 짚었다. 보통 이런 공격은 그 낌새부터 알아채서 일이 터지기 전에 처리했어야 했는데, 정말 꿈에도 상상 못 했다. 그만큼 조직적이고 기습적인 공격이었다.

"너무 안일했다."

유연하의 쓰라린 자평이었다. 거느린 정보 길드로 외부의 위협에만 촌각을 곤두세웠을 뿐, 내부의 적을 간과해 버렸다.

"상황이 너무 안 좋은데……."

기실 유연하의 사업자금은 대부분이 어머니가 지원해 준 것이었지만, 정보 길드 낙화를 비롯한 다른 분야에선 '투자'의 형식으로 정수의 해협의 자금이 일부 이용되었다. 이는 유연하가 길드 내부의 믿을 만한 행정가들에게 부탁한 것이었다.

한데 만약 그 사실까지 들키게 될 경우에는, 큐브 퇴학은 물론 길드의 일에도 안 좋은 영향을 끼치게 될 것이다. 그러나 그 모든 것들보다 더 마음 아픈 건…… 역시 어머니의 실망.

"누구야 도대체……."

유연하는 입술을 지그시 깨물었다. 길드 내부의 정보가 너무 자세하고 철저하게 흘러 들어갔다. 이는 분명 내부인의 소행, 그중 부단장 파벌의 소행인 것은 분명했다. 그러나 부단장과 관련된 인물 중에는 이만한 정보력을 지닌 자가 없었을 터인데…….

"아 배 아파."

범람하는 스트레스에 위가 쓰리는 듯 괴롭다. 유연하는 배를 움켜

쥔 채 책상에 머리를 박았다. 언제나 나쁜 일은 한꺼번에 겹친다더니, 딱 그 짝이다.

김하진의 과거, 채진윤의 사망, 창조주의 성은의 기적의 탑 공략…….

"아, 배 아파!"

이번에 유연하는 다른 의미로 배가 아팠다. 창조주의 성은은 지금 기적의 탑을 공략하고 있다. 당장 아무 스캔들 없이 그 공략만 성공적으로 끝나도 정수의 해협은 평생 그 뒤꽁무니만 졸졸 따라다녀야 할 판인데, 나한테까지 이런 일이 터져 버리면.

"아 진짜, 아, 나 진짜아, 아이 씨잉……."

콩콩콩.

유연하는 눈물을 흩뿌리며 발을 동동 굴렀다. 거의 사흘 동안 한숨도 못 자고 식음을 전폐한 그녀다. 당장 쓰러져도 이상하지 않은 그 상황에서, 별안간 안방의 인터폰이 울렸다.

─저 아가씨.

유연하는 고개를 휙 치켜들었다.

─한 남자가 찾아왔습니다. 아가씨를 뵙고 싶다고 합니다.

"아 뭐야, 또."

벌떡 일어난 유연하는 성큼성큼 다가가 인터폰에 신경질적으로 반응했다.

"아 기자는 묻지 말고 내쫓으라니까여!"

─아 저 그게…… 기자가 아니라, 생도입니다. 자꾸 아가씨 동료라면서 생도증을 제시하고 있습니다.

"……동료요?"

유연하의 미간이 좁혀졌다.

동료. 감히 자신에게 동료라고 지칭할 수 있는 사람은…….

"혹시, 김하진?"

ㅡ아 네. 맞습니다. 줄 게 있다면서 직접 찾아왔습니다. 들여보낼까요?

"어…… 잠시만요. 제가 직접 나갈게요."

유연하는 안방 문을 열고 방의 거실로 나왔다. 그리고 거실 문을 열고, 저택의 로비로 나왔다. 구조가 조금 복잡하지만, 규모가 상당한 대저택이라 어쩔 수 없다.

"에휴."

유연하는 작게 한숨을 내쉬면서 현관문을 열었다. 바깥 공기가 쏴아아ㅡ 파도처럼 밀려든다.

오랜만에 느껴보는 맑은 공기. 크게 숨을 들이쉬고, 저 멀리 앞뜰 너머의 정문을 보았다. 그곳에는 김하진이 한 손에 웬 비닐봉지를 든 채 서 있었다. 신호를 보내자 경호원이 정문을 열어주었다.

김하진이 터벅터벅 정원을 걸어온다.

"……무슨 일이에요?"

이내 현관문 앞에 선 김하진을, 유연하가 맞이했다.

그가 비닐봉지를 내밀며 한마디 했다.

"연락을 안 받길래."

"그거야, 상황이 상황이다 보니까…… 것보다 그건 뭐예요?"

유연하가 비닐봉지를 가리켰다. 김하진은 말없이 그 안을 보여줬다. 떡볶이, 순대, 어묵, 햄버거, 치킨…… 유연하가 사랑하는 온갖 음식들이 한데 모여 있었다.

"아니이. 나 이런 거 안 좋아한다니까요."

유연하는 순간 혹했으나 곧 날카롭게 반응했다. 그녀의 오랜 습관 탓이었다. 이런 상황에서 약해 보이지 않으려면, 가시를 드러내는 수밖에는 없다.

"이건 그냥 선물이고."

그러나 김하진은 억지로 유연하의 손에 비닐봉지를 걸었다.

"아으, 진짜."

싫으면 내팽개치면 되는데, 실제로도 그러려고 했는데, 스멀스멀 올라오는 냄새가 코를 간질여서 차마 그럴 수가 없었다.

"……후. 쓰레기통에 버릴 거예요. 여기에 내팽개치면 치울 사람 없으니까."

"그러든가. 근데 부모님은 어디 갔냐?"

"제 일 수습하러 갔죠. 수습이 될지는 모르겠지만."

그러자 김하진은 피식 웃으며 품속으로 손을 집어넣었다. 안주머니를 몇 번 뒤적이는가 싶더니, 웬 큼지막한 서류 봉투가 그곳에서 튀어나왔다.

유연하가 고개를 갸웃하며 물었다.

"뭐예요?"

"뭐긴. 총알이지."

"총알……?"

김하진이 서류 봉투를 내민다. 유연하는 의아해하면서도 일단 서류 봉투를 받고, 그 내용물을 꺼냈다.

[진실 사무소]

정직과 신뢰의 진실 사무소를 이용해 주셔서 감사합니다.

원하시는 내용을 간추려서 기록하였습니다.

유연하 월권 스캔들을 기획한 자들의 명단입니다.

맨 첫 장에는 웬 반쯤 떼 먹은 사과 로고와 함께, '진실 사무소'라는 들도 보도 못한 이름이 적혀 있었다.

"이건 뭐예요?"

"진실 사무소. 몰라? 요즘 한창 핫한 정보 사무손데, 내가 큰맘 먹고 돈 좀 쏟아부었어."

그렇게 말하는 김하진은 왜인지 연극 톤이었다.

유연하는 기가 찬다는 듯 웃으며 재차 물었다.

"이거, 한 입 베어 문 사과는요?"

"로고겠지."

"로고가 왜 이래요?"

"그거 계속 보다 보면 중독될걸."

"무슨. 싸구려 같은데."

유연하는 관심 없는 척 서류를 힐끗 보았다.

'유연하 월권 스캔들을 기획한 자들의 명단입니다.'

그 마지막 줄이 특히 눈에 들어왔다.

"……됐어요. 괜찮아요. 내가 알아서 해결할 수 있어요. 저, 이런 사적인 부분까지 도움받을 만큼 염치없는 사람 아니에요."

"누가 그냥 준대냐?"

"에?"

유연하는 서류를 반려하려 했으나, 오히려 김하진이 먼저 그 서류를 빼앗았다.

"너네, 방어구도 만들지?"

"어, 네. 당연하죠."

"짐승용 방어구는?"

"……그런 걸 뭐 하러 만들어요."

"이참에 만들어봐."

그렇게 말하더니 다시 서류를 내민다. 유연하는 뭔가에 홀린 듯 그 서류를 도로 받았다.

"그것도 꼭, 잘 읽어보고."

그 말을 마지막으로 김하진은 돌아섰다. 그리고 왔던 길을 그대로 밟으며 저택 밖으로 걸어간다.

"……뭐야, 저 사람."

유연하는 그 뒷모습을 멍하니 바라보다 금세 정신을 번쩍 차렸다.

손에 들려진 큼지막한 서류 봉투. 혹시나 하는 마음에, 선 채로 서류를 열었다.

[기획자들]

1. 박상호

유진웅 일가의 치부를 남몰래 기록하고, 개인 데이터베이스에 업로드했던 걸로 여겨짐. 의외로 물욕과 재물욕이 상당하며, 부단장이 추진한 불법 던전 공략에 수차례 참여했던 것으로 보임…….

돌연 유연하의 눈이 부릅 뜨였다. 이 서류 속에는 그저 문장뿐만이 아니라 확실한 증거까지 동봉되어 있었다.

"이, 이거 뭐야."

황급히 고개를 들었다. 그러나 이미 바이크에 올라탄 김하진은, 저택에서 급속도로 멀어지고 있었다. 유연하는 빠르게 사라지는 그 뒷모습을 멍하니 좇았다.

· · ◈ · ·

역풍은 강하게 불었다. 처음에는 유연하에 관한 의혹으로 시작되었으나, 오히려 부단장 파벌이 남몰래 저질렀던 비리 쪽으로 논조가 틀어졌다. 작은 불을 더 큰불이 뒤삼킨 격이라고나 할까.

밀수, 불법 용병 고용, 미(未)신고 던전 공략, 그로 인한 탈세…….

물론 그들 또한 정수의 해협 소속이고, 엄밀히 따지면 길드 전체의 스캔들이기에 단기적인 순위와 신뢰도 하락은 불가피할 것이다. 하지만 썩은 뿌리들을 다 캐낸 이후에는 오직 상승만이 기다리고 있을 뿐이다.

유연하는 필히 그렇게 이끌어갈 것이다. 정수의 해협을, 세계 굴지의 1위 길드로.

[정말 고마워요. 그 진실 사무소 팀에게도 감사를 전해주세요.]

[덕분에 지금 부단장 쪽 사람들이 저한테 애걸복걸하고 있어요 ^^~]

[아 맞다. 근데 짐승이 장착할 방어구는 구체적으로 뭘 말하는 거예요?]

[만들어본 적은 없긴 한데, 가능한 최고급으로 만들어 드릴게요. 기왕이면 당신 사이즈도 적어주세요.]

[(다람쥐가 두 손을 모으고 감사해하는 이모티콘)]

그리고 오늘은 2월 13일. 흔치 않게 이모티콘까지 사용한 유연하의 문자에 나름 상세히 답장해 주고서, 나는 큐브 공식 사이트에 게시된 공지를 확인했다.

[생도 순위]
[김하진 334위 ▶ 121위 (213↑)]

나는 무려 213계단이나 상승한 121위. 상위 10% 안에 든 것으로, 1년 단위로 보자면 상당히 급변적인 순위 변동이었다. 1년 사이에 거의 800명 이상을 제친 거니까.

그 괄목상대에 대한 반응은 나도 사람이니만큼 궁금해서, 큐브 생도 커뮤니티에 접속해 봤다.

−와 김하진;; 요즘 상승세 무섭네.

−걔는 필기가 넘사벽이잖아. 현분학2도 만점 받았던데 ㅋㅋ 진짜 뇌는 천재가 맞는 듯.

└교수님이 그러시던데, 김하진이 이론에만 빡시게 집중했으면 노벨상도 가능했을 거라더라 ㅇㅇ

−근데 김하진 용병 쪽으로 간다는 루머 있지 않음?

−왜 용병으로 감? 총기 관련 재능이어도 요즘 중상위 길드 쪽에서 많이

간 보는 것 같던데.

　─영국 왕실 길드에 입단할 가능성도 있다고 하던뎅.

　ㄴ갑자기 웬 왕실 길드ㅋㅋㅋ 아. 혹시 레이첼이세여?

　ㄴ아닌데요;; 무슨 소리지ㅋㅋ;;;;;

　과연 생도 커뮤니티에서도 내 이름이 꽤나 화제였다.

　[축★100위권 진입★하 (@'u')!]

　그때 갑자기 레이첼의 문자가 도착했다.

　[고마워요.]

　간단히 답장을 보내고 나서 레이첼의 순위도 확인해 봤다.

　3위에서 변화가 없다. 1위와 2위가 김수호와 신종학이니 당연한 이
야기지만. 그 이외에 채나윤도 4위에서 변동이 없었고, 유연하는 9위
까지 떨어졌다. 근데 애초에 유연하의 목표는 10위권 유지다.

　[아, 맞다. 근데 영국은 언제 오실 거예요? 곧 방학도 끝나가는데.]

　레이첼은 별생각 없이 보냈을 평범한 문자이지만, 나는 갑자기 생각
이 많아졌다. 2학년의 새 학기는 1학년에 비해 조금 늦게 시작한다. 일
단 반 구성도 달라질뿐더러, 2학년부터는 대학생처럼 알아서 시간표를
짜야 하기 때문이다.

　그것에 대해서 나는 고민을 하고 있다. 자퇴에 대한 고민을.

　[영국은 못 갈 것 같아요. 시간이 안 나서.]

　[아…… 정말요? 아쉽네요ㅠ_ㅠ.]

　삑삑삑삑─

　"다녀왔습니다아~"

"야옹."

그때 비밀번호가 눌려지더니 에반젤과 하양이가 들어왔다.

"어, 왔어?"

나는 일어나서 두 아이를 맞이했다.

요즘 에반젤은 외출이 잦아졌다. 그렇다고 걱정은 안 한다. 아무래도 이곳이 상당한 부촌 아파트 단지인지라, 놀이터와 키즈카페를 비롯한 안전한 놀이시설들이 단지 내에 즐비하여 있거든.

"하진, 나 오늘은 미끄럼틀 탔다?"

"그래? 어땠어."

"막. 동굴 같았어. 슈웅. 내려가고."

"잘했어. 그럼 이제 공부해야지?"

에반젤의 얼굴이 순간 새초롬해졌다. 친구를 사귀고 밖에서 뛰어노는 건 물론 좋지만, 그래도 웬만큼의 지성과 마녀로서의 기량 발전을 게을리해선 안 된다. 언젠가 인류에게 커다란 힘이 될 재능이니까.

"밥 먹고 할 거야."

"그래?"

"응."

에반젤은 내 품에서 쪼르르 떨어지더니, 스마트워치로 누군가와 연락을 하기 시작했다. 접때 사귄 그 친구라는 애겠지.

"에반젤."

"응?"

나는 그런 에반젤에게 한번 물어보았다.

"여기에 계속 있고 싶어?"

군이 자퇴를 결심하지 않더라도, 2학년부터는 통학 신청이 가능하다. 매번 서울 통관소까지 가야 해서 조금 귀찮긴 하겠지만, 그 정도야 에반젤을 위해서라면.

"······으응. 아니."

그러나 에반젤은 의외로 고개를 저었다.

"어? 왜?"

"······하진, 어디 갈 거야?"

내 물음에 에반젤은 다른 질문으로 대신했다. 두려워하고 걱정스러워하는 작은 목소리. 나는 그제야 에반젤의 속뜻을 깨닫고, 사뭇 환하게 웃어주었다.

"아니, 우리 둘 다, 아니, 셋 다 여기 살 거야. 네가 원하면."

"하진도 같이?"

"응."

"그, 그럼 좋아!"

에반젤이 허겁지겁 고개를 끄덕였다.

백두산의 천지 바로 앞에 위치한 '유시혁 무도관'. 12시간 동안 계속된 지옥 훈련이 끝나자마자 채나윤은 편지관으로 달려갔다.

"아저씨!"

평소처럼 편지함을 관리하고 있는 아저씨에게, 채나윤은 급하게 물었다.

"아저씨. 오늘은, 오늘은 있어요?"

그러자 아저씨는 피식 웃더니, 한 편지함에서 편지 한 장을 꺼내주었다.

"······옛다, 받아라."

"오, 고마워요!"

채나윤은 편지를 받았다. 오늘이 2월 13일이니까, 거의 2주 만의 답장이었다.

"아 근데 얘는 뭐가 바쁘다고."

첫 편지 이후, 김하진의 편지 주기는 계속해서 늦어졌다. 사흘에서 일주일로. 일주일에서 2주일로.

그래도 받으니까 기분은 좋네.

채나윤은 고작 편지 한 장에 싱글벙글 웃으며 밖으로 나왔다.

"음? 니들 뭐 하냐?"

한데 그 밖에는 김수호와 신종학이 기다리고 있었다.

사실 채나윤은 이 두 사람에게만큼은 그 얘기를 해줬다. 오빠가 죽었다는 얘기를.

"야, 뭐 하냐고?"

"······아니, 뭐."

"별건 아니고."

둘은 서로 눈치를 보며 볼이나 긁어댄다.

에휴.

채나윤은 한숨을 내쉬었다.

"······평소처럼 대해주는 게, 오히려 나 도와주는 거야. 모르냐?"

채나윤 본인부터가 그렇게 행동했다. 물론 혼자 잠자리에 들 때는 아직도 죽을 만큼 무섭고 슬프지만, 어떤 때는 꺽꺽 울면서 잠들기도 했지만, 아니, 아직도 거의 매일 그러고 있지만, 그래도 슬픔에 잡아먹히는 건 죽기보다 싫으니까. 무엇보다, 오빠도 내가 슬프지 않길 바랄 테니까.

"그렇긴 해도……"

김수호가 다소 불편한 얼굴로 한숨을 내쉬었다. 그러자 돌연 신종학이 나섰다.

"채나윤. 언제든 네가 원할 때, 나에게 기대라."

"뭐래 미친놈이. 난 간다. 그리고 니들 괜히 나한테 들러붙지 마. 징그러우니까."

채나윤은 그런 두 사람을 팡팡 밀쳐내고서, 자기 방으로 달려갔다. 그러고는 들어오자마자 문을 쾅 닫고 주변을 휙휙 살핀 뒤 편지를 열었다.

[잘하고 있는 것 같아서 다행이야.
얼마 안 남았으니까 잘 마무리해.
다치지 말고.
추신. 요즘 바빠져서 답장은 그렇게 자주 못 할 것 같아. 미안해.]

"……이게 뭐야."

채나윤이 멍하니 중얼거렸다.

몰카인가?

혹시나 싶어서 뒤에 편지 한 장이 더 있나 봤지만, 이게 끝이었다.

고작 한 문단. 살짝 머리가 혼란스러웠다.

이게 다라고?

"······내가 뭐 잘못한 거라도 있나?"

채나윤은 갑자기 백두산 아래로 내려가고 싶은 충동이 일었다.

· · ◆ · ·

오직 하나 창백한 전등만이 희미하게 아른거리는 어두컴컴한 저택. 의자에 앉은 채 신문을 읽어 내려가는 한 남자가 있다.

객관적으로 심히 잘생긴 외모의 남자였다. 날카롭고 뚜렷한 이목구비는 전등의 파편 아래에서 아름답게 빛났고, 불만스럽게 찌푸려진 미간은 오히려 그의 분위기를 더욱 짙게 만들었다.

"이런······."

이윽고 그는 낭패 어린 한숨을 토해내며 고개를 숙였다. 그 순간 반대편의 문이 열리더니, 웬 가죽 재킷을 걸친 여자가 걸어 나왔다.

"뭐, 일이 안 풀렸어?"

그녀는 그렇게 중얼거리며 그의 앞에 앉았다. 남자는 대답 없이 낮게 웃었다.

"또 도박으로 날려 먹었나. 비웃어줄까?"

"······그래. 근데 사혁아. 너 그때 미간에 새겨졌던 자국, 이제 흔적만 살짝 남았다야. 티도 안 나."

그 냉소적인 비아냥에 남자는 웃으며, 짐짓 장난스럽게 대응했다. 그러자 여자의 안색은 더없는 분노로 물들었다.

"뭐?"

"미간 말이야 미간. 동전이 꼽혔던 미간 자국. 네가 씻으려고 해도 안 씻어지던 거."

불현듯 그녀의 눈앞에 그날의 기억이 스쳐 지나갔다. 벌써 3개월도 더 지난 일이지만, 아직까지도 생각할 때마다 치가 떨리고 분노가 솟구치는 치욕. 살면서 단 한 번도 경험해 본 적 없는 굴욕. 그것은 가장 선명한 영상이 되어 뇌리에 박혔다.

"생각나게, 하지 마라."

그녀, 진사혁은 악문 목소리로 경고하였다. 그러나 오늘만큼은 상대 방도 접어줄 생각이 없는 듯했다.

"그렇게 꼴사나운 일은 애초에 벌어지지 않도록 했어야지. 내가 누 누이 말했잖아. 너무 기고만장하지 말라고."

탁. 그가 신문을 내려놓았다.

진사혁은 바스락거리는 종이 뭉치에는 관심 없이, 오직 그만을 직시했다.

"사혁아, 착각하지 마. 너는 아직 햇병아리니까. 내가 손가락 하나만 까딱하면 터뜨려 버릴 수 있는, 검은 병아리."

그 말에 진사혁의 미간이 꿈틀거렸다. 그러나 그녀는 애써 입꼬리를 비틀어 올리고, 한 치의 물러섬도 없이 말했다.

"그럼, 해봐."

그런 그녀를 바라보는 남자의 눈이 차갑게 가라앉았다.

진사혁이 재차 말했다.

"터뜨려 봐."

"……흐음."

"터뜨려 보라고."

역시 뒤가 없는 년이다. 어쩔 수 없이 남자는 눈을 감고, 빙그레 웃으며 물러섰다.

"미안. 내가 오늘 신경이 좀 날카로웠어."

그의 항복 선언에 진사혁은 조금 누그러진 듯했으나, 이내 인정할 수 없는 부분을 다시 파고들었다.

"……다시 싸우면 이길 수 있어."

"그건 네 생각이고."

"방심한 거였어."

"그쪽은 동전 하나였는데?"

진사혁은 입을 꾹 다물었다. 반박거리가 생각나지 않았다. 그의 손가락에서 솟구친 동전 한 닢. 그것은 동전이라고 생각할 수 없는 파괴력을 발하며 쇄도했고, 자신의 미간에 깊은 자국을 새겼다. 자국은 무려 한 달 동안이나 지워지지 않아서 밖에 나가지도 못했다.

"벨 씨."

"응?"

그때, 부엌 쪽에서 그들의 또 다른 일행이 음식을 내어왔다.

"오늘 기분 많이 안 좋은가 봐요?"

"……아."

그녀는 남자를 벨이라 불렀다. 그에 벨은 피식 웃었다.

"다른 게 아니라 나한테 화난 거야. 중요한 일이 하나 틀어졌는데, 그 사실을 지금에서야 알아버렸거든. 판데모니엄에 너무 오래 있었나 봐."

그는 탁자에 놓인 신문을 톡톡 건드렸다. 여자는 그것에 적힌 내용을 중얼거렸다.

"채진윤 사망…… 이게 뭐예요?"

"그런 게 있어. 살았어야 하는 놈인데, 누가 죽여 버렸네?"

진사혁은 그런 그를 가만히 쳐다보다가, 긴 머리를 뒤로 쓸어 넘기며 벌떡 일어났다.

"난 간다."

"어딜?"

"투기장."

"……풋."

벨은 작게 웃었다.

"불만 있어?"

"아니."

"불만이면 그놈들이랑 싸우게 해주던가."

진사혁은 그 일이 있고 난 뒤 꼬박 3개월 동안이나 두 남자를 찾아가겠노라고 땡깡을 부렸다.

두 남자, 김수호와 김하진. 아마 나름대로 그날의 패퇴를 복수하고 싶었던 모양이지만, 벨은 허락할 생각이 없었다. 그 두 놈은 먼 훗날 진사혁을 완성시킬 결정적인 퍼즐이므로.

처음에는 김수호 하나만 생각하고 있었는데, 우연히 한 놈이 더 생겨 버렸지만 뭐. 다다익선이라는 말도 있으니까.

"불만 없다니까. 투기장 가셔서, 마음대로 노세요. 그러다 혹시 사탄의 집사들 만나서 얻어터져도 내 알 바는 아니야."

사탄의 집사들. 이곳 판데모니엄에서도 '서열 1위'에 해당하는 조직이다. 조직의 구성원 33명 모두가 그 유명한 악마 '사탄'과 계약했다고 하는데, 그만큼 판데모니엄은 그들의 압도적인 힘 아래에 균형과 질서가 잡혔다고 해도 과언이 아니다.

진사혁은 말없이 저택의 문을 열었다. 탁 트인 시야 너머로 알코올과 피가 뒤섞인 잔향이 스며들고, 아득히 펼쳐진 환락과 유흥의 거리가 한눈에 들어온다.

그녀는 저택을 나와 판데모니엄의 중심부로 걸어갔다. 걸으면서 다시금 복기했다. 떠올릴 때마다 심사가 뒤틀릴 만큼 화가 나지만, 훗날의 희열을 위해서는 감수해야 하는 일이었다.

쾅–

동전을 쏘아낼 때의 그 가공할 만한 힘.

쿠구구궁–

벼락처럼 몰아치던 그 동전에 담긴 위력.

그는 강자였다. 빈틈없이 강력한 남자였다. 김수호와 더불어 머릿속에 담아둘 만한 놈이 하나 생긴 것이었다.

여기서 시간이 흐르면 놈은 얼마만큼 더 강해질까.

진사혁은 돌연 얼굴을 감싸 쥐고 바닥에 주저앉았다.

"아…… 하아아……."

싸우고 싶다, 아니, 죽이고 싶다. 사지를 찢어서 죽여 버리고 싶다. 그 강렬한 충동에 온몸이 달콤 쌉싸름하게 달아올랐다.

개학 1주일 전의 어느 나른한 오후.

집 앞으로 에센셜 아머리의 정직원이 직접 찾아왔다. 그는 상자 꾸러미와 검은색 편지 봉투 하나를 건네고서 돌아갔다.

"음."

상자는 접때 부탁했던 방어구인 것 같은데, 편지는 뭐지.

나는 일단 편지 봉투부터 열었다. 그 안에는 웬 검은색 카드가 들어있었다.

[에센셜 아머리 SPECIAL VIP 전용 카드]

거기에 더해서 딱지처럼 접힌 작은 쪽지.

[앞으로 부탁할 일이 생기면, 굳이 저를 통할 필요 없이 아머리에 직접 부탁하세요. 제가 쓰는 거랑 같은 카드니까 한도는 없을 거예요.

추신. 참고로 그 카드, 저희 정수의 해협 계열사에도 쓸 수 있어요.]

유연하의 필체는 한석봉처럼 유려하고 반듯했다.

"……이건 또 제대로 월권이네."

나는 쓰게 웃었다. 월권 스캔들로 그 고초를 치렀으면서, 오히려 더 과감해졌다.

내가 너무 금방 도와준 건가. 그래도 이런 대단한 선물이라면 언제든 환영한다.

나는 카드를 지갑에 넣고, 상자 꾸러미를 열었다. 역시 내가 부탁한 늑대용 방어구가 들어 있었다.

[마력 결정 방어구][최상품]
[충전 마나량 2,000/2,000]
－육체 보조
지구력, 체력, 순발력을 각각 0.3만큼 상승시켜 준다.
－중상급 내구 강화
－피해 흡수
충전된 마나량만큼의 피해를 흡수한다.
－범용
육체 스캔 센서가 탑재되어, 인간이 아닌 대상도 장착할 수 있다.

이건 입는 방어구가 아니다. 마력 결정이 육체에 맞는 방어구를 방사해 내는 최고급·최첨단 방어구다. 부분 유물과 유물을 제외하면 이만한 방어구는 존재하지 않을 테지만, 아직 내 마음에는 차지 않는다. 그래서 설정 한 줄을 추가했다.

인간이 아닌 대상이 착용할 경우에는 능력치 상승치가 3배로 곱해진다.

소모 SP는 150. 역시 '인간이 아닐 경우'라는 제약은 스텟 뻥튀기에 효과적이다.
나는 내 가슴팍에서 자고 있는 마랑을 소환했다.

-갸릉.

별안간 호랑이만 한 늑대가 거실을 가득 채우자, 하양이가 히야악—
등을 바짝 세우며 뒤로 도망쳤다.

"앗, 내 늑대다. 헤헤."

그러나 에반젤은 환하게 웃으며 늑대에게로 다가갔다.

-그르릉, 그르릉.

에반젤의 작고 고운 손길을 늑대는 기분 좋게 느꼈다.

"마랑아. 이거 차보자."

나는 그런 늑대의 가슴팍에 원통형의 방어구를 부착하고, 마력을
주입했다. 방어구가 늑대의 가슴과 등허리를 감싸며 솟아올랐다. 척
보기에도 멋스러운 이 치장이 늑대는 만족스러운 듯, 괜히 남자답게
주둥이를 부르르 털었다.

그때 부우웅— 갑자기 스마트워치에 진동이 울렸다.

한 번이 아니다.

부우웅— 부우웅.

손목이 울릴 만큼 연속으로 울려댄다.

[SP가 144만큼 상승합니다.]

[어디선가 발생한 분노와 집념의 마력이 술식을 이뤄, 당신을 '표적'으로
설정하였습니다.]

[그러나 대단한 황금빛 행운이 발생합니다!]

[믿을 수 없는 힘이 작용해, 오히려 술식이 거꾸로 뒤집힙니다!]

[누군가의 재능 '표적'이 오히려 대상 김하진에게 훨씬 유리하도록 적용

됩니다!]

[구사일생(4/9)−특수 능력치 '운의 축적'이 일부 활성화됩니다!]

"……어?"

SP는 갑자기 왜 올랐고, 그것보다 표적은 또 뭐지? 내가 이런 재능도 썼었던가. 뭔진 모르겠지만, 덕분에 여태 기미조차 안 보이던 운의 축적도 엄청 뜬금없이 얻었다.

"아, 그놈인가."

그러다 돌연 생각났다. 기말고사 도중 레이첼과 나를 죽이려 했던, 귀천의 그믐달 소속 '흑전'이라는 놈. 정신 못 차리고 나한테 이딴 저주를 걸려고 했던 것 같은데.

"……나중에 대장한테 일러야지."

3월 13일.

"진짜…… 끝났네."

어느덧 시간은 흘러, 새삼 이곳에서 두 달이나 버텨냈다는 것이 신기한 백두산에서의 마지막 밤. 채나윤은 두 달 동안 정들었던 방을 둘러보다가 힘차게 짐 가방을 들었다. 가져온 짐은 얼마 없지만 그래도 이곳엔 소중한 것이 있었다.

침대 옆에 놓인 사진들. 액자에 담긴 채 환하게 빛나고 있는 남매, 채나윤과 채진윤.

채나윤은 액자 하나를 들고 그 속의 자신과 오빠를 천천히 쓸었다. 그러자 별안간 어떤 전조도 없이, 무언가가 울컥 쏟아져 나왔다.

"……이번에는 계속 같이 있을 줄 알았는데."

떨리는 목소리로 중얼거리며, 그녀는 액자를 품에 안았다.

아직도 꿈처럼만 느껴지는 현실. 훈련을 끝내고 병실로 돌아가면 평소처럼 누워서 나를 기다리고 있지 않을까, 몇 번이고 생각했었다.

"미안해, 오빠."

매일 밤 후회했고, 매일 밤 그 모든 걸 자신의 잘못으로 치부했다. 내가 오빠의 말을 듣지 않았다면. 고집을 부려서라도 백두산에 올라가지 않고 오빠 옆에 남았더라면, 오빠는 아직 내 곁에 있지 않았을까.

"……미안해."

워낙 많이 울어 메마른 것 같았던 눈물샘에서 또 다른 눈물이 흘렀다. 그러나 채나윤은 흐르는 눈물을 벅벅 닦아냈다.

"조금만 기다려, 오빠."

그리고 액자를 가방 속에 넣었다.

"내가 꼭, 복수해 줄 테니까."

강한 다짐이 담긴, 억센 읊조림이었다.

큐브 2학년의 새 학기가 시작되기 이틀 전 나는 잠깐 큐브로 돌아왔다. 기숙사에 놓고 온 짐들을 집으로 가져가기 위함이었다.

"김하진 생도, 여깄습니다."

"감사합니다."

기숙사 직원에게 짐을 받았다. 별로 없을 줄 알았는데 의외로 많았다. VR기기부터 셔츠, 코트, 청바지, 슬랙스 등등…… 나는 품 한가득 박스를 안고 포탈로 걸었다.

"어, 하진 씨?"

그때 들려온 익숙한 목소리, 눈을 크게 뜨고 보니.

"어, 레이첼 씨?"

우연히 만난 우리는 약속이라도 한 것처럼 자주 함께 훈련하던 공터로 향했다. 그곳의 잔디밭에는 레이첼이 정령을 끌어모은 흔적이 아직까지도 꽤 선명하게 남아 있었다.

레이첼은 쑥스럽게 웃으며 그 위에 가서 섰다.

"여기서 총알 많이 맞았었는데. 벌써 3개월 전 이야기가 됐어요."

"그러게요."

나는 바닥에 짐을 내려놓았다. 그제야 레이첼이 호기심 깊은 눈으로 물었다.

"근데 그 짐은 뭐예요?"

"아……."

가벼운 물음에도 저절로 쓴웃음이 나온다. 나는 그저 뒷목을 긁적이며 말했다.

"저, 큐브 그만두려고요."

"……네?"

순간 레이첼의 눈이 휘둥그레졌다.

"왜, 왜요?"

"뭐, 그냥. 용병 쪽이 더 편한 것 같기도 하고 해서."

"어…… 용병이요?"

꽤나 충격인 듯 금붕어처럼 뻐끔거린다.

"근데 1학기까지는 다닐 거예요. 아 1학기가 아닌가? 그래도 중간고 사까지는 다닐 것 같아요."

아직 큐브에 붙어 있어야 하는 이유가 하나 있기 때문이다.

큐브에서의 마지막 스토리. 기말고사 이전에 벌어지는 '그 사건'은 지 켜보고 가야지.

"그럼, 저. 하진 씨. 영국 왕실 길드는……."

한데 레이첼은 무엇보다 그 부분이 상당히 아쉬운 듯했다.

"못 가게 됐어요, 아쉽게도. 미안해요."

레이첼은 슬픈 표정을 지었다.

근데 나는 왕실 길드로 간다는 말은 한 번도 안 했던 것 같은데, 자 기 혼자서 무슨 상상을 했었던 거지.

"그래도 혹시 알아요? 용병 파트너십 같은 걸로 나중에 같이 일하게 될 수도."

"네?"

용병 파트너십. 던전 공략이나 탑 공략에 있어서 모자란 인원을 특 정 용병단의 용병으로 충당하는 것으로, 쉽게 말해 '외주 계약'이다.

"아…… 하진 씨 같은 용병이면 언제든 환영이지만…… 파트너십은 용병단 전체랑 맺는 것이라서……."

다만 길드보다 기량이 뛰어난 용병단은 전 세계를 통틀어도 두 손 에 꼽히기에, 요즘 용병 파트너십은 중소 길드들도 가끔씩 사용하는 미봉책에 불과하다. 그렇기에 레이첼의 당황과 곤혹도 이해는 간다. 왕실 길드는 그래도 영국에서는 최고로 쳐주는 길드이니까.

물론, 그러나 그 모든 전제는 용병단의 이름에 따라 뒤엎어진다.

제로니모. 그 별것 없는 알파벳이 앞에 붙는 용병단은, 언제나 길드를 선택하는 입장이었다.

"그런 고민은 나중에 하시고요."

"아, 네. 그렇죠."

레이첼이 쓰게 웃으며 볼을 긁적였다. 나는 그런 그녀를 바라보다가, 주머니 속에 쟁여둔 생도용 권총을 꺼냈다.

"오랜만에, 훈련이나 도와드릴까요?"

"예? 아, 흠흠."

그러자 뭔가 기고만장하게 헛기침을 한다.

"네. 한번 해보세요. 제가 얼마만큼 발전했는지 보여 드릴게요."

3월 15일. 벚꽃이 흐드러지는 봄.

나는 새로운 교실 앞에 섰다. 굳이 긴장이 되거나 하지는 않고, 오히려 무덤덤하다.

반의 이름은 '성화(聖火)'. 레이첼, 유연하, 이영한과 같은 반이 된 것이다. 채나윤은 아마 김수호와 같은 반일 테고, 신종학은 혼자 다른 반으로 동떨어졌을 테지.

나는 교실 문을 열었다. 익숙한 얼굴은 세 명이 있었다. 아니, 한 명은 자고 있어서 뒤통수만 보인다.

레이첼과 유연하와 이영한. 자고 있는 놈은 이영한이고, 유연하는 이미 많은 생도에게 둘러싸여 있었다. 채나윤도 김수호도 없는 이 반에서, 그녀는 아마 여왕으로 군림하게 될 것이었다.

"음?"

나와 눈이 마주친 유연하는 픽 웃으며 작게 손을 흔들어주었다. 이제 100위권에 진입했겠다, 슬슬 아는 척해도 자기 평판에 손해가 안 될 거라는 판단이 섰나 보다.

유연하는 인사에 덧붙여 입 모양으로 뭔가 말하기까지 했다.

—나윤이가 왜 답장 안 하냐고 물어요.

나는 눈인사로 대답을 대신하고서 맨 뒷자리에 앉았다.

"좋은 아침이에요."

마찬가지로 뒷자리에 앉아 있던 레이첼이 내게 말을 걸어왔다.

"네."

나는 짐짓 웃으며 대답을 해주었다. 그렇게 정확히 8시가 되자, 문이 벌컥 열리고 교관이 들어왔다.

"반갑다, 제군들."

상당히 의욕적으로 생긴 교관은 가타부타 허공에 마력을 방사했다.

이. 영. 진.

붉은 마력이 교관의 이름을 선명하게 알린다.

"나는 성화반 담당 교관 이영진이다. "

남자 교관의 힘찬 말을 나는 한 글자 한 글자 자세하게 곱씹었다.

"2학년부터는 수업 방식이 달라진다. 물론 다들 이미 알고 있으리라

믿지만, 간략하게 설명을 해주겠다."

열린 창문 사이로 벚꽃이 흩날리고, 아릿한 꽃향기가 스며들었다.

"우선 조례와 종례, 그리고 반마다 두어 개씩 있는 '공통 수업'을 제외하고는, 모두 본생도들이 각자 신청한 훈련을 받게 될 것이다."

이제 나의 큐브 생활은 얼마 남지 않았다. 많이 괴로웠고, 슬펐고, 복잡한 일도 많긴 했지만……. 그래도 언젠가 내가 이곳을 떠올릴 땐, 꽤 괜찮은 기억이 많았노라 추억할 수 있지 않을까.

"우리 반의 공통 수업은 협동 체력 단련이다. 같이 훈련에 임할 네 명의 짝을 찾도록……."

앞으로 2개월.

짧다면 짧고, 길다면 긴 그 시간이 지나면.

나는 이곳에서 사라진다.

41장
갈림길

큐브의 모든 수업이 끝난 오후. 아직도 종례가 진행 중인 성화반 앞에서, 채나윤은 고개를 기웃거리고 있다.

"아 언제 끝나."

성화반 담임 교관 이영진은 살벌할 만큼 FM이라고 들었는데, 과연 그 소문대로다. 무슨 종례 20분을 꽉꽉 채워서 하는 거야.

"뭐야. 아직도 안 끝났어?"

"아 그러니까."

김수호가 옆으로 다가와서 말했다. 채나윤은 창문 너머의 이영진을 불만스럽게 째려보았다.

청소 당번이 청소를 다 끝낼 때까지도 종례를 안 끝내주네.

"엇, 끝났다."

그때 막 교관이 교탁을 탁탁 두드리고, 생도들이 주르르 일어났다.

뒤이어 가장 먼저 중문이 벌컥 열리더니 웬 커다란 덩어리가 튀어나왔다. 키가 무려 190에 달하는 거한, 이영한이었다.

"오. 뭐야 너희. 나 기다렸냐?"

채나윤은 표정으로 대답을 대신했다.

"뭐야 그 표정."

"시끄럽고, 비켜."

워낙 커서 까치발을 서도 그 너머가 보이지 않는다. 그러나 이영한을 치우고 안을 보아도, 김하진은 없었다.

"아 거참, 섭섭하게 구시네."

"시끄럽고. 야, 김하진 어딨어?"

그 순간 이영한의 얼굴이 음흉하게 변했다. 초승달처럼 느끼하게 좁혀진 눈과 위아래로 치근덕거리는 눈썹. 채나윤은 한 대 치고 싶었다.

"뭐. 이 새꺄."

"아니~ 우리 나윤 씨가 드디어 감정에 솔직해지실 생각인가, 해서어~"

능글맞은 너스레에도, 채나윤은 평소처럼 과격하게 반응하지 않았다.

"어. 그럴 건데. 왜. 그러면 안 되냐?"

오히려 당연한 사실을 말하는 듯 무덤덤한 어조와 표정은 예전 채나윤과 사뭇 딴판이었기에, 순간 이영한은 말문이 막혔다.

"……어, 어? 그, 그런 건 아니긴 한데."

그런 채나윤을 흐뭇하게 지켜보던 김수호가 끼어들었다.

"그래서, 하진이 어딨는데?"

"저기. 저기 나오잖아."

이영한은 뒷문을 가리켰다. 채나윤은 그쪽으로 시선을 돌렸다.

때마침 김하진이 뒷문을 나오고 있었다. 거의 두 달 만의 재회이기 때문일까. 그의 움직임 하나하나가 슬로우 모션처럼 선명하게 보였다. 나른하고 무심한 발걸음. 언제나 깔끔함을 유지하는 옷차림과 머리 스타일. 죽은 생선 같은 무표정.

"야 근데 김수호 너까지 김하진을 찾냐. 너희 앞에 나는 뭐야. 나는 뭐, 가축이야?"

"난 간다."

채나윤은 총총총 빠르게 다가가서 그의 어깨를 툭 부딪쳤다. 갑작스러운 어깨빵에 김하진의 발걸음이 멈췄다. 그리고 비스듬히 시선을 내렸다. 서로의 눈이 마주쳤다. 채나윤은 환하게 웃었다.

"야, 김하진. 밥 먹으러 갈래?"

그렇게 말하며, 그의 팔꿈치 사이로 슬그머니 손을 걸었다. 자신이 저지른 과격한(?) 짓에 채나윤은 심장이 치솟아 오르는 것을 느꼈다. 그러나 정작 김하진은 아무런 말도 하지 않아서, 괜히 그 팔을 흔들어 댔다.

"먹으러 가자……?"

그때 문득 채나윤은 또 다른 시선을 느끼고 고개를 휙 돌렸다. 뒤따라서 걸어 나오던 웬 금발의 여자, 레이첼이었다.

"……어. 레이첼 오랜만."

채나윤이 손을 흔들었다. 레이첼은 채나윤과 그 옆의 김하진을 힐끔 보았다.

"응."

그녀는 그 한마디를 하고 두 사람을 지나쳐 갔다. 채나윤은 레이첼의 뒤통수를 가만히 쳐다보다가, 다시 팔을 끌어당겼다. 그러나 김하진은 움직이지 않았다.

"뭐야. 안 가?"

김하진이 쓰게 웃었다.

"……오늘은 시간 없어."

"밥 먹을 시간도 없다고?"

채나윤은 입술을 삐죽였다. 편지 답장도 제대로 안 하더니, 요즘 진짜 비싸게 구네. 밀당이라도 하는 거야 뭐야.

"일이 있어서 앞으로도 저녁은 같이 못 먹어. 내일 점심이나 먹자."

저녁 대신 점심. 아쉽긴 하지만, 그 정도면 뭐.

"그러면 ……약속."

채나윤이 새끼손가락을 내밀었다. 김하진은 가만히 그 손가락을 보다가, 약속 대신 채나윤의 어깨에 손을 턱 얹었다.

"내일 봐. 내가 밥 살게."

"……어?"

그 가벼운 스킨십에도 채나윤의 볼은 붉어졌다. 그녀는 김하진을 올려다보며 괜히 수줍게 고개를 끄덕였다.

"으, 으응……."

저녁 6시. 나는 집으로 돌아왔다.

열심히 홈스쿨링, 인터넷 강의를 듣던 에반젤이 내게로 콩콩콩 다가

왔다.

"하진, 나 오늘 뺄셈 배웠다?"

씨익- 웃으면서 자랑스럽게 말한다.

"잘됐네."

"이제 다 뺄 수 있어졌어. 문제 한번 내봐~!"

"그래? 음, 그러면……."

나는 잠시 고민하다 문제를 냈다.

"구천팔백오십삼 빼기 이천육백오십육."

"……어?"

에반젤의 동공에 지진이 났다. 나름 손가락을 이리저리 굽어보며 계산하려 하지만, 손가락이 구천팔백오십삼 빼기 이천육백오십육 개만큼 있지는 않거든.

이내 에반젤이 떨리는 목소리로 말했다.

"그, 그런 건 안 배웠는데에……."

"그래? 그럼 이십팔 빼기 십칠."

그러자 에반젤은 손가락을 쓰지 않고, 잠깐의 고민 끝에 말했다.

"……십일!"

"맞았어. 뭐야. 엄청 잘 배우네. 천재다, 천재."

"이히히."

에반젤의 머리를 쓰다듬어 주고서 방 안으로 들어갔다.

생도복을 평상복으로 갈아입고 나와, 거실에서 에반젤과 함께 밥을 먹었다. 오늘 메뉴는 스테이크.

그러다 밤 9시가 되어 에반젤이 슬슬 잠이 들 때쯤 나는 밖으로 나왔다. 아파트 단지를 천천히 지나쳐서 인적 드문 근처 공터에 섰다. 오늘은 만나야 하는 사람이 있고, 찬 바람이 부는 이 공터는 약속 장소다.

"하아……."

근처 벤치에 가만히 앉아 한숨을 내쉬었다. 아득한 어둠 아래에 혼자 있자니 갑자기 우울함이 치솟았다. 요즘 내 정신이 내 것이 아닌 듯한 느낌이 너무 심하다. 원래라면 이미 오래전에 무너졌어야 할 멘탈을, 무려 7.207에 달하는 끈기 스탯이 억지로 붙잡고 있는 느낌이라고 할까…….

부스럭–

우측의 나무 틈새에서 인기척이 느껴졌다.

"아, 오셨습니까."

나는 손을 들어 손님을 맞이했다. 그녀, 대장이 어둠 밖으로 나왔다.

"그래."

"제가 추천해 준 곳은 어떻게, 매입하셨어요?"

"샀긴 했다만……."

그녀는 내게 서울의 전초기지를 부탁했다. 제로니모의 대장으로서 서울에서 머물 수 있는 곳.

나는 내 아파트 옆 단지를 추천했다. 대장과는 전혀 어울리지 않는, 훤하고 탁 트인 곳에 위치한 아파트.

"한번 살아보세요."

"……전초기지라니까 무슨 주거단지를 추천해 준 거냐. 괜히 돈만 썼잖아."

그러나 대장은 아무래도 가격이 불만인 듯했다.

하긴, 옆 단지는 여기보다 더 넓고 훨씬 비싸니까. 아마 거의 두 배 값이었던 걸로 기억한다.

"나중에 같이 옷이나 사러 가요."

"……옷?"

"네."

대장의 패션 센스는 레이첼처럼 최악은 아니다. 팔다리가 늘씬늘씬하고 키도 170은 되는 것 같아서 뭘 걸쳐도 태가 살긴 하지만, 너무 남자처럼 입는 게 문제다.

"제가 꾸며 드릴게요."

그러나 대장은 그 즉시 고개를 저었다.

"필요 없다."

"크흠."

괜히 무안하다. 나로서는 대장의 마음을 열게 하기 위한 방법이었는데. 아닌 게 아니라, 대장은 아직 내게 위색단의 '위'자도 꺼내지 않았거든. 아마 대장도 나에 대한 판단이 제대로 서지 않은 거겠지.

"맞다, 대장. 창조주의 성은 주식 풀 매수 하셨죠?"

"……음?"

그러자 대장이 몸을 흠칫 떨었다. 내 설정 속 대장은 둔감하지만, 돈에 대한 탐욕은 꽤나 있다. 하여 창조주의 성은이 '어느 정도 고점을 찍었을 때' 매수했을 테지.

"조금은 있다."

"그거, 슬슬 빼시는 게 좋을 것 같아요."

"……이유는?"

대장의 눈동자가 맹금처럼 좁혀졌다. 역시 돈에 관련된 건 참 냉철하시다.

"감이 안 좋거든요."

내 충고에도 불구하고, 대장은 그럴 생각이 없는 듯 들릴락 말락 한 목소리로 중얼거렸다.

─아직 3%밖에 못 먹었는데.

"늦게 뺐다가 재산 탕진하고 울어도 나는 몰라요."

내가 무심코 꺼낸 말에 순간 대장이 정색했다.

"……김하진."

목소리가 새삼 차갑고 서늘하다.

"나를 너무 편하게 생각하지 마라."

"……예?"

"건방 떨지는 말라는 뜻이다. 너와 나 사이에는 감히 상상도 할 수 없는 차이가 있으니."

엄동설한 같은 눈초리와 위협적인 음성. 나는 말없이 고개를 숙였다. 괜히 돈 얘기 꺼냈다가 본전도 못 추렸네.

"어쨌든. 오늘 내가 너를 부른 이유는…… 제대로 된 테스트를 위해서다."

"테스트?"

대장은 말없이 나를 노려보았다. 나는 뒷말을 늘려서 말을 다시 했다.

"테스트요?"

"그래. 네가 우리의 정식 단원이 되고 싶다고 했지 않았느냐."

"아…… 네."

맞는 말이다. '위색단의 포섭'. 내가 설정한 목표 중 하나다. 원작에서는 마인 인류 구분 없이 다 쳐 죽이고 다녔던 위색단을 감화시키는 것.

이유는 간단하다. 위색단은 나중 스토리의 핵심을 담당하는 조직이니까.

"한데 정식 단원 등록을 위해서는."

대장이 마력 인형을 방사했다. 그림자가 그대로 일어선 듯, 선 채로 움직이지 않는 인형. 그것은 대략 내 200m의 앞에 섰다.

"스텟의 기입이 필수다."

뭔지 알긴 안다. 용병단은 영웅들보다도 더 '스텟 놀이'를 좋아하니까. 파괴력, 근력, 뭐 이런 걸 다 자체적으로 판단해서 고객들에게 제시한다는 것이다.

"그러니 마음 놓고 저 마력 인형을 공격해 봐라. 평가는 내가 할 테니."

하나 나는 '놀이'보다는 조금 더 진지하게 임해야 한다. 그녀는 내게서 무언가를 보고 싶어 하는 것일 테니. 어쩌면 이게 대장의 마지막 시험일 수도 있다.

"최대한 강한 걸로 가면 됩니까?"

"네 주무기인 '총'을 보여줘라."

대장이 대답하면서 결계를 둘렀다. 원형으로 솟아올라 사방을 감싸는 결계. 이제 주변의 눈은 상관하지 않아도 된다.

"근데 제 필살기는 총이 아닌데요."

대장이 의외라는 듯 고개를 갸웃했다.

"……그래? 그럼 그 필살기란 걸 보여라."

"예."

나는 사뭇 진지하게 에테르를 활의 형상으로 조립했다. 우아하고 세련된 생김새의, 유려한 활신이 돋보이는 흑궁(黑弓).

순간 대장이 눈을 크게 떴다.

"활이라……."

대장의 뜨거운 관심을 느끼면서, 나는 성흔의 마력으로 화살을 직조해 냈다. 그 속에 담긴 성질은 폭발.

"설마, 항마의 화살?"

한데 대장은 항마를 원하는 것 같길래 부랴부랴 그 속성도 추가했다.

스으으—

화살이 차가운 연기를 일으키며 검푸른색으로 물들었다. 이 대색(黛色)은 항마의 특성 색이다. 속성을 부여한 탓에 화살의 크기가 조금 작아졌으나, 대장은 그것만으로도 엄청나게 만족한 듯 입을 헤 벌렸다.

그러나 나는 여기에 한 가지 더. 도핑을 추가할 것이다.

약성-외부 마력 증폭. 외부의 마력을 증폭시키는, 내 몸에 각인된 6번째 약성. 그것은 내 손가락에서 피부 밖으로 떠올라 화살에 스며들었다. 이 도핑으로 인해 화살은 작살처럼 크고 날카로워졌다.

항마의 색으로 타오르는 화살. 나는 그것을 활시위에 끼웠다. 들소 같은 화살의 기세를 느끼며 시위를 당겼다.

똑같이 3획을 소모했지만 이건 오우거 때와는 다르다. 평범한 활이 아닌 에테르 활, 거기에 더해 증폭 효과까지 가미되었으니. 그 '격' 자체가 틀릴 것이다.

"으음."

대장이 만족스럽게 고개를 끄덕인 그때.

쒜에에엑—

나는 대장의 인형을 향해 화살을 쏘아냈다. 화살은 마치 벼락처럼, 온 사방에 마력의 전류를 흩뿌리며 내달렸다.

발사와 명중. 그 두 결과 간에 시차는 없었다.

쿠구구궁—!

화살은 대장의 인형을 꿰뚫은 것으로도 모자라, 더욱 광범위한 원추형의 폭발을 일으켜 결계를 뒤흔들었다.

쿵! 쿵!

노면 자체를 떨게 하는 거대한 폭발. 화살에 담긴 마력은 연속적으로 용솟음치며 연신 결계를 두드렸다.

그에 대장이 나섰다. 대장은 화살이 결계를 깨뜨리기 직전, 마력을 전개했다. 그녀의 등 뒤에서 그림자가 연꽃처럼 펼쳐졌다. 그것들은 동시에 오므려지며 내 공격을 집어삼켰다. 화살은 그녀의 그림자 안에서 사그라들었다.

'그림자 연꽃'. 대장의 사기적인 방어 기술.

"허허."

대장이 너털웃음을 지으면서 내게 다가왔다.

"결계를 파괴시킬 것 같아서 내가 막았다."

그렇게 말하면서 손을 내밀었다.

"……아, 예."

"만족스러웠다. 역시, 내 눈은 틀리지 않았어."

아무래도 마지막 테스트까지 패스한 듯하다. 순간 눈앞이 핑 도는 듯 현기증이 도래했지만, 눈을 비비적거리는 척하다가 그녀의 손을 잡았다.

"감사합니다."

그러자 대장은 내 손을 꼭 잡고, 진지하게 한마디를 했다.

"6월 1일."

"……네?"

"6월 1일 날에, 우리 단원의 정기 모임이 있다."

그 말뜻의 의미를 나는 쉽게 파악할 수 있었다.

"만약 네가 그때까지도 여전히 나와 함께하고 싶다면, 나처럼 더러운 일을 마다하지 않고 싶다면. 나를 찾아와라."

대장이 나를 바라보았다. 나도 대장의 눈을 보았다. 그 시선의 마주침으로, 나는 그녀의 생각을 전달받을 수 있었다.

이윽고 대장이 내 손을 놓았다. 나는 바로 대답했다.

"예."

"그래."

어느새 모습을 드러낸 달빛이 대장의 얼굴을 비췄다. 그녀는 멋진 미소를 짓고 있었다.

개학 2주 차. 공통 이론 수업이 한창 진행 중인 성화반 교실.

사그락사그락.

은막에 영사되는 PPT를, 레이첼은 동그란 안경을 쓴 채 필기하고 있었다. 이번에 왕실에서 보내준, 안구 피로 저하와 자체 계산의 기능이 있는 안경이었다.

"어렵지? 잠깐 쉬었다 가자."

마침 머리가 아파 올 무렵에 쉬는 시간이 되었다. 레이첼은 안경을 내려놓고 의자 등받이에 몸을 기댔다. 그렇게 집중이 풀리자, 어딘가에서 속삭이는 소리가 들려왔다.

—야 근데 요즘 김하진 조금 달라지지 않았냐?

—엉. 다른 남자애들도 쟤 헤어스탈 따라 하더라? 근데 다른 애들이 더 잘 어울리는 것 같애. 얼굴이 구리잖아, 쟤는.

—얼굴도 나아진 것 같은데…….

—그것보다 쟤 채나윤이랑 썸 탄대, 썸.

—헉, 진짜?

—어. 채나윤이 직접 말함.

김하진이 주제인 수다였다.

레이첼은 문득 김하진 쪽을 바라보았다. 그는 스마트워치에 온 신경을 집중하고 있었다.

요즘 채나윤과 김하진 사이에 무언가가 있다. 들리는 소문에 의하면 그렇다. 보이는 상황 또한 비슷하다. 김하진은 채나윤과, 정확히 말하면 김수호 채나윤 유연하 등등과 매일 점심을 먹고 있으니까.

물론 내게는 상관이 없는 일이다. 오히려 바랐던 걸 수도 있다. 둘이 여차여차 일이 잘 풀려서 좋은 관계가 되면, 앞으로 더 편하게 김하진을 대할 수 있을 테니.

레이첼은 다시 펜을 쥐었다. 그러나 펜을 들어도 공책에 적는 것 없이, 다시금 김하진을 힐끗 보았다.

스마트워치. 도대체 뭘 하고 있길래 스마트워치에 저렇게 열중하는 거지. 수업 내내 저러고 있었던 것 같은데. 채나윤이랑 메시지를 주고 받는 건가. 자퇴한다더니 이제 성적은 신경도 안 쓰는구나.

레이첼은 괜히 심술궂게 입술을 삐죽이고는, 이번에야말로 펜을 들었다.

공부, 공부, 공부. 지금은 공부에 열중할 때다.

"……아, 이거 왜 이렇게 어려워."

그러나 얼마 지나지 않아, 레이첼의 입에서 짜증 섞인 소리가 나왔다.

"흠."

지금 나는 재능에 관한 생각을 하고 있다. 어젯밤부터 이어지던 고민이 오늘까지도 나를 괴롭힌다.

「손재주」
[하급][무(無) 속성][성장형][10등급]
−손재주
손이 유연해지고 재주가 많아집니다.

손재주. 겉보기에는 썩 평범해 보이지만, 이것은 무려 기예가 아닌 '재능'으로 분류되는 능력이다. 요리, 그림, 필기 등 실생활에서부터 사격과 단검술 등 무예와 관련된 것까지. 손으로 행하는 거의 모든 것에 관여하는 이능.

한데 지금 나는 이 패시브 재능과 또 다른 액티브 재능을 고민하고 있다. 액티브 재능은 생각해 놓은 게 있기는 하다. 한 5년쯤 뒤에 필요할 만한 재능으로다가.

한데 액티브 재능은 그 특성상 성장형 재능이 되지 못한다. 따라서 명사수를 만들 때처럼 적어도 10,000 가까이의 SP가 쌓였을 때 작성하는 것이 좋다. 즉, 일단 지금은 손재주를 작성하고, 훗날 SP가 충분히 쌓이면 그때 또 다른 걸 작성하는 것이 최상책이긴 하다만. 또 언제 SP가 그만큼 모일지도 모르는 것도 사실이므로, 최대한 SP를 아껴 놓는 것이 제일 좋지 않을까…….

"아, 모르겠다."

그 뫼비우스의 고민 끝에, 그냥 엔터를 눌렀다. 소모 SP는 2,000. 들인 것에 비해 설명은 아주 단출하다. 아니, 2,000SP밖에 들이지 않았기에 단출하다.

한데 언제나 하는 말이지만, '심플 이즈 베스트'. 문장이 간단할수록 함의가 모호하고, 모호할수록 손재주가 적용되는 범위가 넓어진다. 물론 아직 10등급이다 보니 요리나 빗질, 필기나 뭐 그따위 것들만 쉽게 익힐 수 있겠지만, 성장하면서 뭔가 달라질 터.

……그런데.

[재능이 연계됩니다!]
[행운으로 인해 재능의 연계가 더욱 교묘해집니다!]

별안간 스마트워치에서, 전혀 예상 못 했던 다수의 알람이 울렸다.

[명사수 ∫ 손재주]
[명사수의 등급 상한선이 상(上)으로 상승하고, 아직 깨닫지 못한 효과가 추가됩니다. 손재주의 숙련도가 8등급으로 상승합니다.]

"이게 뭐야……?"

재능 '명사수'에는 뭔가가 추가되었고, 손재주는 방금 만든 재능임에도 연동인지 연계인지 덕에 곧바로 10등급에서 8등급이 되었다.

"아, 맞다."

분명 내 설정에는 '재능끼리도 시너지가 있다'라는 부분도 있었다. 근데 그게 이렇게 적용될 줄은 몰랐는데. 하지만 뭐가 되었든 좋은 게 좋은 거니까.

'재능끼리의 시너지'.

앞으로 참고하기로 하고, 나는 재능도 시험해 볼 겸 볼펜을 쥐었다.

사그락사그락.

종이에 글씨를 써 내려간다. 내가 악필 수준은 아니지만, 글씨를 예쁘게 쓰지를…….

"……와."

종이에 쓰인 글자는 과장 조금 보태서 한석봉 그 자체였다.

함경북도 외곽의 달동네. 세계관 초강대국 대한민국이 지닌 그림자 중에서도 특히 어두운 그곳에는, 금방이라도 떨어질 것 같은 네온 간판이 하나 매달린 사무실이 있었다.

[유진혁 사무실]

사장의 이름을 딴 사무실. 그런데 그 주변에는 별다른 건물 없이, 미용실과 슈퍼를 비롯한 편의시설들과 주택이라 부르기에도 민망한 주택들만 다수 늘어서 있을 뿐이었다.

본래 이곳은 사무실밖에는 존재하지 않는 황무지였다. 애초부터 유진혁의 주 무대는 온라인상의 자색연회였기에 사무실 입지는 별문제가 아니었고, 이 달동네는 그가 정착하기 전에는 존재하지 않았다. 즉 '유진혁의 정착'이 이 동네의 탄생 설화라는 뜻이다.

그가 사무실을 짓고자 몰아냈던 괴수 떼들, 유진혁이 밤잠을 설치는 것이 싫어서 무찔렀던 괴수 무리들, 유진혁이 돈을 벌고자 사냥을 나섰던 비싼 괴수들. 그의 이기심은 사무실의 반경 1㎞를 사람 살 곳으로 만들었고, 사람 살 곳에는 가난하고 무지한 사람들이 몰려들었다.

처음의 유진혁은 그들에게 어떤 관심도 기울이지 않았다. 그들이 무얼 하든 자신의 알 바가 아니라고 생각했다. 그가 자리를 비웠을 때 침입한 괴수가 주민을 죽이고 애써 이룬 판자촌을 무너뜨려도, 그들이 감당해야 할 몫이라고 생각했다.

그러나 그렇게 3년, 5년, 7년, 10년 12년……. 어느덧 달동네가 미흡하게나마 마을의 구색을 갖추고, 익숙한 얼굴들이 낯선 아이들을 만들어내는 그 시간의 흐름을 직접 목도하면서, 유진혁은 자신이 이 지역에 꽉 붙들리게 되었음을 인정하지 않을 수 없었다.

그렇기에, 그는 채주철의 부름에도 도망치지 않았다.

해결사 유진혁. 어느덧 그는 하나의 동네를 책임지는 가장이 되어 있었다.

위이잉─

헬멧이 진동했다. 오늘의 마력이 모두 소진되었다는 뜻.

유진혁은 헬멧을 벗고 소파에서 일어났다.

"뭐 알아내셨어요?"

비서가 물었다. 유진혁은 대답 없이 비서의 등 뒤로 다가갔다. 비서의 컴퓨터 모니터에는 웬 문신이 큼지막하게 띄워져 있었다. 총 세 획의 문신. 두 획의 십자가와 그것을 채 감싸지 못한 한 획의 반원.

유진혁은 그 문신을 가만히 들여다보았다. 살해 장소까지는 파악했으나, 당시의 마력 밀도가 너무 높아서 알아낸 거라곤 이것 하나뿐이었다.

박살 나는 결계와 몰아치는 마기 폭풍 속에서, 마력 탈진을 각오하고 눈을 부릅떴을 때. 정체 모를 팔뚝에서 찬란했던 문신.

"……예수인가?"

"미쳤어요?"

"아니, 뭐. 에게해(Aegean海)에는 사이클롭스가 있는데, 예수라고 없다고 단정할 수 있나."

유진혁의 실없는 중얼거림에 비서가 정색했다.

"장난치지 말고, 뭘 알아내셨냐고요. 이거 중요한 일이잖아요."

"……하나 알아냈긴 했어. 근데, 범인과 관련된 건 아니야."

유진혁은 생각했었다. 범인을 모르겠다면, 일단 그 피해자의 경로를 뒤쫓자. 피해자를 조사하다 보면 적어도 어느 정도의 동기는 나올 테니까. 하지만 수십 일 동안의 과거 탐험 끝에도 범인에 대한 증거는 요원했고, 오늘에 이르러서는 오히려 그보다 더 충격적인 사실을 하나 알게 되었다.

"뭔데요?"

"채진윤이…… 마인이 되었다네."

"……예?"

비서의 얼굴이 딱딱하게 굳었다.

"아니, 마인이 아니지. 마인 이상이라고 했으니까…… 악마인가?"

"악마요?"

"모르겠어 나도 잘. 한데 채신혁은 그걸 숨기고 싶어 했고, 법의관도 어찌어찌 그 부탁을 들어준 것 같아."

그래도 법의관은 일말의 양심까지는 속일 수 없었는지, 진짜 시체는 화장하지 않고 자신의 지하실에 보관해 두었다. 그리고 놀랍도록 똑같이 재현한 시체를 장례식장에 올려 보냈다.

"그러면…… 범인은?"

"이제 어쩔 수 없어. 기한도 얼마 안 남았고, 범인은 내 능력 밖이야. 못 알아내. 대신, 이 문신."

톡톡.

그의 손가락이 모니터를 두드린다. 세상에 하나뿐일 만큼 특이한 문신은 아니지만, 그렇다고 흔한 문신도 아니다.

"채주철한테 이 문신이 유일한 증거라고 알리고, 채진윤에 관한 사실은 비밀문서로 작성해서 우리 자색연회 데이터베이스에 저장해.”

“그, 그러다가 그 사람한테 들키면요.”

채주철. 재능의 여파로 서서히 감정을 잃어, 이제는 옛날의 흔적도 남지 않은 소시오패스.

냉철한 비서가 말을 더듬을 만큼 그 영감은 무서운 사람이었다.

“그러니까 저장하라는 거야. 그 영감이라도 자색연회는 못 건드려. 그리고, 우리도 뭔가를 쥐고 있어야 하긴 할 거 아니냐.”

“……대항하시게요?”

비서는 겁먹은 목소리로 되물었다.

“아니, 대항은 아니고.”

이 대한민국에서 채주철에 대항할 수 있는 사람은 극히 드물다. 구성의 일원이나, 5년 전에 죽은 신명철이 돌아와야 가능하겠지.

“만약에라도 내가 죽임을 당하면, 네가 알리라고. 내 복수는 해야지. 안 그래?”

유진혁은 피식 웃으며 창밖을 내다보았다. 2000년대의 서울을 보는 것만 같은, 시대착오적인 동네. 이 달동네는 언제쯤 어엿한 마을이 될 수 있을까.

“나도…… 아직까지는 살고 싶거든. 이 눈에 담고 싶은 게 아직은 너무 많아서— 어 뭐야!”

팡—!

그때 별안간 솟구친 축구공이 창문을 두드렸다.

“……허허.”

유진혁은 너털웃음을 터뜨리며, 창문을 열어젖혔다.

"야, 이 새끼들아! 운동장 만들어줬는데 왜 여기서 지랄이야!"

"예? 아, 거기 형들이 쓰고 있어요."

"……그걸 왜 나한테 말해! 여기서 공 차지 마!"

쾅. 유진혁이 창문을 닫았다.

한데 바로 그 순간. 별안간 눈앞이 환하게 밝아졌다. 머릿속에서 스파크가 터진 듯, 시냅스가 번쩍이는 소리가 울렸다.

"애…… 아이…… 어린놈……."

채진윤에게 직접적인 원한은 없더라도, 채주철에게는 원한이 있을 만한 놈. 한 놈이 있긴 있다. 내 조카, 유연하가 조사를 부탁했던…….

"에이 설마."

그러나 설핏 웃으며 고개를 저었다. 그만한 결계를 칠 만한 능력이 그놈에게는 없다. 그리고 만약 그만한 힘이 있었으면 채주철을 직접 쳤어야지. 채주철은 어차피 소시오패스라 손주가 죽어도 별 감흥 없을 텐데.

"아. 맞다, 사장님."

갑자기 생각났다는 듯 비서가 말했다.

"이번에 강원랜드 쪽에서 괴수 방범 시스템 준비 끝났대요."

"아, 그래? 그럼 나중에 가지러 간다고 전해."

"가서 또 얼마를 잃으시려고."

"대금 지불은 해야 할 거 아니냐."

유진혁은 깊은숨을 뱉어내며, 창밖의 동네를 다시 한번 둘러보았다. 자신도 모르는 사이 이 동네에 가지게 된 애착. 적어도 그것만큼은, 채주철에게 들키지 말아야 할 것이었다.

금요일의 마지막 오후 훈련, 괴수 군단 상대법.

내가 직접 수강 신청한 훈련 중 하나다. 별다른 이유는 없고, 나한테 딱 맞는 수업인 것 같아서.

"레이첼 씨, 오늘도 같이 팀 하실래요?"

이 넓은 공터에 모인 40인의 생도 중, 내가 아는 사람은 오직 레이첼뿐.

"네, 좋아요."

레이첼은 방긋 웃으며 고개를 끄덕였다. 그렇게 나는 팀을 이뤘고, 다른 남자 생도들의 부러움을 받았다.

"각 조는 손 잡고 동굴 앞으로 모여라!"

담당 교관이 외쳤다. 손을 잡으라는 말은 분명 비유적인 표현이었다. 그러나 레이첼은 심히 고민스러운 얼굴이 되어, 내 손과 자기 손을 번갈아 보기 시작했다.

내 손이 움직일 기미가 보이지 않자 자기가 먼저 잡으려다가도, 흠칫 멈추고는 다시 낑낑거리며 나를 올려다본다. 웬 치와와 같은 얼굴이었다.

"어, 저……."

"굳이 안 잡아도 돼요."

"……그, 그런가."

괜히 헛기침을 한다.

"한 팀씩 저 동굴 안으로 진입한다. 1팀부터!"

이후 교관의 외침에 맞춰 우리는 동굴 안으로 진입했다. 1학년 때와는 달리 수업 정원이 40명뿐이라 공간 자체가 상당히 쾌적했다.

"저기, 뭐 있네요."

얼마간 걷다 보니 열 개의 갈림길이 나왔다. 각각의 길옆에는 O와 X가 표시되어 있었는데, X는 이미 다른 팀이 진입한 길인 듯했다. 우리는 비어 있는 통로를 향해서 걸었다.

부스스─

몰아치는 서늘한 바람에는 한기가 가득하다.

"아무래도 스켈레톤 같아요."

"스켈레톤요?"

"네. 딱 봐도 1,000은 넘는 것 같아요."

딱딱딱딱.

뼈와 뼈가 부딪히는 소리.

바스락바스락.

뼈와 뼈 사이를 바람이 통과하는 소리.

저 앞에, 죽은 전사들의 군세가 우리를 기다리고 있다.

"두 명인데 1,000개체면…… 과정을 보는 시험인 것 같네요."

레이첼은 그렇게 결론을 내렸다.

"아뇨. 어차피 스켈레톤인데, 충분히 이길 수 있어요."

나는 한 손에 권총을 쥐고, 다른 손에는 두 자루의 나이프를 한 번에 들었다.

"두 개나 쓰시게요?"

"아, 네."

나이프 두 자루와 권총을 동시에 운용하는 건 이번이 처음이다. 양

손을 각기 다른 목표로 엄청 바쁘게 움직여야 하는 거라서 지독히도 어렵거든. 예전이었다면 절대 못 했을 멀티태스킹이지만, 지금 내게는 '손재주'가 있으니 뭐.

"저놈들한테도 지휘 체계가 있을 거예요. 그 머리를 제가 박살 낼게요."

내게는 보인다. 웬 가마에 앉아 있는 지휘관 한 놈과 마법 지팡이를 들고 있는 스켈레톤 주술사 열세 명. 그 열네 놈만 처리하면, 나머지 스켈레톤 잡병은 허수아비 쓰러뜨리는 것보다 쉬울 테지.

레이첼은 그런 나를 가만히 쳐다보다가 씁쓸하게 웃었다.

"……하진 씨는 역시 자신감이 넘치셔요."

"네? 어…… 그러니까 제가 당신 사부죠."

"아 맞다. 그랬었죠?"

레이첼이 납득한 듯 피식거리며 고개를 끄덕였다.

"그럼 갑시다. 제가 먼저 선빵 칠 때까지 기다리세요."

나는 성흔의 마력을 방사해, 두 자루의 나이프를 광 속성으로 담금질했다. 그리고 각자 정반대의 방향으로 날렸다.

타겟은 지휘관의 관자놀이. 하나 굳이 강한 힘을 담을 필요는 없었다. 그저 요령 있게, 가볍게, 손재주 있게, 손목과 손가락의 스냅으로.

부우웅-

내 손에서 벗어난 나이프들은 동굴의 벽에 닿을 듯 큰 호선을 그리며, 가마 위의 스켈레톤 지휘관을 향해 날아갔다.

척. 척.

과연 지휘관은 민첩했다. 두 손을 들어 두 자루의 나이프를 가볍게 막아냈으니.

그러나 그런 놈의 미간으로 쇄도하는 것은 이미 광 속성 마력이 둘러쳐진 성흔의 탄환. 세 번의 원거리 공격은 모두 동시(同時)였으니, 이는 애초부터 피할 수 없는 공격이었다.

탄환에 꿰뚫린 지휘관의 두개골은 파편이 되어 흩어졌다.

・ ・ ◆ ・ ・

전투가 끝난 후.

"아, 하아, 하아."

그래도 역시 1,000마리는 체력적으로 무리였던 듯, 레이첼은 바닥에 주저앉아 숨을 가쁘게 몰아쉬고 있다. 그 옷매무새는 흐트러졌고, 머리는 땀에 젖어 산발이 다 되었다.

"힘들어요?"

"네…… 하아."

솔직히 나는 안 힘들다. 멀리서 방아쇠만 당겼는데 힘들 리가 있나.

마침 위에서 스피커가 울렸다.

─완벽하다! 레이첼과 김하진 팀, 만점! 조금 숨을 고르고 나와라!

교관마저 고무된 듯 목청이 상당하다. 레이첼에게는 아주 반가운 소식이었다. 그녀는 눈을 동그랗게 뜨고 손을 번쩍 들었다.

"와아……."

그런 레이첼을 흐뭇하게 지켜보던 나는, 문득 그녀의 산발이 눈에 들어왔다.

"아, 레이첼 씨. 혹시 빗 있으세요?"

"에? 아뇨, 없어요."

"어……."

그럼에도 불구하고 나는 그녀에게로 다가갔다. 방금 막 욕구가 하나 솟구쳤다. 특이하지만 참을 수 없는 욕구가.

"잠시만요. 머리가 너무 산발이셔서……."

"네?"

"정돈해 드릴게요."

나는 레이첼의 머리카락에 손을 대었다. 순간 그녀의 목이 바싹 굳었다.

"저, 잠깐. 왜, 왜…… 앗흥, 간지러워요."

"잠시만요. 가만히 있어 봐요."

"아닛, 갑자기 왜……."

사소한 저항을 물리치고, 내 손이 이렇게 저렇게 움직였다. 이게 왜, 무슨 논리로 이렇게 움직이는 건지는 나도 모른다. 하나 그냥 내 본능대로 움직이다 보니 산발이었던 레이첼의 머리는 어느새 나도 놀랄 만큼 차분하게 가라앉았고, 그 일부는 선명한 리본이 되어 묶이게 되었다.

"……됐다."

이내 나는 레이첼에게 거울을 보여주었다. 갑작스러운 머리 지짐에 당황하던 그녀도 눈을 동그랗게 떴다. 그만큼, 내가 봐도 썩 잘 어울리는 머리였다.

"어, 어떻게? 빗도 없었는데."

"그러게요."

나는 새삼스러운 눈으로 내 손을 내려다보았다.

"이 손가락에 마법이 걸렸나?"

[오후 11시 정각]

나는 아파트 근처 공터로 나와 훈련에 온 힘을 쏟아부었다. 성흔을
다루는 훈련이었다.

다리에 성흔을 집중하여 순간적으로 쇄도하는 '대쉬', 발밑에 성흔을
분사하여 수직 선상으로 날아오르는 '점프', 성흔을 동원하여, 몸 자체
를 수십 미터 앞으로 이동시키는 '블링크'.

"······끄아."

그런 온갖 이동기들을 시험해 보느라 3회의 성흔을 모두 소모한 지
금. 나는 바닥에 누워 숨을 고르고 있다.

부르르-

그때 스마트워치로 전화가 걸려왔다. 발신인은 채나윤.

보자마자 한숨이 나왔다. 받을까, 받지 말까. 길어지는 고민에 전화
가 먼저 끊겼지만, 끊기자마자 다시 진동이 울렸다.

부르르-

내 손목에서 떨고 있는 스마트워치를 차분하게 바라보았다.

발신인은 역시 채나윤.

하는 수 없이 나는 눈을 감고, 전화를 받았다.

"여보세요."

-야, 너 어디야?

채나윤은 그것부터 물었다.

"집인데. 왜."

―……너 통학이라면서.

"응. 지금 알았어?"

―뭐? 야, 네가 말 안 해줬으니까 지금 알았지. 죽을래?

채나윤은 그렇게 쏘아붙이고선 잠시 침묵했다.

―미리 말해주지.

그녀의 목소리에는 섭섭함이 잔뜩 묻어 나왔다.

"말하면 뭐 달라지냐?"

―너 옆집에서 자취할 수도 있지.

"……다 꽉 찼어."

―돈 몇억 얹어주면 되거덩?

"……."

―나 돈 되게 많잖아. 나를 뭘로 보고.

채나윤의 잔잔한 웃음이 내 귓전으로 흘러들었다.

―까먹고 있었나 봐? 내 옆에 있으면, 돈 걱정은 안 하고 살 수 있을걸?

나는 천천히 한숨을 내쉬었다. 그리고 밤하늘을 올려다보았다.

서울의 하늘은 그대로다. 숨 막힐 듯한 어둠. 내 목을 죄는 어둠. 나를 떨게 하는 어둠.

―……왜 말이 없냐.

"졸려서. 할 말 없으면 끊어도 되냐?"

―아니, 아니 잠깐만. 끊지 마. 끊지 마.

채나윤의 다급한 목소리가 귓속 가득 메아리쳤다.

―그…… 나 잘 때까지만.

흔들리는 음성이 가느다랗게 이어졌다.

―아 뭐 별건 아니고, 그냥 그, 방이 너무 넓어서.

변명은 채나윤다웠고, 나는 말없이 시선을 내리깔았다. 잡초 속에 못생긴 돌멩이가 나뒹굴고 있었다.

―조금만. 조금만 더…….

순간의 미안함과 애틋함으로 채나윤을 받아줘서는 안 된다는 건, 나도 알고 있다. 그것은 악순환임이 분명하므로. 그럼에도 내가 그녀의 전화를 끊을 수 없는 건…… 내 죄책감이 시키는 짓일까.

―네 목소리 듣고 싶어.

쓸쓸한 한기가 내 몸을 스쳤다. 오한이 돋았고, 무릎이 시렸다. 나는 침잠한 눈으로 다시금 밤하늘을 올려다보았다. 집어삼킬 듯한 어둠이었다. 저 위에는 별도, 빛도, 달도 없었다.

―야. 야. 너 내가 이렇게까지 말했는데 끊으면 진짜 나쁜 거다. 지인 ~짜 나쁜 거야.

애써 활기차게 가장한 채나윤의 목소리가 미지근하게 팔딱거렸다. 나는 작게 대답했다.

"안 끊어."

―……그럼 빨리 대답하든가. 괜히 쪽팔리게.

"얘기나 하세요. 들어는 줄 테니까."

―뭘 얘기해.

"……너 머리 다쳤냐?"

―아니, 아하하.

채나윤이 웃었다. 그러고는 오늘 있었던 일을 말하기 시작했다. 뭘 먹었는지, 수업에서 어떤 일이 벌어졌는지.

내가 주의할 만한 내용은 그다음에서야 나왔다.

—아 맞다, 그리고 나 연하 삼촌한테 살인범에 관련된⋯⋯.

"⋯⋯관련된 뭐?"

유진혁. 나로서는 긴장되는 이름이었으나, 이번 일에는 그도 관여하기 힘들 것이다. 그의 힘에도 분명 제약은 있을 테니.

—⋯⋯에이. 아무것도 아니야. 너랑은 이런 말 하기 싫어.

"뭐, 왜. 말해, 뭔데."

—아 싫어. 싫어. 너랑은 좋은 것만 말하고 싶단 말야.

저 너머의 채나윤이 수줍게 웃었다. 나는 차마 그 이상을 물을 수 없었다.

—아, 근데 나 이제 졸린 것 같아. 수면제 약발 조금 오는 듯.

"수면제 많이 먹지 마."

—뭐여. 걱정해 주시는 거냐?

"⋯⋯뭐래."

나는 가지고 온 물통을 입에 댔다. 그리고 물을 마시려던 그 순간이었다.

—하진아.

"⋯⋯!"

갑작스러운 공격에 물이 코로 튀어나올 뻔했다.

켈록 켈록.

내가 기침하는 사이, 채나윤은 나른한 하품과 함께 말했다.

—잘 자.

"아, 으. 아 어. 잘자. 나도 잘게. 끊는다."

—……야.

말과는 다르게 다시 이어지는 목소리.

이번에는 또 뭐야.

나는 끊으려다 말고 통화에 귀를 기울였다.

—보고 싶어.

아무 전조도 없이 갑작스레 뛰쳐나온 간지러운 음성.

순간, 내 말문이 막혔다.

—아, 잠깐. 이건 아니다. 나 수면제 때문에 미쳤나 봐, 미친. 아 이
미친년. 야 끊어! 쏘리—!

뭐라 대답해야 할지 고민하고 있는데, 허겁지겁 자기가 먼저 전화를
끊었다. 왠지 수화기 너머 채나윤의 모습이 상상되었다.

"……아 왜 내 얼굴이 뜨겁냐."

괜히 볼을 만지작거리던 그때였다. 저 멀리 익숙한 인영이 터벅터벅
걸어오고 있었다.

"대장?"

"음?"

과연 대장이었다. 저번 주에는 6월 1일까지 모습을 안 드러낼 것처럼
말씀하시더니만, 한창 서울 라이프를 즐기고 계시는 듯 여태 길 가다
마주친 것만 세 번이다.

"김하진?"

"자주 만나네요, 대장."

대장은 유명한 아이스크림의 봉지를 들고 있었다. 그 왜 배스킨…….

근데 그 봉투가 상당히 커다랗다. 혼자면 파인트로 충분할 텐데, 아무래도 제일 큰 걸 산 듯하다.

"마침 잘 만났다."

대장이 종종걸음으로 내 앞으로 다가왔다.

"……뭐, 왜요? 또 무슨 테스트–"

"올랐잖아."

대장은 불만 가득한 얼굴로 나를 째려보았다.

"뭐가요?"

"주식 말이다! 팔 때보다 2%나 더!"

그러고는 답지 않게 소리까지 빼액– 내지른다.

"……아, 그거 진짜 파셨어요?"

나는 별 대수롭지 않게 말했다. 이제 곧 곤두박질칠 것은 확실하지만, 아직까지는 결정 나지 않은 탑 공략이다. 주가가 오르락내리락하는 건 당연한 일이다.

그러나 순간.

"……뭐라고?"

대장의 눈에는 진심 어린 살기가 깃들었다.

42장
이별

"아오, 채나윤 이 미친년. 미친년……."

채나윤은 머리를 두드리면서 자조했다. 자기 입으로 내뱉은 실언 탓에 솔솔 오려던 잠도 확 깨버렸다.

"으으…… 아, 맞다."

괜한 쪽팔림에 방 안을 쫑쫑 걸어 다니다가 문득, 전해야 할 일이 생각났다. 그래서 급히 유연하에게 영상통화를 걸었다.

뚜르르- 뚜르르-

-어 나윤아.

역시 금세 받았다. 유연하의 수면 시간은 하루 평균 3시간. 새벽 1시인 지금은 충분히 깨어 있을 시간이었다.

"어. 연하."

-왜 전화…… 얼굴이 왜 그렇게 빨개?

화면 속 유연하가 의아해하며 물었다. 그만큼 채나윤의 얼굴은 토마토처럼 시뻘겠다.

"아, 벼, 별건 아니고."

채나윤은 머리통에 달아오른 열을 손부채질로 애써 식혔다.

"이거, 이거."

별것 아닌 척 머리를 쓸어넘기고는 파일 하나를 전송했다.

[문신 사진.jpg]

이것은 유연하에게 알려야만 하는 증거였다. 유연하는 그 파일을 열고선 고개를 갸웃했다.

–문신…… 같은데. 이게 뭐야?

"증거야."

–……증거?

채나윤이 진지하게 말을 이었다.

"어. 그 살인범 팔뚝에 딱 이렇게 생긴 문신이 새겨져 있었대."

그러자 유연하의 표정도 사뭇 진지해졌다.

–흐음…….

두 획으로 그어진 십자가와 그것을 온전히 감싸지 못한 반원. 유연하는 그것을 보며 나직한 침음을 흘렸다.

"그, 별로 유의미한 증거는 아닌가? 아니겠지?"

채나윤이 자신 없는 목소리로 물었다.

–결정적인 증거라고는 할 수 없지. 그래도 없는 것보다는 확실히 나아. 일단…….

유연하가 IT 전문가처럼 키보드를 두드리기 시작했다. 채나윤은 감탄 가득한 얼굴이 되어 그녀의 타이핑을 지켜보았다.

　-수감되었던 범죄자들이나 현역으로 활동하는 빌런, 마인들을 중심으로 이런 문신이 있나 찾아볼게.

　"어. 연하 고마워! ……하암."

　그제야 채나윤은 하품을 했다. 긴장이 풀리자 다시금 잠이 쏟아져 내렸다.

　-졸려?

　"어. 졸려 뒈지겠다."

　-…….

　그에 유연하가 설핏 미소를 지었다.

　-응. 그럼, 잘자.

　"어엉. 너도 일 좀 적당히 하고 자라잉."

　채나윤은 화면 속의 유연하에게 손을 흔들어주고 안방으로 들어갔다.

　-응.

　그렇게 채나윤은 침대에 몸을 묻었지만, 아직 끊기지 않은 영상통화 속 유연하는 오히려 더욱 바쁘게 움직였다.

　제약산업, 핵심기술개발, 정보 길드, 던전 탐색과 인원 편성…… 거기에 더해 정수의 해협 내부 인사 개혁까지. 그녀에게는 아직 할 일이 터무니 없이 남아 있었다.

　-여보세요. 아, 네. 이진아 씨.

　그때 마침 전화가 걸려왔다. 부단장 라인 중에서, 유연하가 유일하게 구원의 손을 뻗은 인재 중 한 명인 이진아. 과거 김하진과 악연이 있었지만, 내쳐 버리기에는 그녀의 재능이 아깝다고 유연하는 판단했다.

—아. 걱정은 하지 마시고요. 저도 거기에 진아 씨가 관여했다고 생각 안 해요. 네. 고맙기는. 아, 그리고. 그것보다요. 제가 특이한 문신을 하나 보내 드릴 건데요. 이 문신이……

말을 이어가다 멈춘 유연하는 아직 끊기지 않은 영상통화의 화면을 보았다.

—잠깐만요. 영상통화가 켜져 있었네.

유연하가 손을 몇 번 휘적이더니, 치지직— 둥둥 떠다니던 홀로그램 영상이 사라졌다. 그렇게 채나윤의 숙소에는 모든 소리가 사라졌다.

문자 그대로의 철저한 고요.

채나윤은 그 적막한 외로움 속에서 홀로 잠들었다.

한편, 살기와 전운이 은은하게 맴도는 어두운 공터.

나는 대장의 설득에 열을 기울이고 있다.

"대장. 일단 진정하세요. 원래 주식판의 순리예요, 그게."

"하, 순리?"

대장이 실소를 지었다. 지금 그녀는 진심으로 화났다.

하긴 대장의 스케일이 고작 몇십억에 불과하지는 않을 테니까.

레버리지까지 걸었다 치면, 수치상으로는 고작 2%가 올랐다고 해도 얻을 수 있는 이익은 수백억이었겠지.

"그리고 이제 곧입니다. 곧 곤두박질칠 거예요."

대장이 입을 다물었다. 그러고는 분노를 삭여내는 듯 눈을 감고, 크게 심호흡을 한번 했다.

아무리 그래도 그녀는 동료를 귀히 여기는 대장이다. 따라서 나를 때리거나 하지는 않겠지만…….

"앞으로는 너를 그렇게 깊이는 믿을 수 없을 것 같다. 아니 얕게도 못 믿겠다, 이 헛똑똑이야."

내 신뢰도가 하락하는 건 막을 수 없을지도 모른다. 이 상태로 일이 끝나면 아마 신뢰도 C에서 신뢰도 F쯤으로 수직 하강하지 않을까.

푸우우.

어린애 같은 한숨을 내쉬며, 대장이 내게서 돌아서려 한다.

"아, 잠깐만요. 그래도 일단 손해는 확실하니까, 그 보상으로."

나는 돌아서려는 대장을 붙잡았다.

"제가 확실한 정보 드릴게요."

"……확실한 정보?"

순간 대장은 흥미가 동한 얼굴이 되어 귀를 쫑긋 세웠다.

"예."

나는 자신 있게 고개를 끄덕였다.

물론, 아무리 나라고 해도 앞으로 벌어질 경제 관련 미래는 모른다. 그러나. 우량주로의 반등이 확실한 회사 몇 개는 알고 있거든.

"아마 억을 투자하면 조를 얻고, 조를 투자하면 나라를 얻을 주식일 겁니다."

잠깐의 침묵 후, 그럼에도 대장은 고개를 절레절레 저었다. 고양이처럼 뾰족해졌던 귀도 다시 생기를 잃고 축 늘어졌다.

"나는 일평생 불신을 신조로 살아왔다. 전문가도 아닌 놈을, 두 번이나 믿을 수는 없지."

"저, 이래 봬도 생도 이론 1등인데요."

이론 1등. 웬만큼 똑똑하지 않고는 불가능한 성적이지만, 대장은 여전히 못 미더워하는 얼굴이었다.

하는 수 없이, 나는 스마트워치로 내 주식 내역을 투시했다.

"……어?"

순간 대장이 놀라움에 입을 벌렸다. 그럴 만도 한 내역이었다.

지금 내가 보유하고 있는 주식은 '정수제약', '에센셜 코퍼레이션'을 비롯한 유연하 테마주와, 'SH 에이전트'. 모두 총합하면 250억에 달한다. 수익률로 따지면 거의 500%.

거기에 지금 이것들은 앞으로 5년이면 적어도 10배, 아니, 10배가 뭐야. 족히 20배는 뛸 만한 주식이다.

"보셨죠? 보셨으면 앉으세요."

나는 근처 벤치에 앉아서 옆자리를 팡팡 두드렸다. 드디어 대장도 믿을 마음이 생긴 듯, 주변을 슬쩍 두리번거린 다음 내 옆에 다소곳이 앉았다.

"……그래. 그런 실질적인 수치를 보여줘야, 그나마 믿을 수 있지."

"그렇긴 하죠. 일단 제가 주식 몇 개 추천해 드릴 건데요. 아직 상장하지 않은 게 하나."

"잠깐."

대장은 내 말을 끊더니 품속에서 주섬주섬 수첩과 펜을 꺼냈다. 그렇게 필기 준비를 마치고 안광을 날카롭게 빛낸다.

"말하라."

"……아, 예."

나는 목청을 다듬고 말했다.

"상장하지 않은 거 하나, 'SH 에이전트'. 그리고 곧 상장할 '정수제약'과, 이미 우량주에 가까운 '에센셜 코퍼레이션'……."

대장은 연신 고개를 끄덕이면서 열심히, 아주 열심히 필기하기 시작했다.

·   ·   ·   ◈   ·   ·   ·

큐브에서의 하루하루는 내가 감당할 수 없을 만큼 빠르게 흘러, 어느덧 벚꽃이 사그라들고 훈풍이 부는 5월이 되었다.

그동안 나는 채나윤과 적당한 거리를 유지했다. 그녀는 답답해하고 짜증을 부렸지만, 나는 최선이라고 생각했다. 그것밖에는 내가 할 수 있는 게 없었다.

채나윤의 감정이 너무 선명하고 애틋해서, 그것은 나도 모르는 사이 나에게 옮을 것 같아서, 자칫 잘못하면 정말 그렇게 될 것 같아서, 어쩔 수가 없었다.

……변명이란 건 너무나 잘 알지만, 정말 어쩔 수가 없었다. 이제 곧 '마지막 사건'이 큐브를 습격할 것이므로.

"오늘은 마력으로 조소를 해볼 겁니다."

오전 10시부터 점심시간 전까지 이어지는 수업, 마력 활용력 증진. 이 수업에는 내가 아는 얼굴이 두 명이나 있다. 그것도 제일 복잡미묘한 사이인 김수호와 신종학.

"여러분들에게 주어진 도구는 없습니다. 오직 마력만으로, 이 청동을 조각해야만 합니다."

50명의 생도에게 다른 도구 없이 청동만이 덩그러니 주어졌다. 이제 그들에게는 마력을 조각칼 삼아 동상을 만들어야 할 의무가 생겼다.

"무얼 만들지는 자유입니다. 하지만 '이게 미술 수업인가~?' 따위의 불만은 가지시면 안 됩니다. 손재주는 마력 활용력과 조응력에 상당히 중요한 요소이기 때문이죠. 마력으로 최대한 아름다운 조각상을 만들어주세요. 결과물은 생도분들이 가지고 가셔도 됩니다."

여자 교관의 목소리는 나직해서 듣기 좋았다.

나는 손을 풀면서 훈련 시작을 기다렸다.

"자, 이제 시작해 주세요."

성흔의 마력을 조각칼처럼 조물하여 한 손에 쥐었다. 푸른빛으로 반투명하게 일렁이는 조각칼을 내려다보며, 나는 문득 고민했다.

모델은 누구로 할까. 주변을 둘러보다 보니 한 남자가 눈에 띄었다. 어두운 흑발. 미묘하게 나를 따라 한 듯한 투블럭 포마드. 배우 이동욱을 연상시키는 조각 미남. 선이 굵고 이목구비가 뚜렷해서, 조각으로 새기기에는 김수호보다 더 알맞은 모델이다.

그래. 너로 정했다.

나는 신종학을 힐끔거리면서 조각을 시작했다. 내 손은 신비하게 움직여, 정육면체의 청동을 아름다운 미남의 얼굴로 만들어갔다.

그렇게 절반쯤 되었을까.

딩동댕-

마침 쉬는 시간이겠다, 나는 신종학 근처로 슬슬 움직였다. 그는 정체불명의, 인간인지 짐승인지 모를 것을 조각해 가고 있었다.

"이야. 추상화네."

나도 모르게 그런 소리가 나왔다. 순간 신종학이 돌아보더니 나를 살벌하게 노려봤다.

"……김하진?"

그 눈빛이 이글이글 타오른다. 나는 그의 시선이 가슴에 찔렸다. 아닌 게 아니라, 요즘 채나윤과 나에 관한 소문이 급속도로 불어나고 있어서.

"아, 그냥. 궁금해서. 이거 누구야?"

"……가라."

신종학은 별말 없이 손을 휘이 저었다.

"채나윤인가?"

그러자 신종학이 움찔 떨더니, 다시 나를 예의 독수리 같은 눈으로 노려보았다.

"쯧."

하나 이내 별말 없이 다시 조소에 집중한다.

"……채나윤 맞나 보네."

"아 십탱, 좀 닥치라고."

"으어억!"

신종학이 한 손에 투영한 마력칼을 도끼 형태로 바꿨다. 나는 급히 내 자리로 도망왔다. 그리고 다시 신종학을 보았다.

"닮긴 했나 보군."

……만족한 듯 그렇게 중얼거리고는 조각에 열중하는 신종학.

"진짜 많이 달라지긴 했네."

의외였다. 지금의 신종학은, 적어도 내가 썼던 만큼의 망나니는 아니게 되었다. 그는 이미 많은 것이 변했고, 여전히 변해가고 있다. 원작에서는 없었던 채진윤의 죽음과 유시혁의 지옥 훈련이 그에게 커다란 영향을 끼친 걸까. 물론 일진 행세를 비롯해 아직 변하지 않은 부분도 많긴 하지만…….

"그래, 뭐."

어차피 진사혁한테도 정체불명의 조력자가 생겼다. 그러니 '신종학'이라는 인물이 완전한 우군으로 돌아서도, 아니, 돌아서야만 밸런스가 맞지 않겠는가.

나는 다시 마력칼을 뽑아내어 박차를 가했다.

슥슥―

칼이 너무 잘 들어서 청동은 닿기만 해도 반듯이 베어져 나갔다. 그렇게 온 신경을 30분 동안 집중하다가 정신을 차리고 보니, 조각상은 어느새 완성되어 있었다

"……오."

내가 봐도 감탄할 만한 청동상. 원체 잘생긴 신종학을 조금 더 잘생기게 만든 것만 같은 흉상(胸狀).

"와. 엄청 잘하셨어요. 이건 만점이다. 하진 생도, 만점이요."

성적을 받은 다음, 아직 수업은 끝나지 않았지만, 나는 그걸 들고 신종학에게로 다가갔다.

"야."

여전히 말없이 조각에 집중하고 있었다. 어차피 조각상은 누구에게

줄 수 없을 정도로 멸망한 상태인데.

나는 그 팔을 툭 건드렸다.

"야."

"아이, 이 새끼가 진짜."

신종학이 험한 말을 뇌까리며 나를 노려보았다.

"너, 진짜 죽고 싶⋯⋯."

그러나 내가 내민 동상을 보고는 모든 행동이 정지했다.

이른바 '신종학 청동흉상'. 원래부터 잘생기기도 했지만, 이 동상은 솔직히 실물보다도 더 잘생기게 만들어졌다. 치명적인 쇄골은 물론이거니와 우수에 젖은 눈빛까지.

그리고 무엇보다 신종학은 이런 걸 좋아한다. 자세한 설정은 해놓지 않았지만, 성격이 성격이니만큼 죽을 만큼 좋아하겠지.

멍하니 동상을 바라보는 신종학에게, 나는 짧게 말했다.

"너 가질래?"

한데 그 순간,

부르르–

별안간 스마트워치로 메시지들이 쇄도했다.

[행운으로 인해 '마성의 손재주'가 발휘됩니다.]

['신종학 청동흉상'이 중하등급 예술품으로 판정됩니다. 그에 걸맞은 특수효과가 추가됩니다.]

[특수효과—삶에 예술이 필요한 이유]

이 동상에 아름다움을 느낄 경우, 하루 24시간 동안 끈기가 0.1만큼 상승합니다. 동상의 아름다움에 마음이 정화되는 듯합니다.

[아름다운 것에 에테르가 반응합니다. 끈기 상승효과가 에테르에도(24시간 동안) 부여됩니다.]

"……아 맞다."

내 손재주는 무려 재능의 범주에 속한다. 따라서 이런 '이능 부여' 기능은, 재능 설명에 없어도 당연한 거였다. 한데 신종학은 아직까지도 눈알만 굴리면서 나와 동상을 번갈아 보고 있다. 분명 마음에 들어 하는 듯하지만…….

"안 가져?"

"꺼져."

신종학의 행동과 속마음은 언제나 다르다.

"그래? 그러면 어쩔 수 없네."

내가 가져가야지 뭐.

"스읍. 어허."

그러나 동상을 가지고 돌아서던 그때, 신종학이 내 손목을 붙잡았다.

"그건 안 된다. 초상권 침해거든."

"……뭐요?"

어느 정도 예상했던 반응이지만 너무 유치해서 헛웃음이 다 나온다.

"그냥 가지고 싶다고 하지?"

신종학은 나를 노려보며 손목을 꽉 쥐고만 있을 뿐, 그 이상 말을 하지 않았다.

"그래. 놓고 갈 테니까, 마음대로 해라."

다른 기능이라면 몰라도.

'동상의 아름다움에 마음이 정화되는 듯합니다.'

이 기능은 신종학한테 꼭 필요할 것 같거든.

딩동댕―

마침 수업이 종료되었음을 알리는 종이 울리고,

"야 김수호. 밥 먹으러 가자!"

"어? 어. 잠깐 기달. 검사만 받고."

나는 김수호와 함께 밖으로 나왔다. 김수호는 품 안에 얼추 윤승아를 닮은 청동상을 꼬옥 들고 있었다.

"너는, 윤승아네?"

"……어? 아~ 닮긴 닮았네. 그, 근데 아니야."

"뭐가, 빼박인데."

"에이. 아니라니까?"

"……그래, 아니다."

얘도 역시 한 고집하는 주인공이다.

김수호와 같이 터덜터덜 복도를 걸어가던 나는, 문득 궁금해져서 방금 수업이 있었던 교실을 들여다보았다. 모든 생도가 전부 다 빠져나간 교실. 오직 신종학 혼자만이 괜히 휘파람을 불면서 주변의 눈치를 슬슬 살피고 있다.

그렇게 한참 동안이나 솔직하지 못하게 교실 안을 배회하다가, 순간!

책상 위에 놓인 청동흉상을 재빨리 낚아채고 곧바로 문을 열어젖힌다.

－으악!

그러나 문 너머에는 거대한 김호락이 있었다.

－종학아. 안 나오고 뭐…… 그거 뭐야?

－이, 뭐? 뭔 소리냐아?

－어? 야. 그거 너 닮았는데? 누가 만들어준거야?

－그, 그렇긴 한가……? 아! 아무래도 내 팬이, 만, 만들어준 것 같다. 일단 나와. 나는 잠깐 숙소에 들를 테니까, 먼저 훈련장으로 가 있어 새꺄.

신종학은 최선을 다해 둘러대고는, 동상을 품에 감싸 안은 채 부랴부랴 어딘가로 도망치기 시작했다. 나는 그런 그를 보면서 피식 웃었다.

나는 김수호와 함께 식당으로 왔다.

이제 슬슬 신변 정리를 해야 할 시간이다. 그러니 주려고 마음먹은 건 주고, 마지막으로 함께할 수 있는 건 해야 한다.

"근데 너 왜 요즘은 채나윤이랑 밥 안 먹냐?"

김수호가 주변을 두리번거리면서 자리에 앉았다.

"그냥. 그리고 오늘은 너랑 둘이서 할 말도 있거덩."

한데 별안간 김수호가 음흉한 표정을 지었다.

"뭐, 왜."

"아니. 방금 채나윤 말투를 들은 것 같아서. 내 착각인가~?"

"······염병하네."

이상한 소리는 가볍게 무시.

나는 음식을 주문하고 테이블 위에 항아리를 올려놓았다.

"이건 뭐야?"

"벌써 까먹었냐? 저번에 뱀이랑 싸워서 뺏은 항아리잖아."

마지막으로 딱 한 번 사용할 수 있는 욕망의 단지. 두 번 모두 내가 쓸까 생각도 해봤지만, 그건 욕심이다. 아무리 생각해도 마지막은 김수호가 쓰는 게 옳다. 미스틸테인에는 분명 대단한 욕망이 붙을 테니까.

"당연히 알지. 근데 내가 괜찮다고 말했잖······."

"나는 이미 한 번 썼어."

먼저 거절하려는 김수호의 선수를 쳤다.

"그리고, 공짜로 주겠다는 거 아니야. 내가 던전 하나 더 알아냈거 덩? 아니, 알아냈거든?"

"던전을? 또? 너 뭐, 정보 길드에서 알바하냐?"

김수호의 눈이 휘둥그레졌다.

나는 씨익 웃었다. 혼자서는 절대 깰 수 없는 던전. 그러나 클리어하지 않으면 훗날 마인 측이 쥐게 될 유물이 잠들어 있는 던전.

"대신, 거기 같이 공략하자. 비율은 7대3."

"······네가 7?"

"응."

그러자 김수호는 말없이 나를 쳐다보다가, 이내 히죽 웃으며 단지를 자기 쪽으로 끌어당겼다. 무언의 승낙이었다.

"이건 어떻게 쓰는 건데? 감정은 받았어?"

"어. 욕망의 단지라는 건데, 미스틸테인 있지?"

"응."

"그걸 여기에 10일 동안 넣고 묵히면 돼."

"……그게 끝이야?"

"강화용 유물이거든. 미스틸테인, 아마 엄청 세질걸?"

어떤 욕망이 붙든 미스틸테인은 대단한 시너지를 발휘할 거다. 적어도 내 에테르처럼 매력과 관련된 욕망만 안 붙는다면.

김수호 또한 대단히 만족스러운 얼굴이었다. 아닌 게 아니라, 이 무렵 미스틸테인을 향한 김수호의 애정은 최고조다. 아마 잘 때도 침대에서 껴안고 같이 자겠지.

"……고마워."

그러나 김수호는 다소 미안한 얼굴이 되어, 속삭이듯 말했다.

"요즘 너무 도움만 받네."

"뭘. 오히려 내가 도움만 받는 거지."

"아니야. 저번에 그, 부산에서도 네 덕분에……."

나는 고개를 저었다. 부산, 하면 진사혁을 말하는 거겠지.

"아니. 나 없었어도 별일 없었을 거야."

"……아니라니까. 너 고집 은근 세다?"

"고집은 네가 젤 셀걸?"

"아니거든? 네가 더 세거든?"

"맞거덩?"

"아니거든?"

김수호의 미간이 좁혀졌다. 나도 똑같이 찌푸렸다.

갑자기 시작된 칭찬 릴레이가 갑자기 눈싸움으로 틀어졌으나, 잠시 뿐. 머지않아 우리는 서로에게 서로를 향한 미소를 지었다.

· · ◆ · ·

그날 밤 오후 나는 포탈을 타고 서울로 왔다.

칙칙하고 불쾌한 날씨. 오늘따라 유달리 가슴이 답답한 건 결코 기분 탓이 아니다.

"야~"

평소처럼 걸어서 밖으로 나가려는데, 익숙한 얼굴이 튀어나왔다.

"김하진~"

채나윤이었다. 그녀는 나타나자마자 내 옆에 찰싹 달라붙었다.

"넌 왜 맨날 늦냐?"

"······."

오늘은 채나윤과의 저녁 약속이 있는 날. 그리고, 곧 있을 이별을 말해야 하는 날이다.

"······안녕."

나는 아무 감정 없이 대꾸했다. 그에 채나윤은 살짝 움츠러들었으나, 곧 밝게 웃었다.

"뭐야 그 반응은. 야, 그것보다 오늘 어디 갈 거냐?"

"서초 쪽에 예약해 둔 레스토랑 있어."

우리 집 근처에 에반젤과 매번 가는 맛집이 하나 있다.

"오~ 뤠알루다가?"

"어. 일단 따라와."

"……뭐야. 야. 같이 가."

나는 통관소 근처 주차장으로 갔다. 1년 VIP 회원권 덕에 바이크는 제일 좋은 자리에 주차되어 있었다. 바이크의 등장에 채나윤은 아이처럼 기뻐했고, 나는 예전보다 훨씬 발전된 운전 실력으로(손재주는 운전에도 적용이 되었다!) 레스토랑에 도착했다.

자주 오던 곳이라 혹 직원이 아는 척을 할까 걱정되었지만, 에반젤이랑 왔을 때는 매번 선글라스를 썼기에 다행히 특별한 눈초리는 받지 않았다.

레스토랑에 서로 마주 보며 앉아, 음식이 나올 때까지 채나윤은 여러 가지를 물어봤다. 그러나 나는 그녀의 모든 말에 무미건조하게 대응했다.

"……뭐야 씨."

그러다 결국 제풀에 지친 채나윤이 삐진 듯 입술을 삐죽이고 있을 무렵에, 식사가 나왔다. 하나 식사 앞에서도 나는 아무 말 하지 않았다.

결국 채나윤도 내 눈치를 살피며 한숨만 푹푹 내쉴 뿐 가만히 있었다.

우리는 침묵 속에서 식사를 마쳤다.

"23만 원입니다~"

"야, 내가―"

"됐어. 내가 할 거야."

채나윤보다 빨리 계산하고 밖으로 나왔다. 바깥 하늘은 적당한 어둠에 물들어 있었다. 남색, 이라고 할까. 그 삭막한 하늘 아래에서 나는 걸었고, 채나윤은 내 뒤를 따라왔다.

"야."

말없이 시작된 산책이 어느 인적 드문 공터에서 멈췄을 때. 꾹 입을 다물고 있던 채나윤이 드디어 말했다. 나는 발걸음을 멈추고 뒤를 돌아보았다. 채나윤의 눈에는 어느새 작은 눈물이 맺혀 있었다.

"너."

채나윤이 나를 노려보며 두 주먹을 꽉 쥐었다.

"알면서 일부러 괴롭히는 거냐?"

나는 대답하지 않고 그녀의 시선을 받아쳤다. 채나윤의 화난 목소리가 이어졌다.

"아니면 그냥 모르는 척하는 거냐?"

울먹이는 듯 억눌린 음성을 들으면서 나는 눈을 감았다. 그리고 머릿속으로 다시 한번 내 결정을 되뇌었다.

"그것도 아니면 진짜 모르는 거냐."

내가 그녀에게 그나마 나은 기억으로 남을 수 있는 방법. 그러니까 '죽일 놈'이 아니라, '나쁜 놈'으로 남을 수 있는 방법.

나는 하나밖에는 생각나지 않았다.

"미안."

더 이상해지기 전에, 이 관계를 잘라내는 것.

"······뭐가."

채나윤이 떨리는 목소리로 물었다.

"뭐가 미안한데."

나는 그녀의 눈을 마주하며, 담담하게 대답했다.

"나, 자퇴할 거야."

크게 놀란 채나윤의 흐트러진 호흡이 바람을 타고 흘러왔다.

"왜, 왜?"

"용병 되려고. 이미 좋은 조건도 받았어."

"……그러니까 왜."

"그건 너한테 얘기하기 싫은데."

채나윤의 눈썹이 꿈틀거렸다.

"……그럼, 언제 자퇴할 건데?"

"빠르면 다음 주."

'다음 주', 그 말에 채나윤이 허탈한 웃음을 터뜨렸다.

"결정은, 언제부터 했는데."

"2학년 되기 전부터."

그러자 채나윤은 이를 악문 채, 입술만을 억지로 비틀어 올렸다.

"겁나 오래전에 결정했네? 나한테 아무 말 없이?"

"왜 너한테 말을 해. 네가 뭐라고."

"아…… 아 맞. 그. 와. 맞는. 그게 말이……."

그녀는 말조차 똑바로 잇지 못한 채, 고개를 푹 숙였다. 그러고는 자기 손으로 자기 머리를 세게 쳤다. 적잖이 길어진 머리카락이 흔들리면서 채나윤의 얼굴을 가렸다.

그렇게 짧지 않은 시간이 흐르고.

"그래, 어. 그래. 알겠어."

마침내 그녀가 팔을 들어, 흐르는 눈물을 닦아냈다.

"네 마음대로 해, 그러면. 어차피 네 일인데. 나랑은 아무 상관 없는…… 이 ×바."

작은 욕설을 뇌까리며 채나윤이 돌아섰다.

저벅저벅.

오직 채나윤의 발소리만이 쓸쓸하게 울리는 적막한 공원.

"……그래."

나도 등을 돌렸다. 쓸쓸한 숨을 토해내며, 나는 그녀로부터 멀어지려 했다.

그런데.

빼애애앵- 빼애애앵-

별안간 스마트워치가 미친 듯이 울어댔다. 내 것뿐만이 아니다. 채나윤 워치가, 이 공원에 있는 모든 사람의 워치가, 사방에서 시끄럽게 울었다.

갑작스러운 재난 경보였다.

"어?"

나는 의문 속에 스마트워치를 켰다. 긴급 속보로, 창조주의 성은이 기적의 탑 공략에 실패했다는 내용이 흘러나오고 있었다.

어차피 벌어질 일이 벌어졌다. 나는 그저 그렇게 가볍게만 생각했는데.

"……야! 김하진!"

갑자기 채나윤이 내게로 뛰어들었다. 내가 반응할 새도 없이, 그녀는 나를 껴안고 그대로 뒤돌아섰다. 마치 무언가로부터 나를 보호하려는 듯이.

바로 다음 순간.

쿠우우웅-!

어디선가 폭발한 거대한 마력파가 우리를 덮쳤다. 의아할 틈도 없었다. 눈앞이 번쩍이는가 싶더니, 온몸에 광대한 충격이 느껴졌다. 그리고 의식이 사라졌다.

· · ◆ · ·

"흐음……."

도착한 보고에 유연하는 낮은 한숨을 흘렸다.

[전 세계의 범죄자를 뒤져봤으나, 그런 문신이 있는 사람은 없었습니다.]

[신입 단원 김호섭이 활약했습니다.]

전수조사가 고작 3주 만에 완료되었다. 최소한 3달은 예상했었는데, 유연하도 놀랄 만큼 빠른 속도였다.

"저번에 새로 영입됐다던 애가 꽤 하나 보네."

유연하는 성과금과 관련된 내용을 포함한 긍정의 답신을 보냈다. 그리고 다시 모니터 속의 문신을 보았다. 흔한 것 같으면서도 흔하지 않은 문신. 문신치고는 그 색과 깊이가 너무 진해서 이상하리만치 이질적이지만, 오히려 그렇기에 더욱 자연스럽다.

"이런 문신은 어디서……?"

괜한 호기심에 중얼거리던 유연하에게 하나의 문자가 더 도착했다. 이번에는 훨씬 더 충격적인 내용이었다.

[마스터. 창조주의 성은이 기적의 탑 공략에 실패했다고 합니다.]

"뭐?"

삐애애앵- 삐애애앵-

거의 동시에 스마트워치가 커다란 경보음을 뱉어냈다.

"끼약!"

방을 진동시키는 재난 경보에 유연하는 몸을 크게 들썩였다.

"뭐, 뭐야!"

그러나 금세 진정하고서 길드원에게 메시지를 보냈다.

[진짜냐?]

[예. 지금 창조주의 성은이 공략을 실패하여, 탑 내의 마력이 탑 외로 방출되는 마력 폭발이 발생하고 있습니다.]

유연하는 오묘한 표정이 되었다.

탑 공략에 실패하였을 경우, 탑 내의 마력이 탑 외의 마력과 맞닿아 크게 폭발하는 현상이 발생하곤 한다. 그 폭발이 발생하는 경우의 수는 두 가지다. 원래 그런 탑이거나, 공략 길드의 부주의거나.

한데 기적의 탑은 서울 강남의 우면산, 최고 부촌의 근처에 위치해 있는 탑이다. 만약 공략 길드의 부주의로 인해 폭발이 발생한 것이라면…….

"흐음."

창조주의 성은은 이제 나가리다. 무의식적으로 입꼬리가 들썩거리지만, 이것은 마냥 손 놓고 기뻐하기만 할 일이 아니다. 오히려 더욱 바쁘게 움직여야만 한다.

유연하는 표정을 바로잡고, 정수의 해협에 연락을 넣었다.

"지금 당장 기적의 탑 부근에 길드원을 파견하세요. 최대한 많이. 사후 처리와 인명 보호를 위한 일입니다. 예. 최대한 많이!"

경쟁자의 위기는 자신의 기회다. 유연하는 그 말을 충실히 따를 생각이었다.

"휴우······."

그렇게 푹신한 의자에 몸을 묻은 채 10분쯤의 시간을 흘려보냈을 즈음.

띠리리리─

다시금 전화가 걸려왔다. 유연하는 대수롭지 않게 받았다.

"······네? 뭐요?"

그러나 그 통화 내용은, 그녀로서도 차마 흘려보낼 수 없었다.

유연하는 채나윤과 김하진이 입원했다는 강남 세브란스 병원으로 급히 달려왔다. 소식이 느린 건지 김수호와 신종학은 아직 보이지 않았지만, 병원 내부는 난리도 이런 난리가 없었다. 계속해서 사람들이 실려 오고, 그중 태반은 심각한 부상을 입은 상태였다.

"유연하 씨, 여깁니다."

황급히 찾아온 그녀를 병원의 고위 관계자가 맞이했다.

"저, 말했던 환자 두 명은요?"

"아, 두 분 다 큰 상해는 입지 않았으니 걱정하지 않으셔도 됩니다. 지금은 2인실에 입원해 계셔요."

유연하는 안도하며 가슴을 쓸었지만, 한편으로는 야속하기도 했다.

왜 그 둘한테만 이런 일이 생기는 걸까.

"또, 일반인 피해는요?"

"아직 전부는 파악되지 않고 있습니다만, 다행히 부촌에서 발생한지라 마력 방벽이 조기에 발동했습니다. 그 덕에 상황이 최악까지는 치닫지 않았죠."

"아…… 그러면 두 사람의 병실은 어딨죠?"

"따라오시지요."

관계자를 따라, 유연하는 일단 채나윤부터 찾아갔다.

"여깁니다."

"네."

[VIP-채나윤]

오직 한 사람만 입원했다는 뜻의 명패.

유연하가 그 병실의 문을 열고 들어갔다.

"어?"

병상에서 기절한 채나윤은 당장 오늘 봤던 것보다 머리가 훨씬 짧아져 있었다.

"머리가…… 거의 숏컷이 됐네요?"

"다른 사람을 보호하느라 머리가 그을려서, 자르는 수밖에 없었습니다."

"아……."

다른 사람이라면 김하진이겠지. 근데 굳이 보호하지 않아도 혼자서 살아남을 수 있었을 텐데.

"아?"

때마침 채나윤의 눈이 천천히 뜨였다. 유연하는 화들짝 놀라 그녀에게로 다가갔다.

"나윤아!"

"……어?"

채나윤은 병원의 천장을 보곤 멍한 소리를 내뱉더니, 갑자기 급하게 몸을 일으켰다. 그런 그녀의 양손은 미친 듯이 후들거렸고, 두 눈에는 겁이 가득했다.

"나윤아. 괜찮아."

"뭐, 뭐야. 으, 으아아……."

웃으면서 말해도 채나윤의 눈동자에서는 이미 눈물이 가득 흐르고 있었다. 차마 말 못 할 공포를 두려워하면서 급히 일어나려고 발버둥 치는 모습이, 유연하는 안쓰러웠다.

"나윤아. 일단, 일단 진정해."

"야, 으, 아니, 하진. 그 하진이는……."

"김하진 환자는 괜찮습니다. 지금 옆방에서 자고 계세요. 당신보다 무사합니다."

"……에? 진짜?"

"네. 정말입니다."

그제야 채나윤의 안절부절이 멈췄다. 그러나 곧이어 당장에라도 숨이 끊길 듯 거친 숨을 몰아쉬더니, 그대로 기절했다. 축 늘어진 모습에 오히려 유연하가 기함했다.

"저기요! 애, 괜찮은 거 맞아요?"

"예. 말씀드렸다시피 신체에 이상은 없습니다. 근데 자꾸 발작 증세를 보이시네요. 이게 벌써 세 번째입니다."

"······세 번?"

"네. 트라우마가 조금 정신적으로 작용하는 게 아닌가, 생각하고 있습니다."

"아, 그런······."

유연하는 말없이 채나윤의 이마에 손을 올렸다. 불덩어리처럼 뜨거웠다.

"맞다. 다른 사람은요?"

"김하진 환자분은, 바로 옆방이십니다."

이번에는 김하진의 병문안 차례였다. 유연하는 천천히 채나윤의 병실 밖으로 나와, 옆방으로 향했다.

김하진은 병상에 누워 있었다. 의사의 말대로 특별한 상처는 보이지 않았다.

"······검사 결과, 팔과 다리에 작은 화상을 입었을 뿐 아무 이상 없었습니다."

"다행이네요."

유연하는 그의 병상 앞에 앉아 환자복을 입은 그를 가만히 훑어보았다. 평온하고 나른한 얼굴. 기절이라기보다는 오히려 잠에 푹 빠진 것 같았다. 아이처럼 잠든 그 모습에 유연하도 자그마한 미소를 머금었다. 양 볼이 탱글탱글해 보여서 괜히 꼬집어보고 싶기도 했다.

······그런데. 그러던 어느 찰나. 정말 아무 전조도 없이, 어떤 경고도 없이. 뭔가 이상한 것이 그녀의 눈에 들어왔다.

"음?"

붕대에 둘러싸인 오른팔, 그 위의 반팔 사이로 살짝 삐져나온 검은 줄기. 어딘가 익숙하고, 무언가 불길한 음영.

돌연 유연하의 머릿속에 담겨져 있던 한 장의 사진이 오버랩되듯 떠올랐다.

"……이게, 뭐지……."

유연하는 멍하니 중얼거리면서 손을 뻗었다. 그러나 손가락이 그의 옷자락을 잡은 순간, 본능이 말했다.

여기서 멈추라고, 여기서 그만두라고, 더 나아가지 말라고…….

"이……."

그럼에도 손가락은 천천히 움직여 소매의 절반을 드러냈고 후회는 뒤늦게 따라왔다. 여전히 문신의 절반은 옷자락에 가려져 있었다. 그러나 굳이 문신의 전체를 볼 필요가 없었다. 십자가의 절반과 반원의 절반. 사진에서 봤던 것의 그대로.

"어…… 라?"

멍하니 중얼거리며 손가락을 떼자, 옷자락이 사르륵 가라앉아 문신을 가렸다.

"이게……?"

정말 갑자기, 부지불식간에 언어능력을 잃은 듯 말이 이어지지 않았다. 아무 생각도 나지 않았다. 다만 머리가 저렸다.

사고가 이어지지 않고 툭툭 끊기는 느낌. 감히 감당할 수 없는 스트레스로부터 자신을 지켜내려는 듯.

뇌가 직접 작동을 중지한 것만 같다.

그 탓에.

생각이 이어지지 않고.

숨 쉬는 것이 고작.

유연하는 멍하니 손을 들어 자신의 머리를 감싸 쥐었다. 머리통 자체가 불덩이처럼 뜨거웠다. 흐르는 식은땀에 머리카락이 엉겨 붙었다.

그러나 그따위 사소한 것들보다는.

"아……"

아팠다.

"아윽……"

머리가 아팠다. 머리가 터질 것처럼 아팠다. 지금은 그저 그뿐이었다.

유연하는 멍하니 자신의 발끝을 내려다보았다. 흐려진 시야 속, 구두가 빙글빙글 돌고 있었다. 어디서 발원했는지 모를 한기가 목을 죄었다. 숨이 쉬어지지 않았다.

"……하아."

가까스로 숨을 토해내고서, 유연하는 고개를 들었다. 병상 위에 누운 김하진. 그러나 유연하에게 그 병상은 지진이라도 온 것처럼 흔들리고 있었다.

그녀는 입술을 깨물었다. 설마, 그럴 리가 없다. 잘못 보았을 것이다. 분명 그랬을 것이다.

유연하는 헛된 바람을 놓지 않은 채, 떨리는 손으로 스마트워치를 들었다. 화면 위로 선명하게 떠오른 문신. 김하진의 팔뚝에 새겨진 것과 부정할 수 없을 만큼 똑같은 그것.

관자놀이에 아찔한 충격이 와닿았다.

"으……."

"힉!"

병상 위의 김하진이 작게 뒤척였다. 순간 유연하의 몸이 크게 떨렸다.

김하진이 천천히 눈을 떴다. 그는 잠시 멍하니 천장을 바라보다가, 고개를 서서히 옆으로 돌렸다. 그렇게 서로의 시선이 맞닿았다.

"유연하?"

김하진이 말했다. 유연하는 침을 삼키고, 뻣뻣해진 혀를 애써 움직였다.

"……아, 안아, 안녕."

"뭐?"

"안녕하셨, 하셨, 어요?"

"……안녕하긴 한데."

김하진이 자신을 바라본다. 김하진이 나를 보고 있다. 단지 그 사실만으로도 유연하는 평정을 유지할 수 없었다.

그러나 넋을 놓은 채 있어선 안 된다. 지금은 오히려 더 빠른 판단과, 차분한 냉정이 필요한 시간이다.

그녀는 우선 호흡을 골랐다. 그간 숨을 쉬지 않고 있었던 건지, 뇌에 산소가 쏟아져 들어왔다. 그 덕에 시야가 어느 정도 맑아졌고 끊긴 생각이 다시 이어졌다.

"후우……."

진정하자. 아직, 아직 확실한 건 모른다.

모든 게 잘못되었을 수도 있다. 유진혁의 실수일 수도 있고, 누군가가 일부러 씌운 누명일 수도 있다. 확실한 건 아직 아무것도 밝혀지지 않았다…….

"야. 맞다. 채나윤은?"

김하진이 다급히 물었다. 그는 채나윤을 걱정하고 있었다. 진심으로 걱정하고 있었다. 유연하는 그의 진심이 오히려 혼란스러웠다.

"채나윤은, 괜찮아요. 저, 저, 잠깐만요. 저 밖에 좀."

유연하는 급히 일어났다. 의아한 눈으로 쳐다보는 김하진을 병실에 두고, 급히 밖으로 나갔다. 확실한 판단이 서지 않는 상황에서, 정상적인 추론과 논리가 불가능한 상태에서, 그러나 자신이 해야 할 일 하나는 확실했다.

그 일념으로, 유연하는 정보 길드에 메시지를 넣었다.

[걍남 세브란스 병원. 환자 김햐쟌에고ㅑㄴ해.]

눈앞이 어지러워서 메시지조차 제대로 작성할 수 없다. 속에서 욕지기가 솟구친다. 그러나 구역질을 참아내고, 그녀는 다시 눈을 부릅떴다.

대부분의 병원은 입원한 환자의 특이 사항을 적는데, 문신도 그중 하나일 터. 따라서 오늘 김하진에 관한 모든 정보는 삭제되어야만 했다. 적어도 채주철이 알아내기 전에, 그리고 채나윤이 알기 전에 삭제되어야만 했다. 그 문신은 오직 나만이 알고 있는 사실이어야만 했다.

[환자 김하진과 관련된 정보를 모두 삭제하라.]

몇몇 의사와 간호사는 이미 그 문신을 보았을지도 모른다. 그러나 김하진에게 특별한 관심을 가질 이유가 없다면, 누구도 그에게 어떤 문신이 있느냐고 묻지 않을 것이다.

"아, 저. 유연하 씨?"

마침 담당 의사가 그녀에게로 다가왔다.

"저. 이 방 환자, 김하진한테 겉옷 좀 주시겠어요?"

"겉옷, 말입니까?"

"네. 그, 추워하는 것 같아서요."

"아…… 예."

"……아 머리야."

유연하가 병실을 나가고 나서, 나는 머리를 움켜쥐었다. 몸이 으슬으슬 떨리고 머리는 얼음 덩어리를 퍼먹은 것처럼 띵하다.

"어으."

일단 내가 기절하기 전의 상황을 복기해 보자.

채나윤을 떼어내려다가, 갑자기 뭔가가 펑.

"뭐지."

어떻게 된 건지는 모르겠지만…… 일단 이런 설정이 있긴 했었던 것 같다. 탑 공략 한 번 실패했다는 것만으로 굳건했던 세계 1위가 7위까지 추락하는 건 뭔가 아닌 것 같아서, 조금 더 사회적으로 파문이 클 만한 사건을 추가했었지.

근데 그게 왜 하필 오늘이고, 또 왜 하필 서초냐.

그러나 아직은 구체적인 정보가 더 필요하다.

나는 주변을 살폈다. 마침 선반 위에 내 스마트워치가 놓여 있었다. 스마트워치로 포털 사이트를 확인하니, 과연 사방천지가 창조주의 성은과 탑 공략 실패로 범벅되어 있었다.

"······하아."

그렇게 정보를 받아들이던 와중, 갑자기 마음이 무거워졌다. 나를 감싸던 채나윤이 생각나서였다. 의식을 잃었을 정도면 직격으로 맞은 게 분명하다. 그럼에도 불구하고 이렇듯 내가 무사할 수 있는 이유는 오직 하나, 채나윤이다.

똑똑―

그때 누군가가 내 병실을 노크했다.

"예."

내가 대답하자 문이 열리고, 의사가 들어왔다. 차분한 표정의 의사가 터벅터벅 걸어와 내 앞에 섰다.

"김하진 환자분?"

"네."

"일단 이거. 입으시면 됩니다."

의사가 갑자기 겉옷을 내밀었다. 나는 별생각 없이 걸쳤다.

"몸은 괜찮으시죠?"

그 말에 몸 이곳저곳을 만져보았다. 별다른 통증은 없지만, 스마트 워치로 확인해 보니 여태 힘겹게 쌓은 활력 치환의 능력치들이 90% 가까이 증발해 있었다.

어떻게 쌓은 건데, 이렇게 한순간에 날아가 버리나.

"······네, 이상은 없네요."

한숨은 속으로 삼키고 대답했다.

"저, 그러면 말입니다······."

그러자 의사는 헛기침을 하고선 천천히 말했다. 왠지 부러운 듯하면서도 떨떠름한 그의 목소리가 이어질수록, 내 표정은 굳어갔다. 한숨을 참을 수 없었다.

"……즉."

의사의 말은 한마디로 요약이 가능했다.

'심각한 트라우마가 정신병처럼 작용하고 있다.'

소중한 사람을 두 번이나 잃은 채나윤에게는 어느새 그런 병이 생겨 버린 것이었다.

"괜찮으시다면, 모습을 비쳐주시겠습니까?"

나는 말없이 자리에서 일어났다. 다리에 힘이 살짝 없었지만 그래도 걸었다. 채나윤은 내 바로 옆방에 입원하여 있었다.

나는 심호흡을 크게 하고, 그 안으로 들어갔다.

"김 간호사?"

"아, 네."

채나윤의 맥박을 체크하던 간호사가 자리를 비켜줬다.

나는 쓰게 웃으며 채나윤의 옆자리에 앉았다.

"그냥, 여기 있으면 되나요?"

"예."

의사는 차트에 뭔가를 체크하더니 간호사에게 눈빛을 보냈다.

"둘이 있게 도와줍시다."

"앗, 네. 선생님."

그리고 둘이 함께 밖으로 나갔다.

갑자기 단둘이 되어버린 병실. 나는 뒷목을 긁적이며 채나윤이 깨어나길 기다렸다. 그녀는 평온하게 자고 있는 듯했지만, 눈가에는 눈물

자국이 남아 있었다. 나는 성흔의 마력으로 그 자국을 닦아주었다.

그제야 눈에 띄는 것이 하나 있었다.

"······머리가 잘렸네."

요즘 미용실에서 웨이브다 뭐다 많이 넣고 다녔던 걸로 기억하는데, 싹 잘려 버렸다.

혹시 나도? 싶어서 머리를 만져봤지만, 나는 그대로였다.

차라리 얘 말고 나를 대머리로 만들어 버리지.

부스럭.

그때, 병상 위의 채나윤이 움직였다.

"끄으응······."

악몽이라도 꾸는 듯 눈꺼풀을 파르르 떨면서 이불보를 강하게 움켜 쥔다. 흡사 발작이라도 하는 모양새라 나는 급히 채나윤을 깨웠다.

"야, 야. 채나윤."

챱챱. 뺨을 두어대 때렸음에도 변화는 없다. 오히려 더욱 괴로워하며 식은땀을 흘린다.

어떻게 해야 할지 모르겠어서, 나는 계속해서 뺨을 때렸다. 그러나 여전히 채나윤의 눈은 뜨이지 않는다.

성흔의 마력이라도 동원해야 하나. 일단 뺨부터 조금 더 때렸다.

"끄으아, 아······."

"일어나, 야. 일어나!"

"아······."

점점 깨어나려는 듯한 기색을 보였기에, 마지막으로 한 번 더 세게 때렸다.

챱!

그리고 바로 그 순간.

"아······ 아, 파 ×발!"

그녀의 입에서 튀어나온 사자후가 사방을 울렸다. 나는 급히 손을 치웠고, 채나윤은 양 볼이 벌게진 채 벌떡 일어났다. 그러나 방금은 무의식적인 욕설이었는지, 그녀는 막 잠에서 깬 듯 멍한 눈으로 나를 바라보았다.

"아······."

이내 그 눈동자에선 눈물 한 방울이 흘러내렸다. 그 얼굴은 금세 못생기게 일그러졌다.

"야. 나, 너도. 너도······."

내 몸에 갑자기 뭔가 따뜻하고 말랑한 것이 달라붙었다. 부지불식간에, 채나윤이 나를 껴안은 것이었다.

"진짜, 진짜로······."

말도 온전히 잇지 못하고 펑펑 울기만 한다.

나는 그녀의 품에 안긴 채, 깊은숨을 내쉬었다. 아무래도 나는 착각을 했었던 것 같다. 원작에서의 채나윤보다, 지금의 채나윤이 더 강하다는 착각을.

물론 무력적인 면에서는 더 강할지도 모른다. 훨씬 빠르게 검을 쥐었고, 유시혁이라는 스승에게 제대로 된 가르침을 받으니까.

"나, 너도 없어지는 줄 알고······."

그러나 아무리 강한 척을 해도, 지금의 채나윤은 원작보다 약하다. 그녀의 정신은 이미 반쯤 무너져 내려 버렸다.

그래서 나는 걱정이 되었다. 채나윤이 앞으로의 일들을 버틸 수 있을까, 혼자서 견뎌낼 수 있을까…….

"흥, 흐읏."

"……야. 그만 좀 울어라. 맨날 우네. 너 SNS에 올릴 거야. 울보라고."

"뭐래, 진짜. 너 때문에 우는 거잖아, 쌍넘아."

그렇게 채나윤의 울음이 진정될 즈음.

"야, 채나윤!"

VIP실의 문이 벌컥 열리고, 김수호가 나타났다.

―창조주의 성은이 기적의 탑 공략에 실패하여 마력 폭발이 발생했다는 끔찍한 소식입니다. 현재 영웅 협회는 관계자를 조사하는 한편, 생존자들을 대상으로 마력 폭발의 책임이 어디에 있는지 추궁하고 있습니다.

"하아……."

김수호의 깊은 한숨이 낮게 가라앉았다. 그럴 만도 했다. 지금 뉴스 화면에는 죄인처럼 고개를 푹 숙인 윤승아가 터덜터덜 걸어 나오고 있으니까.

사실 이 공략에 윤승아의 잘못은 없었다. 오히려 부단장으로서 완벽한 리더십을 발휘했다. 탑 공략에 참여한 1,000여 명의 길드원과 300여 명의 용병. 그 생환률은 75%를 가까스로 넘기는 수준이지만,

만약 윤승아가 없었더라면 그 절반도 되지 않았을 것이었다.

"하진아, 너는 괜찮아?"

김수호가 시선을 뉴스에서 내게로 돌렸다.

"보다시피."

"다행이네. 그리고 채나윤은…… 완전 괜찮은 것 같고."

지금 채나윤은 울다 지쳐서 곤히 잠들었다. 내 손을 꼭 잡고, 깍지까지 낀 채로.

"……너는 연락이나 해."

"응?"

"윤승아한테. 연락하라고."

김수호가 착잡한 얼굴로 고개를 저은 그때, 다시금 병실의 문이 열렸다. 이번에는 신종학이었다.

신종학은 성큼성큼 걸어와 병상을 내려다보았다. 나는 급히 손을 놓으려 했지만, 채나윤은 놓지 않았다. 미간을 찌푸리고 잠꼬대로 뭔가를 지껄이면서 오히려 더욱 꽉 잡아왔다.

"……."

그러자 신종학은 말없이 나를 노려보았다. 그 얼굴에는 분명 분노가 가득했다. 그러나 그는 어떠한 말도 하지 않았다. 분노를 표출하지도, 유치한 질투를 벌이지도, 억지로 손을 떼어놓으려 하지도 않았다.

다만 채나윤의 짧아진 머리카락을 부드러이 쓸어넘긴 뒤, 멋지게 뒤로 돌아 밖으로 나갈 뿐이었다.

"……하진아, 나 잠깐만."

곧 김수호가 그런 그의 뒤를 따라갔다. 나는 아쉽게도 그러지 못했다. 채나윤이 내 손을 붙잡고 있어서 아까부터 담배도 못 피우는 지경이니까.

그래도 내 재능이면 어떤 대화를 하고 있는지 염탐은 할 수 있거든.

"……야."

한데 갑자기 아래에서 목소리가 들려왔다. 시선을 내리니, 채나윤이 게슴츠레 뜬 눈으로 나를 올려다보고 있었다.

"어쩐지. 너 안 자고 있었지?"

"풋."

채나윤이 픽 웃었다. 그러고는 별안간 소리 없이 입술만 움직여 말했다.

─이, 와.

"뭐. 안 들려. 말을 해."

그렇게 말해도 여전히 입만 뻐끔뻐끔 움직인다. 아주 작게 중얼거리는 것 같기도 하고, 그냥 금붕어 코스프레를 하는 것 같기도 하다. 하는 수 없이, 나는 그녀의 입에 귀를 대려고 했다.

바로 그 순간이었다. 채나윤의 팔이 불쑥 내 목을 휘감았다.

"엇!"

"……잡았다."

서로의 입술이 닿을 듯 지극히 가까운 거리. 채나윤이 방긋 웃으면서 내 코를 살짝 깨물었다.

"악! 너 뭐 해!"

황급히 벗어나려고 했지만 불가능했다. 왜냐하면. 나는 순수한 근력으로는 채나윤을 결코 이겨낼 수 없는 몸이니까.

몇 번 반항하다 실패한 나는, 어쩔 수 없이 그녀와 눈을 맞췄다. 그리고 말했다.

"……야. 너, 생각 안 나냐?"

"뭐가."

"오늘 있었던 일."

"아니, 다 나는데."

그렇다면야.

나는 떼어내려고 했다. 그러나 채나윤은 허락하지 않았다.

"아니, 근데 왜 이래. 좀 놔라."

"……나도 따라서 큐브 그만두면?"

얼굴이 진심으로 찌푸려졌다. 나는 진지하게 채나윤을 노려보았다.

"그럼 이제 진짜 네가 싫어지는 거지. 거의 혐오 수준으로."

"왜?"

"겨우 남자 때문에 자기 꿈을 포기하는 미련한 여자를 누가 좋아하냐?"

그 말에는 채나윤도 납득한 듯 팔에 두른 힘을 살짝 풀었다. 그 틈을 타서 그녀의 팔을 떼어내려 했지만…… 이번에도 무리였다.

이 이상 발버둥 치면 남자의 자존심에 뭔가 거대한 상처가 날 것 같아서, 그냥 놔줄 때까지 기다리기로 했다.

"야. 있잖아. 근데 말이다?"

채나윤이 고개를 절레절레 저으면서 말을 이었다.

"내가 생각을 해봤는데, 네가 자퇴해서 용병이 돼도, 같이 볼 수는 있는 거잖아?"

"아니……."

"아니, 그냥 보는 것도 안 됨? 그건 존나, 가 아니라 엄청 말이 안 되는데."

순간 내 말문이 막혔다. 그러자 채나윤의 얼굴이 새삼 진지해졌다. 그녀는 그렇게 뭔가 진중한 말을 하려고 했다.

"그렇게 있다가, 서로 영상통화도 하고, 가끔 쉴 때 얼굴도 보고 하면서 졸업하면……."

그러나 바로 그때.

똑똑.

노크 소리가 울리고, 나직하면서도 묵직한 음성이 흘러들어 왔다.

–나윤아, 아빠다. 들어간다.

"으앗!"

채나윤은 황급히 나를 밀쳐냈다. 갑작스러운 아버지의 출현에, 안절부절못하며 나를 바라보았다.

"……야, 야. 울 아빠."

"어, 나 갈게."

"아니, 나갈 필요는 없는데. 그, 네가 부끄러운 게 아니라……."

"알아."

서로 뭔가 말을 채 나누기도 전에 문이 열리고, 문턱 너머로 바깥바람이 밀려들었다. 우리 둘의 고개가 그쪽으로 돌아갔다.

터벅터벅.

완벽한 정장 차림의 남자가 병실 안으로 걸어 들어오고 있었다. 나는 자리에서 일어나 채나윤의 아버지, 채신혁을 맞이했다. 뉴스나 사진으로는 여러 번 봤으나 실물은 이번이 처음이었다.

"……으음?"

채나윤과 묘하게 닮은 듯하지만, 보다 더 날카로운 인상. 키가 나보다 훨씬 커서, 내려다보는 시선이 다소 차갑게만 느껴진다.

그는 결코 범상하다고는 할 수 없는 외모와 풍채의 소유자였다. 그러나 사실 채신혁은 영웅으로서든 기업인으로서든 능력이 탁월한 편은 아니다. 오히려 수재 축에도 끼지 못하는 둔재로서, 아버지의 그늘에서 괴로운 유년기를 보냈다.

그럼에도 지금 그가 가문의 적자로 성장한 것은, 오직 그가 지닌 강건한 성품. 끝없는 노력과 수양 덕분이다.

"누구지?"

그런 채신혁이 내게 물었다.

"아, 채나윤 친구입니다. 김하진이라고 합니다."

"김하진이라……."

채신혁은 수염이 거뭇거뭇한 턱을 쓰다듬으며 잠시 생각에 잠겼다.

"그, 그냥 친구야. 진짜로. 뭐 별거 없어."

채나윤이 괜히 긁어 부스럼을 만들고 있는 가운데, 채신혁이 고개를 끄덕였다.

"이름은 들어본 것 같다. 큐브에서 두각을 나타낸 생도. 그 왜. 무장이, 총이라고?"

"아, 예."

"그래."

채신혁이 내 어깨를 두드렸다. 나는 애써 입가를 들어 올리고 자리를 비켜줬다.

"그럼 이제 두 분이 대화 나누시는 게……."

이만큼 높은 사람을 대하는 건 처음이라 익숙지 않다. 대충 쭈뼛거리며 존대를 섞어 쓰자, 채신혁이 방긋 웃으며 내 어깨를 두드려 주었다.

"고맙다."

"예."

"자, 잘 가. 야. 좀 이따 연락할게."

채나윤의 말에는 대답하지 않고 밖으로 나왔다. 문을 닫고 나오자마자 내 스마트워치에 전화가 걸려왔다.

"여보세요."

─네, 고객님. 주문하신 물품이 내일 배달될 예정입니다. 배달지를 묻고자 연락드렸습니다.

나는 약 2주 전에 유연하가 선물해 준 블랙카드로 직접 물품을 부탁했는데, 그것과 관련된 에센셜 아머리의 연락이었다.

"두 개 다요?"

─아니요. 드론은 아직 준비 중이라, 다음 주중에나 배달될 겁니다.

내가 에센셜 아머리에 부탁한 물품은 드론 두 대와 중기관총용 12.7㎜ 탄환 3,000발(탄환 가격의 총합이 무려 5억이다!). 둘 다 훗날에도 요긴하게 쓰일 테지만, 일단 당장 다음 주에 급하게 필요한 무기들이다.

"아. 배달 주소는……."

주소를 불러주고 나서, 나는 스마트워치를 껐다. 지금 작성해야 하는 옵션이 하나 더 있다.

현재 내가 지니고 있을 SP는 아마 1,532. 채진윤 살해함으로써 얻은 2,600의 SP 중, 손재주로 소모한 것을 제하고 남은 수치다. 단지 뒤틀린 스토리를 파괴했다는 것만으로도 자그마치 2,600의 SP를 벌었다는 뜻.

물론 채진윤을 살해한 사실이 온 사방에 들켰다면 훨씬 많은 SP를 얻었겠지만…… 알다시피 그런 건 바라지도 않는다.

[가용 SP-1,572]

"……음?"

한데 SP가 40 정도 늘어 있었다. 분명 오늘 아침에는 1,532였는데.

"아, 맞다."

무릎을 탁- 쳤다. 뉴스에서 폭발 사건의 '생도 희생자'로 지목되어서 오른 거구나.

나는 깊은 생각 없이 병원 로비를 걸어, 근처 탁자 앞에 앉았다.

"사막의 독수리. 중기관총화……."

[사막의 독수리-중기관총화(化)]

소량의 '성흔의 마력'을 연료로 '사막의 독수리'와 '에테르'가 서로 결합하여, 「사막의 독수리&에테르 중기관총」을 형성한다.

[사막의 독수리에 부가기능이 많아지면서 소모 SP가 증가합니다.]
[1,500SP가 소모됩니다.]

"……좀 많네."

M2를 모델로 삼은 중기관총. 이것은 돌격소총보다 훨씬 거대하고, 훨씬 강한 파괴력으로 훨씬 대량의 적을 학살하는, 문자 그대로의 '병기(兵器)'다. 그러나 웬만큼 특수한 상황에서만 사용이 가능한 무기라서, 1,500SP나 지출할 만큼은 아닌데.

"흠."

나는 고민하다가, 성흔의 마력 소모량을 구체적으로 늘려봤다.

성흔의 마력이 한 획 반만큼 소모된다.

[1,100SP가 소모됩니다.]

무려 400SP나 줄었다.

"……이 정도면 할 만하지."

당장 다음 주가 되기 전에 김수호와 함께 던전을 공략해야만 한다. 진실의 서를 통해 그 던전의 마지막 스테이지가 '디펜스'라는 것을 알아낸 이상, 단순 던전 공략을 위해서도, 먼 훗날 있을 에피소드를 위해서도 이 중기관총은 필수다.

유연하는 피곤한 정신을 이끌고 서울의 본가로 돌아왔다.

"어. 딸! 오늘 괜찮……."

"괜찮아요. 저 잘게요."

걱정스레 물어보는 아빠도 본체만체하고 방으로 돌아와, 이불 속에 몸을 파묻었다. 머릿속을 휘감는 많고도 복잡한 생각이 아직도 사라지지 않았다. 오히려 더 혼란스럽게 불어난 느낌이다.

김하진과 채진윤, 채나윤과 김하진.

김하진은 정말로 채진윤을 죽인 것일까. 그렇다면 그는 왜 죽였을까. 그리고 그는 채진윤을 죽인 것일까, 아니면 죽여야만 했던 것일까.

똑똑.

갑자기 울린 노크가 그녀의 상념을 헤쳤다.

─저, 딸? 어디 다쳤니?

문밖에서 아버지가 말했다.

"……안 다쳤어요."

─그래? 아빠가 과일 깎았는데…….

"괜찮아요. 배불러요."

문 너머의 인기척은 이내 사라졌다. 이후 유연하가 다시금 생각에 몰두하려고 할 때쯤, 불청객처럼 다시금 찾아온 목소리.

─우리 딸~ 아빠가 라면 끓여줄까~?

"아, 좀. 아 혼자 놔두면 된다니까아─!"

─허, 허어억…….

유연하는 그렇게 소리치며 다시 이불 속으로 파고들었다. 유진웅의 상심이 여기까지 느껴졌지만, 그러나 일이 이만큼 커진 데에는 아빠의 지분도 없지 않아 있다. 아빠도 조금 혼나야 돼.

그렇게 유진웅이 완전히 사라진 지금. 그녀는 자신이 목도한 상황에 대해 깊이 파고들기 시작했다.

만약 정말로 김하진이 채진윤을 살해했다면, 그 이유는 무엇일까. 설마 혼자서 광오 사태에 대한 내막을 알아냈다는 말인가.

하나 불가능하다. 정보 길드의 힘으로도 알아내지 못해, 결국에는 당사자의 고백 일기를 통해 겨우겨우 알아낸 사실이다. 김하진 혼자 힘으로는……

"잠깐, 진실 사무소……?"

하지만 고개를 저었다. 정보 길드가 알아낼 수 있는 사실이 있고, 알아낼 수 없는 사실이 있다. 단언컨대 광오 사건은 후자에 속한다. 그리고 정황상으로도 말이 안 된다. 만약 김하진이 그 진실을 알아냈더라면, 무엇보다 자신에게 그렇게 살갑게 대할 리가 없다.

그 속에 우쭐한 의심이 하나 끼어들었다. 만약 자신을 용서한 것이라면? 자신의 노력(?)이 그의 분노를 감화시킨 것이라면?

"……아니야."

그럼에도 납득은 되지 않는다. 용서할 수 있는 분노였다면, 채나윤과 채진윤 또한 용서받았어야 했다.

"거기에 다른 이유가 있다면……"

만약 김하진이 정녕 채진윤을 살해했고, 그것에 다른 이유가 있다면. 그것에 대해서 알고 있을 만한 사람은…….

"유진혁."

그는 김하진의 문신에 대해서도 가장 먼저 알아낸 사람이다. 그렇다면 이번에도, 뭔가를 더 알고 있을 가능성이 크다.

유연하는 급히 전화를 걸었다.

―수신자의 요구로 전화를 연결할 수 없습니다.

"……와?"

유연하는 진심 어이가 없었다. 얼굴이 벌게진 채 액정을 들여다보다, 멍하니 중얼거렸다.

"차단을 해?"

아빠한테 일러 버려야지.

분노에 치를 떨던 그녀는 그러나 문득 그런 생각이 들었다.

"차단을 했다……."

그의 차단에 오히려 한 가지 심증적 확신이 일었다.

내가 뭘 했다고 차단을 해. 유진혁은 내가 김하진의 문신을 알고 있다는 것도 모르는데. 분명 뭐가 됐든 자기 쪽에서 숨기는 게 있으니, 지레 겁을 먹고 차단했음이 분명하다.

유연하는 이불 속에서 가만히 생각했다.

그렇게 다시 얼마만큼의 시간이 흘렀을까. 갑자기 문이 벌컥 열렸다.

"유연하, 일어나."

서늘한 목소리.

유연하는 등골에 오르는 한기를 느끼며, 이불 밖으로 얼굴만을 빼꼼 내밀었다. 그녀의 어머니, 진여정이 날카로운 눈으로 그녀를 노려보고 있었다.

"어, 엄마?"

"너는 도대체 뭘 했길래, 네 아빠가 네 타령 하면서 술을 마시고 있는 거니?"

"네? 아, 저는, 아무것도……."

"아무것도 안 하긴. 나와. 빨리 가서 사과해."

"아, 저 지금 엄청 심각⋯⋯."

"얼른!"

"⋯⋯아, 저. 앗."

유연하는 진여정에 의해 거의 끌려 나오다시피 밖으로 나왔다.

나는 김수호와 함께 경남 지방의 이름 모를 던전에 도착했다. 거대 악어들이 득실거리는 늪지대 근처에 숨겨진 스테이지형 던전이었다. 자세한 설정이 없어서 처음에는 약간 걱정했지만, 진실의 서로 던전 구조도 대강 파악했고, 거기에다 김수호의 조력이 있으니 과연 거칠 것이 없었다.

애초에 조합 자체가 사기였다. 서로의 부족함을 메운다고나 할까.

던전의 각 스테이지에는 수십의 잡몹과 하나의 보스 격 괴수가 있었는데, 나는 그 잡몹을 혼자서 처리하면서 김수호가 체력을 아낄 수 있도록 했다. 그리고 보스 격 괴수들은 김수호가 휘두르는 검성의 마력. 모든 것을 베어내는 그 사기적인 힘에 무처럼 댕강 잘려 나갔다.

"마지막 스테이지인 것 같다."

수월하게 전진하여, 마침내 도달한 분위기부터가 다른 마지막 스테이지. 전방이 탁 트인 개활지는 아무 소리 없이 고요했지만 동시에 전운이 가득 스며 있었다.

"그러게."

김수호가 미스틸테인을 뽑아 들었다. 그런 우리들의 눈앞에 메시지가 떠올랐다.

[마지막 스테이지—중상급 8품의 괴이 '죽음의 군단'에게서 30분 동안 살아남으시오.]

"……중상급?"

"오우."

김수호의 미간은 좁혀졌으나, 나는 쾌재를 내질렀다. 마지막 스테이지는 역시 진실의 서가 말한 대로, 내게 유리한 디펜스 형식이었다.

"30분 동안 살아남으라는 건……."

"저 애들도 포함되려나."

나와 김수호는 동시에 뒤를 힐끗 돌아보았다. 우리 뒤에는 세 명의 여고생들이 서로 딱 달라붙어서 겁에 떨고 있었다.

나는 김수호에게 넌지시 물었다.

"NPC일까, 아니면 진짜일까."

"……그건."

"아, NPC 아니라니까요오!"

용케도 들었는지 여고생 한 명이 용기 있게 소리쳤다.

"저희 요원사관학교 생도들이라고여!"

"……알았어, 알았어."

던전에도 NPC는 충분히 존재한다. 애초에 던전과 탑 자체가 이계의 산물이기 때문이다. 그러나 만약 그럴 경우 NPC는 대개 현실 여고생 따위가 아니라, 이계의 존재들이다.

"혹시 모르니까 내가 벙커를 세울게."

"목책?"

"아니, 그냥 벙커."

나는 1획의 마력을 벙커의 모양새로 얇고 넓게 펴냈다. 이렇게 고난이도의 활용 방법은 손재주를 얻고 나서 익혔다. 성흔의 마력이 내 의지대로 발현되긴 하지만, 아무래도 머릿속의 그림을 그대로 짜내려면 그만한 손재주도 있어야 하니까.

"와앗. 이거 뭐죠?"

화살이 날아와도 충분히 세 명쯤은 안전히 보호할 수 있을 만한 벙커. 외관은 유명한 게임 스타크래프트의 그것을 참고했다.

"거기 들어가 있어."

"네!"

"옙!"

여고생들이 쪼르르 안으로 들어갔다.

"신기하다야. 근데 이거, 얼마나 버틸 수 있어?"

"그렇게 강하지는 않아. 1획…… 조금밖에 안 썼으니까. 그래도 눈먼 공격 정도는 충분히 버텨줄걸."

그러자 김수호도 안심한 얼굴이 되었다.

"야, 준비해. 이제 오나 보다."

덜그럭. 덜그럭.

고요하던 대지 위로, 수없이 많은 군세가 모습을 드러냈다. 역시 구울, 좀비, 벤시, 플래쉬 골렘 등등…… 죄다 언데드였다.

"30분."

나는 사막의 독수리를 꺼내고 스마트워치에 타이머를 걸었다.

"……야 김수호. 너 이런 게임 해봤냐?"

"응?"

"이런 게임에서는 보통 앞이 허접들이고, 뒤가 진짜배기들이거든?"

사막의 독수리를 돌격소총 형태로 변환했다.

"앞에는 내가 맡을 테니까, 너는 뒤에서 놈들 죽이고 있어. 내 총알, 피할 수 있지?"

"너무 막 쏘지만 않으면."

"걱정 마셔."

이후 나는 돌격소총을 바닥에 고정시키고, 더 많은 성흔의 마력을 주입했다. 그러자 소총을 감싸던 에테르의 형태가 순간적으로 불어나면서– 돌격소총은 둔중한 크기의, 삼각대가 달린 중기관총으로 진화했다.

"오? 새로운 거다."

"소총보다 조금 더 세. 내가 먼저 쏠까, 아니면 네가 먼저 갈래."

"먼저 쏴. 내가 알아서 피해서 갈게."

"오케이, 바로 달려!"

파앗!

총알보다 빠르게, 김수호가 쇄도했다.

"……인식."

그리고 나는 작게 중얼거리며 중기관총을 쥐었다. 이 대량 살상 무기는 사수의 운신이 제한되고, 그 총구를 민첩하게 조정할 수 없다는 단점이 있긴 하지만.

쾅쾅쾅쾅쾅—!

그 단점을 뒤엎을 만큼의 가공할 위력이 있다.

총구가 하얀 불을 뿜으며 탄환을 발포해 냈다. 총알은 포탄처럼 묵직하고 강력하게 내달려, 한 발당 서너 개체의 언데드를 한꺼번에 휩쓸었다.

쿠구구구구궁—!

중기관총의 장탄수는 300발, 최고 발사속도는 분당 1,300발. 가져온 탄환을 3분 만에(장전 시간을 제외하면) 전부 소모할 수도 있다는 것이다. 그러나 나는 일부러 속도를 조절했다. 김수호를 맞추지 않도록, 가능한 낭비 없이 다수의 적을 일직선으로 관통할 수 있도록.

챙챙챙챙—

노면에 탄피가 짤랑이며 쏟아져 내리고, 그에 비례하여 탄환의 세례는 더욱 가속도가 붙는다.

쐐액—!

찰나, 파공음을 울리며 웬 손톱이 날아들었다. 그러나 이따위 허접한 원거리 공격은 흑요석 팔찌에 각인한 '마력강기'로 방어해 낼 뿐이다.

—퀴에에엑!

뒤이어 내게 민첩하게 쇄도하는 놈 하나를 포착했다. 속도가 상상 이상이라서, 즉시 탄환의 시간을 발동했다. 세상은 느려지고, 사고는 가속된다.

놈의 정체는 '헌터 구울'. 구울 중에서도 상당히 빠른 축에 속하는 중급 괴수다. 놈은 내 공격 반경이 지상에만 있다는 걸 눈치챈 듯, 영리하게 하늘 높이 뛰어오르기까지 했다. 그러나 아무리 민첩하고 똑똑해 봤자 잡몹은 잡몹이다.

나는 순간적으로 기관총의 핸들을 날카롭게 꺾으며 격발했다. 그러자 두 발의 탄환이 높게 휘어지며 솟구쳐 놈의 머리통을 연이어 꿰뚫었다.

—크엑!

첫 번째 탄환에 두개골이 뚫리고, 다음 탄환에 머리 전체가 깨진 헌터 구울은 허무하게 추락했다. 다만 놈에게 시선을 둔 탓에 전황이 흐트러졌다. 다행인 건, 돌진한 김수호가 이미 적진의 수뇌부를 유린하고 있다는 것.

나는 탄환의 시간을 유지한 채 다시 기관총의 총구를 돌렸다. 부채꼴 반경, 사방을 향해 모든 탄환을 방사했다.

우두두두—

내 계획적 난사에 적의 전체가 부서지고 있었다. 한 발 한 발에 대열 자체가 쓰러지는 모습을, 나는 보았다.

총탄은 구울의 옆구리를 박살 내고도 더욱 깊이 전진하여, 한 좀비의 머리통까지 터뜨렸다. 살점이 터지고 뇌수가 튀었다. 채 한 발자국도 내딛지 못한 육신이 머리를 잃고 두 무릎을 꿇었다. 대상이 아무리 언데드라 하더라도, 정신 건강에는 결코 좋지 않은 광경이었다.

몰아치는 군세에 내가 쏟아부은 것은 천여 발의 탄환. 작전대로 잡몹은 내가 처리했고, 김수호는 전장에 뛰어들어 놈들의 중추를 잘라내었다.

그렇게 30분 후, 우리는 뒤에 안배해 두었던 벙커로 다가갔다.

"얘들아……?"

그러나 그 속에서 우리를 지켜보고 있어야 했던 여고생들은, 이미 사라지고 없었다.

김수호가 탄식처럼 중얼거렸다.

"……NPC였네."

"그러게."

던전 속에 머무는 현대인 NPC. 우리는 그 뜻을 너무나도 잘 알고 있었기에, 스테이지를 클리어했다는 기쁨은 그리 오래가지 못했다.

"……하진아. 저거 봐."

김수호가 가리킨 곳에는, 세 개의 구슬이 방금 여고생들처럼 옹기종기 모여 있었다.

"맞네."

던전 속에서 사망한 이들은 이따금 NPC가 되고, 이것은 그 증거다.

[중하급 분홍빛 영혼 구슬]
던전에 억류된 사자의 영혼이 응집되어 만들어졌다.

이 구슬은 마법 각인이나 마법 효과 등에 있어서 좋은 재료가 된다. 고작 중하급이어도 자색연회에 판매하면 개당 수억을 호가하겠지.

그러나 나는 김수호를 보았다. 김수호도 나를 보고 있었다. 우리 둘 다, 이걸 쓸 만큼 절박하지는 않은 것 같았다.

"……어떻게 할 거야?"

김수호가 물었다.

"돌려줘야지. 유족한테."

떠오르는 방법은 그것뿐이다.

"그렇지?"

결정은 쉽게 내려졌으나 우리 둘 다 마냥 기뻐할 수는 없었다. 자식을 잃은 부모에게 이 구슬이 어떤 의미가 될지, 그것을 모르지 않기에.

"일단, 저 상자나 열러 가자."

나는 스테이지 클리어 직후, 개활지의 중앙에 솟아오른 상자를 향해 걸어갔다. 김수호가 뒤늦게 나를 따랐다.

"오. 뭔가 많다?"

아이템은 총 세 개가 있었다. 곡궁, 손목 보호대, 그리고 혁대. 세트인 듯 모래색으로 깔 맞춤이 되어 있었다.

"아, 이거 맞다."

"응? 뭐가 맞아?"

"……아냐."

호루스의 축복을 받은 곡궁, 이집트 궁사용 손목 보호대, 힘 있는 자들을 위한 혁대. 동일 품목이다. 이건 마인 집단 '죄악'의 간부 발레리온의 주무기가 될 활과 그 손목 보호대다.

나는 내 옆에서 머리통을 들이밀고 있는 김수호를 힐끔거렸다. 그리고 괜히 밝은 목소리로 말했다.

"어떻게 분배할까?"

"음?"

김수호가 나를 보면서 방긋 웃었다.

"하진이 너한테 맡길게. 정보 제공자도 너였고, 마지막 스테이지는 네 덕에 깼으니까."

"오케이, 그러면."

일단 나머지 것들은 김수호한테 별로 필요가 없긴 하다. 근접 전사니까.

해서 김수호한테 줄 건 이 혁대 하나뿐인데, 하필이면…….

"……이 혁대를 네가 가져."

"나머지는 네가 가지고?"

김수호는 별생각 없이 물은 거겠지만, 괜히 속이 뜨끔했다.

이 혁대는 훈련용 유물이다.

[힘 있는 자들을 위한 혁대][고대 유물]

발동 시, 착용자의 온몸에 최대 천근의 무게가 더해진다.

다룰 수 있는 자에 한하여, 육체 관련 능력의 성장이 가속된다.

"그, 이거 유물 정보 너도 볼 수 있지 않아?"

개안한 사람들은 보통 나처럼 아이템을 살필 수 있다. 물론 특수 능력치 '통찰력'이 있어야 하지만.

"아, 개안? 그렇긴 한데, 나는 그런 쪽에서는 젬병이야. 감정받아야 가능해."

"그래?"

"이 혁대, 어떻게 쓰는 건데?"

김수호가 싱글벙글 웃으면서 혁대를 주워 들었다.

이거 괜히 미안해지네.

"어…… 훈련용이야."

"훈련용?"

그러나 내 예상과는 다르게, 김수호의 눈은 흡사 보물을 보듯이 반짝였다.

"어, 어. 그. 허리에 두르면, 온몸이 무거워지는 거지. 여기 혁대 보면 무게 조절도 가능해."

"오, 진짜?"

김수호가 호오- 거리며 감탄한다. 그러나 내 안색은 어두웠다.

그러지 마. 제발, 사람 미안하게 만들지 말라고.

"그…… 언뜻 보면 중력장이랑 비슷한데 이게, 아마 훈련 효과는 더 특출날 거야. 고대 유물인데 육체 관련 능력의 성장을 가속시킨다네~?"

"헉, 리얼? 야, 그럼 엄청 좋은 거잖아. 이걸 나한테 준다고?"

"……내건 더 좋아."

솔직히 말하면 훨씬 더 좋다. 비교도 안 될 만큼.

[호루스의 축복을 받은 곡궁][고대 신앙][귀(鬼) 속성]

고대 이집트의 신이자 오시리스의 아들, 호루스의 축복이 깃든 활.

-호루스의 힘

얹혀진 화살에 호루스의 성화가 깃듭니다. 성화는 악령을 상대로 더욱 큰 위력을 발휘합니다.

곡궁에 마력을 주입하여 '치유의 화살'을 만들어낼 수 있습니다.

-호루스의 해

낮(6시~18시)에 이 활을 지니고 있을 경우, 착용자의 시력이 강화됩니다.

-호루스의 달

밤(18시~6시)에 이 활을 지니고 있을 경우, 착용자는 보다 소리 없이 움직일 수 있습니다.

무려 3개의 옵션이 달린 유물 활.

나는 김수호의 눈치를 보며, 조심스럽게 그 궁을 쥐었다.

그런데, 이것만으로도 미안해 죽겠는데 또.

[재능 '명사수'와 '호루스의 해', 그리고 '성흔'이 연계됩니다.]

[호루스의 축복을 받은 곡궁을 지닌 채 '호루스의 해'를 발동할 경우, 명사수의 하위 재능 '천리안'과 합쳐져 최대 5초 동안 「호루스의 눈」을 발현할 수 있습니다.]

「호루스의 눈」

시야는 지평선 너머 끝없이 펼쳐지고, 표적의 마음과 세상의 순리마저 꿰뚫어 본다.

뭔가 대단한 텍스트들이 이것저것 떠오르는 와중, 김수호가 천진난만하게 물었다.

"아 맞다. 하진이 너 활도 잘 쏘지?"

"어? 어, 그, 그렇지……."

"야, 다행이다. 그래도 쓸 만한 거 나왔네. 이건 손목 보호대 같은데?"

이 착한 놈을 어떻게 해야 할까.

나는 대단한 미안함을 느끼며 김수호를 바라보았다.

43장
마지막 사건

던전 클리어 이후, 김수호와 함께 밥까지 먹고 나서 집으로 돌아왔다.

삑삑삑삑.

언제나처럼 비밀번호를 누르고 현관문을 열었다. 그런데 웬 애들이 신나게 떠드는 소리만 들려올 뿐, 에반젤의 마중은 없었다.

'뭐지, 늦게 와서 삐진 건가?' 따위의 생각을 하면서 안으로 들어가자, 거실에는 한 명이 아니라 두 명이 있었다. 한 명은 물론 에반젤. 그러나 다른 한 명은, 내가 모르는 한 여자아이였다.

"하진~"

모습을 드러내자 비로소 에반젤이 방긋 웃으며 손을 흔들었다. 나는 궁금함과 의아함이 반쯤 뒤섞인 얼굴로 에반젤과 그 옆의 아이를 바라보았다. 예쁘장하게 생긴 여자아이가 내게 인사했다.

"안녕하세여."

"어…… 안녕?"

일단 대꾸해 주며 에반젤에게 눈짓으로 설명을 요구했다.

에반젤은 방긋 웃으면서 말했다.

"내 친구야~"

"윤혜연이라구 합니다아."

아이가 두 손을 배꼽에 가지런히 모으고, 허리를 90도로 꾸벅 숙였다. 입가에 미소가 절로 지어지는 귀여운 예절이었다.

"어, 어. 반갑다. 접때 에반젤이 말했던 친구구나?"

"응! 오늘 혜연이네 엄마랑 아빠가 바쁘대서, 우리 집에서 같이 밥 먹기로 했어."

"그래? 밥은, 뭐 시켰어?"

"혜연이가 도전하고 있어!"

"도전?"

에반젤은 헤헤거리면서 웃고, 혜연이는 쑥스러운 듯 시선을 내리깔고 볼을 긁적였다.

"응. 혜연이 한 번도 배달시켜 본 적 없대서."

"아……."

어린 나이에는 뭐든 도전이다. 나도 옛날, 4~5살쯤에는 떡볶이 하나 주문 못 해서 쩔쩔맸었는데.

"근데 오늘은 시켜 먹지 말자. 친구도 왔겠다, 내가 요리해 줄게."

"와아. 정말?!"

그러자 에반젤의 얼굴이 환해졌다. 요리는 내가 손재주로 얻은 숱한 기술 중 하나다. 대충 레시피만 알면 TV 속 셰프의 기술과 맛을 따라

할 수 있을 만큼은 되어서, 나도 에반젤도 퍽 신기해했었지.

"그럼, 기다리고 있어."

나는 냉장고 문을 열었다. 재료는 나름대로 많이 있었다.

"뭐 먹고 싶어?"

"나아는—"

"혜연아?"

오늘은 손님이 우선이거든.

에반젤의 얼굴이 순간 뾰로통해졌지만, 머리를 쓰다듬어 주니까 금세 또 좋아한다.

"저는…… 아무거나 다 좋은데……."

"스테이크 해주세여!"

에반젤이 눈을 빛내며 외쳤다.

"혜연아. 스테이크, 괜찮아?"

"네, 좋아해요."

"그래."

냉장고에서 한우 등심 네 덩이와 그 이외의 스테이크 재료들을 꺼냈다. 세 덩이는 에반젤 몫, 나머지 한 덩이는 혜연이와 하양이의 몫.

"구경해두 돼여?"

"그럼."

두 아이의 똘망똘망한 눈망울이 지켜보는 가운데, 나는 요리를 시작했다.

탁탁탁탁—

파프리카와 양파를 비롯한 채소들이 내 칼에 반듯이 잘려 나간다.

쉭쉭−

미슐랭 3스타 셰프의 레시피대로 스테이크 소스를 배합한다.

치지지직−

그 채소와 고기를 한데 모아 굽고, 예쁘게 플레이팅하여 올린다. 마지막으로 절묘한 스테이크 소스가 주르륵.

두 아이와 한 고양이의 감탄 어린 시선 속에서, 나는 음식을 대령했다.

"자."

"우와아~"

영롱하게 빛나는 스테이크에 정신 못 차리는 두 아이를 흐뭇하게 바라보다, 나는 시계를 봤다.

오후 8시 52분, 곧 9시.

약속 시간이다.

"얘들아. 나는 잠깐 밖에 나갔다 올 테니까, 먹고 있을래?"

"응!"

"네에. 다녀오세요오."

오직 먹을 거에만 집중하는 애들을 뒤로하고, 나는 밖으로 나왔다.

약속 장소는 아파트 단지 근처의 익숙한 공터. 나는 그녀를 기다리면서 오늘 얻은 아이템을 다시금 확인했다.

[이집트 궁사의 손목 보호대][고대 유물][사(沙) 속성]

[충전 마나량 3,000/3,000]

−고대 궁사의 숙련도

활을 더 잘 다룰 수 있게 해준다.

–사막의 수호

충전된 마나를 소모하여 모래 보호막을 방사할 수 있다.

호루스의 활과 이집트 궁사의 손목 보호대. 내가 이집트 세트라 명명한 두 가지는, 적어도 중반부까지는 쓸 만한 아주 좋은 무기다.

"흠……."

그러나 좋은 활을 얻으니까 다소 고민이 된다. 활과 총 중 어느 쪽이 더 우월한지, 지금 와서는 판가름하기 힘들기 때문이다.

무엇보다 내 총은 평범한 총이 아니다. 그만큼 사막의 독수리에는 여러 강화 효과가 덕지덕지 달라붙어 있다.

우선 괴수를 일격에 사살할 때마다 파괴력이 오르도록 작성한 옵션. 그 덕에 내 사막의 독수리는 동일 품목보다 2.2배 가까이 강력한 위력을 발휘한다.

그것뿐만이 아니다. 산탄총화, 저격총화, 돌격소총화 등등을 통해 행해지는 다양하고도 위력적인 공격. 비록 에테르와의 융합을 통한 것이라, 에테르를 방어 용도로 사용할 수 없다는 단점이 생기긴 하지만.

"활은…… 필살기로만 써야지."

아무래도 그게 옳은 것 같다.

나는 모래색 활을 이리저리 살펴보다가, 에테르를 한번 붙여봤다. 달라붙은 에테르는 이 고대 곡궁을 조금 더 현대적이고, 더 아름답게 재디자인했다.

"심미의 욕망 때문인가, 계속 이렇게 바뀌네."

에테르에 그 욕망이 달라붙고 나서는 심지어 총의 디자인도 달라졌다. 더 세련되고 유려해졌다고 할까. 어쨌든 무지하게 이뻐졌다.

"새 무기를 얻었나 보다?"

혼자서 중얼거리기를 10분, 드디어 기다리던 사람의 목소리가 흘러왔다. 대장이었다.

그녀는 싱글벙글한 얼굴로 내게 다가왔다.

"네 말이 맞았다. 창조주의 성은이 공략에 실패했더구나. 그것도 처참하게."

"……좋으십니까?"

"그럼. 허허."

창조주의 성은의 주가는 고작 사흘 사이에 30% 가까이 폭락했다. 공략 실패 첫날 대폭락하고, 그 이튿날부터 꾸준한 하락세 유지.

"그래서, 부탁이 뭐냐?"

"들어주실 겁니까?"

"가능한 선에서라면."

나는 대장에게 주식 정보를 알려주는 대신, 곧 있을 사건을 대비하여 한 가지 도움을 부탁했다.

"혹시, 귀천의 그믐달이라고 알고 계십니까?"

귀천의 그믐달은 아마 이번 에피소드 때 큐브에 침입할 것이다. 랭커스터가 본격적으로 개입하는 분기점이 이 에피소드이기도 하고, 진실의 서를 통해서 확인도 했다.

"귀천의 그믐달? 그놈들을 네가 어떻게 알고 있지?"

대장의 미간이 의심으로 좁혀졌다.

"아니, 그게 말입니다."

나는 뒷목을 긁적이면서, 짐짓 쭈뼛쭈뼛 말을 이었다.

이건 어쩔 수 없다. 분명 이번 사건에도 공동저자가 농간을 부릴 것이 분명한데, 나한테도 우군이 한 명쯤은 있어야 밸런스가 맞을 것 아닌가.

"저번 기말시험 때, 그놈들이 저를 죽이려고 했거든요."

"……뭐라고?"

순간 대장의 얼굴이 악귀처럼 일그러졌다. 과연 동료를 귀히 여기는 야차다운 반응이어서, 괜히 내 어깨가 뿌듯하게 으쓱거렸다.

5월의 첫날. VR 캡슐이 여러 대 늘어서 있는 VR 훈련실.

아직 수업이 시작하기 전, 나는 스마트워치 속 자퇴서를 뚫어져라 쳐다보고 있다.

'자퇴원'이라는, 난생처음 보는 서류.

자퇴 사유에는 무엇을 적어야 할까.

고민하다가 '진로 변경', 딱 그 네 글자만 적었다. 이후 내 사인을 휘갈기고서 마무리.

"자, 이제 임의로 짠 팀을 발표하겠습니다. 2인 1조입니다."

거의 쉬어가는 거나 다름없는 오전 공통 수업. 오늘 수업의 내용은 던전 VR이었다. 홀로그램으로 던전을 공략하는, 앞으로 있을 진짜 던전 공략(실전 훈련이 아니라, 국가에서 생도가 공략 가능한 던전을 실제로 추려놓았다)의 예행 연습에 가까운 수업이다.

"······6조. 유연하, 김하진."

맨 앞 캡슐에 유연하의 어깨가 흠칫 떨렸다. 그녀는 기계처럼 고개를 끼리릭 돌려, 나와 눈이 마주쳤다. 내가 작게 웃어주자 유연하는 오히려 푹 한숨을 내쉬었다.

"자, 다들 자리를 바꿔 앉으세요."

유연하가 슬금슬금 다가와서 내 옆자리에 앉았다.

"······안녕하세요."

"어."

"예행연습이긴 하지만, 던전 내부를 그대로 구현했고, 오히려 시각효과는 진짜 던전보다 더 생생할 테니 방심하지 마세요. 자~ 이제 헬멧 *써주세요!*"

나는 먼저 헬멧을 쓰고 접속했다. 눈앞에 엄청 생생하고 색다른 광경이 펼쳐졌다.

―이야. PC방 온 것 같네.

화면 속 내가 말했다. 그러나 옆의 유연하는 말이 없었다. 보니까 접속도 하지 않은 상태다.

나는 헬멧을 벗고 내 옆의 유연하를 봤다. 그녀는 눈썹을 잔뜩 좁힌 채 내 오른쪽 어깨를 뚫어져라 바라보고 있었다.

나는 유연하의 이마를 톡 쳤다.

"앙."

"······앙? 너 뭐 해?"

"아, 아무것도요. 자, 갑시다."

유연하는 내 눈치를 살피면서 헬멧을 썼다. 나도 따라서 다시 썼다.

떠오른 광경은 일단 넓고 광활한 동굴이었다.

　—어디로 이동시킬까요.

　—전방으로 가자.

　—네…… 끼야악!

　푸덕푸덕푸덕.

[거대 흡혈박쥐가 출몰했다!]

　—뭐 이런 거 가지고 놀래…… 아 맞다. 너 무서운 거 싫어하지.

　유연하는 귀신은 물론 갑툭튀하는 모든 것들을 무서워한다.

　—……아, 아니거든요.

　—어쨌든. 거대 흡혈박쥐는 어떻게 죽여야 할까.

　—……귀를 공격.

　유연하가 작게 중얼거렸다. 나는 그 말대로 했다. 박쥐는 우리의 공격에 귀를 얻어맞아 죽었다.

　—다음은 좀비다. 좀비는?

　—머리를 타격.

　—오케이.

　이후 함께 게임을 진행하다 보니, 어느새 던전 공략은 끝나 있었다. 30분짜리 시시한 수업을 20분 만에 끝내고 헬멧을 벗었다.

　"……저기요."

　"음?"

　유연하가 작은 목소리로, 조심스레 물었다.

"있잖아요…… 자퇴, 하신다면서요?"

"……채나윤이 말했어?"

유연하는 고개를 끄덕였다.

"걔는 확실히 입이……."

"울던데요."

"뭐?"

유연하는 다소 무거운 목소리로, 착잡하게 말을 이었다.

"울어?"

"네. 안 갔으면 좋겠다고 울던데."

"어……."

대답할 말을 고르던 그때, 불현듯 정체 모를 시선이 느껴졌다. 나는 그 시선이 느껴지는 옆으로 고개를 돌렸다. 순간 레이첼과 시선이 마주쳤다. 하나 그녀는 이내 내 눈을 피했다. 방금 대화 내용을 들었다는 거겠지.

"……어쨌든, 뭐. 제가 관여할 일은 아니니까. 알아서 잘 처리하실 거라 믿어요."

유연하는 그렇게 중얼거리고는 자리에서 일어났다.

"저희 6조, 던전 공략 끝냈습니다."

그렇게 오전 수업이 끝나고, 점심시간. 혼밥을 하러 큐브 학식으로 왔다. 한데 식당에는 나 말고도 레이첼이 있었다. 그러나 그녀의 옆에는 생도로 위장한 여성 요원이 함께 있었기에, 우리는 그저 눈인사만 주고받았다.

"스페셜 세트요."

"예에~"

그렇게 식사를 받고 자리에 앉자마자, 나도 모르게 찾아온 일행이 내 앞자리에 앉았다. 채나윤이었다.

"기, 김하진 안녕?"

상당히 어색한 손 인사였다. 나는 채나윤의 식판을 보면서 말했다.

"……너 학식 먹을 수 있나?"

"아 당연하지."

채나윤은 괜한 객기를 부리면서 소시지 하나를 입으로 넣었다.

오물, 오물…….

그러나 시간이 지날수록 씹는 속도가 현저히 느려진다.

"야, 있자나…… 너 엉제 떠나냐?"

입안에 넣은 걸 삼키지도 않고 묻는다.

"이번 주."

허흫.

깜짝 놀란 듯 이상한 숨소리를 내고는, 입에 체류 되어 있던 소시지를 꿀꺽 삼킨다. 이후 슬픈 눈으로 식판 위의 음식을 뒤적거리다가, 주먹을 꽉 쥐고 책상을 두드렸다.

"야."

"……왜."

"안 가면 안 돼?"

나는 그저 고개를 저었다.

"아, 그래. 뭐. 가야지. 가고 싶으면 가야지. ……나도 뭐, 다른 남친 사귀면 되는 그런 거니까."

나를 힐끔거리면서 중얼거린다.

"어, 그래."

"……구라고, 안 사귈 듯."

"사귀어."

순간 채나윤의 미간이 꽉 좁혀졌다. 그러나 이후로도 나는 별말 없이 빠르게 밥을 먹어치우고 자리에서 일어났다. 채나윤도 부랴부랴 나를 뒤따랐다.

잔반을 버린 뒤, 식당 밖으로 나와 공원을 걷는다. 공원에서는 채나윤과의 2차전이 계속됐다.

"아 씨. 생각할수록 짜증 나게 진짜. 야. 빈말 모르냐 너? 립서비스?"

"……뭐래."

"아니, 너 처음에는 나 좋아했었잖아!"

"뭐? 야. 너 대체 뭔–"

슈우우웅–

오해가 가득한 대화를 이어가던 찰나, 내 얼굴이 굳었다. 기이한 마력의 파동이 느껴졌기 때문이었다.

발밑을 수욱 훑고 가는, 바람과도 같은 가벼우면서도 날카로운 기운. 땅의 근원을 건드리는 불길한 마력.

나와 채나윤은 동시에 서로를 바라보았다.

"야, 방금 뭐였어?"

채나윤이 어리둥절하며 물었다.

나는 작은 한숨을 내쉬었다. 구체적인 사건 날짜는 성흔의 마력이 부족해서 진실의 서로도 못 물어봤었는데…… 드디어, 올 것이 왔구나.

"아마도, 마법 현상일걸."

이것은 아주 드물게 벌어지는 마법 현상이다. 동해의 깊은 곳에 위치한 용족이, 바다에 응집된 강력한 마력 구체를 건드릴 때 발생하는 마법 재해. 그 우연의 일에, 그러나 이번에는 '마인'이 끼어들었다.

"마법 현상? 야야, 저거 봐."

채나윤이 주변을 가리켰다. 과연 어느새 큐브의 풍경이 변해 있었다. 분명 푸르렀던 목엽들의 색이 바래고, 선선했던 바람은 어느새 열풍이 되었다.

그것만이 아니다. 큐브 부지에 가득했던 첨단 빌딩은 온데간데없이 사라졌으며, 남은 것은 허름한 빌딩 한 채와 우거진 수풀뿐.

다행히 이번에는 옛날 과거에서처럼 낙오되지 않은 듯하다.

"일단 따라와."

"아, 으응? 야, 손……."

나는 채나윤의 손목을 붙잡고, 큐브 중심부에 유일하게 솟아오른 낡은 빌딩을 향해 급히 뛰었다.

"야, 야. 뭔데."

"손 놓으려고 하지 마!"

상황에 맞지 않게 손목을 이리저리 비틀길래 소리쳤다.

"미, 미안 근데. 뭔지 설명을 해줘야 할 거 아냐……."

"공간이 뒤틀린 거야."

"뭐?"

"너, 배웠지? 깨진 거울 현상."

깨진 거울 현상. 공간 그 자체가 깨진 거울처럼 조각조각 나누어지는 마법적 현상이다. 이는 내가 얼추 주워들은 흥미로운 이론들을 짬뽕하여 만든 재해인데, 정의부터 말하자면 '대류를 타고 상승한 마나 구름에 용(龍)족이 관여했을 때 발생하는 결계의 일종'이다.

마인들은 악마의 화신체를 구하기 위해, 일부러 용을 자극한 뒤 큐브를 습격했다. 조직적인 침공이지만, 내가 이 에피소드는 막을 수 없던 이유가 바로 그것이다. 이 에피소드에서 비롯될 김수호와 신종학의 성장을 차치하더라도, 에피소드 자체를 막으려면 용을 죽여야 하니까.

"헉. 야. 그러면."

"일단 혹시라도 공간이 갈라질 수 있으니까, 저 중앙에 보이는 건물 있지. 무조건 저쪽으로 달려…… 으!"

순간 공간이 다시 한번 뒤틀렸다. 붙잡고 있던 손목이 풀어지고 풍경이 변화했다.

정확히 반쯤 나뉘어 절반은 낮, 나머지 절반은 밤인 듯한 공간.

이번에는 피 냄새가 짙었다. 나는 그 냄새가 흘러오는 방면을 보았다. 그리고, 고민도 없이 일단 내달렸다.

그들의 모습이 가시권에 들어오자마자 크게 외쳤다.

"야!"

열두 쌍의 시선이 내게로 꽂혔다. 그곳에는 레이첼이 어림잡아 열댓 명의 마인에게 둘러싸여 있었다.

"……하진 씨!"

피냄새가 자욱하게 올라오는 가운데, 레이첼의 얼굴이 희미하게나마 밝아졌다.

나는 레이첼의 상태부터 살폈다. 하나 피 냄새는 그녀의 것이 아니었다. 오히려 칼에 맞아 쓰러진 마인들의 것이었다.

"어~? 이야~ 참. 이렇게 만나게 되는군요. 오랜만입니다."

느끼하게 생긴, 그러나 조금은 익숙한 놈이 박수를 치면서 모습을 드러냈다.

나는 그가 누구인지 잘 알고 있다. 기말시험 때 잠입했던 살수, '흑전'이었다.

"어, 안녕. 오랜만이다."

예상대로 이 사건에는 랭커스터와 함께, 귀천의 그믐달이 개입했다.

"그러게요. 참, 오랜만입니다."

흑전은 흉흉한 살기를 흩뿌리며 단검을 촤르륵- 부채꼴 모양으로 펼쳤다. 그러나 나는 고개를 갸웃했다.

얘가 왜 이러지, 소식을 못 들었나.

"하진 씨, 도망치세요. 저 둘이서 상대하기에는 인원이 너무 많습니다. 제가 버티고 있을 테니 원군을⋯⋯."

뭔가 진지하게 읊조리는 레이첼을 무시하고, 나는 흑전에게 물었다.

"김하진, 김하진. 저에게 굴욕을 준 당신과 재회할 날만 기다리고 있었습니다⋯⋯."

"너, 소식 못 들었냐?"

"⋯⋯무슨 소식 말이죠?"

나는 그의 허리춤에 매인 무전기를 가리켰다. 그들은 뒤틀린 공간에서도 통용되는 통신기구를 가지고 왔다. 한데 그건 나도 마찬가지거든.

"잠깐만."

나는 마법 편지를 통해 다시 대장에게 메시지를 넣었다.

[대장. 지금 애네가 또 저 괴롭히는데…….]

유시혁 무도관의 그것과 비슷한 원리의 마법 편지다.

"뭐 하시는 겁니까. 어서 무기를 꺼내……."

그때였다.

─야, 인마 흑전! 이 ×발롬아 너 어디야!

무전기에서는 처음부터 험한 말이 튀어나왔다. 순간 흑전을 비롯한 마인들이 죄다 어리둥절했다.

"예? 저 지금 임무……."

─뭐 이 새끼야?! 내가 그거 하지 말라 그랬잖아!

흑전은 눈치를 살피면서 무전기의 입구를 막았다. 자기가 까이는 걸 들려주기 싫다는 거겠지.

"……아니, 화랑님. 그래도, 이미 랭커스터 그분이랑 다 얘기가 끝난."

─지금 랭커스터가 문제야! 그쪽에서 컨텍이 왔는데, 너 때문에 일 빠사리 나면. 너 진짜 내가 죽여 버린다!

무전은 그렇게 끝났다.

─치직. 농담이 아니라 진짜 죽일 거다! 사지를 찢어서 죽여 버릴 거다!

끝난 줄 알았던 무전이 마지막으로 이어졌다. 흑전은 손을 덜덜 떨면서 무전기를 쳐다보다가, 천천히 주머니 속으로 집어넣었다. 그러고는 삐질삐질 땀을 흘리며 더듬더듬 말을 이었다.

"저, 당신? 아니, 김하진 씨? 이게 그, 어떻게 된 일인지……."

그는 지금 상황 자체를 이해할 수 없는 건지, 아니면 정신이 나가 버린 건지, 일이 돌아가는 경황을 나한테 물었다.

"뭐 별일이나 관계는 없고. 그냥 내 부업이 주식이거든? 근데 내 고객 중 한 명이 너희를 알고 있더라고. 그래서 부탁 좀 했어. 나도 설마 내 고객 중에, 너네랑 그렇고 저런 '갑을관계'의 고객이 있을 줄은 몰랐다야."

흑전은 영혼이 나간 얼굴이 되었다. 고작 주식 때문에 내가 이딴 수모를, 뭐 그런 표정이지만, 그래도 대장의 성격을 생각하면 썩 좋은 변명이었다.

"근데, 너 멀뚱멀뚱 뭐 하냐?"

나는 근처 돌멩이를 하나 가리켰다. 딱 머리 박기 좋은 지점이었다.

"나 같으면 당장 머리부터 박았겠는데."

·   ·   ◆   ·   ·

"……저기, 어떻게 된 거예요?"

레이첼이 작게 속삭였다. 나는 대답 없이 뒤를 흘끔거렸다. 우리 등 뒤로 흑전과 그 무리가 따라오고 있었다. 그래도 흑전의 자존심과 지위를 생각해서 머리 박기도 용서해 주고, 계약도 방해하지 않겠다고 했는데도, 계속 저렇게 따라오고 있다.

"그러게요……?"

내 막연한 말에 레이첼은 의심스러운 표정을 지었다.

"아, 뭐, 별건 아니고, 방금 말했잖아요. 제가 부업으로 주식을 좀 한다고. 그대로예요."

"주식요?"

저놈들이랑 싸우기 싫어서 일단 회유하기는 했지만, 설명하는 것도 참 일이다. 괜히 마인 쪽이랑 연 있는 놈으로 비치면 안 되니까.

"네. 고객 한 분한테 좋은 정보를 추천해 줬는데, 그분이 좀 거물이었더라고요. 저런 애들도 몇몇 알고 있는."

"에? 그럼, 그 고객도 마인이라는……."

"아. 그건 확실히 아니에요. 쟤네도 돈으로 움직이는 놈들이잖아요."

대장은 돈 많은 바보…… 에이, 아무리 그래도 바보까지는 아니다. 지금은 위색단으로서도 한가한 시점이라 돈에만 집착하고 있지만, 시간이 흐르고 본격적인 스토리가 시작되면, 야차로서의 본모습을 여과 없이 드러낼 테니.

레이첼은 내 말을 곧이곧대로 믿는 기색은 아니었지만, 그래도 그 이상의 질문은 하지 않았다.

"주식, 주식……."

대신 걸으면서 자기 혼자 그렇게 중얼거리더니, 갑자기 뭔가 묻고 싶은 것이 생긴 듯 눈을 동그랗게 떴다.

"저, 하진, 하진 씨?"

"예?"

더듬더듬 내게 말을 건다.

"그럼. 주식 쪽에서는, 수익이 제법 많으셨나 봐요?"

"어…… 제 별명이 보이지 않는 손입니다."

그러자 레이첼의 양 볼에 기대 어린 홍조가 생겨났다.

나는 어렵지 않게 그 의미를 눈치챘다. 아닌 게 아니라, 요즘 영국 왕실 길드의 재정은 악화일로일 거다. 이제는 거의 1년 전 일이 된, 클랜시 아일렛에서 벌어졌던 '그 사건' 탓에 투자가 끊겼을 테니.

"아하…… 하긴. 이론 1등이시니까. 차트 분석 같은 거는 이케이케 잘하시겠네요……."

하나 노골적으로 부탁하는 건 부끄러운 듯, 손가락을 꼼지락거리면서 괜한 장광설을 늘어놓는다.

"뭐, 그렇죠."

나는 괜히 모른 체했다.

"어…… 맞다."

내 모르쇠에 입술을 달싹거리며 고민하던 레이첼이, 마침내 운을 띄웠다.

"요즘은, 길드도, 그 주식 투자로, 돈을 번다고 하더라고요……?"

"아~ 그런가요?"

부끄러워하면서도 기대 가득한 레이첼을, 나는 괜히 골려주고 싶었다. 모두 대장의 도움 덕분에 생긴, 상황에 맞지 않는 여유로움이었다.

"네, 네에…… 그리고, 저희 왕실 길드에서 사업을 하나 추진 중인데……."

"아, 맞다."

나는 그 말허리를 잘라먹었다. 이번에는 조금 유의미한 경고를 해주기 위함이었다.

"혹시 걷다가 다시 공간이 갈라져도, 침착하게 저 건물로 찾아오세요."

"그런 걱정은 안 해도 돼요."

갑자기 뒤에서 흑전이 끼어들었다. 나는 뒤를 돌아보았다. 내 시선에 흠칫 몸을 떨더니 주섬주섬 주머니에서 구슬을 꺼냈다.

"……안 하셔도 됩니다. 저희가 길잡이 구슬을 가지고 있으니까요."

아하, 저걸로 레이첼을 찾아왔구나.

"내놔 그럼."

나는 손을 쑥 뻗어 그 검은색 구슬을 뺏었다. 흑전은 뒷목을 긁적이면서도 불만을 표출하지는 않았다. 대신 작고 간절한 목소리로 말했다.

"저기요, 이번 일은 말입니다……?"

"알았다고. 몇 번을 말해."

나는 갑질 따위에 별로 관심이 없다. 그런 류의 소설이 흐름을 관통하는 트렌드여서 잡히는 대로 읽다가(직접 써보기도 했다. 처참하게 실패했지만) 질려 버렸거든.

"예, 예. 알겠습니다."

"……저 사람은 왜 말하는데 끼어들지."

레이첼이 영 불만스러운 얼굴로 입술을 삐죽였다. 나는 피식 웃고서 다시 본론으로 들어갔다.

"그럼 뭐, 레이첼 씨. 종목 추천이라도 해드려요?"

"네? 아, 그게, 그게 말이에요……."

그러자 금세 밝아져서는 자신이 계획한 사업 내용을 늘어놓기 시작했다. 유연하에 비해서는 모자란 내용이었지만, 길드 발전에 대한 노력과 열의는 엿보였다.

"그 비용 충당을 국세로 하기에는 무리가 있어요. 장기적인 플랜이기도 하고, 안 그래도 요즘 경기가 나빠서……."

그렇게 대화를 나누면서 걷다 보니 우리는 어느새 중앙의 건물에 도착해 있었다. 시골에 가면 으레 보이는 자그마한 폐교 느낌의 건물이었다.

"일단 그 얘기는 나중에 해요. 지금은 그럴 상황이 아니니까."

"아, 네."

레이첼이 허름한 건물을 올려다보았다.

"여긴 어딜까요……?"

"아마 큐브 부지에 있는 건물 중 하나일 거예요."

정확히는 등대 쪽. 포탈이 개발되면서 사장된 건물이다. 한데 공간이 뒤틀리면서, 제일 구석에서 방치되어 있던 그 건물이 이쪽으로 흘러들었다.

"일단 들어갑시다."

레이첼과 나는 그 건물 안으로 들어갔고, 흑전은 입구에서 멈춰섰다.

나는 흑전의 무리를 뒤돌아보았다.

"저희는 이대로 돌아가지만, 랭커스터는 포기하지 않을 겁니다."

흑전은 그렇게 말하면서 돌아갈 채비를 했다. 나도 굳이 그들을 붙잡지는 않았다. 마인을 수하로 뒀다는 둥의 괜한 오해를 사긴 싫으니까.

"하지만 주변을 수색하면서, 랭커스터의 수하들이 보인다면 막아보도록 하겠습니다."

어제의 동지가 오늘의 적. 확실히 마인한테는 의리라는 개념이 상당히 옅다.

"그러면 고맙지 뭐."

흑전은 기량만 따지면 충분히 믿음직스러운 놈이다. 게다가 부하까지 다수 데리고 왔으니, 랭커스터들을 잘 견제할 수 있겠지.

"근데, 이 길잡이 구슬은 안 가져가도 되겠냐?"

"예, 하나 더 있거든요."

"어, 그럼 잘 가."

나는 손을 흔들어줬다.

그렇게 흑전의 무리가 사라지고 머지않아, 저 수풀에서 심상치 않은 진동이 울렸다.

나와 레이첼은 그쪽을 노려보며 경계했다. 하나 곧이어 그 텅 빈 공간에서 튀어나온 사람은, 나도 레이첼도 익히 아는 얼굴이었다.

"어, 김하진!"

나를 발견한 채나윤이 크게 외치며 달려왔다.

"야! 아 진짜. 깜짝 놀랐어, 진짜. 갑자기 사라져서……"

채나윤은 내게로 폴짝 뛰어들려다가, 옆의 레이첼을 보곤 멈칫했다.

"……뭐야."

"괜찮냐? 어디 다친 데는?"

"없지. 근데 너 왜 쟤랑 같이 있냐."

"……됐고. 일단 따라와. 할 일 있으니까. 레이첼 씨도."

"네."

"아~ 뭔데."

나는 채나윤, 레이첼과 함께 건물 안으로 들어가 계단을 올랐다.

목적지는 꼭대기 층의 방송실.

"아아. 아아."

나는 방송실의 마이크를 만지작거리면서 테스트를 해봤다. 이제 이걸로 생도와 교관들을 한데 모아야 한다. 원래 김수호가 해야 할 일이긴 하지만, 빠르면 빠를수록 좋으니까.

"이거, 방송하면 밖에 애들한테 다 들려?"

채나윤의 물음이었다.

"어. 아마도."

큐브 상주인구는 적어도 만 명. 그러나 이 깨진 거울 현상에 말려들려면 마법과 감응할 만한 마력이 체내에 갖추어져 있어야 하므로, 교관 포함 3천 명이 고작일 것이었다.

거기서 의문이 하나 생기긴 한다. 마력을 다룰 수 없는 나는 어떻게 여기 있느냐.

그건, '성흔의 마력'이 반응한 탓이다. 실제로 아까부터 성흔이 있는 팔뚝 쪽이 솔솔 아리다.

"아아. 마이크 테스트. 마이크 테스트."

나는 마이크를 켜고 말해봤다. 스피커는 제대로 작동하고 있었다.

"갑작스러운 상황에 당황하고 있을 생도와 교관들에게 알립니다. 갑작스러운 상황에 당황하고 있을 생도와 교관들에게 알립니다."

두 번 반복함으로써 주의를 확실히 끌고, 본론에 들어갔다.

"현재 '깨진 거울 마법 현상'이 발생함으로 인해, 지평이 무너지고 공간이 뒤틀렸습니다."

다음은 어떻게 말할까. 잠시 말을 끊고 고민했다.

"아…… 생도분들은 당황하지 마시고, 중앙에 보이는 건물로 이동해 주시길 바랍니다. 방향을 잃더라도, 중앙의 건물에 초점을 맞추고 계속 전진해 주십시오. 반복합니다. 방향을 잃더라도, 중앙의 건물에 초점을 맞추고 계속 전진해 주십시오."

나는 그렇게 서너 번 반복해서 말하고는 마이크를 내려놓았다.

방송 이후 30분 정도 지났을까. 중앙 건물에 주연들부터 도착했다. 김수호와 신종학과 이영한. 그들은 모두 다수의 생도와 함께였다. 그다음에는 교관 김수혁이 급히 달려왔고, 한 시간쯤 되자 1학년의 생도들이 차례차례로 몰려들었다. 그러나 후배들은 썩 좋은 상태가 아니었다.

"교관님! 어떤 로브 쓴 놈들이 현석이 납치해 갔어요!"

"뭐?!"

이번 침공에 있어서 마인들의 목적은 납치다. 악마의 화신체가 될 만한 가능성이 있는 생도를 마구잡이로 납치하는 것. 그 대상은 비단 한국의 큐브뿐만이 아니라서, 각국의 영웅 양성소에서도 비슷한 일이 벌어지고 있을 거다.

"······아. 이거, 어떻게 하지."

그 탓일까, 김수호는 발을 동동 구르면서 숲속을 노려보기 시작했다. 어떻게든 많은 후배 또는 동기를 구해내고 싶은데, 섣불리 뛰어들면 길을 잃을 테니 움직이지 못하는 거겠지.

나는 그런 김수호에게 말했다.

"야, 김수호. 갔다 올래?"

"응?"

지금 김수호의 역량은 생도 수준을 아득히 뛰어넘었다. 아마 원작에서보다 훨씬 강할 거다. 게다가 미스틸테인 강화까지 완료되었을 테니, 구조대 역할은 충분히 할 수 있을 터.

"그런데 저기 들어가면······."

"자."

나는 길잡이 구슬을 던졌다. 김수호는 의아해하면서도 한 번에 잘 캐치했다.

"길잡이 구슬이야. 그거 가지고 있으면, 갑자기 공간이 바뀐다거나 하지 않을 거야. 교관님이랑 같이 다녀와."

"……어. 진짜?"

"지금 의심하는 거?"

"아니지. 하진, 땡큐!"

"길잡이, 뭐라고?"

우리 대화를 엿듣던 교관, 김수혁이 끼어들었다.

"길잡이 구슬이요. 그걸 가지고 걸으면 길을 잃지 않을 수 있습니다…… 야, 신종학. 너도 같이 갈래?"

나는 괜히 물어봤다. 창대를 쥔 채 사주를 경계하던 신종학이 눈썹을 치켜세웠다. 내 생각에 쟤는 내 말은 죽어도 안 들을 것 같다.

"가자, 신종학."

김수호가 거들었다. 그는 못마땅하다는 눈으로 나와 김수호를 노려봤지만,

"아직 유연하가 안 왔으니까."

이내 그렇게 말하며 그쪽으로 합류했다.

"저, 저도 갈게요."

한데 거기에 예상치 못한 인물까지 끼어들었다.

"레이첼 씨도요?"

"네. 저도, 구하고 싶어요."

레이첼은 가슴에 한 손을 모으고 당차게 말했다.

"어……."

레이첼의 트라우마가 인명 구조와 관련되어 있는 만큼 이해가 가기는 하지만, 랭커스터 때문에라도…… 아니지. 바꿔서 생각해 보면, 오

히려 저들 틈바구니에 끼는 것이 더욱 안전할 수도 있다. 김수호와 신종학은 물론 교관까지 함께이니까.

"아 그럼 나도 나도~"

이영한도 번쩍 손을 들었다. 이들 중에는 오직 나와 채나윤만이 멀뚱멀뚱 선 채다.

김수호가 씨익 웃으며 말했다.

"하진아, 너는 여기서 다른 생도들을 지켜줘."

"……내가 뭐 지킬 깜냥이나 되나."

안 그래도 그럴 생각이다. 이제부터는 김수호의 쇼타임이어야 하니까. 다행히 함께 지킬 다른 상위권 생도들도 많다. 무사 요헤이, 서포터 이지윤 등등.

"걱정하지 말고 다녀와."

"어, 잘 다녀와라. 다치지 말고."

채나윤도 옆에서 손을 흔들었다.

"채나윤, 같이 안 갈 거냐?"

신종학이 괜히 아무렇지도 않은 척 물었다. 원작에서였다면 자기가 죽는대도 따라갔을 채나윤은, 그러나 일말의 망설임도 없이 내 옆에 달라붙었다.

"너네까지 가는데, 나까지 가면 낭비지."

"……그러냐."

신종학은 작은 한숨을 내쉬고 뒤돌아섰다. 성큼성큼 걸어가는 그 뒤를, 김수호가 부랴부랴 따라갔다.

"야, 길잡이 구슬이랑 같이 가야 한다니까!"

"모두, 이 건물에서 벗어나지 말고 있어라!"

김수혁 교관을 중심으로 결성된 구조팀이 급파되고, 나는 혹시라도 습격해 올 마인들을 대비하여 채나윤과 함께 옥상으로 올라왔다.

"와. 근데 이게 무슨 일이냐. 또 난리 나겠네."

언제나 유리한 고지대. 채나윤이 옥상 너머로 펼쳐진 지평선을 굽어 보며 중얼거렸다.

"창조주의 성은도 그렇고, 요즘은 죄다 이런 일만 생기냐."

"어. 아마, 오늘을 계기로 많은 게 바뀔 거야."

중요한 분기점이다. 원작에서도 이 마지막 사건 이후로 큐브 생활을 스킵했으니까.

"그러게, 이제 너도 떠나고."

"……그건 별로 상관없는 거거든."

쏴아아-

불어오는 선선한 바람에 머리카락이 말렸다.

"바람은 시원하다야."

"그러네……?"

서로 여유로운 대화를 나누던 그때였다. 온화하던 바람이 갑자기 태풍처럼 격해졌다. 내 뺨을 후려치려는 듯이 날카롭고 가파르다. 멀리 보이는 동해 바다 위에서, 용오름이 발생한 것이었다.

"……뭐야 저거."

사방의 기류가 한데 모여 격상한 심상치 않은 소용돌이. 그 맹렬한 기류에 지반 자체가 흔들린다. 초자연적인 규모의 현상에 미간이 저절로 찌푸려졌다.

"야, 야. 저거 봐!"

호들갑 하는 채나윤, 그러나 나는 차분하게 생각했다.

용오름. 그 세 글자에서 불길함을 느끼기도 전에 스마트워치가 먼저 울렸다.

[비판점–청룡을 너무 소극적으로 자극한 것은, 마인들의 극악무도함과 괴리된다고 판단……]

"……아니, 야. 아무리 그래도 이건 아니지."

이 개 같은 새끼가 생도들한테 용을 보내면 어떻게 해.

나는 급히 고개를 치켜들어 먼 곳을 보았다. 그리고 말을 잃었다. 저 멀리, 수평선의 너머에서 모습을 드러낸 한 생명체. 그 도도하고도 고매한 자태에 순간 정신이 멍해졌다.

구름처럼 부드럽고 미려하게 뻗은 시퍼런 몸체, 뱀과 호랑이를 섞은 듯한 얼굴, 양쪽 귀 뒤로 신성하게 뻗어 오른 뿔. 그 모든 것들이 모여 이루는, 동해의 주인. 괴수라 부르기에도 민망한 사신(四神) 중 하나. 과연, 청룡은 전설과 전승에서 전해져 내려오는 생김새였다.

전설 그 자체인 용족은 상황의 심각성도 잊게 할 만큼 아름다웠다. 하나 아쉽게도 청룡은 그렇게 친절하지가 않았다.

크릉!

청룡이 이쪽을 노려보면서 콧김을 가득 내뿜었다. 그 콧김은 파동이 되어 일대 전체를 덮쳤다.

"……*끄악!*"

그 콧김에 닿아도 나는 아무 이상이 없었다. 하나 정작 채나윤이 고통을 호소하며 쓰러졌다.

"야!"

나는 급히 채나윤에게 달려갔다.

"으, 으아……."

채나윤의 목 언저리에서부터 얼굴까지, 혈관이 파랗게 비치고 있었다. '마력 경련'이었다.

"아, 미친."

청룡은 마력을 다루는 데에는 도가 튼 사방신이다. 한데 채나윤은 그런 청룡의 숨결에 정통으로 노출되었다. 그녀의 체내로 스며든 숨결은 혈관 속 마력을 억눌렀을 테고, 그 억눌림은 그대로 경련으로 이어진 것이었다. 나는 체내에 마력이 없어서 아무렇지도 않았고.

"으, 흐아. 흐어……."

"야. 진정해. 진정하고, 호흡부터 골라."

"흐, 흐으. 흐으으……."

"숨 쉬어 숨!"

×됐다. 그 생각밖에 안 들었다.

단지 숨결만으로 채나윤을 리타이어 시킨…… 그 청룡이 입을 벌렸다. 그의 분노는 분명 우리를 향한 것이 아니었다. 다만 자신을 잠에서 깨운 자들을 향한 짜증 섞인 투레질일 뿐.

그러나 그 투레질만으로도…… 체감 시간이 느려지고, 청룡의 아가리에서 푸른 마력이 응집되었다. 피할 방도는 없었다. 저 마력포는 전체를 덮칠 것이었다.

나는 내 품에 쓰러진 채나윤을 보았다. 깊은 생각은 필요 없었다. 이번에는 내가 지켜야 할 때였다.

나는 그녀를 품에 안은 채, 흑요석 팔찌에 각인된 마력강기를 방사했다. 그리고 그 위에 이집트 궁수의 모래 보호막을 덧붙였다. 여기까지는 2겹이었다.

그러나 그 위에 한 번 더. 나는 이를 악물고, 내가 지닌 성흔의 마력을 모조리 쏟아부었다. 순간 팔뚝의 성흔이 새하얗게 떠올랐다. 옷자락 위로 성흔이 선명하게 비쳤다.

나는 아끼는 것 없이 끝까지 쥐어짜 냈다. 팔이 뜯겨 나가는 것만 같은 격통이 뒤따랐으나, 그럼에도 남김없이 쏟아부었다. 각고의 노력으로 만들어낸 세 겹의 방어막 위로, 용의 투레질이 내려앉았다.

"……윽!"

분명 고작 투레질인데, 브레스와는 비교도 안 될 만큼 옅은 숨결일 뿐인데……. 허리가 끊어지는 것처럼 아팠다.

나는 그 공격을 견뎌내며 채나윤을 내려다보았다. 그녀의 눈은 나를 향해 있었다. 더 정확히는, 내 팔뚝 부근, 새하얗게 떠오른 빛의 문양을 바라보고 있었다.

초점을 잃은 듯 멍한 동공이었다.

휘익–!

김수호가 미스틸테인을 휘둘렀다. 곧게 뻗은 검이 급작스레 등 뒤로 휘어버리는, 김하진의 곡사에서 영감을 얻은 절묘한 검술이었다. 마지막까지 저항하던 마인 한 놈은 그것에 후두부를 얻어맞아 그대로 혼절했다.

"하아. 질기다, 질겨."

김수호는 한숨을 내쉬며 이마에 고인 땀을 닦아내었다.

"연하, 괜찮냐?"

그렇게 한바탕 마인과의 전투가 끝난 시점. 신종학은 짐짓 무심하게 창대를 닦으며 유연하에게 물었다.

"⋯⋯응. 덕분에~"

방금까지 채찍질로 마인에게 대항하던 유연하는, 피곤한 안색이었지만 그래도 짐짓 미소를 지어 보였다.

"다행이네."

김수호가 환하게 웃었다. 그들 일행이 길잡이 구슬을 이용하여 마인으로부터 구해낸 생도는 유연하 포함 총 15인. 아직 구해야 할 사람이 더 많이 남긴 했지만, 일단은 지금까지 모은 일행을 안전한 곳으로 피신시켜야만 했다.

"여러분들!"

짝짝.

김수호가 박수를 쳤다.

"안전한 장소까지 데려다드릴 테니, 저희만 따라오세요."

"⋯⋯너는 뭐 애기들 대하듯 하니? 우리도 다 같은 생도들이거든?"

눈을 게슴츠레 좁힌 유연하의 일침이었다.

"어? 아 미안. 조카애들 다루다 보니까 이런 게 습관이 됐네."

"다들, 어서 몸을 추스르고 따라와라!"

교관 김수혁이 건물 쪽으로 앞장섰다.

"그래, 교관님이 저런 말을 하셔야지."

"……미안하다, 미안해."

어쨌든 그렇게 수십 생도들이 옹기종기 모여 중앙의 건물로 걸어가던 그때였다.

"어, 어? 저거! 저거 봐요!"

누군가가 머나먼 하늘을 손가락으로 가리키기 무섭게,

쿠우우웅─!

신격의 존재가 내뿜은 숨결이 지반을 휩쓸었다. 솟구친 충격파에 나무가 꺾이고 흙먼지가 일었다. 그것으로 인해 시야는 자욱하게 가려졌지만, 김수호는 눈을 부릅떴다.

그 공격의 착탄지는 중심부의 건물이었다. 생도들이 모인 건물이 무너져 내리고 있었다. 순간적으로 발생한 일이라 당황할 틈도 없었다. 생각보다 먼저 몸이 움직였다.

김수호는 다급히 건물 쪽으로 내달리려 했으나, 생각만큼 빠르게 움직일 순 없었다. 길잡이 구슬 탓이었다.

"다들, 빨리. 빨리!"

김수호는 다른 이들을 재촉했다. 그렇게 수십의 생도들을 이끌고 부랴부랴 건물로 돌아왔을 때는.

"……이, 이게."

참혹한 현장이 펼쳐져 있었다.

부서진 건물과 정신을 잃고 쓰러진 대다수의 생도들, 그 참상의 한복판에는 한 남자가 서 있었다.

"으음?"

웬 반쪽짜리 가면을 쓴 정체불명의 괴한은, 기뻐하는 눈으로 이쪽을 바라보았다.

"누구냐."

김수호가 이를 악물고 물었다.

놈은 대답하지 않고 씨익 웃었다. 기이한 가면과 불길한 웃음.

그의 옆에 서 있던 김수혁이 나섰다.

"김수호, 물러서 있어라. 네가 상대할 만한 놈이 아니다."

"아. 네가 그 김수호구나."

괴한이 말했다. 듣는 순간 미간이 찌푸려질 만큼 기괴한 목소리였다. 놈의 음성은 한 음절 한 음절마다 주파수가 달랐다. 어느 음절은 높은 톤의 여자였고, 또 어느 음절은 나직한 남성이었으며, 또 다른 음절은 변성기가 채 끝나지 않은 아이의 것이었다.

"……어떤 마인이냐."

이번에는 김수혁이 물었다. 놈의 입가에 진한 미소가 새겨졌다.

"신기한 질문이네. 어떤 마인이냐고. 이름을 묻는 건가. 아쉽게도 이름은 없다."

그러면서 바닥에 널브러진 한 생도의 목덜미를 쥐었다.

"한데 너희들은, 나를 멸악이라 부르더군."

멸악(蔑惡).

모든 일행의 두 눈이 부릅 떴다. 그런 그들의 요란한 반응이 마음에 들었는지, 멸악은 쿡쿡 웃으면서 그들을 들여다보았다.

"너희 중에도 데려가고 싶은 아이들이 많다만, 아쉽게도 시간이 없구나. 이 아이만 데려가겠다."

멸악은 마력으로 보따리를 만들어, 기절한 생도 한 명을 집어넣었다. 그런 놈에게로 반월참과 검격이 동시에 쇄도했다. 기습적으로 쏘아낸 김수호와 신종학의 합공이었다.

그러나.

"후아."

단 한 번의 호흡. 거기서부터 비롯된 마력파가 그들의 공격을 흐트러뜨렸다. 그리고 멸악은 여유롭게 웃었다.

"어차피 너희들은 나를……"

놈의 말이 이어지지 않도록, 곧바로 김수혁이 달려들었다. 쾌속으로 접근한 김수혁은 놈의 관자놀이로 손을 쭉 뻗었다.

멸악은 별다른 방어 행동 없이 김수혁의 목에 손을 올렸다. 이후, 김수혁이 격발해낸 영롱한 마력파가 놈의 두개골을 강타했다.

쿵-!

지반이 흔들리는 일격. 그럼에도 멸악은 다만 웃을 뿐이었다.

"너의 객기, 즐겁게 보았다."

불길한 미소였다.

그에 김수호와 신종학이 급히 달려들었으나 푸악- 멸악의 손에서 돋아난 손톱은 그들보다 먼저 김수혁의 쇄골을 꿰뚫었다. 가슴이 꿰뚫린 김수혁은 피를 토하며 쓰러졌다. 김수호의 검과 신종학의 창은 조금 뒤늦게 달려들었다.

멸악은 가만히 눈을 감은 채 고개를 절레절레 저었다.

"아쉽구나."

멸악은 한 번의 손짓만으로 신종학의 창대를 부수고, 김수호의 몸을 밀쳐냈다. 압도적인 힘의 차이였다.

"도대체 너희들은 무엇에 얽매이기에 살려준다고 해도……?"

한없이 약한 미물들을 낮게 내려다보며, 멸악이 오만을 읊조리던 그때.

끼이이이익―

번개와 바람이 공명하는 듯한 굉음이 사방을 울렸다.

"음?"

공간의 이목은 그 굉음이 들려온 하늘로 집중되었다. 이윽고, 어둡기만 한 창공에서 한 줄기 마력의 덩어리가 나타났다. 정말 갑자기 출몰한 그것은 사방에 기공을 흩뿌리며, 마치 유성이 추락하듯…… 큐브의 한가운데로 내려앉았다.

콰아아앙―!

압도적인 파괴를 동반하며 내려앉은 유성. 고작 추락으로 인해 발생한 충격파가 천지를 진동시키며 퍼져 나갔다. 크게 떨쳐 오른 흙먼지가 전방을 가렸다.

파지직― 파직―

깊게 패인 크레이터 속, 전류가 이리저리 얽히며 스파크가 튀어 오른다. 난데없이 발생한 현상에 잠시 침묵이 가라앉았다.

휘이잉…….

천천히 불어오는 바람이 흙먼지를 걷어냈다. 그렇게 장애물이 사라지면서, 크레이터 위로 한 남성이 모습을 드러내었을 때…….

"어, 아빠!"

누군가가 화들짝 놀라 외쳤다. 유연하였다.

갑자기 등장한 구원자의 존재도 어렵지 않게 유추해 볼 수 있다. 유연하의 아버지, 유진웅. 그는 말없이 등 뒤의 유연하를 살피고는, 깊은 안도의 한숨을 내쉬었다.

"너, 유진웅……."

한데 아무래도 두 사람은 서로 일면식이 있는 듯, 멸악은 증오 가득한 눈빛으로 그를 노려보았다.

유진웅은 덤덤하게 대답했다.

"오랜만이다, 창동아."

순간 멸악의 얼굴이 우그러졌다.

"내가 분명 그따위 이름으로 부르지 말라고 했을 터인데."

"아…… 그랬었나."

유진웅이 작게 웃었다.

"근데 말이다……."

그러나 그 미소는 금세 사라지고, 그의 몸 위로 붉은 전류가 격렬하게 튀어 오르기 시작했다. 그는, 온 세상이 인정한 광전사 유진웅은, 속에서 끓어오르는 분노를 최대한 억누르며 말했다.

"내가 어떻게 부르든, 네가 무슨 상관인데 이 ×발 놈아."

광전사 유진웅. 그가 발현하는 재능의 부작용은, '분노'였다.

유연하와 그녀의 어머니 진여정은 나름 부끄럽게 생각하는 페널티였으나, 그런 그를 경이로운 눈으로 지켜보는 한 남자가 있었으니.

"……허어."

그 남자는 신종학이었다.

발밑이 뒤흔들리더니 건물이 통째로 무너졌다. 순간 내 몸이 부웅 뜨면서 그대로 추락했다. 그 위로 철골과 콘크리트가 우수수 쏟아져 내렸다. 청룡이 뿜어낸 폭풍이 야기시킨, 문자 그대로의 풍비박산이었다.

구구구궁—

붕괴는 급속도로 진행되어, 눈 한 번 감았다 뜰 찰나에 온 사방이 파묻혔다. 밀려드는 파편과 잔해 속에서…… 나는 내 품 안의 채나윤을 보았다. 그녀는 눈을 감은 채 곤히 잠들어 있었다.

이내 가득 들어찬 적막과 고요. 눈앞은 아무것도 보이지 않았다. 당연히, 무너진 건물 속에 묻혔기 때문이었다. 그럼에도 나는 천리안으로 잔해 너머를 꿰뚫어 보았다.

"휴."

청룡의 동태를 살피기 위함이었는데, 천만다행으로 청룡은 단 한 번의 공격으로 분노를 누그러뜨린 듯, 꼬리를 살랑이며 집으로 돌아가고 있었다.

"아으."

머리가 어지럽다. 오른팔은 이미 끊어진 듯 감각이 없다. 그나마 다행인 건, 아직 방어막이 남아 있다는 거다. 물론 거의 다 까지고 그을렸지만, 심지어 흑요석 팔찌는 거의 망가지기 직전이지만, 그래도 용케 깨지지 않고 건물 파편으로부터 우리를 지켜주고 있다.

"……야."

나는 채나윤의 볼을 툭툭 건드렸다. 그러나 깨어날 기미조차 없었다. 얼굴을 보아하니 마력 경련 현상도 어느 정도 진정된 것 같은데, 왜 갑자기 기절한 걸까.

"아, 이거 위험한데."

당장 내가, 또 보호막이 여기서 얼마만큼 버텨줄 수 있을지 모르겠다. 이영한이나 김호락이었다면 그냥 몸으로 밀고 나갔겠지만…….

"……하아."

산소는 부족하고, 성흔의 마력을 쥐어짜 낸 탓에 온몸의 혈액이 뜨겁게 역류한다. 내 몸이 기억하는 약성을 몸속에 흘려 보내도 나아지는 건 없다. 그렇게 점점 흐려지는 시야 속, 필라멘트가 끊기듯 의식이 정전되려던 순간. 내 가슴팍에서 무엇인가 거대한 것이 튀어나왔다.

─그르릉.

한 마리의 늑대, 내가 이름을 양보한 '마랑'이었다.

마랑의 행동은 빨랐다. 등장하자마자 가타부타 아가리를 벌려 마력을 끌어모으더니, 그대로 뿜어냈다. 그 마력파는 고요하게 뻗어 나가 아주 깔끔한 통로를 만들어냈다.

너, 원거리 공격도 할 줄 아는구나. 나는 새삼 감탄했다.

─크릉.

활로를 뚫어낸 마랑이 채나윤과 나를 자신의 등 위로 끌어 올렸다. 그리고 저 너머에서 흘러드는 빛을 향해, 터벅터벅 걸어가기 시작했다.

한편 영국, 런던 인근에 위치한 제인의 대저택.

"아, 행복해~"

제인은 어젯밤 털어온 패물들을 만지작거리며 황홀한 미소를 짓고 있었다. 판데모니엄에서도 명망 높은 마인 거부의 금고, 그 안에서도 제일 값비싸고 반짝이는 것들만 골라 가지고 왔다.

"너네는 왜 이렇게 이쁘니~?"

이 보석들은 모두 순수하고 질 높은 마나가 응집되어 있어서, 단지 바라보는 것만으로도 기분이 좋아지는 효능이 있다. 이런 보석 속에 파묻혀 사는 건 무슨 기분일까. 나중에 보석들로 수영장을 한번 만들 어봐야겠다.

제인은 연신 히죽거리면서 보석의 감촉을 느꼈다.

"제인."

그때 어린 남아의 목소리가 그녀를 불렀다. 같은 방에서 만화 영화를 보고 있던 '드룬'의 말이었다.

"응, 왜~?"

"근데, 왜 그랬어?"

"뭐를~?"

제인은 세상 기분 좋게 대꾸했다. 13살짜리 어린애를 다루는 건 언제나 귀찮은 일이지만, 오늘만큼은 썩 기분 좋게 응대해 줄 수 있을 것 같거든.

"나, 봤어. 제인이 일부러 알려주는 거."

그 말에 제인의 표정이 살짝 굳었다.

"음~ 무슨 말일까~? 일부러 알려주다니?"

"알잖아."

채진윤 살해 당시, 드룬은 결계를 담당했었다. 대장은 다만 지정된 장소에 결계를 치라고만 일러두었지만, 드룬은 자기가 하는 일이 무엇인지 파악할 수 있을 만큼 영리한 아이였다.

"나, 다 봤는데."

"아~ 그거~?"

제인이 짐짓 생각난 척 피식 웃었다.

"별건 아니고, 나도 그 아이가 욕심이 났거든."

그 남자를 죽일 수 있는 유일한 카드. 위색단을 배신하고 떠난 전(前) 흑색을 향한 원망은, 제인도 대장 못지않았다. 가능하다면 직접 두 손으로 찢어 죽여 버리고 싶을 만큼.

"욕심?"

"응~"

만약 채진윤이 죽으면, 채주철 측에서 유진혁을 동원하리라는 것은 너무나 당연한 사실이었다. 그러나 드룬의 미묘(美妙)는 유진혁이 뚫어낼 수 없는 고유(固有)이물이다.

세상에 단 하나밖에 존재할 수 없고, 과거도 미래도 아닌 오직 현재에만 존재하는 이물. 하여 원래라면 유진혁은 그날 아무것도 관측하지 못했어야 했다.

"욕심이 났는데, 왜 일부러 알려준 거야? 말에 앞뒤가 안 맞잖아."

"으음~ 그건 네가 아직 어려서 잘 모르는 것 같은데."

그러나 제인은 일부러 단서를 남겼다. 얼굴 전체를 보여주면 신뢰에 문제가 생길 터이니, 사소하지만 최대한 '김하진'임을 특정할 수 있는 단서를. 다행히 그런 단서가 하나 있었다.

"무릇 사람이란 건, 돌아갈 수 있는 곳을 없애 버려야 완전히 가질 수 있거든. 그래야 그 남자처럼 배신도 안 할 거고."

사실 김하진이 마력 폭발로 인해 병원에 입원하였을 때. 제인은 그때 모든 게 탄로 날 줄 알았다. 조금 빠른 건 아닐까 걱정하면서도 큰 상관은 없다고 생각했었다. 생각도 못 했던 조강지처가 출현해서 막아 주긴 했지만.

"근데 드룬 너도, 알고 있었던 거 아니었어? 우리는 네 토끼가 시체를 먹어줄 줄 알았는데. 그렇게 안 했잖아."

"……안 한 게 아니라, 못 한 거야."

그때 드룬의 등 뒤로 자그마한 토끼가 음산하게 솟아올랐다. 새까만 몸체와 붉은 안광. 마주 보고 있기만 해도 소름 끼치고 두려운 존재의 모습이었다.

제인은 부랴부랴 사과의 의미로 손을 들었다.

"미안해 미묘야. 몰랐지 나는."

그러자 토끼는 다시 드룬의 몸속으로 들어갔다.

"우리 미묘 씨 참 예뻐. ……그건 그렇고, 왜 못 먹은 건데?"

"몰라. 미묘한테 물어봐도 안 가르쳐 주고, 조사할 시간도 제대로 없었잖아."

채진윤의 사후 발생한 마기 폭풍에 놀란 영웅들이 순식간에 수십 명씩이나 출동해서, 시체를 제대로 수습할 틈조차 없었다.

치지직—

그 순간 드룬이 보던 TV 만화 영화가 끊겼다.

"아, 이거 뭐야!"

이후 긴급 속보가 떠올랐다.

"어머, 저게 무슨 일이래?"

—긴급 속보. 전 세계 영웅 양성소에 동시다발적인 습격 발생…….

"아아앙. 나 재밌게 보고 있었는데."

"쟤네가 드디어 미친 건가……."

그 말과는 달리, 제인의 입가에는 미소가 걸려 있었다.

급히 출동한 유진웅의 맹활약으로 사건은 마무리되었다. 김수호에게 길잡이 구슬을 건네받은 유진웅은, 그야말로 벼락처럼 섬 내부를 싸돌아다니며 모든 생도를 구출해 냈다.

이후 뒤늦게 도착한 취재진이 유진웅에게 어떻게 그렇게 빨리 출동할 수 있었느냐 물었을 때, 그는 이렇게 대답했다.

"큐브가 그렇게 믿음직스러운 기관이 아니라는 걸 깨달았거든. 내 자식, 내가 지켜야 하지 않겠습니까."

—정부 당국과 영웅 협회에서는 마인의 횡포를 이 이상 두고 볼 수 없다며 대대적으로 규탄하였습니다. 또다시 지구촌에 전운이 맴도는

가운데…….

그리고 전 세계의 뉴스 속보는 대개 이러한 내용이었다.

한국뿐만 아니라 타국의 영웅 양성소가 습격당했고, 무엇보다 놈들은 한반도의 수호신이라 여겨지는 청룡까지 이용했다. 그만큼 이번 습격 사건의 파장은 거대했다. 사건 직후, 이례적으로 한국의 대통령이 직접 영웅협회장과의 회담을 천명했을 정도이니.

"……흠흠."

바깥세상에서는 폭풍이 벌어지는 와중, 큐브의 생도들이 단체로 입원한 강남 세브란스 병원.

끼이익-

유연하는 채나윤이 입원한 병실의 문을 조심스레 열었다.

"저…… 나윤아, 몸은 괜찮아?"

하나 채나윤은 말없이 창밖을 바라볼 뿐이었다. 또랑또랑했던 그녀의 눈빛은 오늘따라 유독 메말라 보였다.

"나윤아?"

"……아."

그제야 채나윤이 고개를 돌렸다.

"연하 왔어?"

그녀는 유연하를 바라보며 말했다. 사뭇 건조한 목소리였다.

"응. 근데 기운이 왜 이렇게 없어? 채나윤이 채나윤 같지가 않네."

유연하는 천천히 다가가 병상 옆 의자에 앉았다.

"기운……."

채나윤은 그렇게 곱씹으면서 나직한 한숨을 내쉬었다.

"······있잖아, 연하야."

"응?"

채나윤의 공허한 시선이 초점을 잃고 흩어졌다. 그녀는 자기 손가락을 만지작거리며 잠시 고민했다. 어떤 말을 어떻게 해야 할지, 조심스럽게 생각했다.

"그, 내가 저번에 말했던 문신 있잖아······."

채나윤이 더듬더듬 그 말을 꺼냈을 때, 일순 유연하의 숨이 꽉 막혔다.

"으, 응?"

"그게, 진짜일까?"

"무, 무슨 뜻이야? 지지, 진짜라니?"

유연하는 최대한 평정을 유지하고 싶었으나, 빌어먹을 성대가 자꾸만 염소처럼 떨렸다.

"하아······ 그러니까."

한숨을 푹 내쉰 채나윤이 작게 중얼거렸다.

"그게 진짜······ 범인의 증거일까? 믿어도 될까?"

그 말에 유연하는 대답하지 않았다. 그저 침을 삼키고, 떨리는 가슴을 쓸어넘기며 말했다.

"······왜 갑자기 그런 소리를 해?"

그러자 채나윤이 고개를 들었다. 그녀의 메마른 눈빛은 심장을 찌르는 듯 아팠다.

"나 오늘, 이상한 꿈을 꾼 것 같아."

"······꿈?"

"응, 근데 조금 생생한 꿈."

채나윤이 그렇게 말하며 자신의 팔뚝에 손을 얹었다. 그 간단한 행동에도 유연하의 심장은 철렁 내려앉았다.

"김하진. 김하진 있잖아. 김하진의 팔뚝에, 그 문신이……."

채나윤은 그러나 피식 웃고서 말을 멈췄다. 마치 자기가 말도 안 되는 말을 하고 있다는 듯이.

"아니다. 내가 정신이 좀 어떻게 됐나 보다. 그거에 너무 집착해서, 그런 이상한 꿈까지 꾼 것 같아."

하나 유연하는 마음에 걸렸다. 채나윤은 비록 말은 그렇게 했지만, 결코 의심을 털어내지는 못한 얼굴이었기에.

"……꿈이라고 하기에는 너무 생생하긴 해도, 아예 말이 안 되잖아. 그럴 리가 없잖아. 하진이가 왜……."

채나윤은 혼잣말을 중얼거리며 이불 속에 몸을 파묻었다.

"연하야. 나, 이만 잘게. 피곤하다."

"……으, 으응. 자고, 자고 있어. 나 잠깐 밖에 좀 다녀올 테니까."

"응."

유연하는 일단 멍하니 밖으로 나왔다. 그러나 금세 정신을 차리고, 가야만 하는 곳으로 걸어갔다. 목적지는 그 사람의 병실이었다.

똑똑-

노크를 했다. 그러나 반응은 없었다.

"……저기요? 괜찮으세요?"

똑똑. 유연하는 노크를 하면서 말까지 했다. 그럼에도 인기척조차 느껴지지 않았다. 일말의 불안감을 느끼며 문을 벌컥 열어젖혔다.

"……와?"

그가 있어야 할 병실에는, 아무도 없었다. 오직 탁자 위에 서류 하나
만 놓여 있을 뿐.

유연하는 책상 위에 놓인 그 서류를 집어 들었다.

[자퇴원]

생도명—김하진

"뭔…… 이런, 쌍!"

그녀는 급하게 밖으로 뛰쳐나갔다.

"저, 저기요!"

근처 간호사를 붙잡고 이곳에 있던 환자가 어디로 갔느냐고 물었다.

간호사가 모르겠다며 고개를 갸웃하자, 곧바로 다른 사람을 찾아 나
섰다.

유연하는 이를 악물었다.

아니, 사람이 아무리 그래도. 아무리 그래도 그동안 지내온 시간이
있는데 이렇게, 이렇게 작별 인사도 없이 사라지는 건 아니지……!

44장
첫 번째 에필로그,
아니, 두 번째 프롤로그

억지로 누워도 잠은 오지 않았다. 내장이 끊어질 듯 아프고, 뇌는 잔뜩 뒤엉킨 채로 굳은 것만 같았다.

"하아……."

어쩔 수 없이, 멍하니 눈을 떴다. 눈앞에 생생한 기억이 아른거렸다.

자신을 감싼 김하진. 그러나 그의 팔뚝에서 비치던 문신의 흔적.

그것은 분명…… 유진혁이 내놓은 살인범의 증거였다. 한데 그 문신이 도대체 왜 김하진에게 있는가. 그리고 하얗고 성스럽게 빛나던 그것은…… 정말 문신이 맞는가.

"아."

그녀는 벌떡 일어나서 이불을 치웠다. 창문까지 거칠게 열어젖혔다. 온몸이 뜨거워서 잠을 잘 수가 없었다. 괴로워서 견딜 수가 없었다. 그러던 찰나, 열린 창문 너머로 매캐한 연기가 흘러들었다. 위에서 내려오는 담배 연기였다.

순간 눈이 크게 뜨였다. 익숙한 냄새. 언젠가부터, 그의 옆에 있으려면 항상 맡아야만 했던 그 냄새.

그녀는 급히 몸을 일으켰다. 확인하고 싶었다. 그것이 단지 꿈이었는지, 아니면 집착이 야기시킨 착시였는지. 직접 그에게 물어본 뒤 확신을 얻어야만 했다. 그래야만, 자신이 살 수 있을 것만 같았다.

나는 옥상으로 올라왔다. 옥상 통로는 아날로그 자물쇠로 잠겨 있었지만, 내 절묘한 손재주는 그딴 것에 구애받지 않는다.

한데 굳이 자물쇠까지 따면서 옥상까지 올라온 이유는, 단지 담배를 피우기 위함이었다. 물론 병원 내에도 흡연 구역은 많고 많지만, 나는 엄연히 생도 신분이다. 곧 자퇴할 예정이기는 해도 생도와 교관들이 널린 병원에서 피고 싶지는 않았다.

"후."

한 번의 한숨.

나는 담배를 입에 꼬나물고, 쑤욱 들이켰다. 거친 연기가 폐부에 가득 들어찼다.

"⋯⋯하아."

옥상 난간에 기댄 채, 길게 뻗어내며 지상을 내려다보았다. 병원의 전경이 한눈에 보였다. 병원 안팎은 난리도 이런 난리가 없었다. 깨진 거울 현상에 휘말린 인원수는 총 3,583명. 그중 44명이 죽었고, 66명이 납치당했으며, 멸악에게 공격을 당한 교관…… 1학년 때 우리 반을 담당했던 김수혁은 길고 어려운 수술에 들어갔다.

"원작이랑……"

찰싹.

나는 내 입을 때렸다.

원작, 그 빌어먹을 원작. 입에 달라붙어서 떨어지지를 않는다.

그렇다면 원작 말고 다른 용어는 뭐가 있을까.

……운명?

"어휴."

어쨌든 원래 예정과 같은 숫자, 66명이 납치되었다. 그러나 멸악의 출현은 예상외였다. 놈은 이 세계관에서도 적어도 500위권 안에는 들 만한 악역 보스니까.

한데 그런 멸악을 제압하고 쫓아낸 유진웅의 출몰은…… 솔직히 예상했다.

마침 유진웅을 불러낸 내 조력자의 문자가 왔다.

[하진 쨔웅! 기사 봤다능! 괜찮냐능?]

[괜찮음. 땡큐. 덕분에 인명 피해 오지게 줄었음.]

[ㅎㅎㅎ 덕분에 나도 칭찬받았다능!!]

노트북과 연동된 스마트워치는 전파의 유무에 관계없이 메시지 전송이 가능했다. 하여 나는 멸악의 존재를 파악하자마자 김호섭에게 좌표를 보냈다. 멸악은 지금의 김수호라면 결코 이길 수 없는 강자니까.

다행히 김호섭은 빠릿하게 움직여, 유진웅의 위치를 해킹하면서까지 그 좌표를 전달해 주었다.

[오졌다리. 개오졌다리. 수고했다리. 나중에 원하는 거 말하다리.]

[……하진 짜응 말투 이상하다능.]

급식처럼 답장을 적어주고서 스마트워치를 껐다. 그러다 문득 병원 정원에서 옹기종기 모여 있는 사람들의 모습이 보였다. 김수호와 레이첼과 신종학이었다.

그 짧은 구조 활동 동안 어느덧 친해진 건지, 세 명은 서로 사뭇 진지한 대화를 나누고 있었다.

─저는 움직이지도 못했어요. 멸악이라는 이름을 듣자마자 몸이 굳어버려서…….

레이첼은 저기서 자조를 하고 있었다. 오히려 멸악 앞에서 용감하게 달려들었던 김수호와 신종학이 이상한 놈인 건데도.

……그때.

저벅저벅.

창백한 발소리가 내 귓전에 닿았다. 정확히는 옥상 계단을 오르는 발소리. 분명 나를 향한 발걸음이었다.

나는 담배를 비벼 끄고, 나를 찾아오는 사람을 기다렸다.

달빛이 내 어깨에 내려앉았다. 발걸음은 가까운 곳에서 멈췄다.

그녀는 고민하고 있는 듯했다.

"……하아."

내 것이 아닌 한숨 소리.

이윽고 익숙한 음성이 흘러들었다.

"……야."

그녀가 나를 불렀다. 나는 그 부름에 뒤로 돌아섰다. 옥상의 입구에서, 한 여자가 나를 바라보고 있었다.

채나윤이었다. 안색은 썩 좋아 보이지 않았다. 핏기가 싹 가신 듯 새하얬고, 심적인 피로로 가득 뒤덮여 있었다.

"김하진."

그녀가 내 이름을 꺼내었다.

"……나 여기 있는 거 어떻게 알았어?"

할 말이 없어서, 나는 괜히 그걸 물었다.

"담배 냄새. 창문 열었더니 내려오더라."

"아, 미안."

그녀는 말없이 내 쪽으로 터덜터덜 걸어왔다. 그러고는 난간에 몸을 기대었다. 그녀는 내게 눈을 보여주지 않았다. 흩날리는 머리카락이 그녀의 얼굴을 가렸다.

채나윤이 말했다.

"야."

"……음?"

심상치 않은 목소리였다.

채나윤은 어두운 밤하늘의 어딘가를 바라보면서 말을 이었다.

"너. 내가 예전에 뭐 물어본 적 있지 않았냐?"

"뭐를."

"내가…… 문신 있냐고 물어봤었잖아, 너한테."

"그랬나?"

"어. 어렴풋이 기억나. 우리 노르웨이 갔을 때, 숙소에서 내가 우연히 네가 하는 말 엿들었었잖아."

나도 어렴풋이 떠올려 봤다.

확실히…….

"담배까지 피우고. 완전 진짜배기 양아치였구만. 너 문신까지 있는 거 아냐?"

나를 비아냥거리던, 지금보다 조금 더 앳된 채나윤의 목소리. 이제 거의 1년 전 일이다. 사냥 클럽의 일환으로 함께 노르웨이에 갔던 때, 채나윤은 우연히 내가 금연했다는 말을 엿듣고 그런 말을 했었다.

확실히 호메로스의 반지 덕분에 기억력이 좋아지긴 했구나. 아니면 너무 깜짝 놀랐던 일이라 뇌 주름에 각인된 건가.

"……맞네. 그런 적 있었던 것 같아."

대답하면서도 내 입안이 썼다.

불현듯 그런 생각이 들었다. 만약 내가 다시 그때로 돌아간다면, 지금보다 더 나은 상황을 만들 수 있을까.

회귀물이 꾸준히 인기를 얻는 이유가 다시 한번 납득되었다. 파도처럼 밀려드는 현재 속에서는, 내 마음대로 되는 것이 하나도 없으니.

"……야, 그래서 말인데."

채나윤이 내 쓸모없는 상념을 깨뜨렸다.

"다시 묻고 싶어."

그녀는 나를 바라보지 않았다.

"그냥 이대로 넘어가면, 내가 죽을 것 같아서."

나는 그녀가 무슨 말을 하고 있는지 이해할 수 없었다.

"아닌 걸 확인해야지, 내가 살 것 같아서."

채나윤이 고개를 살짝 흔들었다. 무언가 반짝이는 것이 바람을 타고 흩어졌다. 눈물이었다.

"김하진. 너…… 팔에 문신 있냐?"

갑작스러운 물음과 평소와는 전혀 다른 분위기.

나는 조금이라도 고민할 시간이 필요했다.

"대답해."

그러나 채나윤은 시간을 주지 않았다. 그녀는 나를 똑바로 직시하면서 말했다.

"대답하라고."

그제야 나는 채나윤의 눈을 볼 수 있었다. 그 흔들리는 눈동자와 마주친 순간, 나는 아무 말도 할 수 없었다. 온몸이 얼어붙은 것처럼 움직이지 않았다.

"왜 대답을 못 해?"

채나윤은 재차 물었다.

"왜? 왜? 없으면 없다고 하면 되는 건데…… 하아."

채나윤이 갑자기 먹는 소리를 냈다. 이내 그녀의 고개가 꺾이는 것처럼 수그러지더니, 눈물방울이 옥상의 콘크리트 노면에 내려앉았다.

"……아, 아 진짜. 왜."

"야. 일단 무슨 일인지부터— 으!"

별안간 채나윤의 신형이 품속으로 파고들었다. 갑작스러운 쇄도에 내 몸이 바닥에 나뒹굴고, 채나윤은 그 위를 덮쳤다.

그녀는 가타부타 내 옷자락을 움켜쥐었다. 옷 자체를 찢어발기려는 움직임이었다.

"야, 야! 너 왜 이래!"

그 발작적인 행동에 나는 당황했다. 침착하게 뭔가를 고민할 수 없었고, 다만 미약한 손짓으로 그녀를 말려보려는 노력이 고작이었다. 그러나 성흔의 마력도 없는 상황에서, 내 육체는 그녀에 비해 너무나 초라했다.

"야, 야! 미쳤어!"

"아, 미쳤으니까 가만히 있어―!"

그녀의 행동은 빨랐다. 크게 소리 지르면서 내 옷을 양손으로 붙잡고, 그대로 잡아 뜯었다. 평범한 셔츠는 그녀의 악력에 힘없이 찢어졌다.

다음 순간, 채나윤의 시선이 내 팔뚝에 머물렀다. 그 시선이 닿는 곳에는 문신처럼 새겨진 내 성흔이 있었다.

나는 찢긴 옷으로 급히 그것을 가렸다.

"아……."

그러나 이미 늦어버린 듯.

채나윤이 멍한 소리를 내뱉으며 고개를 숙였다. 그러고는 자기 머리를 강하게 움켜쥔 채, 눈물 가득한 눈으로 나를 노려보았다.

"……야."

"……."

"그거 무슨 문신이야?"

채나윤이 이를 악물었다. 그녀의 입술에는 많은 말이 맴돌았으나, 튀어나온 것은 문장으로 이어지지 않는 단어들이었다.

"단체, 무슨, 단체 문신? 비밀 결사? 그, 그런 문신인 거야?"

내가 대답하지 않자, 채나윤의 안광이 격렬하게 요동쳤다.

"그거 뭐냐고! 뭐냐니까! 묻잖아—!"

그제야 나는 이 불길함의 정체를 선명하게 알아챌 수 있었다.

"말해—!"

채나윤이 외쳤다. 그러나 나는 어떠한 말도, 행동도 할 수 없었다. 사고 회로 자체가 끊겨 버린 듯, 그저 그녀를 바라보는 것밖에는 불가능했다.

"……아니잖아. 아니잖아."

그러자 채나윤의 얼굴이 일그러졌다. 그러곤 내 어깨뼈를 으스러뜨릴 만큼 강하게 움켜쥔 채, 쇄골 사이로 머리를 박았다.

"네가 왜…… 내 오빠를 죽여……."

순간 심장이 철렁 내려앉았다. 채나윤은 어떻게 내 성흔을 알고 있는 걸까. 어떻게 내 성흔과 그것을 연관 지은 걸까.

"아니지? 아니잖아. 그럴 리가 없잖아."

채나윤이 울면서 말하고 있다. 나는 그 간절한 목소리를 그저 듣고만 있었다.

내가 아니다. 내가 하지 않았다. 채나윤은 내게서, 그런 쉬운 말을 원하고 있었다.

"누명…… 일 수도 있고, 아니, 애초에 이유가 없잖아…… 네가 왜……."

그러나 나는 거짓말을 할 수 없었다. 들킬 것이 뻔한 거짓말을, 이미 들켜 버린 거짓말을, 나는 할 수 없었다.

"그런데 왜. 왜, 너는…… 가만히 있는 거야?"

순간 채나윤이 내 어깨를 강하게 움켜쥐었다. 그런 채나윤의 동공은 이미 텅 비어 있었다.

"아니라고. 아니라고 말하라니까아—!"

어깨에 강한 통증이 느껴졌다. 견골이 부서진 것이었다.

그러나 나도, 채나윤도, 그 이상은 없었다.

툭.

채나윤의 머리가 내 가슴팍에 닿았다. 모든 힘을 소진하고 기절해 버린 가녀린 몸이 내 품에 안겼다.

내 몸은 움직이지 않았다. 나는 그렇게, 넋 나간 사람처럼 가만히 있었다.

"······김하진."

그러나 상황은 보다 더욱 급진적으로 움직였다. 옥상의 입구에서, 또 다른 누군가의 음성이 흘러들었다.

그녀는 가만히 서서 나와 채나윤을 바라보고 있었다.

유연하였다. 그녀는 천천히 내게로 걸어왔다.

나는 지금 이 상황에 대한 갈피를 잡지 못했다. 손이 떨리고, 머리가 아팠다. 꿈만 같았다. 차라리 기절하고 싶었다. 그렇게 도망치고 싶었다.

"그렇게 패닉할 필요 없어요."

그러나 유연하는 아주 태연하게, 내 몸에 달라붙은 채나윤을 떼어 놓았다.

"나도 이미 다 알고 있었으니까."

그 말에 나는 심장이 터진 것처럼 가슴이 아팠다.

어디서부터 잘못됐길래. 도대체 어디서부터 잘못됐길래.

"······미안해요."

유연하가 천천히 채나윤을 안아 들었다.

"제가 먼저 왔었어야 했는데."

그렇게 말하는 유연하를, 나는 멍하니 올려다보았다. 그녀가 쓴웃음을 지었다.

"오늘 하루만 지나면, 당신은 도망치고 없겠죠?"

"……"

"나윤이는 잘 입원시켜 둘게요."

그녀의 목소리는 따뜻했다.

"저는 솔직히 들키지 않길 바랐어요."

그러나 그녀의 나긋한 음성과 동정 어린 눈빛은 오히려 나를 괴롭게 만들었다.

"저도 믿기 싫었어요. 아니, 믿을 수가 없었어요. 당신이 그 사람을 죽였다는 거. 어떻게 그를 죽였는지, 공범이 있었는지, 아니면 혼자서 한 건지. 그 방법 자체를 모르겠으니까. 그건 절대 혼자서 가능한 일이 아니었으니까."

유연하가 입술을 지그시 깨물었다.

"하지만 지금 당신 몰골을 보면…… 확실한 것 같네요."

한기가 온몸을 감쌌다. 피부에 닭살이 올랐다.

유연하는 그런 나를 내려다보면서 물었다.

"이유가 뭐예요?"

나는 대답하지 않았다. 대답할 수 없었다.

"뭐 때문에 그 사람을 죽였어요?"

"……"

"……단지 원한? 복수?"

다만 멍청하게 앉아만 있는 나를, 유연하는 답답하고 화난다는 듯이 노려보았다.

"정말 한심하게 주저앉아 계시는데…… 아쉽게도 저한테는 당신을 욕할 자격이 없네요."

유연하가 돌아섰다. 그녀의 발걸음은 느렸다. 마치 잡아주길 바라는 것처럼, 너무나도 느렸다.

나는 생각했다. 그녀에게만큼은, 동료에게는 누구보다 진심으로 대해 줄 그녀에게는…… 모두 털어놓아도 되지 않을까. 그런 약한 생각이었다.

그런데…… 갑자기 유연하가 먼저 말했다.

"선샤인 호텔."

그 말에 내 몸이 흠칫 떨렸다.

"저희 길드가 소유하고 있는 호텔이에요. 그 펜트 플로어에서 기다리고 있을게요."

유연하는 여전히 내게 등을 돌린 채, 말을 이었다.

"저는 아직도 당신을 제 동료라고 생각해요. 당신이 저를 동료로 생각해 주셨던 것처럼."

그녀의 목소리는 내게 과분할 만큼 부드러웠다.

"그래서 이 사건과는 별개로, 저는 당신을 믿어주고 싶어요. 도와주고 싶어요."

"……"

"왜냐하면. 그게 제가 할 수 있는……."

하나 그 뒷말은 이어지지 않았다.

"……하아. 어쨌든, 기다리고 있을게요."

또각또각.

천천히 계단을 걸어 내려가는 그녀의 뒷모습을, 나는 바보처럼 우두커니 지켜보았다.

· · ◈ · ·

유연하는 다시 병실로 돌아와 채나윤을 눕혔다. 혼절한 몸은 차갑고 창백했다. 새겨진 눈물 자국이 안쓰러울 만큼 선명했다.

그 모습 내려다보면서, 유연하는 실없는 생각을 했다. 분명 작년까지만 해도 채나윤과의 사이는 별로였는데. 집안끼리의 일이 아니었다면, 당장에라도 연을 끊었을 것이라 여겼었는데.

어느덧 변해 버렸다. 지금 채나윤의 모습에 가슴이 시릴 만큼, 많은 것들이 변해 버렸다.

모두 그 사람 때문이었다. 분명 있는지 없는지도 몰랐던 사람이었는데, 그는 그 누구도 모르는 사이 자신과 채나윤 사이에 깊이 자리를 잡고, 변하게 만들었다.

"······다녀올게."

유연하는 그렇게 말하며 채나윤의 이마를 쓸어주었다. 차가운 이마에 식은땀이 우수수 묻어 나왔다. 그녀는 뒤로 돌아서서 문을 열고 나갔다.

"어?"

한데 복도 로비에는 익숙한 면면들이 있었다.

김수호. 그리고 레이첼. 두 사람은 김하진의 병실 앞에서 미어캣처럼 고개를 기웃거리고 있었다.

"아, 연하야. 채나윤은 좀 어때? 괜찮아?"

김수호가 먼저 다가와서 물었다.

"응."

"아 그래? 그럼 하진이는? 하진이 지금 병실에 없던데."

유연하는 대답 없이 고개를 저었다.

"나도 몰라. 못 봤거든."

그때 레이첼의 얼굴이 눈에 들어왔다. 그녀는 순진과 무구로 똘망거리는 눈으로 자신을 쳐다보고 있었다.

"정말, 못 보셨나요? 할 말이 있는데."

"네, 못 봤어요."

"아……."

"그럼 전, 가봐야 돼서."

"응. 그래. 나중에 봐."

유연하는 그들을 지나쳐 병원 밖으로 나왔다. 미리 준비되어 있던 차를 타고, 선샤인 호텔로 이동했다. 15분이면 충분했다. 미리 언질을 받았는지 뒷문에는 지배인이 나와서 기다리고 있었다.

유연하는 그에게 김하진의 사진을 보여주었다.

"이렇게 생긴 남자가 들어오면 들여보내 주세요. 참, 아버지한테는 비밀이에요."

"물론입니다."

지배인이 느끼하게 눈썹을 찡긋거렸다. 뭔가 더러운 오해를 하고 있는 것 같았지만, 그녀는 굳이 바로잡지 않았다.

"안 올 수도 있어요."

"물론입니다. 그 누구도 모르게 하겠습니다."

유연하는 괜히 불만스럽게 입맛을 다시며 엘리베이터에 올랐다.

띵-

이내 88층에서 엘리베이터가 멈추고, 열린 문 너머로 VIP 전용 펜트 플로어가 드러났다. 유연하의 시야에는 바(bar)처럼 꾸며진 주류대가 가장 먼저 들어왔다.

"……그 사람은 마시려나."

갑자기 그런 생각이 들었다. 올지 안 올지도 모르지만, 솔직히 안 올 확률이 더 높아 보이기는 하지만, 미리 한 병 따놓을까. 담배도 피우는 사람인데 술쯤이야.

유연하는 선반으로 다가가서 술의 종류를 살폈다.

위스키, 브랜드, 보드카, 스카치…….

"술은 첨인데."

나름 모범적으로 살아왔다 자부하는 유연하는, 살면서 단 한 번도 술을 마시지 않았다. 어머니 진여정이 술을 극히 혐오하는 것도 한 이유였다.

"흐음……."

그러나 오히려 그럴수록 호기심은 돋아나는 법.

괜히 궁금해서 술병 하나를 잡고 뚜껑을 땄다.

쿵쿵.

조심스럽게 냄새를 맡았다. 순간 독한 알코올이 코끝을 창살처럼 찔렀다.

"으! 뭐, 우웨엑-!"

유연하는 헛구역질까지 하면서 뒤로 물러섰다.

"우웩. ……우에엑. 어, 아으, 으, 으웨엑. 아, 이거 뭐웨엑."

아빠는 매일 밤 이런 걸 마신단 말이야? 유연하는 코를 움켜쥐었다. 원체 냄새에 민감한 탓인지 코끝이 시린 것처럼 아팠다.

"아 씨. 이것들 다 가져다 버려야……."

그때였다. 갑자기 방 안의 벨이 울렸다.

−아가씨. 말했던 남성분이 오셨습니다.

유연하는 황급히 몸을 움직였다. 일단 버리려고 했던 양주의 주둥이를 다시 잡아 들고, 탁자 위에 유리잔 두 잔을 세팅한 다음 앉으려고 했다.

"드, 들여보내− 으학!"

그러나 순간 신고 있던 하이힐이 삐끗해서, 우당탕탕− 온몸이 무너져 내렸다.

쨍그랑.

콰직.

박살 난 양주와 부서진 하이힐.

그것들을 바라보는 유연하의 눈동자가 거멓게 메말라 갔다.

−네, 방금 막 들여보냈습니다.

"아 잠…… 깐만."

그러나 이미 엘리베이터는 올라오기 시작했다

1층. 2층, 어느새 33층.

흡사 빛과 같았다.

유연하는 재빨리 마력을 방사했다.

"여깁니다."

지배인의 안내에 따라 VIP 전용 엘리베이터 앞에 섰다. 훤히 열린 엘리베이터 내부는 황금색으로 치장되어 있었다.

나는 심호흡을 하고 엘리베이터에 올라탔다.

지배인이 친절하게 덧붙였다.

"버튼은 안 누르셔도 됩니다."

"……아, 예."

"혹 준비물은 가져오셨나요? 가져오지 않으셨다면-"

"아뇨."

나는 고개를 저었다. 지금은 농담할 여유가 없다.

그러자 지배인은 살짝 무안한 표정이 되어 뒷목을 긁적였다.

"예. 즐거운 시간 보내시길."

"감사합니다."

쿵.

엘리베이터의 문이 닫혔다. 이후 빠른 속도로 올라갔다.

"뭐, 뭐야 이거."

띵-

눈 다섯 번 깜빡할 사이에 도착한 88층. 이윽고 엘리베이터의 문이 서서히 열린다.

마음의 준비를 할 시간이 조금은 있을 줄 알았는데.

나는 두근거리는 심장을 움켜쥐고, 열린 문 너머로 들어갔다.

"흠?"

펜트 플로어는 고요하고 적막했다. 유리창 너머에는 서울의 야경이 내다보이는 수영장이 통째로…….

"오, 오셨네요."

그 침묵 속에서 흘러온 목소리.

나는 그쪽을 바라보았다. 그곳에는 유연하가 있었다.

한데 조금 기이한 모습이었다.

우선은 의자. 의자 아래에 굽이 부서진 하이힐이 숨겨져 있고, 유연하는 그 의자에 맨발인 채로 앉아 있었다.

그다음은 마주 보는 탁자. 탁자에는 웬 양주와 두 잔의 유리잔이 올려져 있었는데, 유리잔 하나는 이미 술로 가득 채워진 상태였다.

마지막으로 무엇보다 유연하 그 자체. 뭘 한 건지 머리카락은 젖었고, 양 볼에는 홍조가 발그레 달아올라 있다.

나는 의아함을 참지 못하고 물었다.

"뭐 하고 있었냐 너?"

유연하는 내 표정을 잠시 살펴보았다.

"어……."

한 30초 정도 그러고 있다가 짐짓 여유롭게 웃더니, 손으로는 유리잔을 부드럽게 흔들고, 발로는 바닥에 널브러진 하이힐을 주섬주섬 치우기 시작했다.

"보, 보시면 알잖아요. 한잔, 먼저 했어요."

"……한잔 마셨다고?"

"네, 네. 어서 앉기나 해요."

나는 못 본 척 다가가 그녀의 앞자리에 앉았다.

"안 올 줄 알고 말한 건데, 오셨네요? 마음 정리하시는 데 적어도 며칠은 걸릴 줄 알았어요."

"도핑 좀 했어."

"……도핑이요?"

아마 지금 나는 제정신이 아닐 거다.

[끈기 7.207(+1.200)]

이 스텟만 보면 알 수 있다. 8.4까지 뻥튀기되어 버린 끈기. 나는 내 몸속에 기억해 놓은 '진정제'의 약성을 사용했고, 담배에 '무작위 강화'를 적용해서 끈기 상승 효과를 40%까지 끌어올렸다. 덕분에 지금 나는…… 제정신이 아닌 제정신이다.

"근데 오래는 지속 안 돼."

"……후."

그때 마침, 유연하가 굽이 부러진 하이힐을 치우는 데 성공했다.

"뭐, 상관없어요."

"근데 왜 맨발이냐?"

"실내니까요."

천연덕스러운 변명을 하고선 다리를 꼰다. 각선미는 예뻤지만, 지금은 그따위에 시선이 돌아가지 않았다.

나는 다만 탁자에 놓인 양주의 정보를 확인했다.

[알카트라즈 부즈][주류][상등품]

–알코올의 미학

음용량에 따라 한시적으로 불가변성 능력치 '지능'이 0.5~5만큼 하락한다.

음용량에 따라 한시적으로 가변성 능력치 '근력'과 '체력'이 최대 3만큼 증가하지만, 한계치를 넘을 경우 최대 6만큼 하락한다.

–명주

이 술은 초인도 취하게 만들 수 있다.

이 술에는 숙취가 없다.

알코올 농도 64%, 마나 함유 1%짜리 양주다. 정보를 보아하니 꽤 비싼 거 같긴 한데, 유연하가 이걸 마셨다고?

나는 의심을 가득 담아 유연하를 바라보았다.

"마셔보시겠어요? 꽤 써요."

유연하는 태연하게 잔을 내밀었다.

나는 그 잔을 가만히 바라보았다. 오늘만큼은 나도 술의 도움이 필요할 것 같아서, 그 잔을 받았다.

유연하는 최대한 자연스럽게 술을 따라 주었다.

"땡큐. 근데, 얼음은 없어?"

"……얼음이요?"

"아냐, 됐어."

유연하는 얼음도 없는 잔에 양주만 가득 따라 버렸지만, 지금은 찬물 더운물 가릴 때가 아니다. 나는 넘칠 듯한 독주를 한 번에 들이켰다. 한가득 넘어가는 쓰디쓴 액체. 식도가 타는 듯 뜨겁다.

눈을 감았다. 이를 악물고 그 쓰라림을 견뎌냈다.

"후."

나는 한숨과 함께 눈을 떴다. 가장 먼저 뜨악한 유연하의 얼굴이 보였다.

"왜?"

"아, 아뇨. 그냥. 워, 원샷을 하시네."

유연하는 고민하는 얼굴로 자기 술잔을 보다가, 내 눈치를 살피면서 천천히 쥐었다.

그러나 나는 그녀에게 관심이 없었다. 다만 머릿속에서 둥실둥실 떠다니는 수많은 말과 생각을 신중하게 고르고 있었다.

이윽고 유연하가 술잔을 들었다. 떨리는 손으로, 한참의 고민 끝에 유리잔을 입에 가져다 대었다.

홀짝.

아마 한 방울도 안 되었을 소리.

호로록.

그러나 유연하는 내 눈치를 살피다 조금 더 들이켰다.

"큼. 맛이 좋네. 켈록. 아. 추워서 기침이 나오네."

"그래?"

"……네. 켁. 아, 근데. 그것보다."

유연하가 몸을 가다듬고 내 눈을 가만히 들여다보았다. 그녀의 볼에는 어느덧 홍조가 올라 있었다.

"묻고 싶은 게 많아요."

"물어봐. 대답해 주려고 온 거야."

나는 의자 등받이에 몸을 기댔다. 유연하는 잠깐의 고민 끝에, 가장 직관적인 질문을 꺼냈다.

"……정말 당신이 채진윤을 죽였나요?"

나는 고개를 끄덕였다. 일순 유연하의 얼굴이 어두워졌다.

"이유는…… 아. 물어볼 필요가 없지. 어차피 안 알려줄 테니까."

유연하가 꼰 다리를 까딱이면서 비아냥거렸다.

나는 깊은숨을 내쉬었다. 여기까지 오는 동안에 너무 많은 고민을 했다. 처음에는 모두 나 혼자서 견뎌내려고도 해봤었다.

하지만.

"아니, 알려줄 건데."

"……네?"

유연하의 눈이 동그래졌다. 꽤나 놀란 건지 그 작은 콧구멍까지 벌렁거린다.

"왜, 왜요?"

"음……."

나는 유연하를 바라보았다.

내가 그린 유연하가 어떤 사람이었는지, 어떻게 살아왔고 어떻게 변할 것인지, 나는 그것을 대략적으로 알고 있다. 그러나 이 결정은 단지 그런 단편적인 정보를 맹신하여 내린 것이 아니다.

유연하라는 '사람'이 내게 보여준 태도와 진심.

나는 그것을 믿기로 했다.

"그냥. 너랑은 끝까지 같이 가고 싶거든."

"……네?"

순간 유연하의 얼굴이 멍해졌다. 그녀는 넋이 나간 듯 한참 눈만 깜빡거리며 나를 쳐다보다가, 아주 뒤늦게 내 말을 이해하고는 미묘한 얼굴이 되었다. 그녀는 부끄러워하면서도, 곧 뭔가를 떠올리곤 슬퍼했다.

"그러면!"

"대신, 조건이 있어."

"조건이요?"

"어."

나는 검지를 들었다.

"첫째. 질문하지 마. 더 정확히는, '어떻게' 알아냈느냐. 그것만 물어보지 마. 다른 건 대답해 줄게."

그것에는 유연하도 의문 없이 고개를 끄덕였다.

나는 다음 손가락을 들었다.

"둘째. 발설하지 마. 채나윤한테도 마찬가지야."

"……뭐라고요? 그러면—"

"알아 나도. 근데, 어차피 이제 돌이킬 수 없어."

내가 채진윤을 죽인 이유. 어떤 방법으로든 채나윤이 그것을 알아내고, 혹시라도 이해해 준다고 해도, 달라지는 건 아무것도 없다.

"무슨 이유가 있었든 간에, 나는 채진윤을 죽였으니까."

"아니, 그래도……."

"그리고, 채나윤은 모르는 게 나을지도 몰라."

나는 언젠가 이런 문장을 적은 적이 있었다.

채나윤의 양분은 언제나 좌절이었고, 패배였고, 분노였다.

"아니, 확실히 나아."

모든 것을 잃은 채나윤을 지탱할 수 있는 것. 그건 어쩌면 오직 하나, 나를 향한 분노뿐일지도 모른다.

만약 내가 지금 진실을 알려준다고 해도, 그리고 혹시라도 채나윤이 그걸 믿어준다고 해도. 그렇게 서로 빌어먹을 신파를 찍어봤자 채나윤은 그대로 무너져 내릴 뿐이다. 자기 오빠가 악마라는 사실을, 자기 오빠를 보면서 영웅이 되고자 했던 아이는, 견뎌낼 수 없을 테니.

"그리고 너를 위해서이기도 하고."

"……그러면, 당신은요?"

유연하는 그렇게 되물었다. 내 말문을 막아버리는 물음이었다.

그러나 나는 피식 웃으며 고개를 저었다.

"나는 상관없어."

"……그게 무슨 소리예요."

"됐고. 그럼 이제……."

나지막이 숨을 들이켰다.

어디서부터 시작해야 할까.

돌연 회의감이 일었다. 차라리, 채진윤을 죽이지 않았더라면. 내 미친 소리를 믿어줄 사람과 함께, 조금 깊은 고민을 했었더라면. 지금보다는 더 나은 상황을 만들어낼 수 있었을까.

그러나, 언제나 후회는 아무리 빨라도 늦은 것이다.

"두 번 말 안 할 테니까. 집중해."

나는 천천히 말을 이었다.

거미줄이 가득 둘러쳐진 위색단의 동굴 은신처.

오늘 대장은 김하진에게서 의미심장한 문자를 받았다.

[발각된 것 같습니다.]

그걸 본 즉시 그녀는 위색단을 호출했다. 정확히는 당시 채진윤 살해에 참여했던 2명의 단원을 불러냈다.

"음······ 뭐, 보나 마나 유진혁이 정보를 전달했겠지? 유진혁도 발전했나 보네. 금세 찾아낸 거 보면."

제인은 그렇게 말했다. 대장은 대꾸하지 않았다.

칼리파는 선글라스를 벗고 제인을 보았다. 의심이 가득한 눈빛이었다.

"왜. 내 말 맞잖아. 채주철이 유진혁을 불렀다는 건 누구나 다 아는 사실이었고······ 아. 혹시 그 유진혁을 놔둔 게 우리 잘못인가?"

"······."

"대장?"

계속된 부름이 거슬린 듯, 대장은 제인을 노려보았다. 하나 제인은 그 시선을 태연하게 받아치며 방긋 웃었다.

"대장. 이렇게 된 이상, 복수라도 해줘야 하지 않을까~?"

"······."

"유진혁이 우리 일을 많이 도와주긴 했지만, 그래도······."

"닥쳐라."

대장은 말을 잘라냈다. 제인도 불만 없이 어깨를 으쓱였다.

"뭐, 아직은 괜찮은 것 같기는 해. 제일 중요한 채주철 귀에는 들어가지 않은 것 같고."

"김하진에게서 상황을 듣고 나서 결정하겠다. 그러니까, 제인."

대장의 마력이 사방으로 피어올랐다. 전신을 무겁게 짓누르는 위압이었다.

"그 입 닥치고 있어."

나는 진실을 털어놓았다.

'악마'라는 존재와 악마를 현신시키는 '악마의 씨앗'이라는 개념과 그것이 채진윤의 머릿속에 박혀 있었다는 사실까지. 그리고 그것은 지금으로서는 치유할 방법이 없어서 그를 죽였노라고.

모든 얘기를 들은 유연하는 멍하니 있었다.

나는 유리잔을 들었다. 그러나 술은 없었다. 대화를 나누면서 호록호록 마신 탓에, 양주 한 병은 어느새 바닥이 드러나 있었다.

"그, 그걸."

한 10분 동안 아무 행동도 없이 있던 유연하가 마침내 입을 열었다.

"믿으라고요, 저보고?"

나는 고개를 저었다.

믿는 게 병신인 소리다. 지금 내 손에는 증거도, 뭣도 없으니까.

"믿을 수 없으면, 못 믿어도 돼. 믿기 싫은 것만 아니면 돼."

내 말에, 유연하는 침묵한 채 고개를 숙였다.

"하아아……."

이내 넓게 울려 퍼지는 한숨.

유연하는 고민하는 듯 턱에 손을 괴었다. 그걸로도 부족했는지 자기 머리까지 거칠게 헝클어트렸다.

째깍째깍.

그렇게 약 15분 정도의 시간이 흘렀을까.

"아!"

유연하가 갑자기 소리치면서 벌떡 일어났다. 그러고는 가타부타 엘리베이터로 성큼성큼 걸어가기 시작했다.

"야, 어디가?"

"삼촌한테요."

"……삼촌?"

"네, 당신의 문신을 알려준 삼촌."

"……아."

그 문신, 유진혁이 알아냈구나. 못 찾아낼 줄 알았는데 어떻게 알아낸 거지. 무슨 재능 2차 각성이라도 한 건가.

"후우……."

나는 뒷목을 붙잡았다. 이래서 내가 원작 타령을 안 하려고 하는 거다.

"근데 아마 유진혁도 이 건은 모르고 있을 거야. 알 리가 없어. 그러니까 찾아가 봤자 아무 소용없……."

"없는 걸, 당신이 어떻게 알아요? 가보지도 않고서."

"……."

"어쨌든. 아마 오늘 안에는 돌아오지 않을 거니까, 기다리지는 마세요. 혹시…… 여기가 호텔이라고 이상한 생각 하셨다면, 그것도 접으시고요."

"내가 미쳤냐."

유연하가 설핏 웃으며 엘리베이터 문을 닫았다. 그러나 문은, 닫히자마자 금세 다시 열렸다. 나는 의아한 눈으로 그쪽을 바라보았다.

"아 참. 혹시라도, 오해는 하지 마세요?"

열린 문 사이로…… 유연하의 옅은 미소가 보였다.

"믿기 싫어서가 아니라, 믿고 싶어서 찾아가는 거니까."

"……함경북도로 가요."

유연하는 리무진에 올라타자마자 말했다.

"……함경북도요?"

"네."

그러나 기사는 살짝 불안한 얼굴이었다. 함경북도의 주거 가능 지역은 면적 대비 10%도 채 안 된다. 그 10%의 절반도 중급 위험 지역으로, 기실 함경북도는 그곳에 인구가 20만이나 거주한다는 게 신기할 만큼의 불모지다.

"위, 위험하지 않을까요?"

고향을 버리지 못한 향토민이나 한탕주의에 빠진 용병·유렵꾼들만이 머무는 곳. 기사는 굳이 그곳까지 차를 몰고 가기 싫었다.

"괜찮아요. 문자 넣어놨거든요."

유연하는 아버지와 삼촌에게 막무가내로 문자를 보냈다.

유진혁에게는 '삼촌 지금 만나러 갑니다. 아빠한테도 말했으니까 걱정하지 말고요'.

유진웅에게는 '아빠 나 삼촌 만나러 갔다 올게'.

삼촌 유진혁은 유진웅을 무서워한다. 그러니 알아서 경호를 해주러 올 것이다.

"달려요."

"예, 예. 알겠습니다."

기사는 어쩔 수 없이 엑셀을 밟았다.

부드럽게 전진하는 리무진, 그 차창 밖 흘러가는 풍경을 지켜보면서, 유연하는 깊은 생각에 잠겼다. 문장으로는 정리할 수 없는 장황한 고민이었다. 그러는 사이 어느덧 도시의 풍경이 사라지고, 함경북도로 향하는 텅 빈 도로의 모습이 가득해졌다.

그날 이후로 사흘이 지났다. 아직까지도 채나운은 깨어나지 않았다. 그녀는 여전히 병실에 누운 채, 이유를 알 수 없는 깊은 잠에 빠져 있기만 했다.

채진혁은 걱정 속에 하루를 지새웠고, 채주철은 슬픈 얼굴로 공식 석상에 나타났다.

―그럼에도 대현은 계속해서 싸워 나갈 것입니다! 대현의 기치를 잊

지 않을 것입니다! 불의와 폭력이 횡행하던 과거를 몰아내며 결국 현재의 영광에 이른 것처럼, 대현은 포기하지 않을 것입니다…….

이번 마인의 조직적인 침공에, 채주철이 눈물과 함께 토해낸 일장연설이었다. 그 연설은 일가의 비극과 합쳐져 '대현'의 브랜드 이미지와 주가를 치솟게 했다.

"흐음……."

그렇게 세상은 크게 꿈틀거리기 시작했지만, 5월의 하늘은 여전히 평화로울 만큼 푸르렀다. 햇볕은 따스하고 바람은 맑았다.

"하아……."

그런 날, 나는 큐브의 행정실에 찾아왔다. 직접 자퇴원을 제출하기 위함이었다.

행정실장은 자퇴원을 훑어보더니 깊은 한숨을 내쉬었다.

"힘들게 100위권까지 끌어올려 놓고 자퇴라니. 다른 이유가 있나?"

나는 대답 없이 고개를 끄덕였다.

"스타성이 뛰어난 재능이니만큼, 협회에서는 본 생도의 별호까지 미리 정해줬다. 총을 쓰는 영웅이라고 해서, 거너(Gunner)라고. 졸업만 하면 남부럽지 않은 생활을 할 수 있을 텐데."

영웅한테 스타성이라니. 살짝 웃음이 새어 나오려 했지만 막았다.

"게다가 이미 자네를 점찍어둔 상위권 길드가 많아. 단적으로 2위 정수의 해협에서도 자네를 원하는 듯한 제스처를 보였어. 그럼에도 자퇴하겠는가?"

"네, 변함없습니다."

"……번복은 불가하다. 후회하지 않을 수 있나?"

"예."

나는 고개를 끄덕였다. 큐브에 있어야 할 이유가 이제는 없어졌다. 이곳에서는 더 이상 배울 것도 없고, 얻을 수 있는 것도 없다.

"그래."

쿵.

행정실장이 자퇴원에 붉은 도장을 찍었다.

나는 그것을 가만히 바라보다가, 이내 자리에서 일어났다.

뒤돌아서려는 내 귓가에, 들릴 듯 말듯 작고 따뜻한 기도가 들렸다.

─가엾은 어린 양의 앞날에 축복만 가득 내려주시길…….

아무래도 행정실장은 좋은 사람인 듯했다.

나는 그대로 문을 닫았다. 그리고 행정실을 나와, 교정을 지나, 큐브의 포탈로 난 길을 걸었다.

그러다 연못이 쫄쫄 흐르는 정원을 지나칠 즈음이었다. 누군가가 내 앞길을 가로막았다.

"하진 씨."

"……아, 네. 레이첼 씨."

나를 바라보는 레이첼은 슬픈 얼굴이었다. 그녀는 아무 말 없이, 주섬주섬 내 앞으로 다가와 뭔가를 내밀었다. 작은 상자였다.

"이거, 선물이에요."

"아…… 감사합니다."

"나중에 열어보세요."

"네."

나는 그렇게 지나치려 했지만, 레이첼은 또다시 내 앞길을 가로막았다. 그녀는 옅게 웃으며 말했다.

"영국에서는 작별 인사로 포옹을 해요."

"······그러면 저야 좋죠."

짐짓 웃으면서 그녀와 포옹을 했다.

따뜻하고 아늑한 포옹.

3초 남짓한 그 시간이 지나고, 레이첼이 말했다.

"그럼, 나중에 또 봐요."

"네."

"······아, 저."

돌아서려는 내 팔을 레이첼이 다시 붙잡았다.

"꼭, 꼭이요."

"······당연하죠. 언제 한번 영국에서 봬요."

나는 웃으면서 대답해 주고서, 그 팔을 풀었다.

"그럼, 저 진짜 갈게요."

"······네, 잘 가요."

그렇게 나는 다시 포탈을 향해 걸었다. 뒤통수에서 레이첼의 시선이 느껴졌지만, 뒤돌아보지 않았다.

그런데.

"야 김하진!"

또 다른 누군가가 크게 외치면서 내게로 달려왔다.

역시 김수호였다.

"······야! 야 인마!"

연속적인 외침에, 하는 수 없이 멈춰 섰다.

얘네 수업 이미 시작한 거 아니었나? 아 맞다. 큐브 침공 때문에 자유 수업이라고 그랬지.

"왜."

"뭐? 왜?"

김수호는 다소 화난 얼굴이었다.

"너, 왜 말 안 했냐. 자퇴하는 거."

"……뭐. 어차피 자퇴하고서도 자주 볼 건데. 굳이 할 필요가 있냐."

"……어?"

"뭐야. 너 설마 나 안 볼 생각이었냐? 영웅 아닌 사람 비하?"

"아, 아니. 그건 아니지, 당연히 볼 거긴 하지만……."

김수호는 그래도 표정을 풀지 않았다.

"그럼, 어디로 갈 건데? 채나윤은 아직도 지금 혼수상태잖아. 깨어나는 건 보고 가야지."

"내 일은 내가 알아서 할 거고, 채나윤은…… 이제 곧 깨어날 거야."

진실의 서는 채나윤이 곧 깨어날 것이라고 알려주었다.

"아. 혹시라도 깨어나면, 내 얘기 하지 마라."

그러자 김수호의 미간이 팍 좁혀졌다.

"너네, 설마 깨졌냐?"

사귀지도 않았는데 무슨. 얘는 눈치가 없어도 너무 없다. 존잘 주인공의 기본 패시브이긴 하지만.

"……사귀지도 않았거든."

앞으로 김수호와 내 관계가 어떻게 될지는 그 누구도 모른다. 만약 채나윤이 모든 것을 발설한다면 나는 천인공노할 범죄자가 되어, 김수호 앞에서 제대로 설 수도 없게 될 테니.

"그럼 왜……."

"어쨌든. 나 시간 없어. 나중에 보자."

척.

나는 단호하게 손을 내밀었다. 김수호는 얼떨결에 그 손을 잡았으나, 이내 뭔가 팍 생각난 듯 갑자기 눈을 크게 떴다.

"맞다! 하진아. 나, 전에 네가 준 그 단지 썼거든?"

김수호가 등 뒤에서 주섬주섬 나뭇가지를 꺼냈다.

"떠나기 전에 물어볼 말은 아니긴 한데…… 진짜 너무 궁금해서. 미안해. 혹시, 이거 감정 좀 부탁해도 될까?"

"아. 당연하지. 언제든지 물어봐."

"미안. 내가 이 검이랑 사랑에 빠진 것 같아서."

"알아, 알아."

나는 기꺼이 감정을 해주기로 했다.

[관철(貫徹)의 욕망]

무구 미스틸테인[Mistilteinn]에 어려움을 극복해 내고자 하는 욕망이 달라붙었습니다.

난관을 극복할 때마다 미스틸테인의 성능이 강화됩니다.

미스틸테인은 이제부터 사용자의 성향에 따라 다른 기능과 모양을 갖춥니다.

−현재 치우친 성향 [선(善) 99%]

내 입가에 미소가 지어졌다.

"……딱 너 다운 욕망이 붙었어."

나는 그렇게 말하며 미스틸테인을 건네줬다.

"진짜?"

"응. 네가 어려움을 견뎌내고 이겨낼수록, 이 무기는 더 강해질 거야. 그리고 네 성향에 따라, 검의 형태도 변화할 거고."

"어……."

그러나 김수호는 살짝 이해를 못 한 얼굴이었다.

"그러니까 네가 어떻게 쓰느냐에 따라 마검이 될 수도, 성검이 될 수도 있다는 거야."

"아~ 그럼 나는……."

"무조건 성검이지."

김수호와 나는 서로의 눈을 마주 보았다.

이내 김수호가 기분 좋은 웃음을 터뜨렸다.

"고마워."

그리고 이번에는 김수호가 먼저 손을 내밀었다.

"오히려 내가 더 고맙지."

나는 기꺼이 그 손을 잡았다.

오월의 햇살 아래, 김수호의 얼굴은 눈부실 만큼 훈훈했다.

◆ • 소설 속 엑스트라 [큐브 편] 완결.